U0108216
狼殿下
The Wolf
下冊

從此陌路人（下）

第二十七章 從此陌路人

朱友文一夜未眠。

他整夜站在摘星房外，從窗口望著她平靜睡顏。看著，癡了。

視線漸漸模糊，眨眨眼，再次清晰。然後再次模糊。

天地如此廣大，為何卻容不下他們兩人？不過才兩個人……

東方天空微亮，他別過臉，整理好心情，緩緩離去。

回到自己房間，簡單梳洗，換下染了溼重夜露的衣裳，婢女也送上了早膳，他靜靜吃著，等待著。

莫霄在房外稟報：「主子，郡主已在書房候著您了。」

他起身，來到書房，推開門，迎接他的是一臉明媚笑顏，如清晨珠露般清新，他嘴角微牽，雙眼貪婪地看著她，彷彿深怕一眨眼，她就要消失不見。

「怎麼啦？好像已一輩子沒見過我似的？」摘星笑道。

朱友文回過神，表情恢復如常，緩緩步到案前，攤開早已準備好的一大張羊皮地圖，「明日妳即將啟程，我僅有一日時間能教導妳，務必仔細聽好。」

「是，師父！」摘星臉色一正，眼裡卻帶著俏皮。

他心頭煎熬，掩去目光中的痛苦，伸手指向地圖，「這便是太保營周遭地勢圖，妳此番前去，首要任務是安定軍心，若能熟知地形、戰略兵法，將士們將更有信心。」

而妳，也將更容易逃脫。

摘星點點頭。

他手指一處顯要地勢，問她：「太保營在此，說說地形如何影響戰術？」

她認真觀看地圖，思索了一會兒，道：「太保營三面環山，易守難攻，正面能突破之處，雖是廣大平原，但晉軍肯定嚴密防守，我軍若想暗夜突襲，只能直接穿越山林。」她手指一處山林，馬峰程正是率人前往此處勘察時，不慎中了瘴毒。

他讚賞道：「分析得不錯，或許妳真有那麼點帶兵天分。」

她小小得意，「我可是將軍之女，自然不能丟我爹的臉。」

他的臉瞬間一沉，摘星正微微擰眉看著地圖上那片山林，並未注意。

「可山林間有瘴氣，該如何是好？」她轉頭問朱友文。

他不假思索，「扭轉劣勢，反成為誘敵優勢。」

一語驚醒夢人中，她喜道：「我懂了，我軍先避開瘴氣之地，突襲晉軍，等敵方追來，再故意誘使敵軍闖入瘴氣瀰漫之處。」

他點點頭，「一點就通，果然聰穎。」

「那是師父教得好！」

「但妳最大的敵人，或許不是太保營的晉軍。」

她一臉納悶。難道還有其他伏軍？

他望著她，「若是我在背後埋伏呢？」

摘星愣了愣，原以為他是在開玩笑，卻見他一臉嚴肅。

他是認真的？她從未想過自己會與他為敵，一時間竟不知該如何回應對。

「戰場上變化無常，若真遇到這種情況，妳便無法應對了？」他語氣逼人，心頭卻是焦急：星兒，妳必須要知道，與我為敵會是多麼可怕！

她見他如此嚴肅，不由認真以待，反問：「你我同率大梁之軍，為何要背後埋伏？」

他眼神一冷，「馬家軍素來驕悍不定，太保營一役後便無利用價值，父皇不願續留，命我隨即率軍包圍，全數剿滅，包含妳！」

她睜大了眼，像是被嚇著了，有些難以置信。

「怎麼？反應不過來？那就只有等死了！」

她此刻明確感受到他身上散發出的強大戰意與狠戾，在他陰鷙眼神下，她只得咬牙道：「若真如此，我將帶領馬家軍誓死一戰，殺出重圍！」

朱友文看著她的目光忽轉悲傷，「但狼仔，不忍對妳下手。」

他情緒變動如此之大，摘星又是一愣。

「星兒，妳我一旦交戰，妳絕非我對手，馬家軍必然死傷慘烈。我寧可與妳單獨相見，勸妳投降。」

他低低訴說。

她目光柔情轉動，伸手想去牽他的手，「若真與狼仔為敵，星兒願赴約——」

劍光閃起，她的手停在半途，牙獠劍已直指她的咽喉！

「那我便將趁妳獨自赴約之時，取妳人頭！妳一死，馬家軍群龍無首，勢必兵敗如山倒！」

牙獠劍劍尖離她咽喉不過咫尺，寒氣逼人，她只覺頭皮一陣陣發麻。

她訝異地望著他，彷彿兩人此刻已在沙場，她與他，真的是敵人！

「馬摘星，永遠不要忘記我此刻的話！」他傾囊相授，更無異是將朱溫密令據實以告，儘管此刻她並不會明白。「沙場上，永遠都不能相信妳的敵人！若妳我為敵，便是狼仔已死，妳面前只有渤王！切記，兩軍交戰，不是妳死就是我活，兵不厭詐，妳要夠狡詐、要誘敵、更可以利用情份，要知越深的感情越能利用，狠狠搾取對方的脆弱，最後一舉殺之！」

他多麼希望她不要懂得這些戰場上的殘酷，但他知道，若她想活下來、想要戰勝，就必須要學會。

他緩緩收劍，她仍一臉驚惶，彷彿站在眼前的他，再度變成了陌生人。

他是渤王。是那個威震四方、敵人聞風喪膽的大梁戰神，旗下渤軍，刀口舔血，鐵蹄所到之處，屠殺血流成河。

一股涼意從背脊竄起，她默默看著他手裡的牙獠劍，良久，才低聲道：「我明白了，我會慢慢學的。」

「沒有時間讓妳慢慢學，妳必須立刻學會！」他一臉恨鐵不成鋼。

摘星錯愕，隨即明白，這一切，都只因他太擔心她。

擔心她太過柔弱，擔心她不懂戰場奸巧，所以教她狠心，教她陰險。

教她如何利用人心。

她明白他的苦心。

「我懂了。」

他將她帶到屏風後，一套金鱗護甲出現在她面前。

「這是我特地為妳準備的，此甲雖輕盈，刀槍卻難入，更足以抵擋百箭，一旦戰場局勢逆轉，當可助妳安然脫身，保住一命。」

她伸手輕撫那套戰甲，指尖在金屬上滑過，觸手冰涼，她的心卻是暖的。

又是戰術提點，又是準備戰甲，看來他真的很擔心她的安危。

「我只剩最後一事交代。」

她轉頭望向他，「何事？」

「活著。」

她愣住。

怎麼，聽他這語氣，竟像是生離死別了？

他竟這般捨不得她嗎？

她緩緩牽起他的手，見他眼眶有些紅。

她的狼仔，竟這般擔心她呢。

「狼仔，我不會有事的。」她輕聲道。

朱友文只能艱難點頭。

星兒，我只願，無論如何，妳都要活著。

活下去，才能戰勝。

才能打敗我。

因馬婧不在身旁，摘星將海蝶找了去，有些事，畢竟還是需要女人來幫忙。

譬如梳頭、譬如整理髮飾、譬如描眉上胭脂。

她從小不喜打扮，更不喜在臉上塗塗抹抹，可今夜不同。

女為悅己者容。

今夜，她想讓朱友文看到不一樣的自己。

海蝶細心在那張嬌美臉蛋上薄敷白粉，雙頰抹上胭脂，畫黛眉，貼花鈿，描斜紅，最後遞給摘星一張紅脂紙，「郡主，來。」

如暖玉般的素白纖指接過嫣紅脂紙，看著銅鏡，嫣紅脂紙放入唇間，輕輕一抿，唇色朱櫻一點紅。

攬鏡自照，好一個粉裝玉琢，鬟疊深深綠，柳夭桃艷不勝春，晚妝勻。

有些羞怯，只因從不曾如此盛裝打扮過。

「海蝶，我美嗎？」

「美，郡主。」

摘星默默凝視銅鏡裡的佳人，喃喃：「爹，您不是一直盼著女兒有好歸宿嗎？您可以放心了，他，一定待我如您待娘那樣好，這世上也唯有他，不會負我。」

海蝶轉過身，不忍。

「海蝶，妳會不會覺得我很厚臉皮？」語氣忽轉輕快，滿滿小女人嬌羞。

海蝶迅速收拾好心情，轉過身，搖頭。

「那好，幫我穿上嫁衣吧。」

今夜，朱友文將在他居住院落裡，設宴餞別。

那扇玄色大門，終於願意為她開啟了。

他如此擔心，她要向他保證，星兒一定會回來，因為他倆已是結髮夫妻。

鳳冠珠翠點點，大紅霞帔以靛藍鑲邊，繡以鳳凰，海蝶從未服侍過任何人穿衣，此刻卻是心甘情願，小心翼翼將那襲嫁衣輕輕滾上摘星郡主纖細的身軀，再將沉重鳳冠，仔細戴上。

「郡主。」一切準備妥當，海蝶拿起紅蓋頭。

隔著珠簾，摘星滿臉幸福微笑。

「都準備好了嗎？」

「郡主，都準備好了。」

紅蓋頭披上，她在海蝶的牽引下，緩緩走向她的夫君。

🐾 🐾 🐾

朱友文親手掛上最後一盞螢燈。

他回過頭，總是死氣沉沉的院子裡，竟一片螢火通明，每一根屋樑、每一根欄杆上都掛上了螢燈。

宴席桌上，廚娘幾次來回，早已擺得滿滿一桌，鳳尾魚翅、紅梅珠香、宮保野兔、佛手金卷、四喜乾果、四甜蜜餞、四甜糕、四醬菜、龍井竹蓀湯，菜香四溢，他卻毫無胃口。

他愣愣地看著餐桌上最不起眼的那一道菜，不覺出了神，莫霄喊了幾次「主子」，他才回過神。

「郡主來了。」

那扇玄色大門打了開來，一襲鮮紅嫁衣映入他的眼簾，驚心動魄的紅。

海蝶扶著頭蓋紅巾的摘星，朝他緩緩走來，他看著她婀娜身影，心，碎了一地。

莫霄心中難過，海蝶亦不好受，明明該是喜事，兩人表情卻像是在辦喪事。

只能慶幸紅頭蓋遮住了摘星的雙眼。

摘星只覺異常安靜，有些緊張，「你們……怎麼都不說話？是不是覺得我太厚臉皮了？」

還是無人回應。

「殿下？」她有些不安。

朱友文走向前一步，握起她的手。

柔軟溫暖的小手，明日之後，是否很快會變得冰冷？

「殿下，見你如此擔心我，我就想……想在臨別前，讓你見見我穿喜服的模樣，也讓你明白，你我夫妻緣份，執子之手，與子偕老。」

他忽緊緊握住她的手，她嬌呼一聲，並未甩開。

海蝶將一壺酒與一對交杯酒杯放在桌上。

「恭賀殿下，郡主大喜，海蝶在此祝兩位百年好合。」明知摘星見不到，她仍努力擠出微笑，淚，卻隨之而下，她趕緊摀住嘴，不敢哭出聲，驚恐地望了主子一眼。

朱友文不忍苛責她的失態，朝莫霄使了個眼色，他會意，連忙扶著海蝶離去。

於是只剩下他們兩人。

螢光點點，月白風清。

他伸手想要掀起她的紅蓋頭，她卻從嫁衣裡遞出兩個戲偶。

是星兒與小狼的戲偶，曾經被他毀去，卻又被紅兒悄悄一針一線縫補好，送回到她身邊。

他渾身一震，那夜山洞裡的呢喃軟語在耳邊響起。

——星兒很想問小狼，願不願意變成人，永遠陪在她身邊？

——小狼當然願意，於是小狼長出了翅膀，終於能飛到星兒身邊，永遠不分離。

可是星兒，小狼始終沒有長出翅膀，永遠只能在地上，仰望天上的星星，遙不可及。

他知道該說些什麼，但暗自提了幾口氣，仍是一個字都說不出，喉嚨好似被棉花堵住，連呼吸都覺得艱難。

他顫抖著手，掀開紅頭蓋，只覺眼前一亮，心裡彷彿炸開一團團煙花，短暫照亮那一片漆黑。

朱唇粉面，楊柳宮眉，雙眸轉盼流光，與點點螢火相互輝映，說不盡的愛意流淌在夜色裡，此刻他多麼想放下世間一切紛紛擾擾，就此帶著她奔向天涯海角，不再過問世事。

手依舊顫抖，撫上她粉嫩臉頰，深情凝視，「星兒，妳今晚真美。」

細心刻意打扮為的不就是這一句？她笑得幸福，甜甜回道：「你該慶幸，能娶到一個這麼美的新娘。」

他臉上微笑，已不堪負荷的心，彷若被一記重拳狠狠擊中。

紅蓋頭掀起，她張望了下，見到螢燈，心中一暖，知他仍記得狼狩山上的一切，仍是她的狼仔。

再望向那豐盛菜餚，一道最不起眼的點心，吸引住她的目光。

「是巧果？」她拾起一顆顯然炸得過焦的黑呼呼巧果，王府廚子廚娘們皆手藝精湛，不可能失手，她噗嗤輕笑，「這是你炸的？」

他點點頭，被油星子燙傷的左手往後縮了縮。

「炸得不好，不喜歡就別吃了。」他難得些微靦腆。

「我要吃。」她挑起一顆勉強合格的巧果，遞給他，「你餵我吃。」

他將親手炸的巧果輕輕放入那張櫻桃小嘴，指尖觸到柔嫩唇瓣，心狠狠一抽。

「好吃嗎？」他問。

「你親手做給我吃的，自然好吃。」她沒說巧果裡頭其實尚未熟透，有些黏糊。

堂堂大梁皇子，居然願意為了她，降貴紆尊，在揮汗如雨的廚房裡親自下廚炸巧果，嚇壞一堆廚子廚娘。

那對交杯酒杯，是她特地叮囑海蝶準備的。

她拿起酒杯斟酒，一杯遞給朱友文，他卻輕輕放下酒杯，道，「別喝了，妳酒量差。」

「但今夜可是特別日子。」她不依。

他連她的酒杯也取走，放在桌上，笑道：「我可見識過妳發酒瘋的模樣。明日就要出發，別讓酒誤事。」

她只有悄悄嘆息。他說的不無道理。儘管這可算是他倆的交杯酒。

「等馬家軍打贏太保營一役，大梁滅了晉國後，我頭一件要做的，就是奔回來與你成——」最後一個字，消失在驟然的一個吻裡。

別再說了。他無法與她共飲交杯，那是他永遠無法實現的承諾。

深吻纏綿，吻去她所有質疑，吻去他所有絕望。

今夜，為了她，他最後一次當回她心裡的狼仔。

「夫君……」

他聽見她低語，猛地更加用力抱緊懷裡的人兒。

秋夜螢火飛，幾隻漏網螢蟲悄悄停在她的嫁衣上。

只是清霜漸重，繁茂繽紛了一整個夏季的螢蟲，終將逐漸凋零。

🐾 🐾 🐾

隔日，天才濛濛亮，啟程時刻已到，摘星殷切望著王府大門，卻遲遲不見朱友文人影。

護送侍衛催了好幾次，海蝶匆匆趕來，道：「郡主，殿下一早就被陛下召入宮了，不克送您離去。」

摘星臉上是掩不住的失落，昨夜兩人用完酒菜後，他陪了她一夜，她是做好心理準備的，畢竟將來都是要做夫妻的人，可他只是摟著她，什麼也沒做，等到她今日清晨醒來，他人已離去，徒留被上餘溫。

儘管知道他是捨不得她隔日便將遠行，不忍增加她的身體負荷，心仍有些空落不踏實。

也罷，一切都等這場戰事結束後再說，別讓兒女私情誤了國家大事。

她上了馬，頷首對海蝶與莫霄告別。

「請郡主多加保重。」兩人面無表情，真心如此希望。

馬蹄聲急促而去，她終究是走了，離開了渤王府，離開了朱友文。

直至摘星一行人完全不見蹤影後，莫霄才轉身前往書房稟告：「殿下，郡主，啟程了。」

朱友文背對著他站在窗前，凝重如山。

良久，他轉過頭，神情冷冽如霜，「從此刻起，本王與馬摘星形同陌路，再無情份，若戰場上兵戎相見，就看她是否得上天眷顧。」

雖入秋季，但這兩日秋老虎發威，豔陽高照，摘星趕路趕了大半天，不由汗流浹背，口乾舌燥，見路旁有間茶店，便要一行人喝點茶水，略休息一會兒。

坐定後，店小二上前招呼，摘星要了幾壺茶水，沒多久茶水便送了上來，店小二親自為她倒了一杯茶，摘星不疑有他，端起便喝，覺得不解渴，又自己倒了一杯。

大夥兒都渴得很，幾壺茶一下子便喝完了，有人吆喝店小二出來補加茶水，但喊了幾聲都沒人回應，一人起身正要去探個究竟，茶店外忽傳來驚喜一聲：「郡主！」

「馬婧？」摘星立即起身走到茶店外，見馬婧正從馬上跳下，身後跟著兩名馬家軍士兵。「妳怎麼會出現在此？」她注意到馬婧頭綁白巾，神情哀戚，雙眼紅腫，心中一凜，「馬婧，妳……怎地戴孝了？

難道是程叔他……」

馬婧潸然淚下，卻又很快抹去眼淚，拉著她就要上馬，「郡主！快，先跟我走，快上馬！」

護送摘星的侍衛見狀，連忙上前阻止，若不是其中有人見過馬婧，知她在摘星身旁服侍，此刻恐怕已拔刀傷人。

「馬婧，妳要帶我去哪？」摘星得知馬峰程過世，難掩悲痛，馬婧又神色古怪，支支吾吾，一面要拉她上馬，一面眼神不安地瞄向那些侍衛。

「好郡主，就當我求你了！這一時三刻講不清的……」誰知道這些侍衛會不會一下子翻臉砍了她和郡主？她與疾沖等人一同離開北遼河，欲在半途提早攔截摘星，為爭取時效，他們分批行動，沒想到是她先找著了郡主，但她戰力最弱，若無法適時將郡主帶往平安處，一樣危機重重，說不定連小命都會沒了！

「郡主！請勿耽擱，儘快上路。」護送侍衛催促道。

兩名馬家軍士兵忽衝上前，拔刀擋在摘星與馬婧面前。

一時氣氛緊張，摘星忙喊道：「等等，大家都是自己人！」

馬婧卻大聲道：「誰和他們是自己人！」又轉頭對摘星道：「郡主，他們可是渤王手下！」

「渤王手下有什麼不對？是殿下特地派他們護送我去馬家軍軍營的。」摘星一頭霧水。

「因為渤王他——」馬婧話聲未落，渤軍侍衛已出手，朱友文精挑細選出來的侍衛個個武藝不弱，兩名馬家軍士兵奮力抵擋仍不敵，瞬間便遭殺害！

摘星大驚，只見侍衛的刀又要向馬婧砍來，她連忙將馬婧拉到身後，刀光劍影，馬婧與她緊緊相擁，想著臨死之前一定要告知郡主真相，喊道：「郡主！他們都是渤王派來殺您的！馬府血案的真兇根本不是晉王，而是朱溫！是渤王！」

宛如平地炸起一聲雷，摘星瞬間腦袋一片嗡嗡作鳴。

馬婧說了什麼？

即將要砍到她們身上的刀子忽停下，渤軍侍衛紛紛退下，恭敬站在一旁。

眼前一暗，一名高大的蒙面黑衣人站在她面前，那身影如此熟悉，她絕對不會錯認。

「你……是誰？」她顫抖著雙唇，緩緩走向黑衣人。

是他嗎？是渤王？是朱友文？還是——

巨大的恐懼緩緩侵入骨髓，腳底竄起絲絲涼意，竟連路都走不穩。

「郡主！別過去！」馬婧想要拉回她，但黑衣人一抬手，渤軍侍衛立即架住馬婧，亮晃晃的刀子架在頸子上，動彈不得。

鏗啷數聲，她的雙手忽被鐵鎖鏈緊緊綁住，摘星驚恐望向左右，只見身旁不知何時出現又兩名蒙面黑衣人，分持鐵鎖鏈另一端，腦海裡頓時電光火石閃過滅門那夜，那些殺手也曾持沉重鐵鎖鏈攻擊爹……這相似的手法，難道真的竟是……

她奮力掙扎，鐵鎖鏈沉重無比，又纏得死緊，哪裡掙脫得開？

「你到底是誰？你不會是朱友文！不可能！他絕對不可能是兇手！」她聲嘶力竭，但那高大的身影如此眼熟，她幾乎日日看在眼裡，若這一切真如馬婧所說，她昨夜竟與殺父仇人共枕一夜而毫不自知？

「告訴我，你不是朱友文！」

老天爺！求求您！不要如此殘忍對她！

她一心一意認定的夫君，她總是牽掛在心的狼仔，不會是滅她全家的真兇！

不會是！

但那人一雙烏黑眼眸裡盡是痛不欲生的悲傷。

她認得那雙眼，只是從未在那雙眼裡，見到如此無邊無際的痛心切骨。

摘星渾身劇顫，他知道！

他從頭到尾都知道。所以他才會如此痛苦！

而他居然從頭到尾一直瞞著她？

似乎要徹底粉碎她最後一絲微渺的期望，他緩緩拉下遮住面容的黑布……

「不——」她只覺心裡最柔軟溫暖的地方一下子冰凍，寒意瞬間蔓延四肢，接著有什麼東西碎裂了，一片一片，她所有的信任、所有的幸福，迅速消失在那碎裂聲裡。

悲痛欲絕。

她聽見自己嘶啞著嗓子，要他給她一個解釋，而她幾乎認不得那是自己的聲音。

「本王奉旨前來擒拿罪犯馬摘星。」他逼自己直視她的雙眼，逼自己眼睜睜看著她崩潰。

昨夜一切不過幻影，他終究是滅了馬府的渤王，而她終究是馬瑛之女。

魂已斷，空有夢相隨。

「告訴我，為什麼？為什麼！」

她的手腕已被鐵鎖鏈磨得血痕斑斑，淚水早已流滿臉頰，自己卻渾然不知，梁帝為何要滅門馬府？

爹爹哪裡做錯了？他一生忠心護國，從無叛心，怎麼會？

「馬摘星，問啊！」他壓抑住心中悲痛，逼自己強硬，「妳想知道什麼，本王絕不欺瞞！」他只願她能承受得住真相。

「我要知道真相！」聲音已是撕心裂肺。

「真相是，馬瑛功高震主，父皇懷疑其忠心，下令滅門！真相是，送妳上戰場，原是為了讓本王一舉殲滅妳與馬家軍！真相是，父皇得知馬家軍已有叛心，極有可能被策反投晉，本王如今奉命捉拿妳回京！」一咬牙，「真相是，妳愛上的這個男人，的的確確就是妳的殺父仇人！」一句一句，都是真相，句句決裂，將過往恩愛毫不留情一一斬斷，不留任何餘地。

她瞠目結舌，嘴唇蠕動幾次，卻發不出任何聲音。

這就是真相。竟是如此不堪。

原來過去所相信的一切，全都是謊言。

原來遙姬沒有說錯，她與他，是被上天所詛咒的，星兒與狼仔早已在八年前徹底消失，她一直苦苦追尋的不過是幻影與兒時美好回憶。

原來……原來。

她淚眼模糊，望著眼前的殺父仇人，絕望吶喊：「真相是，星兒與狼仔永遠不可能在一起！真相是，我與你的確是上天的詛咒！真相是……直到這一刻，我還奢望你是在騙我！」

真相是，明明該恨到極點，濃烈愛意卻未曾稍減。

愛與恨，狠狠交織，生不如死。

她終於不再掙扎，跌坐在地，痛哭失聲。

世界，天崩地裂。

🐾 🐾 🐾

渾身癱軟的摘星被五花大綁押解上馬後，莫霄前來低聲稟告：「主子，這茶店透著古怪。」

「說。」

「屬下剛搜查一遍，發現店老闆與店小二早已被人毒死。」

他心中一凜。

是誰想對摘星下手？成功了嗎？

「用的什麼毒？」他問。

「兩人頸上皆有一朵隱約紫色七瓣花印，是轉花毒。」莫霄回答。

是遙姬！

都已被關回大牢裡了，居然還要興風作浪！

「馬摘星也中毒了嗎？」他不覺面露擔憂。

「屬下不如文衍那般熟知藥理，不敢確定。」頓了頓，「主子，此事要不要稟報陛下？」

朱友文沉吟不語。

若真是遙姬出手，很有可能便是寒蛇毒。

遙姬自是不可能給他解藥，但梁帝之前曾命她在摘星身上埋毒藉以控制，手上應有解藥，只是梁帝未必願意替她解毒，之前夥同遙姬測試他的忠誠，已讓他杯弓蛇影，不敢輕易為摘星求情，他並非怕自己從此失寵於梁帝，而是怕萬一梁帝使出更殘忍的手段，他將更無力救她性命。

如今他只能假裝不知情，盡速趕回京城，讓莫霄潛入宮內偷取解藥，替摘星解毒。

在戰場上，他與她雖是敵人，但那並不妨礙他在戰場之外，暗暗護她。

他在馬瑛墳前立過誓約。

護她一生一世，永不食言。

即使她對他，從此將只剩下仇恨。

第二十八章 換囚

遲了。

疾沖趕到時，只見茶店外躺著兩名馬家軍士兵，他跳下馬衝入茶店，前前後後搜了一遍，除了地上兩具屍體，沒有別人。

他仔細翻看屍體，見兩人頸上均有一朵隱約紫色七瓣花印，又是轉花毒！

看來朱梁已得知消息，搶先一步下手了！

經他一番遊說，馬邪韓終於同意拔營，率領馬家軍前往晉國邊界，暫時安全無虞，但兵將們個個心繫摘星安危，想來朱溫也知這一點，不會輕舉妄動，至少摘星目前應還不會有生命危險。

但仍得儘快想法子將她救出才行。

他跳上馬，奔往晉國邊境，腦袋裡飛快轉著念頭：該如何儘快順利救出摘星？

🐾 🐾 🐾

摘星與馬婧被押入天牢，分別關押，馬婧大呼小叫：「憑什麼把我和郡主分開？你們這群喪心病狂、狼心狗肺的傢伙！我家郡主哪點對不起你們了？」

相對於馬婧的激動，摘星卻是安靜得詭異，神情漠然，好似身邊一切再也與她無關。

她該恨朱友文，但她卻又如此深愛著他。

滿滿的愛與恨都給了同一個人。

靈魂已被掏空。

馬婧叫嚷了大半天，口乾舌燥，獄卒送來飯菜，一開始她氣憤一腳踢開，大半夜裡餓得實在受不了了，才喝了點水，這時才驚覺隔壁牢房的摘星竟一整天毫無動靜。

「郡主？郡主您沒事吧？」她著急地拍著石牆。

但摘星沒有回應。

「郡主！郡主——來人啊！我家郡主怎麼了？」喊了半天，終於聽見摘星淡淡回了一句：「馬婧，安靜。」

馬婧不由一愣。

遭受到如此巨大的打擊、如此痛心的背叛，為何郡主仍如此冷靜？

郡主心裡究竟在想什麼？

馬婧不再叫嚷，卻覺提心吊膽，向來粗線條的她難得敏感察覺到摘星正在壓抑自己，但如此強烈的負面情緒不狠狠發洩出來，她可是會失去神智、會瘋掉的啊！

有多少人能冷靜承受由愛轉恨的折磨？

以為將執手一生一世的良人，竟是不共戴天的仇人……蒼天為何如此作弄郡主？

「郡主，您想哭的話，就盡量哭……」

不要一滴眼淚都不流，不要一句話都不說，哀莫大於心死，一個人心死了，雖然再也感受不到痛苦悲傷難過，但亦感受不到喜悅幸福快樂，與活死人又有何異？

馬婧心中一凜：難道郡主動了尋死的念頭？

「郡主！郡主您──」正想勸郡主幾句，天牢入口處傳來聲響，整夜如石像般分毫未動的摘星身子輕輕一震，原本黯淡的眼眸瞬間爆出最後一絲殘餘火焰。

是他嗎？是朱友文來了嗎？

他可是來向她解釋前因後果？

他……一定是被逼的，是吧？

然而隨著那身影越來越走近她的牢房前，她眼裡的期待一絲絲黯淡下去。

不是他。

「郡主。」莫霄對摘星態度依然恭敬，親自端著較為豐盛的飯菜與清水，隔著鐵柱，送入摘星牢房。

馬婧在隔壁牢房聽見動靜，整張臉貼在鐵柱前，盯著莫霄的一舉一動，「郡主，別吃！誰知道會不會在飯菜裡下了毒！」

莫霄略帶歉意地看了馬婧一眼，沒有回話。

莫霄離去前，摘星忽喚住他：「莫霄。」

「郡主。」他轉過身。

「他為何要救我？」

問的，自然是滅門那日，既然朱溫下令屠殺，滿門不留，為何單留她一命？

莫霄躊躇，終道：「在趕盡殺絕的那一刻，主子聽見了郡主的銅鈴聲。」

她默然半晌，抬起頭，眼神堅決，「我要見他！」

「郡主，您先吃點東西——」莫霄勸到一半，摘星拿起飯碗用力朝牆上扔去，瓷碗應聲而碎，她拾起一塊尖利碎片，抵住自己咽喉，冷聲道：「我要見他！」

「郡主，冷靜點！」莫霄從來不知她竟有如此決絕一面，一時有些慌了手腳，眼見瓷碗碎片已割入肌膚，滲出血來，她竟彷彿絲毫不感疼痛，眼裡帶著不容拒絕的強勢與威脅，「若不讓我見他，後果你承擔得起嗎？」

鮮紅的血，沿著她雪白頸子汩汩流下，觸目驚心。

莫霄知她若見不到朱友文，絕不會放棄自殘，要是在天牢裡就這麼尋死走了，別說他承擔不起這後果，主子怕也是傷心欲絕。

他只好自作主張，「郡主，我這就請主子過來，您先別再傷害自己好嗎？」

摘星握著碎片的手絲毫未有鬆懈，冷眼看著莫霄，「你只有一個時辰。」

天牢裡見不著陽光，感覺不到時間流逝，也許過了很久，也許真只是過了不到一個時辰，拿著碎片的手依舊抵在纖秀頸子上，獄卒在牢房外虎視眈眈。

終於，她等待的那個人來了。

莫霄匆匆趕到，打開牢門，伸出手，她遲疑了下，將碎片交到莫霄手裡。

莫霄領著她離開牢房，往下走了一段長長的階梯，來到拷問室，只見冰冷牆面上掛滿各式刑具，上頭沾滿囚犯血跡，角落點著一爐香，似要掩蓋血腥味，以及隱隱的嘔吐與失禁的髒臭氣味。

他就站在她面前，陰影遮住了大半個人，彷彿由黑夜所生，不見一絲光明與溫暖。

摘星心裡打了個突，她從未見過如此的朱友文。

他聽見她的腳步聲，刻意將香爐往前推了推，「怕妳嬌生慣養，不習慣這裡的血腥味，命人備了薰香。」目光，不著痕跡地在她頸上傷口滑過，默默收回。

她根本不在意他這一點假惺惺的體貼，開口便問，「你究竟是誰？」

「大梁三皇子，受封渤王，另一個身分，是陛下一手掌握的暗殺組織，夜煞之首。」

「不過就是朱溫的劊子手。」她冷笑。

他沒有回應。

她看著他毫無表情的側顏，思緒萬千，怪不得啊……自從朱溫賜婚後，他對她不是反復無常，就是若即若離，如今一切都有了合理解釋，原來，他想愛卻不敢愛，也不能愛……

她顫聲問：「你除了是渤王，是朱溫的劊子手，你可記得，你還有另外一個身分？」

你可還記得，你是我的狼仔？

朱友文退回陰影裡，低沉語氣似帶著一聲嘆息，「那個身分，已無意義了。」

「誰說無意義？滅我馬府上下的，是渤王，可聽見銅鈴聲救我的，是狼仔！我讓你選一回，你是要當朱溫的劊子手，還是星兒的狼仔？」她心裡終究存著一絲期望，他是身不由己，馬家真正的仇人是朱溫，不是他！

朱友文微愣，似乎不敢相信，直到此刻，她竟然還願意原諒他，願意讓他繼續當回她的狼仔。

拷問室陰暗潮溼，薰香濃郁，她的雙眼晶亮異常，期盼著一個答案。

半晌，他反問她：「妳能讓夏侯義起死回生嗎？」

淚水無預警地滑落她的臉頰。

最後僅存的奢望被無情熄滅。

人死不能復生，他之所以為他，已是不可逆，她卻還在癡心妄想？

「父皇問過我同樣的話，我的回答從未改變。」他直視她淚光波動的雙眼，逼自己硬起心腸，「馬摘星，妳一直希望我離開狼群，成為一個真正的人，但給我名字、身分，讓我不必活得像個怪物的，是父皇，不是妳！我承認，得知當年妳沒有背叛我，曾有那麼一瞬間，我想做回狼仔，但朱家的再造之恩，大哥待我的義氣與手足之情，這些，都不是妳給我的！」

她如遭雷擊，腦袋瞬間一片空白，愣愣看著他許久，才顫著聲音道：「你選擇繼續當渤王，是嗎？」

他放棄了她，他不要她！

他寧願繼續做朱溫的走狗！

摘星踉蹌退後兩步，難以置信，心痛到難以呼吸。

她最深愛的人，她最珍惜的狼仔，竟是滅她馬府的真兇！

終於痛哭失聲，聲嘶力竭控訴：「朱友文！你為何不乾脆殺了我？卻要讓我踏進渤王府，成為你未來的王妃……奪走了我的心，卻又如此踐踏我的感情！朱友文，你果真是禽獸，不，連禽獸都不如！」

為什麼？既然愛她，為何忍心如此待她？

她一句句控訴，撕裂著他的心，但他只能狠下心冷漠以對。

給不起，就別心軟，他已犯過一次錯，落得眼前兩敗俱傷的下場。

他與她，都痛心入骨。

他抄起一包袱，打開倒出星兒與狼仔的皮影戲偶，以及那條狼牙鏈，當著她的面，一把投入火盆裡！

「馬摘星，醒一醒吧！這世上再也無星兒與狼仔！」

戲偶瞬間被熊熊火焰吞噬，她連阻止都來不及。

八年前，兩小無猜，青梅竹馬，碧藍的天空，蔥鬱的樹林，女蘿草隨風搖盪的美麗湖泊，狼狩山上曾經迴盪的歡笑聲，全沒了。

她的狼仔，沒了。

可狼仔答應過，要永遠、永遠陪在星兒身邊的。

火焰彷彿燒在了心口上，迅速蔓延擴大，彷彿割開她的肉，劃開她的骨，留下一輩子都難以痊癒的疤痕。

他在她面前，親手毀去兩人之間所有甜蜜回憶，不給自己任何後路。

摘星愣愣地看著戲偶消失在火焰裡，火舌忽地竄高，照亮了她煞白的臉龐，小狼的臉在火光中一閃而逝，隨即消失。

永遠消失了。

連日來情緒大受打擊，更兼不吃不喝，她心灰意冷之餘，苦苦撐著的一口氣一鬆，忽軟倒在地，朱友文連忙上前扶住，一抹青從她袖口滑出，是他曾送她的香囊。

他眼眶一熱，抄起香囊收入袖裡，這才喚來文衍。

頭。

文衍行走還有些艱難，得靠莫霄在旁扶持，他進來後輕輕抓起摘星的手腕把脈，然後對朱友文點點頭。

朱友文將摘星輕輕轉過身，解下她上半身衣裳，露出大半個背部，只見晶瑩如雪的白皙肌膚下，一枚枚大小如小指指甲般的黑色鱗紋開始慢慢退去。

文衍點點頭，「看來莫霄盜得的解藥的確有效，郡主的寒蛇毒已解。」

朱友文鬆了口氣，迅速將摘星外衣穿上。

前夜裡他一回京城，便指點莫霄如何避開御前侍衛，潛入梁帝御書房盜得解藥，帶回渤王府讓文衍確認後，混入飯菜飲水，由莫霄親自端入天牢給摘星。雖料到摘星不會乖乖聽話，他卻也沒料到她會捽碗藉機自殘，逼他相見，文衍知道後，便建議將解藥放置香爐內，以薰香解毒。

莫霄被他喚來，一見摘星昏迷便問：「毒真解了嗎？郡主怎麼暈了？」

文衍解釋：「郡主是一時打擊過大才昏過去的，與解毒無關。」

莫霄接過昏迷的摘星，離開拷問室，送回牢房。

「莫霄。」朱友文叮嚀。「她的傷口，好生處理。」

「是，主子。」

他轉過身，背對文衍，袖裡抖落那枚香囊。

七夕定情，遭遇大難後她始終不棄，甚至單槍匹馬闖入天牢，只為見他一面，只為告訴他，她不會棄他而去。

不求同生，但求同死。

得知他生命有危險，不遠千里趕去魏州城警告他，即使當眾受盡屈辱，仍果敢回頭相救，甚至差點因此送掉一條命。

風中聽蝶，跳崖相逼，只因始終相信，他是她的狼仔。

狼狩山上重溫舊夢，溫言訴說星兒與小狼的故事，小狼始終在她心裡，即使她是天上的星兒，仍夜夜眷戀垂首望著地上的小狼，盼著小狼能長出翅膀，與她雙宿雙飛。

流螢飛舞，皎月朗朗，她躺在他身旁，伸出纖細手指，在空中寫字。

流螢繞著她的手指飛舞，是一顆顆明亮星星。

樁樁件件，都是最美回憶，卻只能屬於星兒與狼仔。

而他與她已不是星兒與狼仔。

心一狠，將香囊扔入火盆裡，淡淡幽香溢出，隨即被轟然火焰吞噬，只餘漆黑焦殘。

一縷輕煙裊裊，彷若芳魂。

那屬於過去的一抹魂魄，仍舊依依不捨。

寸寸柔腸，盈盈粉淚。

🐾 🐾 🐾

行進隊伍間起了些騷動，有人指向天空，騎在馬上的朱友貞抬頭，果真見到有隻金雕正在他們上方盤旋。

他認得那隻金雕。

是疾沖？

朱友貞正在返回京城途中，梁帝派他前往太保營勘察敵情，如今任務已了，眼見梁晉大戰開打在即，急召他回宮。朱友貞為此有些悶悶不樂，父皇仍將他當成小孩子嗎？為何不讓他留在前線支援？

金雕現蹤，得知疾沖就在附近，朱友貞的心情好了些。

不久前方傳來一聲長嘯，金雕追日應聲而去，只見疾沖單人匹馬，風塵僕僕來到大隊人馬面前，隨行的校尉楊厚使了個眼色，保衛朱友貞的侍衛神情警戒，紛紛靠近朱友貞，他卻放心道：「表兄，疾沖不是外人。」

疾沖停下馬，一臉笑嘻嘻，「殿下，許久不見。小的有一事，非得請殿下幫這個忙不可。」

「何事？儘管開口。」朱友貞沒想到疾沖會有求於他，不免更放鬆了戒心。

「小的是想請殿下幫忙救一個人。」疾沖驅馬上前。

「救誰？」

「救你的摘星姊姊！」話語一落，疾沖的劍已抵在朱友貞頸子上！

巨變突起，在場所有人反應不及，紛紛拔劍吆喝，疾沖身後樹林忽湧現一群蒙面人，迅速將朱友貞等人馬團團包圍，動作井然有序，正是馬家軍精銳。

疾沖身子俐落一躍，跳上朱友貞的馬，手上的劍絲毫未曾離開朱友貞的頸子，楊厚在旁看得冷汗直冒，就怕嬌貴的四殿下有個閃失——

「疾沖！你又在玩什麼花樣？」朱友貞半驚半疑，疾沖這人鬼點子特多，誰知道是不是在捉弄他玩兒？

「我這次可是玩真的。」疾沖語氣難得如此正經，他朝楊厚道：「聽著！朱友貞現在人在我手裡，若要他活命，三日後，帶著馬摘星與馬婧，到梁晉邊境的莽嶺交換人質，若膽敢玩什麼花樣，就等著替朱友貞收屍吧！」

楊厚見朱友貞落入疾沖手上，先不說梁帝是否會同意交換人質，光是朱友貞被人脅持，梁帝真要怪罪下來，他有幾個腦袋都不夠砍啊！正在焦頭爛額之際，疾沖劍光一閃，朱友貞的衣袖已被削下一大片。

「還在磨蹭什麼？下一劍，可就不只是袖子了！」

「這……此地離京城路途遙遠，三日實在太趕，是否能多寬限些時間？」楊厚冷汗直冒，硬著頭皮協商。

跟隨疾沖而來的蒙面人紛紛舉起手上武器，殺氣逼人，馬家軍得知真相後，本就極為痛恨朱溫手段，更痛恨自己對舊主的一片赤誠反被利用，馬家軍本就以剽悍聞名，若不是疾沖事前阻止，此刻恐怕早已大開殺戒，一洩怨氣！

疾沖笑道：「你也見識到了，我這班兄弟，可是嫌三日都太長了呢！」

「你……你別輕舉妄動！」楊厚明知毫無勝算，又不甘就這麼夾著尾巴回京城求救。

嗖的一聲，樹林裡飛出一支冷箭，距離楊厚最近的一名士兵中箭倒下，哼都沒哼一聲。

樹林裡還有弓箭手埋伏！

疾沖已面露不耐，朝楊厚揮了揮手，「快回皇城把話帶給朱溫吧！時間可不等人的。」語畢便駕馬帶著朱友貞離去，蒙面人排列成行，一小隊一小隊人馬斷後離去。

朱友貞被擒，四周又有大批伏兵，楊厚一籌莫展，只能眼睜睜看著疾沖帶著朱友貞揚長而去。

梁帝得知朱友貞被俘，對方要脅交換人質馬摘星，勃然大怒，想他堂堂九五之尊，居然得受一個來路不明的傢伙威脅？但事關朱友貞性命，他不得不冷靜下來思考：究竟要不要放虎歸山？

楊厚苦口婆心不斷懇求，區區一個馬摘星，哪有朱友貞的命重要？

梁帝自然知道如何該拿捏，只是不甘。

處心積慮佈下的棋局，先被馬家軍毀了，手裡只剩馬摘星這顆棋，如今又半途殺出程咬金，脅迫他交出馬摘星，難道他就只能任人予取予求嗎？

他不是沒考慮過，要遙姬真正在馬摘星身上埋下寒蛇毒，讓馬家軍屆時只能換回一具屍體，但寒蛇毒並非萬無一失，若換回友貞之前，此女便毒發身亡，友貞焉有命在？

他自然不知遙姬已悄悄命人暗中在摘星身上埋下寒蛇毒，更不知朱友文從他這兒盜得解藥，替其解毒。

左思右想，都沒有更好的法子。

朱友珪被貶為庶人後，他雖未再提過太子人選，但朱友貞乃他與皇后所嫡出，在他心中，早已成為理所當然的第一順位。

他這皇位，還是想給自己親生兒子的。

一個馬摘星，與大梁未來國主，孰輕孰重，已不用明說。

梁帝傳來朱友文，「交換人質的任務，便交付於你。你應當自有分寸。」

「兒臣必護全四弟，將四弟平安帶回。」朱友文在他面前，斬釘截鐵回道。

梁帝點點頭，「去吧，放出馬摘星，把友貞帶回來。」語落，不甘咬牙，「一旦確定友貞平安，親手殺了馬摘星！」既然這棋局已破，他也不會讓馬家軍好過！殺了馬摘星，馬家軍頓失主心骨，必定大亂，暫時無法為晉軍所用，他再加快腳步連契丹攻晉，還是有不小勝算。

「兒臣遵命。」朱友文的回答，毫無遲疑。

🐾 🐾 🐾

大梁京城至梁晉邊境莽嶺，少說也有數百里，短短三日，只能日夜不斷兼程。

摘星自被關回牢房後，整個人宛如行屍走肉，不吃不喝，人很快便消瘦了一圈，身子憔悴不堪，她對周遭一切都失去了興趣，即使被帶離天牢，日夜趕路，她也沒有問過一句話，只是雙目緊閉，一張小臉慘白。

朱友文暗中叮囑莫霄看好她，千萬別出差池。

他了解她，以她的性子，恐怕已有了尋死念頭。

一行人不斷趕路，梁晉邊境再半日後便可抵達，總算能暫時歇息。

莫霄拿著一壺水，走到摘星面前，「郡主，您已經不吃不喝幾天了，起碼喝點水吧。」

摘星已虛弱得意識有些不清，聽見莫霄聲音，只是倔強轉過頭。

莫霄無奈。

過了沒多久，朱友文走到囚車前，強拉出摘星，硬是將水灌入她已乾裂的雙唇裡。她幾無力氣，掙扎了幾下，嗆了好幾口，意識陡地清醒，一口咬在朱友文虎口上，他用力推開她，「妳不想活了是嗎？」

她跌坐在地，滿身泥濘，抬起虛弱的眼神，恨恨道：「我死了，朱友貞也活不了，讓你和朱溫也嘗嘗失去至親的痛苦……」她忽低聲笑了，多日未飲水的嗓子早已乾啞，不復昔日清脆銀鈴。「哈……不對，你是冷血無情的渤王，怎可能、怎可能會感到心痛……」

「馬摘星，妳死了，拉友貞陪葬又如何？不過是逞匹夫之勇，真正殺害妳全家的兇手，卻仍好端端活在妳面前！妳的死有半點意義嗎？妳為妳爹、為馬府、甚至為馬家軍究竟做了什麼？妳只想到自己，愚蠢至極！」他刻意撩起她的仇恨，他知道，仇恨的力量很強大，能讓一個瀕死之人爆發出強烈求生慾望，只為了親眼看著自己的仇人落得該有的下場！

因為他自己也走過這條路。

原本頹然半癱倒在地的虛弱身子動了動，接著慢慢強撐爬起，當她再抬眼望著他時，他清楚看見，那雙生命之火曾幾欲熄滅的眼裡，被濃烈恨意重新點燃，如火般燒灼燙人。

他知道自己的目的達到了。

他要來一顆饅頭，扔到她手上，轉身離去。

莫霄上前欲扶起摘星，她忽生力氣，用力甩開他的手，拿起手上的饅頭，大口大口吃了起來，吃得急了嗆到，猛烈咳嗽，莫霄遞給她水，這次她拿起就喝，咕嘟咕嘟幾乎喝完半壺水，接著繼續猛吃饅頭。

她不會死！她要活下來！她死，豈不是便宜了朱友文？

她要為爹爹報仇！她沒有忘記自己的誓言——

我乃馬瑛之女，他日戰場相見，我馬摘星必拿你項上人頭，以報父仇！

梁晉邊境莽嶺。

疾沖押著被五花大綁的朱友貞，身後跟著一批馬家軍精兵，不遠處已可見到一隊人馬風塵僕僕，金雕追日早已報信，的確是朱友文親自帶著摘星前來交換人質。

莫名被俘的朱友貞起先忿忿不平，待得知真相後，訝然無語，若疾沖所言非假，竟是他父皇與三哥殺害了摘星全家？他起初不願相信，只道其中必有陰謀，疾沖不過是想挑撥離間，然疾沖語重心長道：「狡兔死，走狗烹，自古開國功臣，有多少人能落得個好下場，全身而退？」

朱友貞默然許久，才難過道：「三哥對摘星姊姊這麼好，背後竟是如此可怕陰謀，連我都難以置信，摘星姊姊又要如何承受？」他畢竟少年心性，自小又備受寵愛重視，對於王圖霸業，野心不大，仍保有皇家子弟中難得一見的善良與多感，他知疾沖實是心急救人，脅持他也是逼不得已。

他從小便被教導要防範人心險惡，卻萬萬沒想過，最險惡之處，竟是源於自家人。

令人心寒。

朱友文的人馬到了。

摘星與馬婧皆是一身狼狽，衣衫凌亂，疾沖得努力壓抑才沒立刻拔劍上前與朱友文拚個你死我活！

這狼心狗肺的傢伙！竟如此對待他口口聲聲最珍愛的女人？

早知如此，當初他直接綁了摘星就此遠走高飛，她也不用落得如此淒慘下場！

新仇舊恨，他瞪向朱友文，兩個男人目光交會，彼此都感受到強烈敵意。

對朱友文而言，疾沖始終身分來歷不明，他自是不願將摘星交給疾沖，但朱友貞被俘，他手上無其它有利條件，眼下他也只能相信，至少，疾沖不會摘星不利。

或許，疾沖會帶著她，從此浪跡天涯，不再過問亂世紛擾。

或許，她會重新振作，率領馬家軍，與他對抗。

或許，她甚至會加入敵晉，為晉王所用，從此國仇家恨，隔如山高，看不見頂端，她與他只能遙遙相望。

但至少，她會活著。

這就足夠了。

疾沖押著朱友貞走上前，朱友文下馬，親自押著摘星與馬婧迎上。

朱友貞望著一臉慘然的摘星，心下歉疚，雙方交換人質時，他腳步刻意一頓，低聲對摘星道：「摘星姊姊，我知道此刻不管說什麼，都於事無補，但我還是想代替父皇與三哥，跟妳說聲對不起，讓妳這麼痛苦。」

摘星聞言，身子一僵，切齒回道：「我一定會殺了他與朱溫！」

朱友貞一愣，隨即一臉死灰。

那是多麼強烈的恨意！

疾沖性急，上前一步就想將摘星拉到自己身後，忽地一支利箭飛來，插入他與摘星之間的泥地上，就這麼阻得一阻，朱友文已發覺埋伏，伸手扯住摘星的臂膀猛力將她拉回，莫霄跟著衝上以劍架在馬婧頸子上，朱友貞原本可趁這大好機會直奔渤軍陣營，然他卻不知在想什麼，居然往後退了一步，正好讓疾沖一把將他撈回去。

瞬間一批又一批的晉軍從山林間湧現，迅速將為數不多的渤軍團團包圍！

不遠處，一騎將領出現在山坡上，居高臨下，正是晉王世子李繼岌。

李繼岌高舉軍刀，下令：「殺了渤王！」

疾沖說服馬家軍拔營前往晉國邊境，李繼岌不是不明白馬家軍的重要，更知馬摘星乃馬家軍主心骨，少了她，馬家軍群龍無首，勢必大亂，然渤王朱友文乃大梁戰神，梁國一旦失去了他，等於猛虎被拔掉了牙齒與利爪，朱梁國力必大受打擊，他晉國趁此時機進攻，可要比等著朱梁與契丹聯兵，來得有勝算多了！

「不可！摘星還在他手上！」疾沖急得回頭大喊。

李繼岌看了自己胞弟一眼，不為所動。

他早已盤算過，即使因此失去馬家軍軍心也無所謂，他晉國早已長期實行強兵政策，軍力充足，不見得非靠馬家軍不可。

況且，他手上還握有朱友貞，朱溫最寵愛的四皇子，以此要脅，朱溫處處受制，他晉國焉有不勝的道理？

朱友文看這陣仗，只是冷笑，「真當本王如此容易手到擒來？」

李繼岌下令進攻，疾沖急得跳腳，但渤王身後忽飛出一陣箭雨，前鋒晉軍衝鋒到一半，閃避不及，瞬間死傷大半。

一隊渤軍弓箭手由朱友文身後樹林間奔出，一半持弓箭，一半持弩箭，奔到朱友文身邊分為兩小隊，將他與摘星嚴密護住，朱友文扯著摘星手臂，緩緩後退，兩旁弓箭手跟著交替緩步後退，蹲身拉弓，瞄準前方。

「大哥！若馬摘星出什麼差池，我和你沒完沒了！」疾沖拉著朱友貞，「你也別想我把朱友貞交給你！」

李繼岌叱道：「你要為了那位馬郡主，錯失殺了渤王的大好機會嗎？父王若知道——」疾沖不耐打斷，「我只要馬摘星活著！」

「他可是不擇手段的渤王！此時不出手，更待何時？繼嶢，你如此耽溺私情，不顧國家，要知當年父王——」

危急關頭，李繼岌卻還在長篇大論訓誡，疾沖一瞪眼，逕自拉著朱友貞朝渤軍陣營走去，絲毫不顧李繼岌在後頭喝止。

「朱友文！」

朱友文停下腳步。

「說好的人質交換！」疾沖停下腳步，將朱友貞往前一推。「既然你我雙方都帶了伏兵，那就算扯平了，人質交換後，各憑本事逃出生天，誰也別怨誰！」

朱友貞被如此折騰，難得沒有發少爺脾氣，只是耷拉著腦袋，也不朝朱友文看上一眼。

朱友文見四弟消沉模樣，關愛之情陡生，他本就想放摘星一條生路，疾沖闖來，正合他意，略一思量，

「本王憑什麼相信你？」

「憑我是晉王之子！」疾沖遙指山坡上的李繼岌，「那位是我大哥，晉國王世子。」疾沖終於道出自己的真正身分。

他是晉王小兒子李繼嶢，受封川王，當年也是叱吒戰場的英雄少年，卻忽然間就失去了蹤影，無人知其下落。

朱友文早知疾沖非等閒之輩，卻沒料想到他竟有如此尊貴身分，摘星亦大為震驚，她之前不時將滅晉掛在嘴上，卻沒料到疾沖就是晉人，而且還是晉王世子？

晉國兩位世子在此，加上晉國大軍，以及受了梁帝欺瞞而憤慨不已的馬家軍，若真要打起來，局勢怎麼看都對朱友文不利，但他押準疾沖對摘星百般在意，提出條件，「本王手上有兩人，馬摘星換回我四弟，若還想要換回馬婧，晉軍不得追殺我等，只要本王能全身而退，退到五里外後，自然會放了馬婧。」

馬婧忙喊道：「疾沖！別管我！快救回郡主、殺了渤王！唔嗚——」喊到一半，嘴裡便被硬塞入布條。

疾沖咬咬牙，承諾：「好！我答應讓你們安然離去，希望你能守信！」

摘星吃驚地望向疾沖，他反過來笑著安慰她：「沒關係，這次放了他，下次我陪妳討回來！」

她眼眶一熱。

她的至親骨血全數死於朱友文之手，馬婧陪伴她多時，日日忠心服侍，於她而言早已與家人無異，但對疾沖身後的晉軍而言，馬婧不過是個不相干的人，怎可能為了區區一個馬婧，放棄斬殺渤王的大好機會？

可疾沖答應了！不是為了馬婧，而是為了她！

熱淚欲落，她何德何能，讓疾沖為她這般付出，願意放棄大挫朱梁的難逢良機？

李繼岌臉色不悅，身旁謀士袁策亦擰眉專心觀看局勢。

原以為這次絕對能成功斬殺渤王，晉軍幾乎是精銳全出，卻因疾沖過分在意兒女情長，眼見就要前功盡棄，李繼岌心裡怎能不焦急？連帶對馬摘星也生起反感。

要知動用晉軍、收留馬家軍，晉國上下並非毫無異議，是晉王為了疾沖，獨排眾議。

如今他只希望，父王沒有做錯決定。

疾沖將朱友貞往前一推，「我數到三，同時交換人質！」

朱友文點頭。

「一、二……」

他握住摘星的手忽然一緊。

終於，他必須放開她了。

「三！」

摘星吃痛，沒有喊出聲，如槁木死灰般的心卻輕輕一顫。

她被用力往前一推，恍惚間一抹幽香飄入鼻間。

那是什麼？

記憶忽地清明。七夕夜晚，他曾踏月色而來，香囊定情。

香囊……她的香囊呢？

身子又是被狠狠一扯，撞入疾沖懷裡，同時間朱友文一個箭步上前，伸長了手臂將朱友貞拉回面前，連連後退，直回到渤軍陣營，才關心問：「四弟，沒事吧？」

朱友貞厭惡地別過了臉，沒有作聲。

朱友文明白梁帝憂心朱友貞安危，不欲繼續糾纏，轉身上馬，領著渤軍精銳，押著馬婧，準備立即護送朱友貞回京。

臨去前，他回頭一望，摘星仍在疾沖懷裡，目光也正凝視著他。

四目相對，然兩人都知道，這一刻，膠著的不是依依不捨的離情，而是對未來的宣戰。

他忽想起了什麼，喚來莫霄吩咐，莫霄消失一陣後，拎著奔狼弓現身。

他拿著奔狼弓，獨自策馬來到她面前，扔下。

「你以為摘星會要殺人兇手的一把破弓嗎？」疾沖不屑他的施捨。

朱友文人在馬上，眼神倨傲，「她會要的，她恨不得用這把弓殺了我！」

她身子一晃。

朱友文調轉馬頭，率領眾人快馬加鞭離去。

眼見朱友文就要安然逃離，李繼岌下令追殺，然疾沖一人擋在晉軍面前，大喝一聲：「你們誰都不准給我追上去！」仍有當年少帥一夫當關、萬夫莫敵的氣勢，且晉軍中不少曾是他的舊部，被這一喝，紛紛不由自主停下，回頭張望，猶疑不定間，朱友文等人早已遠去。

李繼岌只能暗自飲恨。

「誰稀罕這什麼破玩意兒！」疾沖撿起奔狼弓，欲用力折斷，摘星忽出聲阻止，「別弄壞。」

疾沖不解，「妳當真要留下這破弓？」

她拿過奔狼弓，眼裡燃燒復仇火焰，「我曾對此弓立誓，要用它來取滅門兇手之命，以慰我爹在天之靈！」

疾沖暗自一凜，不禁聯想：難道朱友文刻意留下這破弓，就是要讓摘星親手了結他的性命？

難道他早就打算，終有一天，用他這條命，來償還他所欠下的？

第二十九章 投晉

「郡主，太原城到了。」劫後餘生的馬婧，在馬車裡打起精神對摘星道。

朱友文的確信守了承諾，當日退離莽嶺五里後，便命人放了馬婧，還留下一匹馬，讓她盡速與摘星會合。

為確保摘星安全，主僕倆一會面，便在馬家軍精銳護送下，趕往晉陽太原，一路上，摘星神情冰冷，沉默寡言，彷彿過去那個善感的她已然死去，如今還活著的，只是仇恨撐起的一具空殼。

馬婧掀開車帘，太原城的樣貌，由遠而近，緩緩映在摘星憔悴而疲憊不堪的雙眸裡。

呵，命運多麼諷刺，不過不久前，她馬摘星是如何仇視晉國，連做夢都想著率領馬家軍攻下太原，為父報仇，可如今太原卻成了她今後落腳處，大仇要得報，還得仰靠晉王，畢竟她這條命，以及馬家軍，都算是晉王救下的。

她所深愛的人。

她曾以為的故土。

她相信過的每一番冠冕堂皇的說詞。

一夕劇變。

都是謊言。

帶領馬家軍投靠梁國，為晉王所用，便代表終有一日，她將與馬家軍回頭攻打朱梁，在戰場上與朱友文相見廝殺，曾經那麼相愛，下一刻，卻要深深互相傷害。

她怔怔看著越來越近的太原古城，心裡很明白，過去的馬摘星，又再一次地死去了。

疾沖的身影忽映入眼裡，騎在馬上的他，神情是少見的凝重，且藏著隱隱不安。

摘星這才想道：堂堂晉國小世子，為何離開晉國這麼，跑去當四海為家的賞金獵人？且這次護送她與馬家軍到晉國，疾沖堅持不住晉王府，要與馬家軍一塊兒紮營住在太原城外近郊處。

他隱瞞了什麼？又在擔憂什麼？

多虧了疾沖，她才能提早得知馬府滅門真相，沒有犯下大錯，而她與馬婧倆雙雙平安脫險，更是因他一人擔保，否則以當時情勢之險峻，說不準李繼岌會寧願犧牲她與馬家軍，也要當場斬殺朱友文，大挫朱梁銳氣！

她看著疾沖的側影，感覺得到他並不是很想回到晉國，為何？

他是為了她才回來的，是嗎？

她將身子挪到窗前，喚來疾沖，「這些年你從未回來過，是否有些近鄉情怯？」

疾沖知她遭逢巨變，身心都正承受著極大的折磨與壓力，卻仍觀察到他的忐忑，出言安慰，心中好生感動。

他扯起嘴角一笑，心中不安一掃而空，「妳心裡果然還是會想到我的！開什麼玩笑，這兒可是我的地盤，我只是不想見老頭子而已！不如這樣，我先帶妳逛逛太原城，那晉王府嘛，也沒什麼好看的，遲些去也無妨。」

「繼嶢！」李繼岌聽見了，策馬過來訓道：「回到太原卻不先回晉王府，拜見父王，成何體統？」

「我這人就是離經叛道，你奈我何？況且那老頭才不會在乎！」疾沖語畢，一夾馬肚，先衝到城門口，下馬等著迎接摘星入城。

面對依舊叛逆的胞弟，李繼岌只能暗地搖頭，父王尊崇禮節，一板一眼，偏偏繼嶢個性與父王完全相反，不愛受管束，要他往東，他偏要往西，父子倆這心結，恐怕更難化解了。

🐾 🐾 🐾

晉陽太原。

前朝詩人李白曾褒揚其風采：「天王三京，此都居一。」

太原與長安、洛陽並稱為三都或三京，依山而建，不少朝代，包括前朝，開國君主皆由太原起家。相傳大禹治水時，曾將船隻繫於城北一處山下，故此山名為「繫舟山」，其中一處山頭狀似龍角，因而又相傳此山為潛龍之地，為太原龍脈所在。

晉王李存勖根據太原，其意義不言而喻。

摘星的馬車駛到太原城門口，只見城門重兵駐守，把關嚴謹，進了城後，城內景觀也非她之前所想那般人來人往、熱鬧喧譁，大街上雖店鋪林立，卻無任何私攤小販，街道因而特別乾淨整潔，行走其上的百姓們亦顯得自制，無人大聲談笑，然百姓臉上並無任何恐懼，可見並非高壓統治，而是國風如此。

疾沖親自迎接摘星下了馬車，「這就是晉陽太原城，跟妳想像的不太一樣吧？」

摘星點點頭，「太原感覺竟如此肅穆，不像奎州城那般亂中有序，亦不像朱梁京城那般繁華。」她曾聽聞，晉王李存勖深具謀略，儘管心心念念欲復興前朝，卻不急不躁，循序漸進，先是著手整頓內政、提拔賢才，接著減免稅賦、撫卹百姓、整肅貪腐，聲望越來越高，更趁勢實行強兵政策，家中若有成年男子，除非是獨子或身患殘疾，皆需從軍，保家衛國。

前朝亡於朱溫之手，如今他更虎視眈眈，窮兵黷武，欲壯大版圖，一統天下，打著復興前朝名號的晉國，自然成了其眼中釘，晉國明顯感受朱梁威脅壓迫，早已整兵待發。

疾沖環顧城內景象，對於父親的治理手段，他還是感到那麼一點兒驕傲的，但仍嘴硬道：「這地方，就和那老頭一樣，無聊透了。」

「襟四塞之要衝，控五原之都邑，雄藩劇鎮，非賢莫居。此城為北方邊塞重鎮，又是前朝高祖發祥之地，雖不及洛陽、長安繁華，但據說人文薈萃卻足可與之匹敵。」摘星看著井然有序的太原城，亦能深深感受到晉王復興前朝之用心良苦，不由生起一股欽佩。

而朱溫表裡不一，行事作為皆只為遂一己之好，私下更行暴政，殘殺功臣，顛倒黑白，若不是疾沖揭穿真相，她至今仍被蒙在鼓裡，甚至助紂為孽。

而若不是為情所蒙蔽，或許她早就能發現端倪，不至於深陷其中，更不至於在真相大白後，痛心如斯……

疾沖見她神色黯然，知她又想起朱友文，忙岔開話題，「妳不過來太原看了幾眼，就如此推崇那老頭？非賢莫居？哈，我怎就沒發現他有妳形容的那麼好？」

摘星看著他，問道：「你與晉王之間，到底怎麼了？」

疾沖忽斂起嘻笑，正色道：「他曾下軍令，要砍我頭！」

摘星一臉愕然。

「晉王要砍你頭？」難得一路上不多話的馬婧也瞪大了眼。

疾沖哈哈大笑，「瞧妳們倆嚇成這個樣子，說笑罷了。」

摘星沉默地望著那張彷彿不在乎天下任何事的飛揚笑臉，知道那不過是一張面具。

正猶豫著要不要多問，幾道熾熱懷春眼神打斷她的思緒，只見大街旁的小巷裡，不知何時聚集了三三兩兩年輕女子，倚在牆邊，朝著疾沖擠眉弄眼，暗送秋波，一見他回頭便心花怒放，輕聲驚呼，喜得跟什麼似的。

摘星傻眼。

的確，疾沖長相英俊，對女孩子尤其嘴甜，看得出情場經驗豐富，但她可怎麼也想不到，儘管疾沖幾年未回太原，魅力依舊驚人，竟惹得大街小巷鶯鶯燕燕紛紛聚集，只為看久違的小世子一眼。

她看著漸漸被珠翠圍繞的疾沖，遙想他當年一身錦衣，正是年輕氣盛，確是臨風玉樹，心思一晃，竟不自覺拿他與朱友文比較：朱友文氣度雍容，山立水聚，隱隱帶著霸氣，冷靜寡言，心思多、糾結多，複雜亦矛盾。而疾沖狀似放浪不羈，對女人卻是特別貼心，甜言蜜語更是家常便飯，看似見錢眼開，有銀子便萬事好商量，然心中其實有一把尺，對於他真正在乎的，用再多金錢權勢利誘，也買不動他。

初識疾沖時，他一身布衣，看似平凡，但她早隱隱察覺他大有來歷，只是沒想到他居然會是晉國小世子，明知自己是她的敵人，卻依舊在她最需要他的時候，冒險留在了梁國，又在她不需要他的時候，瀟灑翩然遠去。

他與朱友文，是如此不同，但在某方面，她又覺得他們如此相同。

「少帥！」

摘星從那群環肥燕瘦間望過去，見是一群巡守軍隊迎面而來，當前領隊的隊正難掩激動地望著疾沖，又回頭望向跟在後頭的士兵，確認自己可沒眼花。「那是少帥吧？我沒看錯吧？」

其中一名士兵興奮喊出聲：「是少帥！除了少帥，還有誰能一進城就引來這麼多姑娘？」

「果真是少帥！」

「少帥回來了！」

巡守士兵們嘩啦啦湧上前，一下子擠開了春心大動的姑娘家們，一群大男人將疾沖與摘星等人團團圍住，脂粉香氣換成了汗臭味，軟綿綿的鶯聲燕語換成了粗嘎鴨嗓，不變的卻是久別重逢後發自真心的喜悅。

疾沖看著隊正，忽認出他來，「你是克朗！」他上前一步，用力拍拍克朗的肩，「當上隊正了？很好，你娘也能放心了。」

「少了少帥，川龍軍被解編，大部份都被調去築城了。」克朗道：「少帥，大夥兒都很想您！您可總算回來了！」

平日訓練嚴謹的士兵，見到舊主，一時難掩情緒，圍住疾沖，七嘴八舌，摘星與馬婧反被晾在了一旁。

🐾 🐾 🐾

一聽說在外流浪的小世子終於回來了，晉王府內也是熱鬧非凡。

晉王府大總管史恩向晉王李存勖稟告，小世子總算倦鳥歸巢，且立了大功，不但洗清晉國滅門馬府嫌疑，還帶回一支戰力強大的馬家軍，原以為晉王該感到高興，然晉王聽完史恩稟報後，卻是不發一語。

即使伺候晉王幾十年了，史恩有時還是捉摸不透主子的心思，不過，他特地端上的百合銀耳梨子湯，這一次，倒是沒有被砸。

史恩從晉王書房退出，一路行經花園，四周看了看，嘆口氣，「都出來吧！沒空和妳們玩捉迷藏。」話聲一落，梁柱後、樹叢間、花叢旁，紛紛冒出許多年輕婢女，手裡拿著掃把、抹布、水桶、花瓶、甚至還有一大籃梨，個個神情緊張又帶著期待。

「大總管，晉王原諒小世子了嗎？准他回來了嗎？」

「大總管，我們可以幫小世子打掃房間了嗎？」

「大總管，您老剛特地端了百合銀耳梨子湯進去，沒挨罵吧？」

婢女們七嘴八舌，史恩煩不勝煩，擺了擺手，示意大家安靜，婢女們急於想知道小世子的消息，勉為其難閉上嘴巴。

史恩清清喉嚨，開口道：「說了多少回，女孩子家，說話小聲點、慢一點、優雅點，別老這麼大聲嚷嚷，急得跟什麼似的，還有，我老嗎？別老是衝著我喊『您老、您老』，不老都被妳們給喊老了！」

史恩年少時便跟在李存勖身旁伺候，深得晉王信任與重用，如今也不過四十來歲。

「大總管您人最好了，快別吊我們胃口了嘛！」一名婢女難掩興奮。

「別費事替那混小子打掃房間了，反正他橫豎不會回王府住的。」史恩道。

婢女們一個個垂下了肩膀，滿臉失望。

「難道晉王還沒原諒小世子嗎？」另一個婢女問。

「倒也不一定。」史恩刻意賣關子。

婢女們紛紛眼睛一亮，期待的眼神又回到她們最敬愛的大總管身上。

「晉王雖然瞧都沒瞧那碗百合銀耳梨子湯，但這一次，可沒砸碗了。」史恩有些得意。

小世子離開這些年，他時不時就端碗百合銀耳梨子湯到晉王面前，每一回晉王總是一見就氣得砸碗，但這一次，晉王只是望著那碗湯，默默無語，雖說小世子揚言不回王府住，但晉王也未因此動怒，沉默許久後，交代史恩，貴客即將入住王府，將客房院落好生打掃一番。

「貴客？難道是那位馬郡主？」一名機靈的婢女馬上猜出貴客身分。

其他婢女們一聽，皆是意興闌珊。

那不就是等於替情敵打掃房間嗎？

雖然她們不過是婢女，但到底也是從小與小世子一塊兒長大的，正妻那自然是不敢想的，但小世子處處留情，她們可是都懷著至少做個通房丫頭或小妾的夢，況且，聽聞那馬郡主差點嫁給朱梁渤王不是？跟過了別的男人，哪配得上她們英俊瀟灑、風度翩翩的小世子！

史恩哪裡不知道她們心裡在打什麼算盤，訓了一頓，婢女們才勉強振作精神，提著掃把水桶抹布，乖乖打掃去了。

🐾 🐾 🐾

疾沖說要帶摘星好好看看太原城，誰知一入城，他自己反成了焦點，不過一下午的光景，太原城內幾乎所有人都知道了離家的小世子終於歸來，疾沖人緣極好，不管走到哪兒，都有百姓士兵奔出迎接，原本的近鄉情怯，也在家鄉父老的溫暖問候聲裡，消失了一大半。

王世子李繼岌見疾沖大街也該逛夠了，一聲令下，將摘星帶回晉王府面見晉王，疾沖陪著她來到王府前，卻就此止步，不再往前踏一步。

摘星不解地望著他。

「我就先陪妳走到這了。放心，我本事大得很，妳若出事，銅牆鐵壁都擋不住我！」

摘星知他與晉王定有心結難解，也不勉強，點點頭，轉身便要進入王府，疾沖卻拉住她的手腕。

「怎麼了？」

「別再握著這把破弓了。」疾沖柔聲道。

她這才意識到，前來太原這一路上，她自始至終隨身攜帶那把奔狼弓。

彷彿她已失去所有，而這把弓是她唯一所剩。

終究是不捨？

還是要提醒自己，背負著的血海深仇？

她知道自己心裡仍在乎朱友文，可他卻是她的殺父仇人，這幾日以來，若不是馬婧與疾沖在旁相伴，她恐怕早已無法承受而瀕臨崩潰。

她仍愛著他，這一點她清楚明白，可她同時也痛恨他！

不光只是滅門殺父之仇，而是他明明知道真相，卻仍一步步，誘她踏入情字這個陷阱，在她最幸福之際，給她最重的一擊，瞬間由天堂落入地獄，受仇恨業火焚燒。

她緊緊握住手上那把弓。

奔狼弓。

上頭狼圖騰栩栩如生。

她曾用這把弓指著他，將他想像成晉王，如今她只覺自己愚蠢至極，面對真正的殺父仇人，她有過多少次機會能夠手刃真兇，為父報仇，卻白白放過。

朱友文，為何要這般愚弄踐踏我的感情？難道星兒在你心中，早已一文不值？我對你的真情，只淪為你加以利用的工具？

「放手吧。」疾沖的聲音再次響起。

她再次握緊奔狼弓，深吸一口氣，終於放手。

「交給你了。」

在王世子李繼岌親自帶領下，摘星與馬婧來到晉王家廟，馬婧留在門外，李繼岌通報後，請摘星入內，自己隨後跟了進去。

晉王李存勖已在內等待，正凝視著牆上掛著的三支箭，這三箭乃前任晉王李克用臨死前，深感壯志未酬而特意留下，勉勵後人勿忘復興前朝。

三支箭，一箭射向劉仁恭，當初李克用欲勤王，向劉仁恭父子徵兵遭拒，李克用大怒，率領鴉兒軍親征幽州，不料大敗而返；一箭射向契丹，李克用曾與契丹結為兄弟之盟，共同誓言復興前朝，然朱溫建梁後，契丹卻倒戈投向朱梁，背棄忘義；這最後一箭，自然是射向朱溫！

三支箭，前兩支箭都是為了第三支箭：滅朱梁，殺朱溫！

晉王李氏一族，原為夷族沙陀人，屬於北方少數民族，從前朝太宗起，便世世代代效忠於前朝，因而被賜姓「李」。沙陀人驍勇善戰，現任晉王李存勖不但繼承了其父的勇猛，更有文韜武略之才，領兵親征多次，英武善戰，從未敗過。

摘星看著晉王偉岸背影，不禁肅然起敬。

事實上，從踏進太原城的那一刻起，摘星很快便明白了為何朱溫將晉王視為最大的敵人。

「父王，馬郡主來了。」李繼岌朝那道背影恭敬道。

李存勖緩緩轉過身，只見他相貌出眾，與疾沖有七、八分相似，但目光如炬，不怒自威，喜怒不形於色，目光一掃，令人立即心生敬畏。

她上前一步，「馬摘星參見晉王。」

李存勖點點頭，「馬郡主遠道而來，辛苦了。」

「多謝晉王與王世子相救，摘星與馬家軍方能脫困。今後摘星與馬家軍將效命於晉國，隨時可助晉軍上陣殺敵！」

然相對於摘星的積極提議，李存勖卻不為所動，深深望了摘星一眼，淡淡吩咐李繼岌：「帶馬郡主下去休息。」

摘星一陣錯愕。

晉王不是欲攻打朱梁，復興前朝嗎？

如今她帶著馬家軍投靠，為何不順勢重用？

如此吩咐，倒像是特意冷落，還是給她下馬威？

她不服氣，「敢問是摘星與馬家軍做錯了什麼？還請晉王明示！」

李存勖目光掃來，摘星心中一凜，只覺彷彿整個人都被看透。

李存勖聲音略帶沙啞，緩緩道：「馬郡主與大梁渤王的過往，本王早已知曉，郡主由愛生恨，復仇心切，一抵達我晉國境內便貿然提議攻梁，如此躁進，乃兵家大忌。」

明主慮之，良將修之，非利不動，非得不用，非危不戰。

因怒興師，不亡者鮮；因忿而戰，罕有不敗。

兵家戰爭並非兒戲，這些兵法上的道理，馬瑛都曾講過，她卻因被私慾與仇恨所蒙蔽，無暇顧及，即使晉王當面提點，她仍未醒悟，情急道：「恕摘星愚昧，但求晉王能給馬家軍一次機會──」李存勖打斷她，「郡主此刻尚需時間，平復傷痛。」

「但我等不了──」

「復興前朝的大業，本王都已等了這麼多年，難道郡主就等不了嗎？」

摘星啞然。

「進兵梁國，乃舉國大戰，絕非貿然。如今朱溫與契丹結盟，兵力倍增，即使我晉國除了原有六軍，此刻又多了馬家軍這支生力軍，兵力亦遠遠不及，況且馬家軍甫受瘴氣之害，又痛失主帥，難道不該先好生歇息，養精蓄銳？」

摘星如被當頭棒喝，一時語塞。

「若郡主一味只想報復渤王，感情用事，只怕無法明辨是非，豈不是丟了馬瑛將軍的顏面？」

不愧是晉王，簡單幾句話就道出摘星盲點，直指問題核心。

如今的摘星，雖得馬家軍愛戴，但心魔未除，戰場上最忌諱一朝之忿，更端出馬瑛的名字，狠狠壓下她的氣焰。

摘星這才知自己有多魯莽，初到晉國便慫恿晉王攻梁，絲毫沒考慮大局，甚至沒考慮到馬家軍的處境，不禁面露慚愧，「多謝晉王教訓指點，摘星知錯。」

晉王見摘星認錯，反倒溫言安慰：「統領大軍的能耐，豈是一朝一夕？郡主毋需急躁，先下去好生休息吧。」

摘星不再多言，道謝後轉身離去。

一直在旁沉默觀察的李繼岌開口：「看來這馬郡主也不過如此，不如繼嶢所稱那般有勇有謀。」

李存勖望著摘星離去的背影沉吟：繼嶢如此看重此女，甚至不惜為了她，回頭懇求晉國出兵，親自護送她到太原，他倒想看看，那混小子眼光究竟如何，馬摘星這個人，值不值得期待？

🐾 🐾 🐾

疾沖躲在王府屋簷上，背倚青黑屋瓦上的吻獸，目不轉睛地看著家廟大門。

待見到摘星一臉沮喪匆匆離去，八成是被那老頭子欺負了，他心中愧疚，反省自己是否該跟著摘星一塊兒去見晉王。

正打算一躍而下，好生安撫佳人，身後忽傳來一聲熟悉無比的碎念：「好好的大門不走，偏偏愛做

梁上君子？下來！」

疾沖轉身，卻是笑顏逐開，「大總管，我可想死您老人家了！」

史恩氣結，這小子明知道他最討厭被喊老。

「怎麼，過家門而不入，是怕了你老子嗎？」

「誰怕他？下來就下來！」

疾沖俐落從屋簷上跳下，史恩上前毫不客氣扯住他耳朵，這天底下恐怕也只有史恩能這麼扯著他耳朵而不被痛揍一頓。

「痛啊！大總管，輕點！」

「還不是我從小扯耳朵扯到大的，真知道痛，還敢離家出走好幾年，音訊全無？跟我走！」史恩扯著疾沖的耳朵往前走。

「我才不要見老頭子！」疾沖哇哇大叫。

「由不得你！」

史恩倒也沒有真的扯痛疾沖，他要掙脫自然也是易如反掌，一個願打一個願挨。

史恩直接把他帶回了從前居住的東跨大院，兩人前腳才剛踏入，一群年輕婢女便衝了出來，將他們團團圍住。

「小世子，你可終於回來了！」

「小世子，我們可想死你了！」

一個膽子大點的婢女，扯住疾沖手臂，「小世子，你該不會想娶馬郡主吧？」

另一個婢女見狀，急忙去扯疾沖另外一隻手臂，「小世子，你不是說過，你最喜歡的人是我嗎？」

「才不是，是我！」

「是我！」

婢女們紛紛上前拉扯疾沖，他拚命賠笑，「我也很想妳們啊，大家別激動，別激動啊，哎唷我的袖子都要被妳們扯破了！」

「砰」的一聲。

沒人搭理的大總管已走進大廳，重重拍了一下那張紅酸枝木桌，聲音響亮，婢女們全停下動作。

「妳們這些不知矜持的小丫頭，王府是花錢請妳們來發花癡的嗎？都沒活兒要幹了嗎？我數到三，全都給我消失！一……」

這「一」都還沒數完呢，婢女們紛紛彈開疾沖身旁，匆匆離去。

反正小世子回來了，以後多的是時間相見，也不差在這一時半會兒。

「還是大總管有辦法。」疾沖笑著走入大廳，鼻尖聞入一股熟悉香氣，腳步一頓。

木桌旁的茶几上，擺著一碗甜湯，不用掀蓋，他光聞味道便知，是娘親生前最愛燉給他喝的百合銀耳梨子湯。

他與大哥李繼岌並非同出一母，李繼岌是嫡子，他娘親則是晉王側室，她溫柔賢淑，以夫為重，生前最喜愛百合花，李存勖愛吃銀耳，疾沖幼時則最愛吃梨，這碗甜湯，代表的正是他們一家三口。

疾沖坐下，接過甜湯，聞著熟悉的香氣，百感交集。

時光荏苒曾非君，娘親早已不在人世，而他也不再是從前那個不知天高地厚、任性妄為的李繼嶢了。

這碗百合銀耳梨子湯，滋味是甜的，心頭卻是微酸。

疾沖默默喝著甜湯，史恩也沒閒著，在一旁找機會開導：「小混蛋，這都三年過去了，晉王向來是硬脾氣，這三年來，他從不喝這碗甜湯，也從不吃梨子，但今日一聽你回來了，我冒著被晉王踹出門的風險，特地端了這碗湯去探探他的心意，結果你猜怎麼著？」

疾沖前前後後打量史恩，「我瞧您老身子骨挺好，屁股上也沒腳印，還是換過衣服了？」

史恩再度氣結。這小王八蛋，還是一樣沒大沒小！

「晉王全喝光了！這代表他早就原諒了你，只是面子掛不住。」為了要讓這對父子倆和好，史恩承認自己誇張了些，李存勖雖沒當著他的面喝光這碗甜湯，但至少沒摔碗啊！

疾沖默然，難得沒回嘴。

史恩繼續加把勁，「而且哪，你一走就是三年，可晉王從未下令摘除你川王封號。」

疾沖端著湯匙的手頓了頓，有些動容。

「晉王獨排眾議，讓王世子領軍前去營救馬郡主，也都是為了你一句話。還有，你想想，這晉王府防守有多嚴密，哪裡是能任人自由來去的？還讓你爬上屋簷偷看？這些代表著什麼，你這傢伙從小聰明伶俐到大，不會不懂。」

疾沖喝完甜湯，起身就要離去。

「一回來就聽你這麼長篇大論的，耳朵都要長繭了。」他挖挖耳朵。

「你是要去找馬郡主對吧？」史恩哪看不出他的心思，好不容易回來王府，百般不願見晉王，卻跑去趴在家廟屋簷上偷窺這位馬郡主的一舉一動，他史恩又不是瞎了眼。

「老頭剛剛一定是讓她難堪了，我得去安慰她嘛！」疾沖回頭笑道。

史恩卻正色道：「你若想要真正幫她，光靠幾句安慰就夠了嗎？」

疾沖停下腳步。

史恩輕輕拍了拍手，兩名婢女羞紅著臉，各捧冠服，低垂著頭，快步走到他面前。

「想要真正幫她，你就必須是晉國川王李繼嶢、川龍軍少帥，而不是沒沒無名的浪人疾沖！」

疾沖凝視婢女們手上的冠服，伸手撫上細滑衣料。

不過是象徵他世子身分的裝飾品。

他曾恨不得拋棄的一切，如今卻要靠這些，才能真正助她一臂之力。

好，馬摘星，為了妳，我疾沖就當回川王李繼嶢！

第三十章 平原公主

馬婧歪坐在椅子上，不知何時睡著了，外頭來人敲了好幾次門都吵不醒她，只好自行推門而入，咿呀一聲，屋外陽光隨著敞開的木門透入，直照在她眼皮上，她還嘟囔著不願醒來。

「馬婧。」

別吵她入睡嘛，這幾日她可是都沒怎麼閉眼，夜夜陪著郡主挑燈夜讀那一大堆都是字的兵書……

「馬婧！」

她嚇了一跳，急忙睜開眼，只見面前是個身穿紫衣的俊逸男子，她揉揉眼，再仔細望去，男子身穿紫褶白袴，玉扣梁帶，一身俐落勁裝打扮，黑髮戴冠，臉龐乾淨，輪廓深刻，在晨光下更顯面如冠玉，馬婧不由看得呆了，這晉王府何時出了一號如此神采英拔的人物？

但她為何覺得這男子的眼神有些熟悉？

是一種從骨子裡透出來的桀驁不遜。

驀地，她瞪大了眼，「疾沖？」

竟然是他？

馬婧從椅子上跳起，上上下下打量，還圍著疾沖轉了個圈，默默讚歎：果然佛要金裝，人要衣裝，雖已知疾沖便是晉國小世子，但直到此刻她才真正感受他身分的尊貴。

「我以後是不是也要喊你一聲川王殿下了？」馬婧問。

疾沖揮揮手，不以為意，「妳高興怎麼喊都成，別把我當外人。不過就是換了套衣裳罷了。妳家郡主呢？」

這一問，馬婧的目光略微哀怨地落在了滿桌兵書上，「大概又去練箭了吧？這幾日郡主夜夜苦讀兵書，幾乎都沒睡，天一亮便練箭，練完箭又去校場借兵練陣法，根本沒有休息，我實在擔心郡主會撐不下去。」說完忽然驚覺，「糟了！我昨夜竟在椅子上睡著了！」

疾沖看著那堆兵書，忽問，「這幾日，妳家郡主可有正常飲食？」

馬婧搖搖頭，一臉擔憂，「郡主好強，那日見完晉王後，幾乎一直就是如此不眠不休，廢寢忘食，像是急著想向晉王證明什麼。」

疾沖暗自嘆了口氣。

那老頭就是有辦法將人逼到這種地步，不管怎麼做，都覺自己不夠完美。

「我得去找郡主了！」

他攔下正欲跨出門檻的馬婧，「妳別找了。我去找她，妳去廚房吩咐一下，等會兒要他們送早膳到我那兒。」

馬婧知他多少有辦法勸勸摘星，點點頭，便先去了廚房。

他則腳步一轉，往射箭場走去。

還沒走近射箭場，便瞧見那嬌弱的人影在烈日下一次又一次地將手中的箭射出，然卻怎麼射都射不好，頻頻脫靶，心煩氣躁之下，摘星更是狠命一箭箭射出，拉弓的手都在顫抖，卻仍執拗地不肯放棄。

疾沖暗暗嘆了口氣，走上前，在旁遞箭給摘星的小兵見他一身紫衣，便知來者不凡，連忙行禮，摘星射完一箭，下一支箭遲遲未遞上，忍不住氣急敗壞，「箭呢？」

一支箭遞到她手上，她正要拉弓，有人搶走她手上的箭，「啪」的一聲斷成兩截！

「大膽！居然——」摘星怒極，轉頭一看，原本遞箭的小兵早已站到遠處，折箭的那人，衣著光鮮，渾身上下透著尊貴，面貌雖是她所熟悉的，氣質卻完全不同了，從前是不拘小節的瀟灑，如今是舉止翩翩，風度優雅，連那雙向來風流的桃花眼兒也多了幾分認真。

她從未見過疾沖這一面，不免凝神多看了幾眼，還未開口，疾沖已笑道：「別再這樣目不轉睛地看著我，大家都要知道妳對我有意了。」

摘星卻一臉正經，「川王殿下。」正要行禮，疾沖忙攔住。

「別這麼生疏，我還是喜歡聽妳喊我一聲『疾沖』。」

摘星猶豫了下，點點頭。

疾沖見她眼下烏青，面色萎靡，儼然全靠一口氣強撐著，禁不住心疼，「那老頭太可惡了，讓妳受這般委屈。」

摘星卻搖搖頭，「不是委屈，本就是我有錯在先。我只望能儘快練好箭術、熟讀兵書，向晉王證明，我有資格統率馬家軍！」

「妳用過早膳沒？」

她數日未好好歇息，兼之練箭不順，已是心煩意亂，聽疾沖莫名答非所問，眉頭不禁一皺，「我沒時間浪費在那種小事上！」

她轉身大步走向小兵，伸手要箭，「拿箭來！」

「不准！」疾沖在她身後喊道。

摘星瞪了疾沖一眼，惡狠狠看向小兵，「拿箭來！」

「馬摘星，妳要不要看看妳手裡拿的是誰的弓？」疾沖指指她手上那把奔狼弓。「妳知不知道妳為何每一箭都射不中靶心？那是因為妳一直在想著那傢伙！」

「我沒有！」她脹紅著臉否認，連日來累積的委屈與負面情緒忽從胸口湧上，她眼眶一酸，仍兀自嘴硬。「我才沒有！」

「妳既然要用那傢伙送的弓，第一該練的，是心無旁騖，什麼都別想，眼裡只有靶心！」

她垂著頭，緊緊握著奔狼弓，不發一語。

「我再問妳一次，用過早膳沒？」疾沖又問。

她抬頭，瞪了他一眼，似乎想出言回嗆，但與他犀利的目光一觸，氣燄全消。

他都知道。他看得比誰都明白。

摘星垮下雙肩，緩緩搖頭。

「我就知道。」疾沖拉過她的手臂，接過奔狼弓。「人嘛，得吃飯才有力氣，有了力氣才能胡思亂想，妳這可是倒過來了，身子當然吃不消。本世子現命妳，陪我一起用早膳！」

🐾 🐾 🐾

疾沖二話不說，強拉著摘星回到自己居住的東跨大院，馬婧遠遠就見到兩人到來，她身後早已排滿一大群自願為小世子送上早膳的年輕婢女，手上端著熱騰騰的米粥、各色麵食與糕點，琳琅滿目。

「不過吃個早膳，需要如此鋪張嗎？」摘星一見這麼多道菜都傻眼了，看這數量都足以餵飽好幾個大男人了。

「非也，只是我一時三刻拿不定要吃什麼，乾脆要她們全端上來。」疾沖嘴角噙笑，望著摘星，「不如妳替我決定吧？」

摘星久未好好進食，此刻的確飢腸轆轆，加上食物剛出爐的香氣，不禁嘴饞，她走向那排婢女，只見她們手上端著的每一道菜看來都如此可口，除了米粥麵食，尚有熱騰騰雞湯、雞肉餡燙麵餃子、羊肉絲疙瘩湯與攤雞蛋，還有色彩鮮艷的各式瓜果，含桃、梨子、葡萄、綠李、紅石榴，一時間還真不知該選哪一道。

年輕婢女們手端食物，眼神卻頻頻瞄向疾沖，一見摘星走近便嬌喊：「郡主，這餺飥可是我親手捏的，大小適中，口感軟彈，您一定得嘗嘗！」

「郡主！這雞湯可是廚娘熬了大半夜，裡頭還配上了難得一見的甲魚，滋味美極，快選我吧！」

「郡主，快來嘗嘗咱們熱騰騰的薏米粥！」

「郡主——」

婢女們鬧哄哄地，爭先恐後想要贏得摘星青睞，畢竟被馬家郡主選上了，便意味著能留下來服侍小世子用早膳呢！

摘星看了一眼疾沖，又轉回頭問婢女們：「妳們該不會都心儀那傢伙吧？」

「郡主！您怎能稱小世子是『那傢伙』？」一名婢女氣呼呼糾正。

疾沖在旁偷笑。

摘星正想承認自己不小心失言，只見剛糾正她的小婢女興奮地喊：「小世子對我笑了！」

「才不是，小世子是對我笑了，我知道小世子就愛吃蒸梨，一早就蒸上了！」

「小世子是對我笑——」

「是對我……」

婢女們吱喳個沒完，疾沖還要火上加油，朝她們送上迷人一笑，婢女們更是笑得花枝亂顫，手上端著的湯品麵粥也危顫顫地跟著抖動，馬婧在旁看得心都慌了，就怕有人手腳不小心，浪費了如此美味的早膳。

摘星無言。

看來疾沖這傢伙不但自戀，還很愛招蜂引蝶。

「妳們是不是都希望小世子吃到自己準備的早膳？」

婢女們一致點頭如搗蒜，眼神期待。

摘星看了看婢女們手上的菜，轉身朝疾沖道：「我選好了。」

「選了哪些？」疾沖問。

「全部！」她笑得不懷好意。

臭疾沖，撐死你！

婢女們歡呼一聲，紛紛端著早膳湧到疾沖身邊。

「等等，馬摘星，本世子方才可是命妳陪我用早膳，既然妳都選了，就過來一起吃，全部都要吃完，

不准有剩！」見摘星微愣，疾沖一板臉，「怎麼，本世子的命令，妳敢不從？」

摘星只好認命來到疾沖身旁坐下，乖乖用早膳。

馬婧見摘星總算肯用膳，總算鬆了口氣，脫口道：「還是小世子有本事，能讓我家郡主好好坐下吃東西。」

摘星沒好氣地瞪了馬婧一眼。

疾沖得意道：「本世子的能耐可不只如此。」他看著摘星，「馬摘星，我還可以給妳不一樣的人生。」

「你又想耍什麼花樣了？」肚子溫飽，情緒也平穩了些，摘星放下粥碗，好奇道。

疾沖勾了勾手，另有兩名婢女上前，一人手上端著張欠條，一人手上端著嫁衣，雙雙來到摘星面前，恭敬呈上。

她一眼便認出那是當日她咬破手指以血書簽下的欠條。

而那嫁衣……疾沖這是何意？

疾沖舉起三根手指，「妳面前有三個選擇，第一，率領馬家軍，與渤王對抗。」他指指一旁欠條，「第二，與我浪跡天涯，忘情於江湖，就當還我一場美好回憶。」接著他指指嫁服，豪氣道：「第三，嫁給我，成為我的女人，報仇的事就交給我，讓我保護妳一輩子！」字句鏗鏘，是一個男人能給他所愛的女子，最重的承諾。

摘星起身，走到嫁衣前，心中感觸良多。

不久前，她還恨不得自己能趕快披上這身嫁服，嫁給她所愛的男人，她與他好不容易熬過那麼多風雨波折，可到頭來，卻又是一場幾乎要讓她滅頂的惡夢……

她害怕。

害怕再承受一次那種撕心裂肺的背叛與痛苦。

她知道疾沖對自己是真心的，但她注定無能回報。

因為她所有的愛，所有的恨，都已給了那個人。

那麼多的甜蜜，那麼多的哀傷，歷歷在目，他倆間隔著國仇家恨又如何？她都願意給他機會，他卻不要她！他寧願繼續當朱溫的鷹犬！

目光裡的悲戚與柔情瞬間化為冷硬的堅強與決心，既然他都捨棄了她，她為何還要留情？

眼神果決地從那襲嫁衣身上移開，落到那張欠條上。

拋下一切，與疾沖遠走天涯？

不，她放不下，也走不了。

況且，對疾沖也不公平。

就算他願意為她再次放下身為世子的榮華富貴，與她攜手流浪江湖，不問世事，但她明白，自己此生都無法再像愛著朱友文那般，愛上另一個人。

她的人生，在被真相撕裂的那一刻，早已只剩下一種選擇。

「欠條，豈是如此用的？倒像我才是討債的。」她轉過頭。「我馬摘星的人生，永遠都只有第一種選擇。」

疾沖一笑，終究有些難掩失落。

他太了解她了，只是心中不免仍存著一絲幻想。

「不後悔？」他指指那一整排看嫁衣看得眼紅的婢女們，「想嫁給我的人可是都排到王府外了呢！」

摘星笑著搖搖頭，「多謝小世子垂青，摘星，匹配不上。」

疾沖重重嘆了口氣，「我早猜到妳會做此選擇，我只是想讓妳知道，同是出於王家，我能給妳的，絕對比他更多、更好。」

她這才明白，原來疾沖一直在拿自己與他比較。

「……你與他，本就不同。」

「既然妳已做了選擇，我便會全心全意支持妳，但妳要答應我，千萬不要被仇恨所蒙蔽，我很想念以前那個，會說會笑、果敢多謀的馬摘星。」

但那個馬摘星，已經死了。她在心裡暗道。

見摘星默然不語，疾沖開始話癆，「還有，答應我，不准逞強，不准折磨自己的身子，要定時用膳休息，還要——」

「好好好，不管你說什麼，我都答應！」

她娘親優雅寡言，爹爹長年不在家，大夫人看她不順眼，更不會如此嘮叨關心，從小到大，她還沒真遇過幾個人不停在耳邊這般碎念，雖然一臉不耐煩，但心裡到底是有些暖的。

「好，那就快點吃，吃飽了，帶妳去個地方。」

「去哪兒？」她伸手接過疾沖塞過來的雞湯。

「好地方，包準妳喜歡。」他一臉神祕笑容。

棠興苑位於晉王府最幽靜的角落，但今日卻熱鬧非凡，只見一群群婢女正絡繹不絕在大門穿梭，手裡不是端著豐盛糕點，便是貴重禮品，不斷往裡送，其中一名婢女還端著盤壽桃，大總管史恩站在門口，目光緊盯著婢女們手上的東西，不時要人停下，上前好生檢查，滿意了才放行。

既有壽桃，理應是慶祝某人的生辰，居然如此大費周章，且瞧史恩那謹慎模樣，對方來頭肯定不小。與疾沖一塊兒躲在附近大樹上的摘星忽憶及，今日不也正是娘親生辰嗎？

她心頭一陣黯然，自己真是不孝，父仇不但未報，甚至連娘親的生辰都差點忘了，她怎地一心一意只想到自己呢……

「妳可知裡頭住的是誰？」疾沖忽問道，暫時打斷她的思緒。

摘星搖了搖頭。

這時晉王竟帶著王世子李繼岌，親自來到棠興苑前，對站在門口的史恩吩咐幾句後，便走了進去，史恩隨後恭謹地關上大門，轉身離開。

摘星見狀不由訝異：這棠興苑裡住的到底何方神聖，竟連一國之主都親自前來拜壽？

「這裡頭，住的到底是誰？」她好奇問。

「前朝長公主——平原公主！」疾沖見終於引起她興趣，面露得意。

摘星大吃一驚，隨即是一連串問題，「前朝長公主？她居然還活著？為何晉王要隱瞞？長公主是如何逃出朱溫的殺戮而倖存？」她越說越激動，疾沖連忙比手勢要她安靜，然後指指不遠處的史恩背影，低聲道：「想知道答案，問他最清楚。」

🐾 🐾 🐾

史恩隨著馬婧，來到摘星居住的院落，前腳才踏入大廳，馬婧便「砰」的一聲將大門緊緊關上，守在門外。

史恩到底見過世面，也不慌張，見到疾沖在場，便知又是這混小子在搞鬼。

「不知小世子與馬郡主喚小的前來，有何吩咐？」

不等摘星開口，疾沖開門見山便問：「這晉王府上上下下哪點兒事瞞得過您老？棠興苑的那位，是怎麼回事？」

「小的不知，小世子在說什麼。」史恩神態自若。

疾沖早熟知他這裝聾作啞本事，轉頭朝摘星道：「問了也是白問，妳早該聽我的，直接摸進棠興苑去探個究竟不就成了？」

摘星卻搖搖頭，「不可，此舉太過失禮。不如我直接去問晉王，反正他對我印象已壞極，不差再煩他一次。」

「好！這次我陪妳去，要是老頭子敢再欺負妳，我饒不了他！」

摘星與疾沖兩人一搭一唱，擺明了史恩要是不說實話，便要鬧得晉王府雞犬不寧，史恩只好嘆口氣，認命道：「好好好，算我怕了你們！我的小祖宗，你到底想知道什麼？」

「我聽克朗說，棠興苑裡那位，是前朝長公主，但我離開晉國時，根本沒聽說過這號人物。」疾沖問。

史恩白了他一眼，沒好氣道：「你這混小子一走就是整整三年，當然沒聽過！平原公主可是前朝唯一還倖存的皇族公主！」

「身分確認無誤？不是冒充的？」疾沖半信半疑。

朱溫滅前朝篡位時，兵荒馬亂，遭屠殺的皇族偶有倖存，不是不可能，但在亂世裡，要冒充一個人的身分是何等容易？

史恩道：「晉王個性嚴謹，自然經過百般確認。你離家一年後，有天王世子帶回一名女子，她自稱是前朝平原公主，身上懷有一龍紋玉符，並刻有前朝天祐年號，乃前朝皇帝所賜。此外，當年朱溫設宴屠殺皇族，事後在現場，的確從未尋獲平原公主遺體。公主僥倖逃出後，一直躲藏在民間，聽聞晉王以復興前朝為己任，這才前來太原投靠。」

「她就一直躲在棠興苑？如此神祕？身為前朝倖存皇族，難道她不想號召復國？」疾沖問。

史恩搖搖頭，嘆道：「長公主雖保全性命，臉上卻留下了很長傷疤，算是半毀容了，她不願以此面目出現在世人面前，才請求晉王，讓她低調度過餘生，此後她便住在這棠興苑裡，足不出戶，王府內知情的人也不多。」

「摘星，想不想去見前朝公主？」疾沖一臉興沖沖，似乎很想見識一下這位公主。

史恩立馬潑了桶涼水，「臭小子，平原公主身分何等尊貴，無晉王命令，誰都不能踏進棠興苑，你可別胡來！」

疾沖聳聳肩，不以為然。

這偌大王府裡，沒什麼地方是他去不了的。

「多謝大總管解惑，今日是長公主生辰，您老必然忙碌，不好意思耽擱您了。」摘星道謝後，朝門外喊：「馬婧，可以開門了。」

史恩離開後，疾沖道：「老頭一心效忠前朝，對這位長公主想必言聽計從，不至忤逆，若是我們能先拉攏她，支持妳與馬家軍，如此一來，妳便不用再處處受制於那老頭了！」

她卻沉吟，「大總管不是說了，沒有晉王同意，誰都無法見長公主，晉王想必也是怕有心人士刻意接近利用長公主。」

疾沖有些訝異，「我還以為妳會迫不急待去見長公主呢！」

摘星倒是一臉冷靜，「我的確恨不得立即發兵攻打朱梁，也明白長公主對晉王的影響力，但其中牽扯太多利害關係，此事得從長計議。」

🐾 🐾 🐾

儘管她告訴疾沖，自己並不急著面見平原公主，但她心裡多少還是對這位前朝公主感到好奇的，尤其是得知長公主與自己娘親生辰居然是同一日，在那層神祕面紗下，她莫名感到一股難以言喻的親近。

況且，疾沖的提議的確誘人。

自來晉後，晉王表面看似對她百般禮遇，私下卻限制重重，只要她想離開晉王府，必派人跟隨，也不輕易讓馬家軍士兵與她有所接觸。

難道晉王想一步步削弱她對馬家軍的影響力，最後自己完全接收馬家軍嗎？

她無實權在握，眼見發兵攻梁又遙遙無期，說不心焦，絕對是騙人的。

經過幾日思考，她終究決定見一見這位公主，不過得瞞著疾沖私下進行，免得將他牽扯進來，讓他與晉王的關係更加惡劣。

棠興苑雖守衛嚴密，但摘星自小便常偷偷從馬府溜出，再神不知鬼不覺摸回府，無人察覺，這幾日她按兵不動，正是在默默觀察棠興苑四周巡守，發現正午過後，值守換班時，有機可趁。

這日，她與馬婧兩人換上尋常王府婢女衣裳，趁著正午時分，垂著頭快步來到棠興苑外。這時刻正值王府用膳，不單廚房裡忙活著，裡裡外外大小婢女也忙著送餐送飯，連大總管史恩也得去親自服侍晉王用膳，人來人往，卻無幾人有心思注意周遭。

兩人來到棠興苑西牆外，馬婧機警張望，值班守衛剛轉過牆角，她便立刻蹲下，掌心朝上，雙手成疊，低喊：「郡主，快上！」

摘星雙腳踏上馬婧掌心，馬婧使足吃奶力氣，奮力往上一抬，摘星借力使力，不過一眨眼便已翻過外牆，身輕如燕，完全無人發現。

摘星一翻過牆，守衛便從馬婧後方轉角出現，「站住！什麼人？」

馬婧按照摘星吩咐，忍耐著沒有立刻逃走，轉過身道：「我是膳房新來的送飯婢女，初到王府，人生地不熟，一不小心就迷路了，還望大哥見諒。」

那守衛板著臉，上上下下將馬婧仔細打量一番，又盤問了幾句，便催促她快離開。

馬婧一面快步離開，一面心裡祈禱：郡主，這下您可要自己好自為之了。

牆另一面，摘星落地後，不禁得意：看來當年在馬府練出的翻牆功夫，可是一點都沒荒廢。

她一抬眼，不禁一愣：眼前竟是滿滿女蘿草架！

瞬間彷彿真回到了馬府，這兒是她娘親鳳夫人曾居住過的那處小院，牆外不是馬婧，而是老是為她提心吊膽的小鳳……她凝視著那一叢叢生機盎然的女蘿草許久，一時竟不知自己身在何處。

緩緩站起身，望向不遠處那扇門，是不是她只要走過去，推開門，就能見到娘親？

眼眶一陣酸澀，不，不可能的，娘親早已離開人世，爹也不在了，就連小鳳都……這世上，終究只剩她孤身一人。

她伸手輕撫女蘿，芳草清新，過往在馬府的點點滴滴，浮現腦海，都是甜蜜與感傷，好不容易，收拾好情緒，她對這棠興苑裡的主人，更感興趣。

為何這位平原公主，總讓她想起娘親？

她上前推開那扇木門，裡頭一名青衣婢女立即大聲道：「大膽！是誰未經通報便闖入棠興苑？」

婢女身後一戴著面紗女子正在用膳，忽見有人闖入，顯受驚嚇，手上筷子掉落。

摘星連忙去撿，同時屈膝一跪，「小女子馬摘星，參見平原公主。」

那青衣婢女待要喊人，摘星抬起臉，正好與面紗女子眼神相會，面紗女子微微一愣，忽輕聲道：「青菱。」

青菱氣燄倒比主人囂張，狠狠瞪了一眼摘星，轉頭道：「公主，此人擅闖棠興苑，該通報晉王，嚴厲處罰！」

「還請公主恕罪！」摘星恭敬將落筷呈上，青菱望向平原公主，她微微點頭，青菱這才老大不情願地接過筷子，退到後堂去更換。

「本公主聽過晉王提起馬郡主。」平原公主柔聲道，目光始終不離摘星臉龐。

「摘星冒犯，今日前來，是想請求公主一事。」

平原公主似已洞曉摘星內心所想，只淡淡道：「不論郡主所求何事，我都愛莫能助，馬郡主還是請回吧。」

摘星急道：「國仇家恨，公主當真要永遠忍下去嗎？難道公主不盼望晉王早日滅梁，復興前朝？」

「我不過一介弱女子，若非晉王收留庇護，早已難存人世。戰爭局勢，軍力佈局，這些我都不懂，勸郡主別白費心思。」

「但摘星懂公主殿下心裡的苦！」

平原公主身軀微微一震。

「大好江山為人所奪，黎民百姓受亂世所苦，公主難道不痛心嗎？如今獨自一人苟安在此，卻是夜夜懷抱國仇家恨入眠，無人能傾訴，無人能了解，那最撕裂人心的一刻，總是在惡夢中不斷重新上演，總是在提醒，此生所恨所怨，永遠無盡頭……」摘星訴說的，也正是自己。

她夜夜苦讀兵書，只因不敢成眠，一閉上眼，新仇舊恨便要將她淹沒，她幾乎無法喘息，只能躲在棉被裡不斷痛哭，一次又一次問自己：為何？為何是她？為何偏偏是狼仔？她明明知道所有答案，卻又覺得這些答案都不真切，迷惘茫然，不知所措，然身邊卻無人能傾訴，只能故作堅強。

她不能倒、不能崩潰，她代表著馬家軍的軍心。

是仇恨支撐著她，但這樣濃烈的仇恨，卻是來自同樣濃烈的愛。

因為那麼愛，所以那麼痛。

她沒有一日不想起他，想著他的背叛、他的無情，還有他痛苦的眼神。

狼仔……她最在乎的狼仔……徹底死了。

死在夏侯義的劍下，死在汪洋的計謀下，死在爹爹的追捕下，死在馬俊的箭下。

若他們最初便沒有相遇，是不是就不會有日後這般撕心裂肺、肝腸寸斷？

斬也斬不斷的愛意，糾纏著痛入骨髓的恨意，愛與恨這般緊緊交織，她怎能忘得了？

平原公主緩緩起身，伸手輕輕撫摸摘星的頭，「郡主，妳辛苦了。」

她到底也是過來人，也知摘星來到晉國的始末，如此年輕，卻家門全滅，被摯愛之人背叛，更險些失去性命，多虧了離家的小世子，她才能倉皇帶著馬家軍投奔晉國。

這孩子所承受的，與她當年相比，甚至有過之而無不及。

摘星愣在當場，眼淚不知怎地，撲簌簌便落了下來。

她自覺失態，忙別過臉，用手抹去眼淚。

「讓公主見笑了。」

不哭，不能哭，不能讓她見到自己落淚。

不能讓她為自己擔心。

青菱雙手端著新換上的筷子，在旁看著這一幕，臉色雖依舊難看，卻沒再出聲趕人。

「公主，請繼續用膳。」青菱上前將筷子遞給平原公主。

平原公主點點頭，重新回到桌前，邀摘星一同用膳。

摘星想婉拒，卻聽公主道：「一人獨居慣了，有時也想聽人說說話，況且昨日晉王特地送來許多糕餅點心，我正愁吃不完呢。」

摘星憶起昨日正是公主生辰，忙道：「雖晚了一日，摘星祝賀公主，北堂萱茂，懿德延年。」

萱草生堂階，遊子行天涯；慈母倚堂門，不見萱草花。

也許是無心，也許是有意，這兩句女壽之詞，隱隱透露出孺慕之情。

只因平原公主與她娘親生辰同日，算算年齡，兩人應也相當，且都同樣喜愛女蘿草，世上竟有這般巧合。

見摘星上桌，青菱板著臉又去取了雙筷子。

平原公主話並不多，摘星貿然闖入請求，碰了個軟釘子，也不敢再躁進，安分陪著她用膳。

平原公主席間不斷透過面紗打量摘星，不禁疑心：真像。

這世上真會有如此相像的兩人嗎？

她終於開口問道：「馬郡主，妳的容貌，與本公主所知一位故人極為神似，妳的娘親，出身何地？」

「我娘親出身清貧，嫁與我爹為妾，公主應無機緣認識她。」儘管摘星也覺這位公主與自己娘親感覺相似，卻並未說出兩人共通點，只怕被認為是刻意高攀，拉攏公主了。

一頓午膳，倒也吃得舒心，晉王極為用心招待這位貴客，桌上菜餚雖非道道山珍海味，然皆為精心烹調，吃完後公主又賞了她許多糕點，摘星再三稱謝後，才在青菱掩護下，悄然離開棠興苑。

「馬郡主，下不為例，還望您自重。」青菱把糕點塞入摘星懷裡。

摘星感激這小婢女沒真的喊人把她轟出去，「謝謝妳，青菱。」

青菱柳眉一皺，「郡主毋須道謝，此事奴婢必會稟告晉王。」說完便轉身離去。

摘星心裡咯噔一聲。

青菱美其名是來服侍平原公主，但既然是晉王派來的人，自然會將棠興苑所發生的一切，如實向晉王匯報。

這下晉王對她的印象恐怕是更糟了。

第三十一章 聯兵契丹

近日摘星聽到一些關於馬家軍的傳言。

聽聞馬家軍如今軍紀渙散，士兵們甚至日日飲酒作樂，荒廢操練。

摘星起初自然不信，馬瑛以身作則，軍紀如鐵，怎可能不過短短半月，馬家軍就成了盤散沙？然轉念一想，晉王刻意不讓她前往太原城外馬家軍軍營，是否因她遲遲未現身，才使得馬家軍群龍無首，士氣鬆懈？

自上次面見晉王，儘管之後她數次求見，晉王始終不願見她，眼看時間一日日過去，滅梁復仇大計卻遲遲不見進展，她不免懷疑，難道晉王與朱溫根本是一丘之貉，表面不斷拖延，實則居心叵測？

晉王究竟是怎麼看待她與馬家軍的？

晉王得知她擅闖棠興苑後，並未做任何表示，反讓她更加忐忑。

她明白自己正在被觀察著，不止晉王，怕是全晉國上下，都在看著她是否有能力掌管一整支馬家軍。

對方越是按兵不動，她越是暗感焦急，在聽聞馬家軍負面傳言後，她終於下定決心要偷偷前往馬家軍城郊外軍營，一窺虛實。

那可是她爹爹一手帶出來的馬家軍！

她帶著馬婧來到太原城門，守衛看了她一眼，居然沒有攔阻，便放她通行。

「難道晉王想通了？不攔我們了？」馬婧有些摸不著頭腦。

摘星卻是臉色沉重。

看來馬家軍紀律大亂，傳言不假。

馬家軍既已不成威脅，又何必怕她與馬家軍接觸？

她還未走到軍營，便聽見士兵大聲喧譁，走近一看，更是怒火中燒，只見士兵們不但大白日裡便大口喝酒，還大口啃肉，甚至有人踢起鞠球，不離身的刀劍等武器更隨意扔置，完全不復往日剽悍精兵悍將模樣。

馬婧也大吃一驚，見摘星臉色鐵青，大夥兒還在樂不思蜀，忙喊：「郡主來了！」

然士兵們聽見了，並未立即收斂，馬邪韓甚至拿著一壺酒走上前，熱情道：「郡主，好久不見！來和弟兄們一塊兒喝酒嗎？」

摘星氣得聲音都在發抖：「這就是威振天下的馬家軍嗎？居然大白天就飲酒作樂？軍紀蕩然無存！」

「郡主，這是因為——」馬邪韓待要解釋，摘星憤怒打斷，「馬參軍，我已親眼所見，有何好解釋？我現命你即刻整軍操練，否則依軍法處置！」

馬邪韓見摘星一來便好大威風，回頭望了一眼士兵弟兄們，深知一時三刻難以解釋，只好扔下手中酒壺，趕緊整頓軍隊。

士兵們集中操練，頂著烈日，一操練就是一兩個時辰，連口水都沒得喝，他們多半曾中過瘴氣之毒，身體尚在復原期間，難免有些吃不消，但見郡主目光凌厲地在旁監看，不敢鬆懈，只能咬著牙硬撐下去。

馬邪韓試圖勸說摘星，讓士兵們休息，摘星卻道：「連這點苦都吃不了，還算什麼馬家軍嗎？」

「但，郡主——」馬邪韓話未說完，又被打斷，「那我下場和所有人一塊兒操練，大家就沒話說了吧？

我若不休息，誰都不准休息！」

馬邪韓攔都攔不住，便見摘星快步走到眾士兵面前，帶頭操練。

士兵們身穿盔甲，早已汗如雨下，苦不堪言，摘星則是渾身大汗，又未補充飲水，幾次馬婧想叫她下場休息，她仍倔強著不肯離開，只覺自己一定要以身作則，不能讓馬家軍被人看笑話！

她不能輸！

不能輸給晉王！

不能輸給朱友文！

再痛苦她都能咬著牙撐下去！

馬婧見摘星越來越支撐不住，怕她腳傷舊疾復發，情急之下，只好去找疾沖。

疾沖匆匆趕來，見摘星在烈日下已連站都站不穩，身後馬家軍士兵更是有幾人顯然已支撐不住，「砰」的一聲，一人忽倒地，疾沖忙喊：「停停停！大家都停下來！」

「不准停！」摘星抹去滿臉汗，瞪了疾沖一眼，「這是我的馬家軍，不用你來多事！」

「馬摘星！我看搞不清楚狀況的是妳！」疾沖也火了，這女人非得要如此頑固嗎？「妳知不知妳的馬家軍裡，有多少將士正抱病養傷？妳還要他們在大太陽底下練兵擺陣？是嫌他們死得不夠快是嗎？」

摘星早已筋疲力盡，只靠一口氣硬撐著，見疾沖一來就大聲責備她，面上掛不住，情緒一時失控怒道：「這裡輪不到你來發號施令！」

疾沖臉色一沉，一把將摘星扛上肩，轉身快步離開，還不忘回頭對馬邪韓道：「馬參軍，快讓將士們休息，後果我來扛！」

「疾沖！你這混蛋！放我下來！」摘星尖叫掙扎，「馬參軍！我命你快將疾沖抓起來！」

「別理她！這女人需要冷靜一下！」

馬邪韓待要追上，疾沖已施展輕功，帶著摘星飄然而去。

🐾 🐾 🐾

嘩啦一聲。

渾身冰冷涼意襲來，她整個人瞬間清醒，然後開始掙扎，頭一冒出水面，便咕嘟咕嘟一面嗆著水，一面大罵把她扔入湖裡的罪魁禍首：「疾沖！你這——咕嘟——我、我不會游水啊——來、來人……咕嘟……救、救命——」

「別緊張，這池塘很淺，一下子就站住腳了。」疾沖雙手抱胸站在池塘邊，一臉從容。

摘星雙腳往下一踏，果然踏到地面，立即呼一下站起身，怒氣沖沖朝岸上走去，「疾沖！你太過份了！」

「不這樣做，妳會冷靜下來嗎？」疾沖望著渾身溼淋淋的她，難得毫無憐香惜玉之情，「馬摘星，妳折磨自己也就算了，何苦折磨別人？妳忘了馬家軍元氣大損，目前最需要的就是好好養精蓄銳嗎？美酒好菜，是我大哥送去的，妳要馬參軍怎麼拒絕？況且將士們這段日子如此奔波辛勞，放鬆片刻，又有何妨？妳連這一點體恤之心都沒有嗎？妳一心只想著復仇，眼裡已容不下其他人！這不是我認識的馬摘星！」

「過去的馬摘星已經死了！」

「馬摘星，那妳們心自問，這一切，值得嗎？」疾沖厲聲道。

摘星不由一愣。

他從未對她如此嚴厲過。

那一瞬間，她總算看清了自己，更對自己方才的行為感到萬分羞愧。

她究竟是怎麼了？竟如此自私、目中無人，完全只顧自己的感受！

遠遠地，她看見馬婧與馬邪韓一臉憂心地趕了過來，更覺慚愧，幾乎要不敢面對他們。

她頹然坐在池塘邊，黯然道：「晉王說的沒錯，我現在根本就沒資格統率馬家軍……」

「郡主，您沒事吧？」馬婧瞪著疾沖怪叫，「小世子，您竟真的把郡主扔進池塘裡？您捨得啊？」

「我也是於心不忍啊！」疾沖撫心，一臉難受，「但為了她好，只能忍痛了。」

「疾沖也是用心良苦。」摘星苦笑了下，站起身來，朝馬邪韓深深行禮，「馬參軍，你覺得士兵們會原諒我嗎？」

馬邪韓大聲道：「馬家軍弟兄絕對誓死追隨郡主！不報馬家仇，愧為馬家軍！」

摘星眼眶一熱，忙轉身掩飾情緒，但眾人仍可見到她雙肩微微顫抖。

好不容易撫平情緒，她轉過身，見疾沖正笑望著自己，儘管知道他是一心為她好，但在眾士兵面前讓她如此出糗，還是有些不服，心念一轉，朝馬邪韓大聲道：「馬參軍！本郡主命你與馬婧二人，合力將小世子也扔進池塘裡。」

「是！」兩人齊聲稱是，摩拳擦掌。

「馬摘星！妳恩將仇報啊！」疾沖哇哇大喊，他要逃走自非難事，但為逗摘星開心，假裝不敵馬邪韓與馬婧，被兩人分別捉住手腳，用力扔入池塘裡。

嘩啦一聲，水花四濺，伴隨著摘星清脆笑聲。

疾沖仰面漂躺在池水上，一臉舒適，心情愉快。

有多久沒聽到她的笑聲了？

不過落個水，狼狽些，值得。

晉王終於召見了摘星。

在史恩帶領下，她來到晉王書房，史恩通報後，摘星走入，只見晉王正埋首案前，專心看著探子送回的情報。

「摘星參見晉王！」摘星朗聲道。

晉王緩緩點頭，卻未抬眼，仍盯著手上的情報，似在凝思。

摘星便在一旁靜靜等候。

良久，晉王終於抬起頭，見摘星一直恭敬等在一旁，臉上無絲毫不悅與不耐，初入太原城時的急躁激動與不安已收斂不少，氣度穩重，隱隱有主將之風，他不禁內心暗暗點頭。

看來他小兒子的眼光著實不錯，只要稍加提點，馬摘星的確是可造之材。
「馬郡主，可知服侍公主殿下的青菱，下場如何？」晉王問。
摘星立即回道：「擅闖棠興苑，全是摘星的主意，與青菱無關。」
「本王已下令嚴懲相關人等，青菱杖打二十，值班守衛看守不嚴，讓人溜進棠興苑而不自知，杖打五十，扣兩月軍餉。」
摘星心中一凜，待要求情，然事發已過數日，怕是早已杖打責罰過了，想起青菱無端受累，心中既愧疚又難安。
「怎麼，嫌本王罰得重了？」
摘星低頭不語。
晉王站起身，走到她面前，「你和那混小子很像，重情重義，這樣的主帥，易得人心，卻難率軍打下勝仗，因為你們都顧慮太多。」
「還請晉王明示。」
晉王深深看了她一眼，「馬郡主，告訴妳一句實話，本王馳騁沙場多年，唯一打從心裡敬佩的主帥，便是梁國渤王。」
摘星渾身一震。
渤王，朱友文。
他竟是晉王最欽佩的敵人？
只聽晉王道：「唯有心夠狠，在戰場上才能冷靜判斷大局，一旦心有牽絆，便是敗戰的開端。」

晉王說的一點都沒錯。

他恐怕是她見過最冷血的人，連自己的感情都能拿來當籌碼，等到沒有利用價值之後即狠心拋棄，一點都不留戀。

是戰場上的殺戮讓他不得不冷血無情？

還是他的冷血無情，讓他成為大梁戰無不勝的戰神？

不論是哪一種，她的起步，都已晚了他一大截。

摘星咬牙，終於承認在戰場上，自己遠遠不如他。

腦海中忽響起他的聲音。

我僅有一日時間能教導妳，務必仔細聽好。

妳最大的敵人，或許不是太保營的晉軍。

馬家軍素來驕悍不定，太保營一役後便無利用價值，父皇不願續留，命我隨即率軍包圍，全數剿滅，包含妳！

當時她尚不知滅門真相，如今仔細回想，他竟是在她面前洩露了朱溫密令，難道……已被仇恨蒙蔽的心，忽地裂開了縫，她似乎在那條縫裡窺見了什麼，卻不敢確定。

難道他終究是在意她的？

星兒，妳我一旦交戰，妳絕非我對手，馬家軍必然死傷慘烈。我寧可與妳單獨相見，勸妳投降。

而我將趁妳獨自赴約之時，取妳人頭！妳一死，馬家軍群龍無首，勢必兵敗如山倒！

一股寒意襲來，彷彿當時那把牙獠劍此刻正指著她的咽喉，令人不寒而慄！

馬摘星，永遠不要忘記我此刻的話！沙場上，永遠都不能相信妳的敵人！若妳我為敵，便是狼仔已死，妳面前只有渤王！切記，兩軍交戰，不是妳死就是我活，兵不厭詐，妳要夠狡詐、要誘敵、更可以利用情份，要知越深的感情越能利用，狠狠搾取對方的脆弱，最後一舉殺之！

原來這就是渤王朱友文想教會她的！

她若想擊敗他，便要冷血，便要無情，還要知如何利用對方感情、榨取對方弱點！

她總算明白了！

朱友文早就預見了這一刻！

戰場上不能有絲毫鬆懈，更不允許任何錯誤，否則付出的不只是自己的性命，還會連累成千上萬無辜士兵，而一旦前線崩潰，敵軍殺至境內屠城，更是數也數不清的家破人亡！

摘星不由冷汗直冒，直到此刻，她才真真正正體會到晉梁開戰所代表的意義。

「摘星知錯！」

她對晉王已是由衷心服口服。

「馬郡主，局勢生變，此次召妳前來，乃是有件重大任務欲托付。」晉王話鋒一轉。

見晉王終於願意重用自己，她感激道：「摘星必當盡力。」

「契丹新可汗即將即位，郡主與契丹寶娜公主交情深厚，本王希望妳善用這層關係，想辦法出席新可汗的登基大典，破壞契丹與朱梁的借兵盟約。」

聽到寶娜名字，摘星不由躊躇。

要利用她與寶娜的交情？

這並非她所願，但——

「郡主若能成功破壞契丹與朱梁之合作，我晉國與馬家軍發兵攻梁之日，便指日可待！」

她胸口澎湃，不再遲疑，「摘星義不容辭，必不負晉王所托！」

「郡主也別答應得太快，別忘了，郡主即可能會見到渤王。」

她胸口驟然緊縮，瞬間喘不過氣。

他也會去？是了，契丹與朱梁聯兵，正是他一手促成，新可汗登基大典，自然會邀請他出席觀禮。

他與她又要相見了？

但他們已不再是相愛的戀人，而是不共戴天的仇人。

她該如何去面對他？

「郡主應以大局為重，縱然仇敵在前，亦不可貿然刀劍相向。」晉王早已看透摘星心思。

她咬著下唇道：「摘星銘記在心。」

晉王點點頭，「郡主，妳的血海深仇，公主殿下的復國希望，如今都繫在妳身上了。」

摘星神情凝重。

她……準備好了嗎？

但要等她準備好，要等到何年何月？

失去娘親、失去狼仔、家門被滅，直至得知真相，倉皇逃離朱梁，這一切，命運從不給她任何準備機會。

她只能再次勇敢挺身，接受上天一次又一次帶給她的挑戰。

契丹。新可汗登基大典。

這是她與他，即將展開的第一次對決。

🐾 🐾 🐾

時序已入金秋，晴空碧藍如洗，北雁紛紛南飛，秋風習習，楓林盡染紅。

契丹地處邊疆，景色荒涼，更見秋意蕭瑟。

大梁出使前往新可汗登基大典的隊伍，正要緩緩行經木葉山，渤王朱友文親自領軍，帶著熟悉契丹習俗的四弟朱友貞，莫霄與海蝶亦隨行，文衍因傷勢未癒，留在渤王府。

朱友文身旁各有四隻體型巨大的戰狼環繞，戰狼不時低聲咆哮，前呼後擁，威風凜凜。

木葉山下建有契丹始祖廟，每年行軍與春秋時祭時，可汗必來木葉山，以示不忘本，因此新可汗登基大典，便是選在木葉山下。

莫霄見時辰還早，而隊伍人馬已有疲態，建議：「主子，反正木葉山已近，咱們要不要先休憩片刻？」

一路上一直不怎麼搭理朱友文的朱友貞聞言，輕蔑哼了一聲，「契丹人最尊崇太陽，可汗金帳，隨時都面朝東方，象徵拜日，若咱們在落日之後才出現，那可是會被契丹人瞧不起的。」

莫霄被嗆，無辜望向朱友文，但主子卻視而不見，他也只能摸摸鼻子不作聲。

四殿下自莽嶺歸來後，性情大變，即使朱溫百般安撫、朱友文試圖解釋，他似乎都無法接受自家人居然如此無情，不但踐踏別人情義，甚至趕盡殺絕。

朱友貞回到大梁，終日沉默寡言，一開口卻是句句諷刺，朱溫氣得將他禁足，此次前來慶祝契丹新可汗登基，還是朱友文替他求情，言明朱友貞當年在契丹做為質子，必相當了解契丹風土人情，此時不用，更待何時？

況且，此行必會遇到寶娜，朱友文不欲讓寶娜知道摘星已投晉，但摘星不見人影，寶娜必會追問，朱友貞熟知寶娜性情，可在旁幫忙應付，多少讓她別起疑心。

朱友貞原本萬般不情願，待聽得朱友文提起寶娜，猶豫了一晚，才轉了念頭，跟著朱友文一同前往契丹。

朱友文知四弟雖然仍不認同梁帝與他欺瞞摘星，但還不至於扯後腿，這一路上，該指點的時候不會悶不吭聲，只是語氣酸了點。

「莫霄，傳令。」朱友文吩咐：「隊伍就地休息，一個時辰後整軍出發。」他目光望向連續趕路而久未施展筋骨的戰狼，「將戰狼帶到樹林去放放風。」多日未殺戮見血，戰狼恐怕也悶壞了，得讓牠們到林子裡自行打打野味，發洩一下。

木葉山另一頭，寶娜帶著親近侍衛，騎著馬在樹林裡四處張望。

不一會兒，摘星從樹後現身，接著疾沖、馬婧也跟著出現。

「摘星姊姊！」寶娜欣喜跳下馬，來到摘星面前，擲起她的雙手，「特地派追日來送信，約我到此處相見，如此神祕，難道是要給友文哥哥驚喜嗎？」

與寶娜重遇，摘星同樣欣喜，然聽見他的名字後，臉上笑容一僵，便再也笑不出來。

寶娜察覺不對勁，又望了疾沖一眼，奇道：「妳怎麼會和這傢伙一起？要是被他看到了，肯定又要大大吃醋。」

「公主。」摘星握緊寶娜雙手，想著該如何開口。

該如何將一切真相告訴寶娜？她最深愛的人是如何轉眼變成她最該恨的人？

只要一想到他、想到過往渤王府種種，便心頭如針刺，一根一根用力插下，痛得她全身顫抖，無法言語。

「摘星姊姊？」

「我來說吧。」疾沖站到摘星身旁。

寶娜從未見摘星脆弱到無法言語的地步，濃濃不安湧上。

出了什麼事嗎？

待疾沖將前因後果詳細敘述後，她先是睜大了一雙妙目，不敢置信，但摘星一臉沉痛哀傷不假，原來……原來……原來朱友文一直在騙著摘星？

寶娜咬著下唇，想要說些什麼，開口了幾次卻遲遲說不出話，最後眼眶一紅，淚水噗簌簌而落，她上前緊緊抱住摘星，太痛了，連她也痛得手足無措，不知該如何是好，更何況是摘星？

「摘星姊姊……怎會如此……怎麼會……」

摘星對朱友文用情之深，寶娜怎會不明白？

她是如此愛著朱友文，他怎麼可以如此待她？

摘星看著寶娜顫抖的雙肩，勾起更加傷痛回憶。

娘親離世時，她以為此生不會再有比這更傷痛的了，誰知後來她不得不逼走狼仔、眼睜睜見他落崖，那痛不欲生的感覺，再次席捲，從此她不再是天真無知的小女孩。家門遭滅，親眼看著爹爹死在面前，她於世上再無一親人，若不是朱友文出手相救，她早已命喪夜煞之手，然如今回想，若當時沒有那聲銅鈴，她死在了那天漆黑夜裡，是否就不會再有日後這般波折？

以為自己覓得了一世良緣，到頭來卻是上天最狠心的一個笑話！

一次又一次，她以為經歷了這麼多，自己總該能習慣，然即使是最堅硬的石塊，歷經過太多次打擊，也會變得粉碎。

寶娜的淚觸動了她內心深處，堅強一下子瓦解，她不知自己也已淚流滿面，仍貼心伸手撫摸寶娜頭髮，輕聲哽咽道：「別哭了，沒事、沒事的……」

馬婧紅了眼眶，疾沖背轉過身子，他知摘星壓抑太久，總得找機會宣洩悲傷。

儘管那悲傷將永遠源源不絕，一輩子跟隨著她。

寶娜哭了一陣，抬眼見摘星滿臉淚水，一面伸手替她抹去，一面豪氣道：「摘星姊姊，從今以後，我寶娜就是妳的姊妹、妳的親人！」

「謝謝妳。」摘星心中感動，胸口溫暖。

寶娜甚少在人前落淚，為掩飾自己哭泣窘態，故意沒好氣道：「都說了我倆從此是姊妹了嘛，謝什麼謝？」

疾沖估摸著這兩人敘舊也該差不多了，轉過身來，談回正事：「公主，摘星要能有妳這樣的好妹妹，要報仇就有希望了。我們今日前來，就是盼公主能仗義相助，引薦我們去見新可汗。」

「你們要見王兄？」寶娜訝然。

「我們此次前來，目的就是要阻止新可汗借兵給朱梁！」疾沖解釋。

寶娜更是訝異，接著面露懊惱，「王兄確實寵我，但與朱梁的借兵盟約，一開始就是我吵著父王要答應，好不容易父王與八部首領都同意了，如今卻要毀約……這般兒戲，王兄不會答應的。」想了想，精神一振，又道：「不過，要帶你們去見王兄，這點本事我還是有的！」

寶娜一拍手，身後侍衛便捧上幾套衣服。

「我還想為何這傢伙信上要提及——」寶娜望向疾沖，人家如今可是晉國小世子，好像不能隨隨便便「這傢伙、那傢伙」亂叫了。「總之我照信上所提，準備了侍女與侍衛的衣服，一開始我還想不明白，現在可懂了。」

疾沖點頭道：「晉國非契丹盟國，換個裝扮才安全。」

摘星等人正要換裝，一旁草叢忽劇烈晃動，下一刻，一道黑影竄出，疾沖動作飛快，已護在摘星面前，同時拉弓射箭。

那黑影中箭後頹然摔落在地，發出一聲哀鳴。

竟是一頭體型碩大的巨狼！

那狼倒地後，朝疾沖齜牙咧嘴，幾次欲起身卻失敗，忽將頭扭向摘星，她不由一愣，覺得這狼似曾相識。

一名契丹侍衛在寶娜耳邊低語，寶娜恍然大悟：「這狼繫著頸圈，恐怕是渤王親訓的戰狼，渤軍隊伍應該已到了另一頭的木葉山下，我們動作得快！」

摘星定睛一看，這狼頸子上果然繫著項圈。

「可不能讓那傢伙知道我們的行蹤，狼老兄，抱歉了。」疾沖舉弓，欲再補上一箭，直接送戰狼上西天。

契丹人自詡強悍如狼，更有部落以狼為圖騰，與草原狼甚為親近，寶娜等契丹族人見戰狼已為箭所傷，疾沖還要趕盡殺絕，不免心中有些不滿。

寶娜往前踏了一步，似欲阻止，疾沖放下弓，轉頭問摘星：「妳來決定，殺，還是不殺？」

摘星猶豫。

「妳若連他養的戰狼都下不了手，日後要如何面對他，打這艱險一仗？」疾沖道。

戰狼再度掙扎起身，身形搖晃，想要接近摘星。

牠認得她。

她是他的女人。

既是他的女人，便不會傷害牠。

摘星望著戰狼雙眼，認出牠是曾領著她前去營救寶娜的那隻戰狼。

摘星等人，包含寶娜，戰狼都見過，牠以為這行人並無威脅，放心現身，誰知卻中了疾沖冷箭。

「摘星，別猶豫了！」疾沖催促。

「把弓箭給我。」摘星咬牙道。「戰狼我來解決，你們快走，我隨後跟上！」

去。

寶娜等人不願親眼見到戰狼死在面前，很快轉身離去，疾沖遲疑了會兒，將弓箭交給摘星，跟著離去。

半途他回過頭，見摘星已舉起弓箭，瞄準戰狼。

馬摘星，妳真狠得下心嗎？

🐾

🐾

🐾

四隻戰狼放入木葉山林，卻只回來三隻，朱友文放心不下，親自帶著莫霄進樹林找狼。

他與莫霄分頭尋找，戰狼經他親訓，即使野放，聽見他聲音，也會立即奔來，但失蹤的戰狼卻遲遲未現身，朱友文不禁有了最壞打算。

一股血腥味忽從樹林山處飄來，不祥之感湧上，他尋著來源，果然見到他的戰狼倒臥在草地上，動也不動，一旁有支沾滿血跡的箭。

他從小與狼為伍，視狼如手足，與狼群間更有著莫名難以言喻的親近與信任，見戰狼倒地，似受重傷，他只覺心一沉，緩緩走近。

戰狼忽動了動耳朵，直起上半身，轉頭看他。

見戰狼還活著，朱友文鬆了口氣，線條剛硬的臉上露出一抹難得一見的孩子氣笑容。

他上前查看，見戰狼後腿處的箭傷，已被一塊女子裙角包紮好。

不禁微微錯愕。

竟有人救了戰狼？

會救狼的人，普天之下，他只認識一位……

戰狼低嗚了兩聲，像是應證他的猜測。

朱友文喚來莫霄，要他好生照看戰狼，自己則往山林另一頭尋去。

是誰救了戰狼？從包紮裙角上尚未乾涸的血跡來判斷，那人應該還未走遠。

是她嗎？有可能嗎？

她離開他身邊之後，夜煞探子不斷潛入晉國，送回她的消息，她被晉王冷落，鬱鬱寡歡，憤恨難消，擅闖晉王府深處宮苑，更在馬家軍面前舉止失常，一舉一動，他全知道得一清二楚。

但晉王派她為密使，前來契丹破壞朱梁與契丹盟約，卻是暗中保密，連晉王府內都不知摘星與疾沖已悄然離境。

若真是她，她如今好嗎？

心，不由急切起來，腳步加快，直聽到熟悉人聲，他才停下。

是寶娜。

他閃入一棵大樹後，望向寶娜隊伍，只見一名契丹侍女裙角下襬明顯少了一角，他目光向上，那侍女卻是背對著他，見不著面貌。

他沒有現身，只是靜靜看著寶娜一行人迅速離去，漸行漸遠。

契丹族人向來以狼為尊，救治傷狼，不足為奇，但那侍女背影，為何卻讓他的心異常悸動？

星兒，真是妳嗎？

西拉木倫河與老哈河源自木葉山上，相傳兩河交會處便是契丹祖先青牛白馬傳說之起源地，契丹新可汗登基大典因而選於此處舉行，木葉山腳下早已豎起一頂又一頂氈帳，最耀眼的便是位於正中央的契丹王金帳，這幾日來自八部首領與各國進貢祝賀使者不斷往來，即將登基的新可汗鎮日接見賓客，接受道賀，忙得不可開交。

為掩飾身分，摘星扮作寶娜身邊侍女，疾沖卻被寶娜塞到馬場去清馬糞，只因寶娜怕他太招搖，尤其那雙風流桃花眼，若被那些契丹侍女們瞧見了，真不知會引起多少風波。

疾沖無奈，只得臭著一張臉，乖乖去馬場。

寶娜帶著摘星直接來到金帳外，對摘星道：「妳在外頭等一下，我先進去稟告王兄，等他同意，我再帶妳去見他。」

寶娜進入金帳內不過一會兒功夫，一名老嬤嬤忽走過來一把扯住摘星手臂，一面嘴裡契丹語念個不停，一面拉著她往另一方向走去。

「我、我不是……」她雖不懂契丹語，也知老嬤嬤真將她當成了侍女，似在責怪她怠忽職守。

摘星回頭望向金帳，寶娜還未出現，為了不讓人認出自己身分，她只得接過老嬤嬤遞給她的銀盤，上頭不但擺著酒壺肉乾，另有一套高圓領窄袖袍，配以腰間束帶與紫貂裘，紫者為尊，等會兒要換上這套衣服之人，身分想必不凡。

老嬤嬤仍舊喋喋不休，拉著她來到一座外頭覆以許多珍貴獸皮的巨大氈帳前，她琢磨著是要替氈帳裡的主人更衣嗎？

老嬤嬤拉著她進了氈帳，只見裡頭相當寬大，一道獸皮屏風將氈帳內一分為二，屏風後隱隱有水聲傳來。

老嬤嬤面朝屏風，以生澀漢語道：「渤王殿下，侍女已到，服侍殿下沐浴淨身。」

摘星手上銀盤險些掉落！

好個冤家路窄！

上天終於待她不薄，讓她一踏進契丹領域便遇上了他，且是在如此毫無防備的狀態下！

她忍住心頭激動，悄悄取下髮上簪子，緊緊攥在手裡。

朱友文，看來你的死期，就在今日！

第三十二章　契丹對決

老嬤嬤嘴裡低聲咕噥，示意摘星走向屏風，她不由屏息，手上端著銀盤，緩緩一步一步往屏風後走去。

心跳得劇烈，大仇即將得報，腦海裡卻忽閃過晉王的吩咐：

郡主應以大局為重，縱然仇敵在前，亦不可貿然刀劍相向。

晉王特意派她前來契丹的主要目的，並不是要取渤王的命，而是破壞朱梁與契丹的借兵盟約，若她貿然在此殺害朱友文，是否反而弄巧成拙？

內心正天人交戰，老嬤嬤忽在她背後推了一把，她毫無防備，一個往前踉蹌，竟撞上屏風，屏風歪了歪，朱友文泡在木桶裡赤裸精壯的上半身立時出現在她面前，幸好，他是背對屏風，且臉上蓋著塊溼布，似在閉目養神，方才摘星那一撞，並未引起他的注意。

居然如此鬆懈，絲毫不怕被人暗算嗎？

摘星狠狠瞪了那背影一眼，只覺兩頰火燙。

反正之前這傢伙也偷看過她洗澡，一人一次，扯平。

她迅速放下銀盤上的衣物與水酒，正要離開，卻見老嬤嬤從屏風後探出頭，眼神嚴厲，似要她留下繼續服侍朱友文。

她有苦難言，回頭看了一眼仍泡在木桶裡的男人，慢慢踱回去，老嬤嬤又是一瞪，她只好伸出手，

假意要替朱友文按摩，隨意在那肌肉堅實的臂膀上按了幾下，老嬤嬤這才滿意點頭，暫時退了下去。

木桶裡的男人發出一聲不滿，「力道太輕了。」

摘星敢怒不敢言，這還是她這輩子第一次這麼服侍人，居然嫌棄？

她刻意加重力道，指甲狠狠掐入，誰知這人渾身上下肌肉都硬得像鐵塊似的，指甲差點沒折斷，痛得她暗暗叫苦，動作卻不敢稍有停頓。

朱友文嗯了一聲，似很享受。

屏風內，水氣瀰漫，朱友文毫無戒心，摘星在他身上胡亂掐捏了一番，出了頓氣，心情倒是慢慢平靜下來，這才驚覺氈帳裡只剩下了他們兩人，世間喧喧擾擾，彷彿都被留在了氈帳外。

雙手，不由自主放輕了動作，這是第一次，她觸碰到他的身體，那麼陽剛、充滿火燙氣息，她的指尖不由發熱。

她曾經最深愛的狼仔，原來長大了，身子是這副模樣……

「夠了。」朱友文忽然出聲。

摘星嚇了一跳，雙手連忙抽回。

朱友文伸出右手，她會意，四周張望，隨意拿起一條掛在屏風上的氈布，塞到他手裡，下一刻，他從木桶裡站起身，摘星差點要尖叫出聲，連忙用手摀住自己的嘴，又趕緊遮住自己雙眼，轉身就逃！

朱友文順手用氈布圍住自己下半身，轉過頭卻見到剛剛服侍他的侍女落荒而逃，那背影好生熟悉……目光忽被侍女裙角吸引住，那兒有塊明顯的撕破痕跡。

「站住！」朱友文一喝。

摘星僵在原地。

他從木桶裡起身，溼淋淋帶起一陣水聲，摘星光是想像他半裸著身子的模樣，頭皮便一陣陣發麻，再聽得他的腳步聲一步步朝自己走來，她恨不得立刻衝出帳外，又怕引起朱友文疑心，造成騷動，被認出身分，躊躇不定間，寶娜聲音忽從帳外傳來：「摘星？妳在嗎？」

接著帳帘一掀，寶娜探頭進來，與摘星正好照面，摘星忙用手指指後方的朱友文，又指指自己，很快搖了搖頭。

朱友文見寶娜出現，退到屏風後，迅速將衣物披掛上。

「摘星姊姊不在這兒嗎？」寶娜將摘星拉到自己身後，踏進氈帳。「我以為摘星姊姊和你在一塊兒呢！」

「她這次未隨行，讓公主失望了。」朱友文道。「更衣到一半，服侍的侍女卻忽然跑了，讓公主見笑了。」

寶娜看了滿臉通紅的摘星一眼，「我會另派幾名侍女過來服侍更衣。」

朱友文由屏風後走出，往前踏了兩步，看著寶娜身後拚命垂著頭的摘星，「公主身後那位，不行嗎？」

「她……她是我的貼身侍女，剛才老嬤嬤錯認了。」寶娜含糊解釋。

朱友文目光炯炯直盯著摘星，就在摘星以為自己終是被認出時，他笑了笑，「那就勞煩公主挑幾個手腳俐落的過來服侍本王。」

這意思，是嫌她方才笨手笨腳就是了？

「沒問題，我挑幾個特別漂亮的，要她們侍寢也行，只是……就怕摘星姊姊會不同意？」寶娜故意道，摘星一聽，瞪了寶娜一眼。

「主人刻意招待，哪有拒絕道理？」朱友文道。

摘星偷偷瞪了他一眼。

登徒子！還真自以為風流呢！

寶娜拉著摘星離開氈帳，直到遠遠離開一段距離後，才追問：「怎麼樣？他有沒有認出妳來？」

寶娜從可汗金帳出來後，怎麼找都不見摘星人影，四處追問，才從老嬤嬤口裡問出，她居然被送到了朱友文的氈帳！怎就這麼巧？幸好她及時趕到，只是不知朱友文究竟有沒有認出她？

摘星只覺胸口憋悶得難受，他居然在寶娜面前那麼理所當然地接受美女侍寢，還說什麼客隨主便，不要臉！花心！用情不專！他是徹底將她忘了嗎？

不，不對……她在吃什麼醋？他可是她的仇人啊！

「剛才也真驚險。」寶娜拍拍胸口。

摘星回過神來，想起方才驚險，也不覺捏了把冷汗。

她居然還有閒工夫吃醋？差點就忘了來契丹的真正目的！

太陽還未完全西下，天空卻陰暗異常，木葉山西側廣闊的大草原上空，更是一整片血色般的殷紅，原該尋覓地方棲息過夜的大雁，如驚弓之鳥，仍在天空四處混亂飛翔，倉皇鳴叫，不成隊伍，彷若迷失方向。

契丹國師塔木兒端詳天象，面露不安，口中喃喃有詞。可汗登基大典在即，卻天有異象，究竟是吉是凶？

金帳內傳來樂聲笑語，細聽竟是漢樂絲竹，契丹新可汗耶律義年輕時曾被送往前朝皇宮做為質子，深受漢家文化洗禮，今日特地召來訓練多時的琴師樂女，款待來自中原的貴客。

耶律義身材魁梧粗壯，此刻正瞇著眼，搖頭晃腦，陶醉在婉轉琵琶樂聲裡，漢人樂曲就是不同，精緻婉約，餘音繞梁，讓人不禁想起江南小橋流水，細雨綿綿，幽隱神祕，迷濛中卻又帶著讓人心癢的嫵媚。

一如中原這片繁華土地，他契丹可是仰慕已久。

朱友文與朱友貞陪著耶律義欣賞絲竹雅樂，朱友貞多半時間只是默默喝酒，偶爾與耶律義搭上幾句話，閒聊幾句風土人情，不似昔日活潑健談，若是寶娜在場，必早察覺他的不對勁，但耶律義向來不拘小節，即使注意到了，也未放在心上。

朱友文一進入金帳，便發現角落隨意堆置一面老舊纛旗與王鼓，那纛旗原是亮眼金色，隨著年代久遠，已變為土黃，但他一眼即認出那是前朝盛世時，太宗皇帝賜給契丹首領之旗鼓，後成為契丹可汗權位象徵。前朝雖已亡，這旗鼓卻依然留在可汗金帳裡，是否多少說明了契丹王族對前朝仍有所留戀？

朱友文輕拍兩下手掌，不一會兒，幾名渤軍抬著兩個大木箱入帳。

準備登基賀禮時，朱友貞曾指點，新可汗熱愛中原文化，更愛文人詩詞字畫，是以朱友文特地搜刮京城所有珍貴字畫墨寶，其中更有不少前朝書法家名帖。

木箱送入，朱友文起身，親自打開其中一個木箱，取出一份字帖，竟是李太白的上陽台帖，其人號稱詩仙，以詩聞名，傳世書法作品卻極為稀少，但其行、草書成就斐然，只見此帖用筆縱放自如，快健流暢，蒼勁中見挺秀飄逸，縱一筆之所如，凌萬載之浩然，果然不愧詩仙風骨。

耶律義也是個識貨的，一見便雙眼發亮，難掩興奮地上前，從朱友文手裡小心翼翼接過，「山高水長，物象千萬，非有老筆，清壯何窮。好詩！好字！」他嘖嘖稱奇，欣賞了好一會兒，才心滿意足收起字帖，「渤王殿下費心了。」

「我大梁相當看重與契丹的情誼，區區薄禮，不成敬意。不過，倒是提醒可汗一句，有些東西舊了，就該狠心扔了，毋須念念不忘。」朱友文目光望向旗鼓，耶律義跟著望過去，立即明白其意。

耶律義哈哈大笑，「比起念舊，我更珍惜大梁送來的這份大禮，絕不會辜負大梁與渤王殿下這番心意。」

朱友文志得意滿，望了朱友貞一眼，只見他面色有些古怪，正想開口詢問，朱友貞忽伸手要琴師停止演奏。

絲竹聲一停，帳內眾人方才聽到帳外人聲吵雜，不時伴隨著驚呼，朱友文擰眉快步走出帳外，一抬頭，月色血紅，而一道黑影正在緩緩吞噬血月。

天狗食月！

自古天狗食月皆被視為不祥之兆，眾人需合力敲鑼打鼓，方能趕走天狗，只見不少契丹士兵已拿出鼓來，好些人找不著鼓，抄起隨身刀劍互擊，甚至從帳篷裡搜出鍋碗瓢盆，亂敲一通，一時間氣氛混亂，人聲呼喝、鼓聲、鐵器敲擊聲四起，耶律義臉色沉重，適逢他登基大典，卻遇天狗食月，難道老天不願見他繼承王位？

「國師塔木兒呢？」耶律義喝問。

「此乃凶兆，上蒼是在警告契丹，若繼續與大梁同盟，必會招致禍端，自取滅亡！」一道清脆女聲忽響起。

眾人一驚，紛紛轉頭，竟是摘星！

契丹人認為太陽是天，月亮是地，日月即是天地，木葉山下更處處可見日月旗幟，天狗食月，天地為之變色，人心惶惶，摘星卻認為這是天賜良機，決定冒險現身，只求能先動搖契丹新可汗對大梁的忠誠。

她與朱友文四目相對，兩人面上平靜無波，內心卻皆翻湧著驚濤駭浪。

沒想到居然會是在契丹，再度面對面相見！

跟著出帳的朱友貞見到摘星現身，頗為驚訝，欲上前敘舊幾句，卻被朱友文橫臂擋下。

「別忘了，她已投晉。」朱友文道。

這表示，摘星與他們已是敵人。

朱友貞歉然望著摘星，默默退下。

「妳是什麼人？」耶律義不悅問道。

寶娜替摘星回答：「王兄，這位馬摘星，是我最好的朋友，情同姊妹。」

摘星恭敬道：「小女子馬摘星，乃梁國前將軍馬瑛之女，拜見可汗。」

耶律義聽過馬摘星名號，知她是渤王心儀女子，他點點頭，臉色稍緩。

「可汗，此女所領之馬家軍，早已叛變大梁，投靠晉國！」朱友文冷笑道。

耶律義錯愕，他早聽聞朱友文與馬瑛之女已有婚配，為此還拒絕了妹妹寶娜，如今兩人卻已分別為大梁與晉國效命，反目成仇？

摘星早知朱友文會有何反應，神態從容自若，「倒真是惡人先告狀。」

她朝耶律義道：「可汗，家父為朱梁賣命一生，然朱溫為了自身利益，不僅滅殺馬府全家，更蒙騙摘星下嫁朱友文，好接管家父親手訓練出來的馬家軍！朱梁對開國功臣都如此殘忍無道，對待所謂盟國，唇亡齒寒，兔死狗烹，也不過只是早晚！」

耶律義聞言，又驚又疑，摘星身旁的寶娜則是一臉憤慨地怒瞪朱友文。

「此女所言，是真是假？」耶律義轉頭問朱友文。

朱友文沒有回話，而是緩緩走向摘星。

他竟還有臉如此冷靜面對她？

隨著朱友文一步步逼近，摘星的呼吸越來越急促，她不服輸地挺直了身子，勇敢正面迎戰。

朱友文，看看你還能怎麼解釋？

他走到她面前，停下，目光直視摘星，回覆耶律義：「她說的，都是真的。」

她沒想到他竟會爽快坦誠，且語氣如此平靜，甚至，帶著些溫柔。

趁著她一時微愣，朱友文忽低聲道：「許久不見，過得好嗎？」那語氣，竟似在問候久未相見的戀人，她不由心中一動，隨即咬牙忍住想回話的衝動。

誰知他是不是又在蒙騙利用她的感情？馬摘星，保持清醒！

只聽朱友文繼續柔聲道：「妳對我的深情，我還不了。馬府全家的性命，我也還不了。我是朱家人，永遠是妳的敵人，妳若想報仇，我隨時候教。」他甚至伸手想撫平她頰邊一縷烏黑秀髮，她心神一蕩，竟險些無法躲開，忙退了半步。

不過是退了半步，氣勢上就已輸了好大一截！

朱友文輕嘆口氣，「看來，破壞大梁與契丹盟約，便是妳復仇的第一步，是吧？」

寶娜旁觀者清，察覺朱友文似在故意套話，正想提醒摘星，但她見朱友文如此靠近、溫言相問，心神早已不寧，再被他幾句話刻意挑逗，竟脫口而出：「正是！」

寶娜一驚，連她也看得出來，摘星已敗下陣，雖說朱溫殘殺功臣，暴虐無道，但朱友文卻誘得摘星承認這一切只不過是她為了徇私報仇，才趁隙離間契丹與大梁。

朱友文冷冷一笑，轉身退回耶律義身旁，「可汗，您也聽見了，與其說是為了可汗著想，獻上建言，倒不如說，她只是來找本王報私仇，畢竟，本王可是她的殺父仇人！」

摘星瞬間萬分懊惱，她原本信心十足，握有勝算，誰知朱友文幾句話就讓她分不清東西南北，一下子就著了他的道！

在利用人心這點上，她根本無法與之相比。

耶律義沉下了臉，「妳與渤王的私情恩怨，與契丹無關，本可汗也不想介入其中。」

摘星不願就此輕易認輸，「可汗且慢，天地可鑑，日月可表，摘星所言，句句真心，若可汗執意不聽，後果恐不堪設想！」

「馬摘星！妳居然敢屢屢口出狂言，不要以為妳是寶娜的朋友，便能如此為所欲為！」耶律義也怒了，登基大典出現天狗食月，已夠讓他心煩意亂，唯恐老天真降下凶兆，此女還左一句不祥，右一句警告，口不擇言，然他怒歸怒，心中也不免惴惴：難道真如馬摘星所說，朱梁所作所為大失人心，連老天也看

不過去，因而出現天狗食月異象來警告他？

朱友文看穿耶律義心中疑慮，便道：「可汗切勿憂心，本王有辦法擊退天狗。」

「渤王殿下有辦法擊退天狗？」耶律義大喜。

先不論他契丹是否要與朱梁繼續交好，登基大典，天狗食月，總是人心不安，也難免讓人對他繼位的正統性產生質疑。

摘星驚訝地望著朱友文，心中隱約浮現答案。

難道他……

朱友文借來一把弓，閉目凝神細聽，摘星狐疑，跟著仔細傾聽，木葉山上似有狼嚎聲傳來，她忽心中雪亮，糟！她怎忘了朱友文從小便與狼群生活，狼對月而嚎，自然對天狗食月有著異於常人的感應。她在太原時曾讀過不少兵書，其中好些提到天狗食月不過是短暫現象，不需以迷信待之，朱友文絕對也明白這一點，卻是反過來利用破除天狗食月的機會，證明此兆與朱梁無關。

朱友文睜開了眼，緩緩舉弓，對準天空，卻並未立即射箭，直至木葉山上的狼嚎一聲比一聲清晰，他的弓也越拉越滿，在最長的那一聲狼嚎結束後，他鬆手放箭，除了摘星，所有人都仰望天空，屏息等待，月華果真緩緩重現天際，夜空血色盡退，一切都恢復了正常，木葉山下歡聲雷動，耶律義更是開懷大笑，讚道：「渤王殿下竟能一箭擊退食月天狗，令人歎為觀止！」

朱友文神色倨傲地望了摘星一眼，才道：「可汗言重，本王只想證明所謂天狗食月，天降凶兆，與我大梁毫無關係，還請馬郡主自重，勿再造謠，挑撥人心！」

摘星氣得七竅生煙，「看你還能得意多久？朱梁多行不義必自斃！」

耶律義聞言怒斥摘星：「馬摘星，就算妳是寶娜好友，也必須向渤王殿下道歉！」

摘星心中不服，向朱友文道歉，豈不等於認輸？更等於承認了朱友文方才所言，她冒失闖來不過是為了私人恩怨，刻意抹黑渤王與朱梁！

「若不願道歉，便即刻離開，我契丹不歡迎無禮之人！」耶律義使了個眼色，一旁便有契丹武士走向摘星。

「摘星，走！妳不需要向這種小人道歉！」寶娜仗著王兄寵愛，拉著摘星便要離去，但摘星迅速思考後，決定向朱友文道歉。

她若與寶娜就這麼一走了之，便難以完成晉王托付她的重任，也會讓契丹對晉國產生反感，為了日後，暫時低頭又何妨？難道她連這點顏面都拉不下來？

儘管心裡很不是滋味，明明惡人不是她。

深吸一口氣，緩緩走向朱友文，正要開口道歉，他卻先發制人：「馬郡主毋須道歉，早先妳扮成侍女，服侍本王沐浴淨身，本王很是滿意！」

她腦袋裡轟然一響，原來他早就發現了！

他怎麼可能沒有發現是她？

她的身形、她走路的模樣，甚至她身上的氣息，他早已銘記在心。

從她踏入氈帳的那一刻起，他便知是她，只是沒有拆穿，甚至還特地將自己雙眼遮住，免得她穿幫。

他思念她，同時也想看看，她不辭千里來到契丹，究竟圖的是什麼？

若是為報仇，又會採用什麼手段？

多日不見，她……過得還好嗎？

摘星沒料到自己假扮侍女早已被識破，一時呆愣原地。

朱友文反替她向耶律義求情：「可汗，馬郡主與本王總歸相識一場，就算如今情已逝，本王仍不願讓郡主顏面掃地，更何況，她今日種種荒腔走板，皆因往日舊情，本王心中不捨，只希望一切到此為此，不要再橫生波折。」一番話說得豁達大度，反讓人更覺摘星小鼻子小眼睛，區區婦人，不識大體。

摘星被狠狠反將一軍，已氣得連話都說不出來。

一次又一次，她竟輸得如此徹底！

多說一句是錯，少說一句更是錯，無論怎麼做都不對。

耶律義朝朱友文讚賞地點點頭，「既然渤王殿下都親自開口了，就不追究了。」轉而吩咐寶娜：「好好看管妳的『貴客』，別讓她再來掃興！」

耶律義招呼著朱友文重回金帳，朱友文入帳前，腳步微頓，感覺到一道熾人的視線落在自己身上。目光一轉，與那道燃燒著不甘與仇恨的視線對上。

很好，妳不但重新站了起來，更有勇氣與我正面對決，但星兒，妳仍然太弱，尚不足以擊敗我、擊敗大梁，妳甚至連保護自己都成問題，還談什麼復仇？

妳必須要醒悟，妳只能靠著自己強大起來，才足以與我對抗，而不是一直依賴寶娜與疾沖。

我等著妳。

🐾 🐾 🐾

寶娜被渾身馬糞味的疾沖狠狠念了一頓，「妳偏要把我趕去掃馬糞，這下可好，摘星不但被那傢伙發現，還被當眾羞辱！」他指著寶娜，正愁一肚子鳥氣沒地方出，「妳啊，腦袋是個好東西，我真懷疑妳到底有沒有？成事不足，敗事有餘！」

疾沖更氣的，是摘星就這樣莫名其妙被拉去服侍那傢伙「沐浴淨身」？孤男寡女獨處一帳，要不是寶娜及時趕到，誰知道會發生什麼事？

他可絕對不承認自己是吃醋了！

這一切，都是耶律寶娜這笨蛋惹出來的禍！

寶娜起先還乖乖聽訓，疾沖卻是越罵越難聽，她終於忍不住回嘴，兩個人你來我往吵了一陣，發現摘星一臉消沉地坐在一旁，又急忙安慰她。

「摘星，這不是妳的錯，是朱友文那傢伙太卑鄙無恥！」她瞪了疾沖一眼，「你該怪的人是朱友文，不是我們！」

「是啊，他不該對摘星心狠手辣，他應該要手下留情，最好呢，一見到摘星就感到愧疚不已，良心突然發現，當著契丹可汗的面自毀盟約，遂了她的心願！」他尚在氣頭上，酸言酸語，摘星乾脆把頭埋在膝蓋裡，自覺無顏見人。

她實在太不自量力了！

虧她還對晉王誇下海口，自己絕不會受私情影響，誰知一見到他便六神無主，栽了個大跟斗，慘敗收場。

寶娜朝疾沖道：「你別把話說這麼難聽！沒看到摘星已經夠難過了嗎？」

疾沖也知自己說話太重，又拉不下臉道歉，只好悶悶坐下，拿起酒壺，一杯杯喝起悶酒。

「那傢伙實在太過份了！早就認出摘星，居然還等著看笑話！」寶娜不甘，「我雖沒辦法要王兄毀約，但有辦法替摘星出口氣！」她站起身準備離開，摘星忽喊住她，「寶娜，妳想做什麼？」

「我找侍衛去狠狠打他一頓！」

「誰會被狠狠揍一頓還不知道呢。」疾沖風涼道。

寶娜瞪了他一眼，「那我就派人把他氈帳給拆了！要他去睡荒郊野外，最好遇上野獸給吃了！」

摘星覺得有些頭疼，這些小孩子家的報復手段，就算出得了一時的氣，卻對她此行目的毫無益處，甚至會讓她處境更加尷尬。

她看著喝悶酒的疾沖，與義憤填膺的寶娜，心想：也該消沉夠了，她得趕緊振作，不能讓這兩人繼續為她操心。

此刻的她雖仍無法與他勢均力敵，但也沒如此不堪一擊！

「你們別擔心，算算時間，那人該要到了。」摘星重新恢復自信。

疾沖與寶娜對望一眼，寶娜問：「誰要到了？」

摘星神祕一笑。

🐾 🐾 🐾

隔日，契丹新可汗登基大典於木葉山下隆重舉行。

高大祭壇上，左右各放置著青牛、白馬獸首祭天，四周圍著十二支日月旗與十二面王鼓，以及最雄壯精銳的契丹武士。

新任可汗耶律義昂首走過八大部族首領面前，朝祭壇上的國師塔木兒走去，就在他要接過國師遞來的祭酒時，一陣悠揚琵琶聲遠遠傳來，耶律義本就喜愛漢樂，眾人聽了原不以為意，卻見耶律義神情忽顯激動，轉頭望向樂聲來處，一臉難以置信。

「來人！把彈琵琶的琴師帶過來！」耶律義竟不顧登基儀式，急於想見到彈奏琵琶之人。

寶娜嘴角浮現笑容，得意地瞄了面露疑惑的朱友文一眼，目光隨後落在他身旁的朱友貞，四目相對，朱友貞別過了臉，寶娜略感納悶。

不久，幾名契丹武士帶著摘星、疾沖與一名手捧琵琶的蒙面女子出現，疾沖緊跟在摘星身旁，儼然護花使者，見到朱友文，兩人眼神交錯，濃濃火花。

蒙面女子上前拜見耶律義，她姿態端莊，契丹執手禮亦甚為道地，耶律義雖未見得她面貌，已然對此女生了好感，而她手上琵琶，更令他倍感親切。

「何人彈得如此樂曲？」耶律義問道。

摘星上前一步，答道：「打擾可汗登基慶典，深感歉意。公主殿下想為可汗獻上祝賀，卻不得其門而入，只好在營帳外彈奏樂曲，盼可汗能聽見公主的心意。」

耶律義瞪大了眼，直盯著蒙面女子瞧了半天，才向摘星確認：「妳說她是公主殿下？難道……難道她竟是——」

「可汗明鑑，她正是前朝皇族，平原公主殿下！」

此話一出，在場眾人除了寶娜，紛紛面露訝色，朱友文亦不例外。

摘星望了朱友文一眼，一臉躊躇滿志。

讓平原公主在新可汗面前現身，才是她此行的真正目的，天狗食月不過是小插曲罷了。

要知耶律義幼年曾被送往前朝皇宮做為質子，當年他不過八歲，正是調皮搗蛋的年紀，做為質子，等同被囚禁在宮中的犯人，無法擅自離開居處，身為出生在大草原的孩子，他一開始極難適應，服侍他的又是個倚老賣老的太監，不時給他臉色瞧，多少個夜晚，他蹲在窗邊哭泣，直到某一日，聽到了琵琶樂聲。

這是他第一次聽到琵琶聲，只覺樂音柔婉，如泣如訴，與大草原上牧人拉奏的蒼涼馬頭琴聲，截然不同。

聽著聽著，他不哭了，還搬了張椅子到窗邊，想要將琵琶聲聽得更清楚些。

身在異鄉，他罹患了風土之病，日日發著高燒，宮中太醫來過一次，開了藥方，昏昏沉沉間，有雙溫柔的手扶起他的小臉，輕聲道：「來，喝藥。」

他從未聽過如此溫柔的聲音。

等他再睜開眼，高燒已退，老太監端了豐盛食物到他床前，態度殷勤，「你可終於醒了！」

「是不是有一個女人，餵我喝藥？」耶律義問。

「老奴就老實說了，你這一病，是平原公主特地請太醫來為你看病，又親自來這兒照顧你一天一夜，臨走前，還特地吩咐老奴要好好照顧你……」長公主既已關照了，老太監哪還敢怠慢耶律義，日日早晚噓寒問暖，把他當個小祖宗伺候著。

原來平原公主有日經過，聽見他的哭聲，問起才知是個來自契丹的小質子，年紀不過八歲，這麼小就被送來異地，公主心生憐憫，便刻意不時在附近彈奏琵琶，更派宮女送來書籍與點心，聊慰他小小年紀的思鄉之情。

方才打斷登基大典的琵琶樂曲，正是當年平原公主在宮中常彈奏給耶律義聽的曲子，兩人因此曲而結緣，此刻重遇，他難掩激動，「前朝覆亡，我一直以為公主您也……」

平原公主緩緩道：「上天垂憐，前朝皇室尚存一血脈，我未亡於朱溫之手，這些年得晉王收留，一直隱居於晉國。」

朱友文在旁聽了，大起疑竇：晉王既打著復興前朝的名號，若前朝公主前去投奔，為何隱匿多年，未詔告天下？

耶律義雖欣喜與平原公主重逢，但她始終以面紗示人，到底難辨真假，便道：「當年我離開時，最大的遺憾，便是沒能好好拜見公主，親自見上一面。」

平原公主遲疑，似頗為難，「請可汗見諒，朱賊屠殺我皇族那夜，我雖逃過一劫，然臉上不幸受傷，留下一道可怖傷疤，實是不欲嚇到旁人。」

耶律義面露惋惜，往昔宮中皆傳，平原公主國色天香，當年他幾度想偷偷瞧上公主一眼，都沒成功，直至要離開皇宮回契丹的那一天，他下了決心說什麼都要見上公主一面，親自道謝，好不容易瞞過老太監，來到公主居處，她卻不在，只撞見一位畫師，面前擺了一幅畫到一半的肖像畫，公主則不知去向。

畫中女子雙手懷抱琵琶，臉蛋仍是空白，右手上臂戴著一鎦金花朵鉸鏈白玉臂環，臂環以三段上好弧形白玉連接製成，弧形玉兩端各以鎦金銅片套合，銅片外緣為花朵形狀，花蕾中央各鑲嵌三顆水玉寶石，耶律義印象極為深刻。

那畫師名叫褚真，他告訴耶律義，那三色水玉寶石，乃是皇室信物，雖他未見著平原公主，但來日若有機會相遇，或許便可藉此認出她來。

如今耶律義回想到此節，目光落在平原公主臂上，只見空無一物，忍不住問道：「公主，您的臂環呢？」

平原公主輕嘆了口氣，「逃亡時，臂環不知遺落何處，不過，為了保身，我倒是一直帶著這個。」她從懷裡取出一匕首，刀柄上鑲滿琥珀、紅寶石、翡翠等寶石，光彩奪目，十分華貴。

那正是耶律義當年留給平原公主的離別之禮，他交給了畫師褚真，囑託他務必轉交公主。

至此耶律義終於確信眼前這面紗女子，的的確確便是平原公主。

當日未得一見，事隔多年，居然在這木葉山下，重遇恩人，耶律義喜不自勝，正想將平原公主奉為上賓款待，轉頭見到一直在旁虎視眈眈的朱友文，心中一凜，前朝乃是亡於朱溫之手，朱溫隨後建國大梁，他契丹又與朱梁建立盟約，如今眼前一個朱梁皇子，一個前朝公主，耶律義處境尷尬，一時間不知該如何是好。

為何平原公主偏偏選在此刻現身？

耶律義正思量間，平原公主緩緩上前一步，「可汗，我冒險前來登基大典，只有一事相求。前朝覆亡，痛失家園，上天既留我一命，必有原因，這麼多年來，我忍辱偷生，唯一的目的便是復國滅梁！本公主懇請可汗，收回借兵盟約！」

此話一出，群情譁然，朱友文卻是處變不驚。

晉王這一招倒是出人意料，劍走偏鋒，不求正面對決，而是找了個前朝公主，利用心理戰術，離間大梁與契丹，但此招卻非算無遺策。

耶律義並非感情用事、愚昧之人，平原公主雖曾有恩於他，但幼時區區照顧恩情，怎能與國事相提並論？再者此女究竟是不是平原公主，尚有待查證。

耶律義正自為難，國師塔木兒由祭壇上走下，高聲宣布：「可汗，請聽臣一言。昨日天狗食月，幸逢大梁渤王箭射天狗，破除異象，臣徹夜未眠，觀察星相，今晨黎明，見太白金星現身東方，此乃百年難得一見，顯示將有貴客由東方而來，且此人與我契丹日後命運息息相關。」

既是貴客，眾人焦點紛紛落在大梁渤王與前朝平原公主身上，唯有國師塔木兒將目光投向平原公主旁的摘星，凝視良久。

「國師，這是要我做出選擇嗎？」耶律義上前小聲詢問塔木兒。

「此天相遇吉則善，遇凶則惡，臣尚不敢斷言，金星降臨，指的是大梁渤王，還是公主殿下？」

「當然是公主殿下，怎麼可能會是渤王？」寶娜在旁聽了，不甘寂寞，大聲斷定。

耶律義瞪了驕縱的妹妹一眼，示意她少說幾句。

塔木兒道：「可汗，臣以為該讓渤王與平原公主都參與祭典，賜予聖酒，祈福聖安。」言下之意，先切勿怠慢了兩位貴客。

一邊是奪取前朝政權的朱梁，一邊是打著復興前朝名號的晉國，兩國對峙已久，都想取對方而代之，一統天下，他契丹是否出兵助梁，正是其中關鍵，也關乎著契丹自身命運，畢竟誰都不想站錯邊。

耶律義聽從國師建議，同時邀請渤王與平原公主上祭壇，接受賜酒。

登基大典結束後，耶律義邀請平原公主至金帳敘舊，寶娜見摘星扳回一城，滿臉得意，走到朱友文面前，示威道：「今日午宴，王兄臨時決定招待平原公主，不克招待兩位殿下，失禮了。」

不料朱友文卻順水推舟，「何來失禮之說？本王與四弟亦樂見可汗與幼時恩人重敘，絲毫不介意多幾人同席。」

寶娜一愣，這傢伙居然如此厚臉皮！

她王兄要招待平原公主，他不知難而退，硬要來湊什麼熱鬧？

寶娜氣呼呼轉身離去，朱友貞走到朱友文身旁，問道：「三哥，此舉妥當嗎？」

「不入虎穴，焉得虎子。」

目似利箭，牢牢盯著平原公主的背影。

彷彿狼盯住了獵物，伺機而動。

第三十三章　青白鞢帶

耶律義在金帳內大肆款待，酒水不斷送上，席間他不時與平原公主閒話當年，她皆能應答如流，甚至記得當時兩人偷偷互送字條上的內容，耶律義甫登大位，又遇故人，志得意滿，沒多久便喝得面紅耳赤，直至國師派人來傳，該啟程上木葉山始祖廟祭祖了。

耶律義嘆了聲：「重遇公主太過開心，竟一時忘了正事。」他起身向在座貴客一一敬酒致意後，便帶著寶娜離開了金帳。

耶律義一走，金帳內氣氛瞬間便冷了下來，朱友文從頭到尾不發一語，只是默默喝著酒、觀察平原公主的一言一行，試圖找出破綻。

朱友貞原本還不時說幾句話搭腔，寶娜一走，他便悶不吭聲，以手支頰，彷彿完全是個局外人，冷眼看著這一切。

摘星見平原公主頗有倦意，便欲先行離席，況且，她也不願再與朱友文同處一室，不是厭惡，也不是害怕，就只是不願。

舊愛相見，如此尷尬，更可惡的是，她的感情一再被利用，但她只能怪自己，都到了這個時刻，難道仍奢望他會念及過往感情？

平原公主起身正欲離去，朱友文忽站起，擋住去路，她嚇了一跳，往後退了一步，摘星連忙上前，「渤王殿下，不得無禮！別忘了這兒可是契丹！」

朱友文目光凌厲，將平原公主上上下下打量一遍，平原公主轉過了頭，竟不敢與之對望，身子又往後退了一步，似乎相當害怕朱友文。

朱友文冷笑：「公主雖是前朝皇族，但畢竟年歲已大，弱如扶病，果真能助晉王號召天下，復興前朝嗎？不如繼續躲起來苟延殘喘，至少能保住一條小命。」

摘星不理會他的挑釁，扶著平原公主就要離開，沒想到他忽伸手拉住平原公主的手臂，不讓她離去。

刷的一聲，疾沖拔出劍來，「朱友文！放開公主！不然我砍了你的手！」

上一刻歌舞昇平，下一刻刀光劍影，平原公主身子顫抖，朱友文假意輕聲安慰：「公主莫怕，本王只是想給您幾句忠告，看到角落那老舊斑駁的旗鼓了嗎？」

平原公主緩緩轉頭，視線落在金帳角落的纛旗與王鼓上。

「瞧清楚了嗎？公主殿下，本王只是想告訴您，千萬別傻傻讓人給利用了，否則，到時晉王得了天下，您的命運恐怕就如同那旗鼓，被人扔到角落，自生自滅，再無人理會。」

「渤王殿下，請您自重！」摘星想撥開朱友文的手，平原公主卻鼓起勇氣，自行用力甩開了他的手，堅定道：「晉王有情有義，本公主相信自己的命運斷不會如那旗鼓，渤王毋須多費唇舌。」

疾沖收回劍，恨恨瞪了朱友文一眼，隨即護送平原公主與摘星離帳。

朱友文目送三人離去後，嘴角勾起一抹冷笑。

他轉過身，對朱友貞道：「這個平原公主，是假的！」

朱友貞原本漠然神情總算有了變化，略帶驚訝，「三哥何以得知？」

朱友文指著角落的纛旗與王鼓，「這可是前朝太宗賜給契丹可汗的旗鼓，從此成為契丹代代可汗權位的象徵，堂堂前朝公主，竟然沒認出來，還出言附和我方才所言，愚昧無知至此。」

朱友貞沉吟，道：「但公主為女流之輩，不干涉政事，沒認出來豈不正常？」

「沒錯，單憑這對旗鼓，尚無法讓可汗相信，平原公主乃是假冒。」朱友文在帳內緩緩踱步，細細回想平原公主現身後，與耶律義所有對話內容。

連耶律義本人都未見過公主真容，那麼如今世上還有誰見過？

細細反覆琢磨，除了前朝宮人，恐怕再無其他人得知公主真容，朱溫雖對前朝皇族趕盡殺絕，但對並未干涉朝政之宮人，卻是睜隻眼閉隻眼，任由其竄逃出宮……宮廷畫師！是了，宮廷畫師專替皇親貴族繪製肖像，必定曾見過公主真面貌，只要當年的畫師尚存人間，或是保有平原公主畫像，必能判定這位平原公主究竟是真是假！

主意已定，朱友文走出帳外，雙指放在唇邊吹哨，沒多久一隻墨黑鴿子現身，即使遠在契丹，依然有夜煞眼線，他發出命令，全力搜查前朝畫師！活要見人，就算死也要搜出證據，證明這位平原公主真假！

朱友貞已知他三哥另有身分，卻是第一次見他對夜煞發號施令。

「茫茫人海，要去哪尋這樣一位畫師？」朱友貞問。

「別小看了夜煞的情報網。」朱友文嘴角露出自信。

只要有人的地方，就有夜煞的眼線，既是前朝宮廷畫師，又曾親自為公主畫過肖像，自是有跡可循，要追查又有何難？

接著吩咐莫霄，一有消息，隨時出動！

摘星與平原公主、疾沖回到氈帳，自平原公主現身後，耶律義對他們大加禮遇，除了氈帳，還特地撥了四名侍女與八名侍衛，負責服侍與守衛平原公主，吃的用的也盡是最好的，待遇與朱友文不相上下。

疾沖不禁有些顧盼自得，一屁股坐下後，朝摘星道：「看來一切進展得挺順利，老頭這招倒是不錯，狠狠讓朱友文難堪。」

摘星卻沉默不語，她總覺得平原公主離開可汗金帳前，朱友文那番話匪夷所思，必定有什麼陷阱，只可惜她還參不透。

正思量間，朱友貞忽來求見，疾沖與摘星對望一眼，不知來者是敵是友，摘星猶豫了一會兒，念及往日情誼，便讓朱友貞入帳。

朱友貞一掃往日開朗無憂，臉色沉重，一入帳來，看了平原公主一眼，隨即低聲道：「摘星姊姊，妳是真不知道？還是假不知道？」

疾沖擰起眉心，「臭小子，你這話沒頭沒尾，莫名其妙。」

「這位平原公主，是假冒的！」朱友貞道。

疾沖拍桌起身，怒道：「你在胡說八道什麼？」

朱友貞平靜道：「可汗金帳中的纛旗與王鼓，是前朝太宗皇帝賜給契丹首領的旗鼓，堂堂公主居然會沒認出？還附和我三哥所言，讓他找到了破綻！」

疾沖大吃一驚，望向摘星，卻見她異常鎮定。

疾沖更加訝異，「難道妳早就知情？」

摘星看著朱友貞，「四殿下，摘星不知您此言何意？」

她自然以為朱友貞是被朱友文特意派來試探，哪有輕易承認的道理？

朱友貞嘆了口氣，悶聲道：「摘星姊姊，你信我也好，不信我也好，父王與三哥都對不起妳，害得妳那麼慘，我只希望自己能多少替他們償還一些。」

帝王權貴之家，多少明爭惡鬥，他不是不懂，只是無法眼睜睜看著如此無辜的摘星一次又一次受到自家人的傷害，若換作是他，恐怕早就崩潰或恨不得求死，一了百了，不欲在這骯髒的人世間沉浮。

一邊是至親骨血，一邊是道德良知，兩相掙扎，他終究選擇了後者，父王欲興兵一統天下，民間強拉徵兵，早已怨聲載道，他看得越來越清楚，坐在王座上的那個老人，利慾熏心，多疑易怒，大哥死在前線，二哥被逼得造反，三哥一段美好姻緣被硬生生斬斷，還與摘星姊姊從此成為不共戴天的仇家，接下來輪到他，又會有什麼下場？

若他遲早也會被犧牲，那麼他寧願自己在被犧牲前，少一些人受到傷害。

若是契丹與大梁出兵盟約被毀，也許父王會暫緩出兵攻晉，甚至打消念頭。

若父王仍執意攻晉，至少不會傷及契丹勇士無辜性命，契丹皇族們也不會受到波及。

說來說去，他會密報摘星，有很大一部份，還是因為她。

朱友貞臨去前又道：「三哥已派出夜煞搜尋前朝曾見過平原公主一面的宮廷畫師，只要此人尚在人世，夜煞無所不在，必能在三日內找出端倪，三哥更要莫霄一有消息，隨時出動！摘星姊姊……你們好自為之。」

朱友貞離帳後，疾沖驚疑不定，看看摘星，又看看平原公主，最後實在忍不住，質問：「馬摘星，這到底是怎麼回事？朱友貞那臭小子說的都是實情嗎？」

摘星緩緩吐出一口氣，才道：「居然還是被他試探出破綻，原本我還以為天衣無縫。」這一句話，坐實了朱友文的推斷，這位平原公主果然是假冒的！

她就知道朱友文那番話大有文章！

「她究竟是誰？」疾沖指著頭戴面紗的女子。

「她叫柳心，是平原公主當年的貼身宮女，因此才知公主與新可汗的過往，幾年前，她前去投奔晉王，晉王便要她假冒平原公主，想著有朝一日能派上用場。」摘星伸手握住柳心的手，柳心從頭到尾雖不發一語，手上卻已滿是冷汗。

疾沖悻悻道：「馬摘星，那妳是被老頭給賣了！難怪除了我，此次晉國無人隨行，他必定事先料想到，萬一東窗事發，只要說是妳一人所為，與晉國毫無關係，便能撇得一乾二淨！可惡的老頭，我還以為他是好意給妳機會將功贖罪呢！」

「疾沖，你誤會晉王了，他早已將所有風險坦誠相告，我是自願的。」

出狠招講求時機，時機一過，招再狠也無用，因此明知鋌而走險，有時也不得不背水一戰。

她只恨自己百密一疏，竟不知可汗金帳內旗鼓與契丹歷代淵源，被朱友文識破。

她果然還是太嫩了！

「既然已被識破，難道我們要坐以待斃？還是要寶娜幫忙？」疾沖問。

「不行，不能再牽連寶娜，她已幫我們夠多了。」

疾沖點點頭，思索了一會兒，起身道：「如今之計，只有想辦法攔截證據了！我去盯著莫霄，守株待兔，不管那啥夜煞找到什麼證據，我通通毀掉！沒了證據，朱友文也只是空口無憑！」

摘星點點頭，「也只能這麼辦了，一切就拜託你了。」

疾沖臨去前，忽轉過頭，「若是我失敗了，屆時妳就一口咬定，妳並不知情。」又不悅看了柳心一眼，「妳最好祈禱我不會失手，不然耶律義絕對不會放過妳的！」

柳心手心更冷，不住打顫。

疾沖望著柳心，心道：笨女人！妳在答應扮演老頭的棋子時，就該想到會有這一天！

疾沖匆匆離去，柳心啜泣無助道：「郡主……我……」

摘星忙安撫：「別擔心，疾沖從未失手過，他一定會成功的。」

柳心勉強點點頭。

摘星開始思索：疾沖出發攔截證據，所費時日未定，朱友文既已對柳心起疑，必定會日日盯哨，一旦他發現疾沖消失，必會更加戒備，她得想想辦法，暫時引開他的注意力才行……

🐾 🐾 🐾

夜深時刻，摘星離開氈帳，趁著左右無人之際，偷偷溜入可汗金帳內。

帳內光線昏暗，她待雙眼漸漸適應後，才開始找起那面纛旗與王鼓，只見王鼓上積滿灰塵，纛旗老舊不堪，她從懷裡拿出布巾，輕輕擦拭王鼓上的灰塵。

「半夜三更不好好休息，摸進來可汗金帳想做什麼？」朱友文的聲音忽從黑暗裡傳來，她早料到自己此舉必引他現身，不慌不驚，繼續細細擦拭王鼓。

朱友文一個箭步上前，「本王在問妳問題！」

摘星不急不徐轉身，鎮定道：「我奉公主之命，前來確認這旗鼓是否真為前朝贈與契丹之物，早先因為太過老舊蒙塵，加上渤王殿下刻意威嚇，公主一時間才沒有認出。」

「強詞奪理。看來平原公主果真是假冒，妳心虛才會半夜前來確認。」朱友文冷笑，忽伸手推倒王鼓，「勸妳別白費心思，晉國的命運一如前朝，最終都將滅於大梁之手！」

「你放肆！」摘星連忙想扶起王鼓，朱友文隨手抄起身旁托盤上一條束帶，用了巧勁一甩，束帶隨即落在她雙手手腕上，捆了幾捆，牢牢纏住。

「朱友文！你放開我！」她雙手被捆，顧不得王鼓，只想逃離這個男人。

「夜闖可汗金帳，如此宵小行徑，本王願屈就，將郡主親自送至可汗面前解釋清楚。」

摘星雙手雖行動不便，仍有樣學樣，從托盤上勉強抄起另一條束帶，朝著朱友文猛力抽打，那束帶乃獸皮所製，用力揮動之下倒也呼呼作響，頗有氣勢，但對他而言卻是不痛不癢，他輕易便拉住束帶另一端，使勁一拉，摘星一個重心不穩，居然往前直直跌進他懷裡，濃濃男子氣息與體溫襲來，她又羞又惱，卻身子軟癱，竟是使不出力掙扎。

就連朱友文亦是一愣，溫香軟玉在懷，屬於她的氣息瞬間盈滿鼻尖，幽香似有若無，彷彿來自早已被火焰燃燒殆盡的那枚香囊。恍惚間他忘了自己身在何處，胸口湧出一股衝動，想要狠狠摟緊懷裡的嬌小女子。

突如其來的親密與曖昧，對兩人來說衝擊過大，以至雙雙呆愣原地，誰也沒想要先推開誰，儘管理智明白此生不可能再與眼前之人白首不相離，在這一刻，兩人的身體卻彼此深深互相吸引，久違的貼身溫暖、呼之欲出的愛意瞬間濃烈到幾乎要讓人窒息。

這是他的星兒。

這是她的狼仔。

但是——

「渤王殿下？馬郡主？您兩人為何深夜會在可汗金帳內？」

兩人聽到人聲，像碰到火似地連忙跳開，摘星臉頰燒燙，朱友文只覺心跳如擂鼓，兩人皆面色尷尬，不敢面對彼此，幸好金帳內光線昏暗，聽見人聲而誤闖進來的老嬤嬤又老眼昏花，沒看出什麼端倪。

老嬤嬤點起油燈，藉著微弱光線瞧見朱友文手上仍握著條白色束帶，而摘星雙手卻被青色束帶綑住，不由神色大變，「渤王殿下，馬郡主，這青白韘帶可是代表青牛白馬神人的定情之物，明晚花火舞祭上，要由可汗親自為各部族有情人給戴上的！」

摘星忙解釋：「我並無冒犯之意，請嬤嬤見諒。」

老嬤嬤卻朝摘星恭敬做了個執手禮，「不不不，郡主，這想必是天意，郡主您與渤王殿下，定是天女與神人認定的有情人！」

「不可能！」摘星與朱友文幾乎是同時脫口而出。

老嬤嬤可不服氣了，指著摘星手上青色韘帶，問道：「敢問渤王殿下，郡主手上的青色韘帶，可是

您綁上的？」

「是又如何？」朱友文道。

「那就是了。」老嬤嬤又朝正準備拆下手上青色鞢帶的摘星道：「既然兩位是受到天女與神人祝福的有緣人，就不能推辭，否則便是對天神、對可汗大大不敬！」

摘星只覺頭大如斗，挫敗地朝朱友文瞪了一眼，惱怒有之，嗔羞有之，而被她這麼一瞪，他瞬間回到從前那個不知自己所犯何錯的狼仔，臉上竟露出一絲無辜。

只聽老嬤嬤仍在喋喋不休，「依照契丹習俗，渤王殿下需替郡主親自繫上鞢帶，這鞢帶是要繫在腰上，可不是繫在手上。」漢人就是漢人，對契丹習俗一知半解，居然把鞢帶繫到手上去了。

朱友文不願繼續聽嘮叨，一手扯過摘星，開始解開她手上的鞢帶。

摘星傻眼，「你真的要照做？」

「速戰速決，我不想繼續瞎耗在這裡。」

他將青色鞢帶繫在她的纖纖細腰上，她想反抗，他霸氣地用單手扣住她的腰身，低喝：「乖乖別動！」

她低下頭，看見他粗厚的手掌就在自己腰肢上，不禁面紅耳赤，只得趕緊扭過了頭掩飾，心裡抱怨著不過是繫個鞢帶為何要如此親暱？同時又矛盾地希望他動作再慢點、再仔細點……

朱友文繫完後，往後退了一步，微微昂首，雖神色坦然，心頭小鹿早已到處亂撞了好一會兒。

「現在換郡主替渤王殿下繫上白色鞢帶。」老嬤嬤將白色鞢帶遞給摘星。

摘星深吸口氣，強忍緊張，走到他面前，雙手伸出欲繞過他腰身，但手伸到一半竟發現合不攏，只得一面在心裡暗罵這人腰沒事練這麼粗壯做啥，一面拚命深呼吸，整張小臉幾乎都要貼到他胸口上，在他腰後的雙手這才勉強合攏，將白色鞢帶繫上。

大功告成，她立即往後跳開兩步，竟覺頭暈目眩，一時間竟沒發現，朱友文注視她的目光裡帶著以往常見的溫柔與寵溺，以及深深不捨的眷戀。

然屬於過去的甜蜜，稍縱即逝。

他仍是大梁三皇子渤王，受命在那一夜暗殺馬府全家。

而她是已投靠晉國的馬家郡主，身後是誓殺朱溫為馬瑛報仇的馬家軍。

縱使相思不斷，縱使情意不曾稍減，但兩人都知道，他們之間，注定不得善終。

一旁的老嬤嬤並未察覺兩人劍拔弩張中隱隱帶著哀傷的氣氛，見儀式已成，欣喜道：「恭賀殿下與郡主，交換了定情物後，兩位的感情，便能永遠受到天神的祝福。」

她只覺荒謬，想出言反諷，卻忽一陣心酸，眼眶發澀。

祝福？根本是活生生的詛咒！

她愛他，卻必須要恨他！

別過頭，不願讓他見到自己此刻臉上的失落與脆弱，終究是錯過了他眼裡難得一現的柔情。

老嬤嬤總算心滿意足，放兩人離去，摘星神思有些恍惚，望向朱友文，只見他眼神平靜，也正回望著她。

若時光能就此停滯多好？

但她終究扭頭離去。

他抬頭望向天空，夜色如墨，星光點點，如同狼狩山上的螢火。

但終究是遠去了。

🐾 🐾 🐾

原本想要引開朱友文的注意力，卻反而惹得自己心緒茫然如潮，摘星回到氈帳，倒頭就睡，竟忘了解下腰上青色鞢帶。

柳心見她一臉挫敗，也不敢多問。

只是摘星思緒萬千，又如何能睡得著？翻來覆去一陣又起身，見柳心仍坐在一旁，絞著雙手，極度不安，便柔聲道：「柳心，夜已深，多少休息下吧。」

柳心自責道：「郡主，都怪我，要不是我見識短淺，不懂那旗鼓緣由，渤王也不會起疑。」

摘星拿過柳心身旁琵琶，捧在懷裡，纖細手指輕輕撫過琴弦，柳心只覺這光景異常眼熟，正欲開口，只聽摘星道：「我娘也很會彈琵琶，她還教過我，只是我大概沒天分吧，不管怎麼努力，總是彈不好，但她從來不生氣。」憶起慈祥娘親，摘星臉上表情變得柔和感傷。「我問她：『娘，我彈得這麼差，您不怪我嗎？』」

「夫人如何回答？」

摘星將琵琶交到柳心懷裡，笑道：「她說：『娘看得出來，妳已是盡力而為，非故意犯錯，何況妳已在心裡自責千萬次，我心疼都來不及了，又怎會怪妳？』

柳心抱著琵琶，不禁神往，聽來馬郡主娘親與她曾服侍的長公主不僅皆溫柔體貼，且都擅長琵琶，若是當時已身懷六甲的長公主還活著，平安誕下皇子或皇女，算算歲數，也差不多和這位馬郡主一般年紀了。

柳心嘆道：「那日前朝皇室慘遭朱賊虐殺，我受傷暈去，醒來後逃到民間，不斷輾轉打聽，得知長公主遺體一直未發現，便前來投靠晉王，請求他幫忙尋找長公主下落，多年來卻一直無消無息。晉王要我假冒長公主，實乃為了消弭許多擁他自立的聲音，絕非另有他想，郡主……您千萬別誤會他。」

「我明白。」

「郡主……我、我並不怕死，只是沒有找到長公主下落，實是人生至憾……我多麼希望至少能再見到她一面。」柳心黯然，如今她與馬郡主都生死未卜，處境堪慮，況且這麼多年過去，長公主是生是死，無人知曉。

柳心卻不知，她其實離這個心願，很接近、很接近……

柳心輕撫琴弦，幽幽琵琶聲蕩漾而出，間關鶯語，珠玉落盤，少年多情，夢啼妝淚，摘星竟覺這曲子意外熟悉，似乎在她很小的時候，也聽娘親彈奏過此曲……

折騰了大半夜，她迷迷湖糊間不小心睡去，約莫過了半個時辰卻突然驚醒，彷彿有預感似的，四處張望，氈帳裡竟已不見柳心人影！

她去哪兒了？

這個傻柳心，朱友文想必早已加派人手監視，她一逃跑，豈不自投羅網？等於畏罪潛逃了？

「柳心！」她跳下床，一掀帘帳，立即倒吸一口冷氣，只見朱友文就站在帳前，一臉森然，身後渤軍侍衛手持火把，而柳心已被五花大綁，跪倒在地，面紗已被摘去，露出臉上一道長長傷疤，在火光映照下更顯觸目驚心。

摘星也是首次見到柳心真容，只見她滿臉驚懼，渾身顫抖，頭髮略帶花白，年紀也有四十上下，柳心見了摘星，眼裡露出求救神色。

朱友文道：「馬摘星，虧妳剛剛在金帳內做足了戲，雖成功引開了本王，但妳手下的人卻露出馬腳，壞了妳的計畫！看來那早不知去向的疾沖，怕是要白忙一場了！」

「要怎麼樣你才肯放人？」摘星切齒問道。

疾沖不在身邊，寶娜隨著耶律義前往木葉山始祖廟，明日才會歸來，柳心又落入朱友文手裡，摘星一人勢單力薄，其實根本就沒有談判條件。

朱友文自然看穿這一點，「好不容易逮到了假冒的前朝公主，本王自然要送到可汗面前，事關兩國盟約，若易地而處，妳會放人嗎？」

她不假思索，居然雙膝一彎，跪在朱友文面前！

柳心萬萬沒想到，自己身分如此低微，摘星竟會願意為她下跪懇求渤王，不禁激動落淚，朱友文也是一愣。

此刻兩人身上都還繫著方才的青白襆帶，朱友文目光落在她的腰上，不過盈盈一握，繫於其上的青色襆帶更顯纖腰楚楚，心中終究動了情。

「好，本王就給妳一個機會！」他一伸手，身後海蝶奉上一把弓與箭筒。

摘星一見到弓，預想到朱友文接下來的舉動，臉色不禁一白。

「馬摘星，妳底下人背叛妳，本王讓妳親自處決！妳若收拾得乾淨俐落，本王便在可汗面前力保妳，一切都是晉國欺瞞愚弄，妳全然不知情。」

他將弓與箭筒扔在摘星面前。

區區一隻戰狼，妳都會心軟救治，區區一個前朝宮女，妳竟為她下跪求情，置自己性命不顧，星兒，這樣的妳要如何與我正面對決？

妳必須學會心狠手辣，學會自保！

「把弓拿起來！」朱友文命令。

她彷彿著了魔，竟聽話地拾起弓，可卻雙手顫抖得厲害。

朱友文鄙夷道：「馬摘星，光有婦人之仁，如何殺得了本王？妳忘了馬家的血海深仇嗎？」

她將弓扔在地上，決絕道：「我一人做事一人當，柳心是無辜的，請你放過她，我不會逃走，自去可汗面前領罪，求你──」

「夠了！馬摘星，妳口口聲聲要報仇，瞧瞧妳現在這副卑微模樣！妳多的是機會殺我，卻一次次心軟放過，妳一再錯放，讓獵物有了反撲機會，這一切都是自找的！」

「我跟你不一樣！我不是卑鄙小人，不會趁人之危！」摘星怒喊。

她絕不是心軟，她只是想堂堂正正！

朱友文嗤笑，「妳自以為高尚，卻與晉王同謀，弄個假冒的前朝公主，想瞞天過海？馬摘星，心狠手辣不能只作一半，不然下場便是如此難堪！」

她跪在他面前，求情不成，受盡羞辱，渾身顫抖。

他憑什麼！

這一切都是他害的！

不錯，他是救了她，卻讓她從此活在復仇的泥沼裡，生不如死，明明是那麼愛他，卻必須去恨他，她的軟弱也在此，因為愛他，所以無法堅強，他也知道這一點，正無所不用其極地一點一滴斬斷她對他的所有依戀與奢望。

他看著她狼狽跪在自己面前，雙手緊緊抓著地上泥土，淚流滿面，他心怎能不痛，卻只能更硬下心腸，將她更推入深淵，「馬摘星，要怪就怪妳自己不夠強大，只能把命運交到別人手上！投靠晉國，仰賴晉王庇護，來到契丹又躲在寶娜身後，沒有他們，妳根本什麼也不是！本王等著的，可不是這樣無用的馬摘星！」

摘星被這麼一激，忽從地上躍起，揮拳撲向朱友文，已是歇斯底里，「我恨你！我恨你——」

朱友文將她推倒在地，「這話我聽多了！海蝶！將馬摘星押下去！這假冒的前朝公主，待明日可汗從木葉山歸來，交由他自由處置！」

他一臉俾倪離去，她跌坐在地，望著他邁步離去的背影，一股強烈恨意衝上腦門，她忽失去理智，抓起地上的弓，毫不猶豫拉弓上箭，瞄準他的背心！

殺了他！

殺了他，便大仇得報，柳心也不用死了！

殺了他，她就能從這煉獄中解脫了！

弓弦拉得飽滿，箭上貫滿最強烈的恨意、憤怒與不甘，這輩子從未親手殺生過的她，狠狠一咬牙，閉眼，放箭！

朱友文，嫌我不夠狠心，我就狠心給你看！

箭矢直朝朱友文背心飛馳而去，一道身影衝出，擋下了那一箭！

變故陡生，一切不過發生在眨眼間，朱友文待聽得四周驚喊，回過頭，已然見到替他擋箭那人倒在了地上，箭矢插在胸口上，血流不止。

竟是朱友貞！

「四弟！」

摘星聽見他的叫喊，猛地睜眼，這才驚覺方才那一箭竟是射中了半途衝出的朱友貞！

「四弟！四弟！」朱友文悲憤萬分，平日果斷的他，猶豫再三，這才心驚膽顫地抽出箭矢，朱友貞痛得大喊一聲，他連忙用手緊緊壓住傷口止血，「四弟，別擔心，你不會有事的！」

「三哥……」朱友貞虛弱道：「摘星姊姊很苦……你……你也很苦……我只希望你們兩人……能夠……能夠……」話未說完，已痛暈了過去。

摘星扔下奔狼弓，趕來想查看朱友貞傷勢，他卻狠狠一把將她推開，心中對她曾有的溫柔與依戀，瞬間消失殆盡！

「馬摘星！我四弟若有個三長兩短，本王絕對會要妳和整個晉國一起陪葬！」目光落在她腰間青色鞢帶上，他恨恨一把拉斷自己腰間的白色鞢帶，扔落在地，接著抱起朱友貞，快步而去。

她望著他離去身影，雙手落上腰間，胡亂用力扯開他不久前才親手為她繫上的青色鞢帶。

不過是笑話一場。

早已恩斷義絕。

第三十四章 王者之女

隔日，寶娜從木葉山上回來，聽說昨晚出了大事，朱友貞被暗箭所傷，她擔心摘星安危，來到她氈帳前，卻見竟是渤軍在看守，她急忙踏入氈帳內，只見摘星雙手被綑綁住，臉色憔悴，神情頹然，不發一語坐在地上。

寶娜大吃一驚，上前就替摘星解開繩子，「摘星姊姊，到底出了什麼事？為何妳像個階下囚般被渤軍看守？」

「是我誤傷了四殿下。」

寶娜一陣錯愕，「居然是妳？昨夜到底怎麼回事？我回來後，一聽說朱友貞受傷了，立即請國師去為他祈福治療，他不會有事的——」

摘星還未來得及回話，海蝶已走進來，要將摘星帶走。

「大膽！沒看到本公主在此嗎？妳想將摘星姊姊帶到哪裡？告訴朱友文，這裡是契丹，可容不得他私下問罪行刑！」寶娜擋在摘星身前。

海蝶態度恭謹：「公主，要見郡主的不是我家殿下，而是可汗。」

寶娜即使想再擺威風，面對自己的王兄，也無計可施。

寶娜來到摘星身邊，悄聲問：「摘星姊姊，王兄為何要找妳？」

摘星咬了咬下唇，「隨我同來的平原公主，是假冒的，朱友文想必已告知可汗。」

寶娜大驚失色。

摘星居然欺瞞王兄？

王兄向來自視甚高，最恨受人欺瞞，尤其又是拿他小時候曾為質子一事大做文章，摘星鐵定不會好過了，直接被處死都有可能！

寶娜慌了手腳，卻也不能棄摘星不顧，硬著頭皮跟著海蝶來到可汗金帳內，只見柳心跪在地上，渾身哆嗦，得知真相的耶律義怒不可遏，手裡端著那把鑲滿寶石的匕首，眼神陰狠。

摘星一入帳，左右兩旁契丹侍衛便將她押倒跪地，朱友文只是站在一旁，視若無睹。

帳內氣氛緊繃到了極點，隨時一觸即發，寶娜一句話都不敢說。

「馬摘星！你們好大的膽子！竟把我玩弄於鼓掌間！如此膽大妄為，你們眼裡還有我這堂堂契丹可汗嗎？」耶律義以匕首怒指柳心。「還有！妳這假貨！我要親自手刃，以妳鮮血祭天！」

柳心臉龐失去血色，幾度欲開口，終究無話可說。

她深夜離帳其實並非是要逃跑，而是晉王曾交代，若遇危難，可放出消息求援，他已在木葉山四周安插兵馬，暗中等待。誰知朱友文早已守株待兔，為了保住晉王兵馬，她只得吞下誤會，讓摘星以為她是畏罪潛逃。

摘星不忍，替柳心求情，「可汗，一切皆由我而起，要怪就怪我，柳心是無辜的！」

「馬摘星，妳的命交由渤王處置，我管不著，但這欺騙堂堂可汗的假貨，休想活命！」耶律義一手持刀，一手捉住柳心頭髮，逼她露出頸項。

柳心自知死劫難逃，身子劇顫，緊閉雙眼裡不斷落下淚水，摘星想衝上前攔阻，寶娜趕緊從她身後一把抱住，朝她搖頭。

耶律義是不可能原諒柳心的，為了保住可汗尊嚴，他必須手刃柳心。

耶律義手上利刃一揮，割斷柳心喉嚨，鮮血頓時如注，柳心倒在地上，掙扎了幾下，便再也不動，死了。

一旁侍衛很快將柳心屍身拖了出去。

摘星眼睜睜看著柳心死在自己面前，衝擊過大，淚水凝在眼眶裡，神情呆滯，嘴唇哆嗦，好半天說不出一句話。

柳心死了……都是因為她不夠強大，保護不了她！

她傷心難過，自責不已，與柳心相處時日雖短，卻從她身上得知不少前朝軼事，尤其是平原公主在宮中日常的點點滴滴，總讓她聯想起自己的娘親，倍感親切。

柳心……是我對不住妳……讓妳抱著遺憾死在異土……

耶律義將匕首交給朱友文，他雖接過，心裡一瞬間仍是遲疑。

耶律義的意思，是要他仿效之，當場就殺了摘星嗎？

他終究得親手殺了她嗎？

雖然她傷了朱友貞，雖然她用計蒙騙契丹可汗想破壞兩國盟約，雖然她是馬瑛之女，是害死大哥的仇人之女，但是……心中那份遲疑，卻始終不曾消失。

他握著匕首，緩緩地，一步一步地，朝她走去。

寶娜擋在她面前，隨即又被耶律義命人拉開。

「渤王……朱友文！你要是真親手殺了摘星姊姊，等朱友貞醒來，他那麼善良、那麼喜歡摘星，一定會很難過的！」寶娜被拉出金帳前，仍不放棄地喊。

他狀似充耳不聞，心中卻想起朱友貞中箭昏迷前的那句話——

摘星姊姊很苦……你……你也很苦……我只希望你們兩人……能夠……能夠……

四弟，但你可知，他與摘星之間，是再也不可能了。

與其如此繼續傷害折磨彼此，與其繼續看著她一次又一次受傷、一次又一次落淚，是不是，由他來終結她的痛苦，這樣的結局才是好的？

星兒，我曾希望妳無論如何都要活下去，但與其如此痛苦地活著，是否讓妳一死，一了百了，從此便再也感受不到任何痛楚、心酸與斷腸。

她凝視著他，眼裡沒有恨意，只有茫然，似乎明白他心中所想。

她終究不夠堅強嗎？

馬府的血海深仇，如此沉重，背負得她已無法喘息，如今又加上更加沉重的梁晉國仇，比起他，她的心不夠狠、不夠決斷，更不知如何適時應變，身邊人受了傷害，甚至死去，她無力可回天。

馬摘星，妳如此沒用，何必繼續苟活？

活著，是如此痛苦的一件事……況且只要死了，就能見到爹爹與娘親了吧？

她眼裡的絕望讓他心驚與心痛，但在耶律義面前，他不能讓自己的遲疑被看穿，他看見她閉上雙眼，看見她渴望得到解脫，持著匕首的手高舉，就要揮下——

「手下留人！」

朱友文立即將匕首放下，同時心中竟鬆了一口大氣，他放下匕首的速度太快，匕首竟險些從他手裡脫出。

千鈞一髮之際，連夜兼程趕回木葉山的疾沖衝進了金帳！

「可汗，要是讓這傢伙殺了馬摘星，您絕對會後悔莫及！」疾沖渾身大汗，竟有些上氣不接下氣，他為了及時趕回，中途不曾稍作停歇。

耶律義質問：「你胡說八道什麼？來人，給我拿下！」

疾沖與摘星一道同來，自然也是欺瞞他的罪魁禍首之一！

「且慢！」疾沖從懷裡取出一畫軸，「可汗，您可知馬摘星真實身分？」

「你又在玩什麼花樣，還想愚弄人嗎？」

朱友文目光落在那畫軸上，心中忽隱隱有了預感。

「可汗，馬摘星可是平原公主之女，您方才險些就要讓那傢伙殺了您幼時恩人留下的唯一血脈！」

疾沖語畢，手腕一抖，畫軸捲開，耶律義一眼就認出正是當年他在前朝皇宮中所見到的那幅未完成畫像，只見圖中女子一襲淡紫雲煙衫，素雪絹千水裙，裙襬繡以翠綠細枝女蘿草，頭梳芙蓉髻，懷抱琵琶，右手上臂戴著一鎦金花朵鉸鏈白玉臂環，外鑲三顆水玉寶石，而當年仍空白的臉龐處，竟已畫上了摘星的容貌！

不，畫軸已然老舊，應該說，是畫中女子與摘星容貌幾乎如出一轍！

在場眾人聽了疾沖所言，再親見他手上畫軸，無不震驚！

耶律義半信半疑：「這畫像的確很像當年我所見的那幅，但畫中女子分別就是馬摘星。」

「容貌確實神似。」疾沖笑道，「但此女並非摘星，而是年僅十六的平原公主！」

「胡言亂語！隨便弄了幅畫來，就想唬弄我？」耶律義已受騙過一次，態度謹慎。

朱友文也道：「世上本就有容貌相似之人，不過是巧合。」

疾沖不以為意，「當然，渤王殿下言之有理，容貌相似可以巧合，但若馬摘星身上有前朝皇室信物三色水玉寶石，這，總該也不會是巧合了吧？」疾沖對耶律義道：「可汗，不介意我請個人進來吧？」語畢也不等耶律義回答，朝著金帳外喊：「快進來！人命關天啊！」

帘帳一掀，一個渾身狼狽、滿面塵沙的老人家緩緩走進，一看便知是連夜趕路而至，這疾沖，也不顧他可是老人家啊，一路上馬不停蹄，顛得他一身老骨頭都差點要散架了！

疾沖朝朱友文笑道：「多謝渤王殿下廣大無邊的情報網，居然一天內就找到了這位前朝宮廷畫師褚真，還特地派了莫霄去接應，我想應該不會是假冒的。」見朱友文身旁海蝶眼露憂心，又道：「別擔心，那傢伙沒事，只是暫時被我綁在樹林裡，過不了多久就能自行脫困。」

褚真雖老眼昏花，一入金帳，見到摘星，大為吃驚，老弱膝蓋一軟，差點就想行跪拜大禮，一轉念，又納悶不解。

算算年紀，就算長公主在世，年紀也該四十有幾，怎可能仍如此年輕？

耶律義見這老人的確眼熟，八九不離十便是當年他曾見過的畫師，卻仍質疑道：「就算這老傢伙替平原公主畫過畫像，可沒親眼見過她女兒，千辛萬苦把他帶來，又能證明什麼？」

「但他知道水月玉石的祕密！」疾沖胸有成竹道。

耶律義望向褚真，老人緩緩說道：「水月玉石乃皇室信物，共有青、白、玄三色，外表雖看著不起眼，但若放入水中，透過折射，瞬間耀眼奪目，光彩萬丈。」

耶律義倒想看看疾沖還能吹噓到何時，朝摘星道：「好啊！馬摘星，若妳能拿出三色水月玉石，我就信了妳是平原公主之女！」

摘星雖同感震驚，但從頭到尾都只覺這是疾沖的權宜之計，不錯，平原公主與她娘親是有諸多相似之處，但她怎可能會是前朝長公主之女？更何況，她身上哪有什麼三色水月玉石？

她不安地望向疾沖，他拍拍她的肩頭安撫，動作溫柔，朱友文看著只覺一陣刺眼。

「妳當然有。妳的銅鈴呢？妳不總是隨身攜帶著？」疾沖道。

摘星點點頭，銅鈴是娘親留著她的唯一遺物，她從懷裡取出銅鈴，疾沖接過，接著又從自己懷裡掏出之前硬要摘星送他的銅鈴響石。

「妳瞧，妳給我的銅鈴響石，就是畫像中平原公主臂環上的玄色水月玉石，至於另外兩顆嘛……」疾沖旋開銅鈴，裡頭所剩兩顆響石赫然便是青、白二色。「勞煩哪位端盆水來驗驗真假。」他一喊完，寶娜連忙拍了兩下手，便有侍女從帳外端入一盆水。

疾沖將三顆狀似不起眼的三色響石交給摘星，她接過，走到水盆前，緩緩將響石放入水中。

在場眾人無不屏息觀待。

響石一入水，瞬間迸發七彩光芒，耀眼奪目，眾人只覺眼一花，燦爛光輝由水中四散而出，瞬間籠罩站立在水盆前的摘星，直若天女下凡。

一時間，人人皆想起國師塔木兒昨日預言：太白金星，現身東方，百年難見，有貴客由東方而來，與我契丹日後命運息息相關。

這便是天降金星啊！

原來塔木兒觀察到的太白金星，指的不是大梁渤王，亦不是冒充的平原公主，而是平原公主之女馬摘星！

極為相似的容貌、皇室信物水月寶石，直至此刻，耶律義也不得不信，馬摘星確是平原公主之女！

疾沖率先跪下，大聲喊道：「拜見皇女！」

老畫師也激動下跪，跟著喊了聲：「老朽拜見皇女！」

耶律義也不禁脫口而出：「妳果真是平原公主之女，是我恩人之女！先前諸多失禮之處，還請皇女見諒！」說罷上前對摘星以漢儀行禮。

摘星呆愣不敢置信，自己一轉眼便從即將被問罪賜死的階下囚，變成了前朝皇女！

更不敢置信的是朱友文，她居然是前朝長公主之女？

原來當他們八年前相遇的那一刻起，就已注定會是永遠的敵人？

局勢逆轉，寶娜與高采烈，朝耶律義道：「王兄，國師都說過了，天降金星，有貴客來，我契丹萬萬不可與前朝公主之女為敵，否則必招不祥。」

「公主殿下說的沒錯。」國師塔木兒走入金帳，同樣以漢儀恭敬向摘星行禮。「若我契丹與皇女為敵，則為金星凌日之象，主有難，多戰事，恐會動搖我契丹國本。」

塔木兒一番話說得嚴重，耶律義面露尷尬。

如今已證實馬摘星確是平原公主之女，也就是他幼時恩人之女，受人點滴，自當湧泉以報，況且還是在他身為質子、最艱困無助之時，可馬摘星卻投靠了晉國，而他契丹與梁國的借兵盟約，又是針對晉國，若他真與大梁聯合出兵攻晉，豈不成了恩將仇報？

這難題該怎生解決？

國師說的果然沒錯，這一不小心，真會動搖他契丹國本！

朱友文在旁靜默看著這一切發生，心中激盪，待思緒暫定，見耶律義神情為難，已知就算今日大梁契丹借兵盟約不破，日後契丹出兵也將諸多遲疑，兵家戰事，最忌舉棋不定，與其如此，不如效法受困陷阱之狼，咬斷自身殘肢，以求逃出生天！

他將匕首交還給耶律義，倨傲道：「可汗既已在本王面前徑自承認了前朝皇女身分，看來於公於私，可汗與我大梁都已是道不同不相為盟，借兵盟約，可視同作廢！我大梁即使沒有契丹援助，遲早也能拿下晉國！」

耶律義自知理虧，想了想，對朱友文道：「渤王殿下，有朝一日，梁晉一戰，我答應您，我契丹絕不插手！」

「望可汗遵守諾言！」

朱友文朝摘星走去，疾沖原欲護在她面前，她卻主動輕輕將疾沖推開，自己迎向朱友文。

兩人停住腳步，相距不過咫尺，但她已然脫胎換骨，眼裡不再茫然、也不再有恐懼，只有經由痛苦焠鍊而成的堅強與自信。

原來，她娘親鳳姬竟是前朝平原公主，娘親在世時，從未對她提過這段往事，苟安於馬府，只為了留下血脈，讓她平安長大，而她爹爹……不，馬瑛該是她的養父，將她視如己出，更在娘親臨死前，遵照她的遺言起誓，不論發生什麼事，都不讓她離開馬家，要她這輩子當個普普通通的女孩兒就好，那些戰亂、那些皇族殺戮、那些國仇家恨，都與她無關。

女蘿亦有『王女』之名。《通典》記載：『古稱釐降，唯屬王姬。』

王女二字，並非意指妳娘……妳就暫且當作是妳娘對妳的期許，她希望妳雖為女子，卻能成王者風範，因此從小才那麼嚴厲教導妳。

妳娘深居簡出，從不與人爭，但她非一般女子，甚至可謂出身高貴，名門之後，而妳——

原來爹爹生前未竟之言，王女二字，指的竟是她的身世！

落難的平原公主，與當年收留她的馬瑛，都曾希望這個在亂世誕生的孩子，永遠都不要知道這個祕密，可命運終究還是將摘星推上了歷史舞台，替她做出了抉擇。

身分陡地改變，情勢急轉直下，瞬間她與朱友文已是勢均力敵，她背後不僅有馬家軍，此刻還多了整個晉國為她所用，甚至契丹也可能倒戈大梁，她要贏過他，不再是遙不可及！

他看著她的蛻變，眼底隱隱有著欣慰。

終於，旗鼓相當。

她昂首仰望著他，眼神凌厲，嬌小身子彷彿瞬間放大數倍，氣勢懾人，隱隱已有皇女風範，畢竟是血脈傳承。

朱友文轉身離去。

眾人紛紛上前恭賀拜見摘星，然她卻什麼都聽不見，眼裡只有那個人的背影。

柳心雖死，但意外證實了摘星乃前朝皇女，間接破壞了契丹與大梁盟約，此趟契丹之行，摘星的任務也算達成。

朱友文率領渤軍敗興而返，契丹與朱梁盟約破局，加上朱友貞又受了重傷，一直昏迷不醒，可想而知，梁帝必會重重怪罪，這算不算，他終究是輸給了她？

她站在木葉山頂，遙望渤軍遠遠而去的行列，一眼就瞧見他的背影。

不管在哪裡，她總是能認出那個背影。

因為他總是在她心裡。

只是從前，是因為她愛著他，如今，卻是因為她必須殺了他！

朱溫篡她生身之國，朱友文滅了育她成人的馬家，如此國仇家恨，她要一筆一筆向朱梁討回！

下一次他們相見，只會是在戰場上！

耶律義欲好好款待摘星等人，但任務已成，摘星不願繼續久留，多留了一日，便準備啟程返晉，耶律義特地親自挑選一支契丹精銳勇士，護送摘星回晉。

摘星既是前朝皇女，晉國必定軍心大振，難保渤王人馬不會動了殺機，半途埋伏。

但耶律義終究小看了朱友文，他雖也考慮到這一點，但此時若貿然派出夜煞刺殺摘星，不但會惹惱契丹，同時也會激怒晉國，說不準反而促使這兩國對大梁同仇敵愾，弄巧成拙。

朱友文終究是遠去了，但她仍遙望著他離去的方向，久久不發一語。

思緒悠遠。

若他與她不曾在狼狩山上相識，如今會是何光景？

她會真如雙親所期待那般，平凡且平安地與另一個男子共度一生嗎？

他會終其一生與狼為伍嗎？

若他們不曾相遇、相愛，是不是就不會有日後的相恨與相怨？

不錯，他是殺害他全家的兇手，但自己的兄長馬俊八年前不也率領馬家軍上狼狩山，幾乎要殺光了他的狼族家人？若不是爹爹在朝為官，又怎會引來夏侯義，引得汪叔痛下殺手，嫁禍狼怪？若不是朱溫利慾熏心，泯滅天良，弒帝篡位，推翻前朝，汪叔與平原公主又怎會流落到馬家？

一切的罪魁禍首，不正是逆行倒施的朱溫嗎？

可悲，她竟還曾向朱溫稱臣，宣誓效忠，不知他才是她一切痛苦的使作俑者！

不，不只是她，還有那麼多人也深受其害，她娘親平原公主，她爹爹馬瑛，汪叔、甚至是狼仔……還有許許多多因戰亂而顛沛流離的百姓……

她握緊拳頭。

我馬摘星，前朝皇女，誓討朱賊，匡復前朝！

再二十里路，便將到達晉國太原。

摘星坐在馬車裡，去時三人，回程柳心卻成了她手中一罈骨灰，摘星感念她對平原公主的忠心與冒充公主前往契丹的勇氣，將她骨灰隨身攜帶，欲帶回晉國厚葬。

柳心，對不起，我無能保護妳，害妳枉死契丹。

原來妳一直在尋找的長公主，竟是我的娘親，我多麼後悔不曾問過妳，關於我娘、我親爹，以及我的身世……如今那些前塵往事都已隨妳而去，再無人知曉了。

馬車轆轆，輪印沉重，疾沖騎馬，一路相隨，這馬車裡除了摘星，還有另一人，長途顛簸，那人臉色蒼白，時昏時醒，摘星不忍，幾次要馬車放慢速度，緩緩而行。

沒想到他居然偷偷要求跟著他們一道回晉國。

摘星幾度猶豫，疾沖卻一口答應，還聯手寶娜幫忙掩護，在朱友文眼皮子底下，硬是將他偷渡上馬車，神不知鬼不覺。

她是前朝皇女的消息，想必已傳回晉國，她能想像此刻晉王府內會有什麼反應。

堂堂晉王，甚至晉國大臣與六軍將士們，如今都必須對她這個無端冒出的前朝皇女俯首稱臣，但她對晉國既無汗馬功勞，又非顯赫之將，這些人怎可能心甘情願？

看來頂著這前朝皇女的身份回到太原，未必就是福，

一趟契丹之行，讓她多了歷練，看待政局情勢的眼光也已不同以往。

她明白，晉王效忠的是前朝，而非她馬摘星，若因自己身為前朝皇女而妄自尊大起來，晉王反會更加提防。

終於，太原城近在眼前，她老遠就見到晉王親自率著六軍主將，在城門外恭候，疾沖很是意外，上前拍了拍馬車，「老頭居然親自出來迎接妳了！」見馬車內另一人也想探頭望望，忙阻止，「你先安分點，別惹注意。」

馬車停下，晉王李存勖親自上前打開車門，將摘星迎下車，她似乎早已料到，不驚不懼，態度從容自謙。

疾沖勒馬，竟沒有下馬，在馬上冷眼旁觀老頭子演出這場大戲。

他壓根不信老頭子會對摘星稱臣，親自迎接又如何？其他百姓呢？馬家軍呢？怕是早已封鎖了摘星是前朝皇女的消息。

「本王親率小兒、六軍將領，恭候皇女回城。」晉王正欲行參見大禮，摘星連忙阻止，「晉王多禮了，日後還是像往常一樣，稱我摘星或一聲郡主即可，所謂皇女稱號，實在不習慣。」

「皇女殿下不習慣，可總得有人要習慣啊。」疾沖在馬上聽了，高聲道。

李繼岌朝他瞪過去一眼，疾沖佯裝未見。

「本王已備妥輿轎，請上轎。」晉王道。

「有勞晉王。」摘星順從地上了輿轎。

疾沖憤憤不平，故意準備輿轎來接人，就是為了把摘星藏起來，不欲讓人瞧見嘛！

他卻忘了，摘星離晉，原本就是悄然而行，若忽然大張旗鼓回晉，還得向馬家軍與百姓先解釋一番來龍去脈，只會更添混亂。

輿轎一路低調將摘星帶回晉王府，晉王親自領著摘星來到議事大廳，除了六軍將領，晉國諸多文武大臣早已等待多時，見她到來，紛紛起身，高喊「拜見皇女」。

摘星見到這等大場面，心道：一次把人都找齊了，倒也省得麻煩。

她婉拒晉王推薦的主位，嬌脆朗聲道：「晉王，還請聽摘星一言。此次前往契丹，能夠順利完成任務，實是天佑。但摘星自知無法勝任統領馬家軍，在此願交出馬家軍兵權。」

此話一出，滿廳眾人皆大感錯愕，表情難以置信，晉王臉上詫異一閃而過，隨即淡定。這女子的確聰慧，簡簡單單一個決定，便足以化解日後許多紛爭。

王世子李繼岌忍不住問：「郡主何以如此決定？」

摘星平靜回道：「既身為前朝皇女，便該以大局為重，領軍打仗，非我所長，晉王才是箇中翹楚，摘星相信晉王一心一意復興前朝，故願將兵權交出，馬家軍上下，從此將聽候晉王調度。」

在座眾人皆未料想到摘星會如此輕易放出兵權，一時無法反應，倒是晉王很快做出回應，「那本王便恭敬不如從命。」接著命李繼岌傳令，即刻將馬家軍編入六軍。

大臣們暗暗稱奇，這馬摘星倒是挺識時務，她身處晉國，委曲求全，交出兵權，反能護己周全，更能避免一場內亂。

也是，不過一介弱女子，憑什麼與晉王爭權？又有何能力復國？

但原本擔心的一場爭權攘利、互相傾軋，在摘星完全釋權下，化為烏有，這個結果，無人不滿。

摘星身為前朝皇女的第一次出場，不可不謂漂亮，讓他們不但留下極深印象，更從此不敢小覷了她。

🐾 🐾 🐾

摘星居處已改為棠興苑，院落早已灑掃完畢，馬婧也已先搬了過去，摘星一到，等在主廳內的青菱出來迎接，神色難看，但當她見到摘星親手捧著柳心骨灰，臉色瞬間一緩，眼眶兒也紅了。

雖她早知柳心身分，但畢竟相處過一段時間，心中也確實拿她當主子，知她離世，自然難過，青菱本對馬摘星無甚好感，可見她身為前朝皇女，柳心不過是個宮女，她卻不嫌棄地一路親手抱著柳心遺骨，路途遙遙，將她送回晉國，青菱心底多少還是有些感動。

青菱從摘星手裡接過骨灰罈，對摘星福了一福，「多謝郡主。」

「柳心的身後事，就麻煩妳了。」

青菱點點頭，抱著柳心的骨灰去了。

馬婧得知她家郡主竟是前朝皇女，簡直欣喜若狂，正打算等摘星回來時仔仔細細問上一番經過，卻在摘星還未踏入棠興苑前，先迎來一位不速之客。

「郡主。」馬婧從內廳走出，有些忐忑，「那個臉上包滿了白布的人，究竟是誰？」

摘星一路舟車勞頓，此刻的確有些累了，她坐了下來，馬婧倒上一杯茶，她一面喝茶，一面靜靜看著柳心曾居住過的棠興苑，典型三進格局，前後都有小院，晉王遣走了青菱，又撥了好些婢女特地服侍她這個皇女，此刻正靜靜在主廳外，等候差遣。

摘星喝完茶，與馬婧回房，直關上房門，才道：「馬婧，此事暫時不得聲張，住在西廂房那位，妳也見過，來自朱梁，身分不凡。」

馬婧一愣，梁晉可是死對頭，那不就是帶了敵人回來？

馬婧正要問個明白，疾沖一陣風似地闖入，一見摘星便念：「馬摘星，妳到底有多蠢！竟交出馬家軍兵權？妳難道完全沒有看出老頭子的真正目的嗎？他根本不把妳這皇女放在眼裡！」

「回程時我便已想好如此應對，這對雙方都有利。」面對疾沖的興師問罪，她從容回應。

「妳明知老頭和那班大臣忌憚妳的身份，個個盼妳有名無實，妳還乖乖交出兵權？明明是如假包換的皇女，卻被藏在晉王府，有了柳心的前車之鑒，妳就不怕下場比她更慘？」

馬婧一臉訝異，郡主竟交出了兵權？可馬家軍除了郡主，誰都不服啊！

「以退為進，夫唯不爭，故天下莫能與之爭。」摘星依舊心平氣和，甚至示意馬婧倒杯茶給疾沖，讓他緩緩火氣。「況且，我若是因前朝皇女身分，與晉王不睦，造成對立，受害最深的，不是你我，而是晉國的百姓。」

晉國將士與百姓願意跟隨晉王，無非是相信他會復興前朝，重返安平盛世，若她為一己之私，與晉王爭權、造成內鬥，不需朱梁出兵，晉國遲早也會自取滅亡，這絕非她樂意見到的。

疾沖不是沒想到這一層，但對她交出兵權，仍耿耿於懷，「亂世誰不爭權，妳以為妳不爭，別人就不會替妳爭嗎？且交出兵權，妳手中再無籌碼，不就只能任人宰割？」

「我主動交出兵權，晉王必能感受我的誠意，況且，前朝皇女的存在，有利於晉國號召天下，他不至於對我不利。」

見摘星如此信任那老頭，疾沖只能在心裡暗自跳腳。

她未免太過天真！

「馬摘星，事情絕不會如妳所想那般順利，相信我，不出三日，馬家軍必會出事！」疾沖斬釘截鐵。

🐾 🐾 🐾

不用等到三日，她將兵權交出的隔日，便傳來馬家軍參軍馬邪韓與王世子李繼岌、晉國武將周海爭執不下。

即使已得知摘星將兵權交出，馬邪韓仍寧願違抗軍令，說什麼都不願接受分兵混編。

開什麼玩笑，他馬家軍早已誓死追隨馬家郡主，若接受分兵混編，馬家軍不就等於散了？那萬一將來郡主出事，誰還來替她撐腰？

馬邪韓最後撂下狠話：「若王世子堅持分兵，我就離開馬家軍！」

此話一出，其他馬家軍兵將們紛紛附和，李繼岌一時也束手無策。

疾沖拉著摘星去看熱鬧，摘星到場說破了嘴，馬邪韓仍固執不願接受分兵，更不願聽令於摘星之外的將領指揮，被逼得急了，衝著摘星喊：「馬家軍上下早已有共識，咱們只效忠郡主！」

疾沖在旁一副看好戲模樣，摘星扯扯他袖子，「你不幫幫我？」

疾沖面露無奈，思索了一會兒，道：「辦法嘛，不是沒有。既然馬家軍一定得奉命編入晉軍，那就找個能讓馬家軍信服的晉國將領不就成了？」

「哪有這樣的人？」馬邪韓不以為然。

「有。」疾沖自信道：「就是我！」

「你？」李繼岌略感錯愕。

「怎麼？本少帥不夠格嗎？」疾沖昂首，瞄向李繼岌。

摘星一喜，「的確，疾沖你不但了解晉軍規矩，也身受晉軍部屬與馬家軍愛戴與信任，必能減少衝突！」她轉頭望向李繼岌，「不知王世子以為如何？」

李繼岌遲遲不敢答應，最後道：「此事非同小可，我得請奏父王。」
「要請奏就趕快請奏！沒看都快要打起來了嗎？」疾沖催促。
李繼岌奈何不了他，只得轉頭回晉王府，摘星也跟著一道前去。
疾沖暗暗對馬邪韓使了個眼色，兩人心照不宣。
原來他早知馬家軍會不服，乾脆將計就計，上演一場衝突大戲，好逼晉王不得不答應由他來統領馬家軍，老頭再不情願也得妥協，畢竟這是將馬家軍歸於晉國麾下的唯一權宜之計，他便可趁機坐大，聯絡舊時部屬，擴張勢力，擁護摘星。
老頭想打壓他的女人？
他就偏偏讓馬摘星足以與老頭子匹敵，有這個資格與堂堂晉王平起平坐！

第三十五章　獸毒侵心

她感覺得出來，今晚宮裡有著異樣的躁動氣息。

盤旋在白山茶花上的白蛇滑到她手上，不安吐著蛇信。

她撫摸蛇身安撫，納悶：不知宮裡出了何事？

看守的獄卒似乎聽說了什麼消息，來來回回，不久，她聽見重重門鎖開啟聲，沉重的腳步由上而下，一步步接近。

她認得那腳步聲。

他終於來了！

她起身，難掩興奮，特地背轉過身子，不願讓他發現。

腳步聲果真在她身後停下，她故意冷冷道：「遙姬不過是個罪人，不知渤王殿下特來探望，有何吩咐？」

朱友文看著那清麗纖白的背影，若非連宮中太醫都束手無策，他也不會來求她，但四弟的命，比什麼都重要！

「四弟在契丹被馬摘星誤傷，箭中要害，傷口雖已無礙，但他卻遲未清醒。」

遙姬暗暗訝然。

朱友貞竟被馬摘星誤傷，至今昏迷不醒？

隨即心中一陣竊喜。

馬摘星幹了這等蠢事，朱友文想必已與她決裂，不會再有任何偏袒。

她面上依舊不動聲色，清冷道：「渤王殿下既然來此，肯定連宮中太醫都無計可施了，是不？」

「遙姬，我求妳，救救四弟。」

遙姬輕輕笑道，「四殿下的命，對你有這麼重要？」

「我要怎麼做，妳才願意出手？」

遙姬轉身，雙眸晶亮，凝視眼前偉岸英俊的男人。

這可是他第一次如此低聲下氣懇求她！

「在我面前下跪如何？也許我會考慮看看。」遙姬承認，自己只是想看朱友文在她面前願意卑微到什麼程度！

他真願意在她面前下跪嗎？

他倆可是從認識的第一天起，便是互相競爭的死敵！

遙姬萬萬沒料到，朱友文毫不遲疑，立即雙膝一彎就要在她面前跪下，她終究不忍，出聲阻止：「夠了，不用跪了。」頓了頓，好強道：「要是你真跪了，萬一我也治不了四殿下，你豈不是會懷恨在心？日後倒楣的仍是我！」

朱友文帶著遙姬離開石牢，來到太醫院，躺在床上的朱友貞依舊昏迷不醒，眾太醫們在旁一籌莫展，梁帝早已狠狠訓斥一番，見遙姬到來，將太醫們全數趕走，讓遙姬前來診治。

她抬起朱友貞手臂把脈，擰眉細思，接著要來銀針，在朱友貞身上幾處大穴下針，最後一針下在人中時，朱友貞竟睜開了雙眼！

朱溫大喜，上前心焦道：「友貞？貞兒？你可終於醒了！」但隨即察覺不對勁，朱友貞的眼神空洞，直望上方，並沒有瞧朱溫一眼，彷彿根本沒有聽見父皇的叫喚。「這是怎麼回事？怎麼人醒了，卻一點反應也無？」

遙姬面色凝重，「回陛下，四殿下脈象正常，雖睜開雙眼，卻未回神，恐怕是患了罕見的木僵之症。」

「木僵之症？」梁帝心裡一涼。

「陛下，木僵之症與離魂相似，但離魂症者，只要受外界刺激，便可甦醒。木僵之人，如木之僵化，無法言語，亦無知覺，聽不見他人說話，病人身不能動，需靠別人輔助方能移動與進食。」遙姬解釋病情。

梁帝不死心問：「可貞兒方才睜開了眼！」

「陛下，睜眼不過是人中受刺激後的自然反應，木僵之人，痛極不喊娘，窮極不喊天，有口難開，有苦難言，只能無聲無息地活著。」

「妳既找出了病因，必能對症下藥！」

遙姬眼露遺憾之色，「陛下，木僵之人，無藥可治，只能等他自行甦醒，但何時甦醒，沒人說得準，可能十天，可能一個月，也可能三年五年，更或者，有人一輩子都無法甦醒。」

梁帝目瞪口呆，久久無法言語，待回過神來，勃然大怒，扯過一直站在朱友貞床前的朱友文，當眾狠狠甩了他一巴掌！

「孽子！成事不足，敗事有餘！先不提契丹之行，弄巧成拙，現在朕的親生兒子又成了活死人！」朱溫暴跳如雷，朝著朱友文戟指怒目：「躺在床上、無知無覺的為何不是你？」

朱友文心中一擰。

原來在他父皇心裡，倒底是血緣勝過了一切。

朱友文跪下請罪，「四弟如今變成這副模樣，兒臣難辭其咎。」

梁帝餘怒未消，武人性格盡顯無遺，當著眾人面前朝朱友文拳打腳踢，朱友文只是默默承受，哪裡敢反抗？

「孽子！派你前往契丹，不但借兵失利，還讓馬摘星有機可趁，傷了貞兒，你為何不當下就殺了她？便不會讓她有機會自曝是前朝皇女！你是不是仍對那個女人舊情難忘，有心包庇？」他一腳重重踢在朱友文臉上，遙姬看得不忍，幾次欲出言阻止，但見梁帝正在氣頭上，不敢再火上添油，只得忍住。

相比之下，馬摘星乃前朝皇女之事，在她心裡反倒顯得次要了。

其實朱友文不是沒有機會殺死摘星，只因疾沖突然殺出，在契丹可汗面前曝露摘星身分，這時若他再下手，只會惹怒耶律義，怕更是無法平安帶著朱友貞平安歸來了。

但梁帝並沒考慮這麼多，見自己最寵愛的小兒子變成這副要死不活的模樣，他怎麼怒揍朱友文都無法解氣，心一狠，大聲命令道：「來人！將渤王押下去，鞭刑伺候！」故意一頓，語氣陰毒：「用刑鞭具先以狼毒花液浸泡！」

朱友文可是狼帶大的孩子，區區皮肉之苦，根本不痛不癢，他要朱友文嘗盡被獸毒焚身、剝床及膚之苦，痛不欲生，求死不能！

遙姬一聽，心頭一驚，狼毒花必會引起朱友文體內獸毒發作！且以鞭破肉，狼毒花液直接由傷口入身，激引獸毒更快、更兇猛，朱友文將會更痛不堪忍！

她猶豫著要不要替朱友文求情，轉頭朝她扔下一句：「遙姬，妳平日不是最恨這傢伙嗎？鞭刑由妳來執行！」

遙姬一愣，雖無奈也只能領命。

🐾 🐾 🐾

天牢裡，朱友文上身赤裸，雙手大開被綁在刑架上，以鐵鏈緊緊綁縛，動彈不得。

遙姬來到他面前，心中雖不忍，仍故作不在意，輕笑道：「這風水可真是輪流轉哪，不過一個時辰前，我還被關在石牢裡，不知何時能見天日，此刻可輪到你了！」

伴君如伴虎，被封王又如何？私底下為朱溫辛苦賣命了這麼久，終究比不上親生兒子。

她和他都一樣，在朱溫眼裡，一旦沒有利用價值，隨時都可扔棄，賤命一條！

「這一切本都是因我而起，父皇不過是秉公處理。」朱友文沉聲道。

「你還真是陛下的好兒子！」遙姬沒好氣道。

她轉過身，朱友文忽在她背後道：「遙姬，我若早聽妳的話，妳就不用被關石牢，我也毋須受刑罰。」

遙姬心中一動，並未馬上回應，心中琢磨。

聽他言下之意，竟是後悔了？

朱友文仰頭望著陰溼石壁，嘆了口氣，彷彿是在說給自己聽：「妳不是說過，我與馬摘星相遇相愛，是上天詛咒。如今回想，若我早能痛下殺手，也不致起日後這般波折，更讓大梁痛失契丹大軍。」

但，該發生的都已經發生，悔不當初，又有何用？

遙姬思忖：他在她面前懺悔示弱？這是拿她當自己人了？

顯示她在他心裡，多少是有些份量的？

最起碼，該與那馬摘星不相上下了？

馬摘星既是前朝皇女，朱友文與她之間，更是不可能了，那麼朱友文這番告白，究竟是……

偏偏就在這個時候，朱溫到來，一旁獄卒也將早已準備好的鞭子遞給遙姬，並道：「這鞭子可是在狼毒花液裡反覆浸泡過了多次，保證裡裡外外都浸透了！」

遙姬表面上誇讚，心頭卻是沉重。

接過鞭子，浸泡過狼毒花液後，鞭子隱隱呈現腥紅赤色，更感沉重。

梁帝面有慍色，一入座便喊：「遙姬，行刑！」

她手握長鞭，走到朱友文面前，見他眼神坦蕩，無畏無懼，她高舉鞭子，重重揮下，然鞭子卻沒有打中他，而是落在鐵鏈上，發出刺耳聲響，她收鞭再次揮出，這一次，鞭子竟從她手裡滑落飛出！

梁帝還未出聲，遙姬已在梁帝面前跪下，求道：「請陛下恕罪！遙姬被關入石牢時日太長，未加鍛煉，以致雙手無力，還請陛下另找人選行刑！」

「連妳也如此沒用！」梁帝哪裡看不出她是故意手下留情，更是火冒三丈。

好啊！個個都反了是吧？沒人要聽他的話了？

「走開！朕自己來！」

獄卒拾起鞭子，恭敬呈上，梁帝起身一把用力扯過，狠狠一鞭就往朱友文身上抽去！

啪！聲音脆亮！遙姬只覺那一鞭是狠狠抽在了自己心上，整個人不由渾身一顫。

一下又一下，她看著梁帝一鞭鞭狠狠抽下，朱友文一聲不吭，任由梁帝踐踏他的自尊。

在梁帝眼裡，他不過是一頭野獸，還是頭不受教、犯了大錯的野獸！野獸犯了錯，就必須嚴厲懲戒，讓他知道誰才是掌握生死的主子！

但梁帝年事終究已高，揮沒幾下鞭子便已額頭冒汗，嘴裡仍兀自百般謾罵指責，將一切罪過都推到朱友文身上：「若你當初在馬府滅門時便殺了馬摘星，也不會橫生事端！如今她被證實為前朝皇女，根本就是對朕的嘲笑！讓朕看到自己的無能！當初竟沒能趕盡殺絕，留下後患！朕底下的人一個比一個無能，其中最無能的就是你！這一切都是你造成的！」每喊完一句，便是一鞭重重落下，毫不留情！

朱友文早已體無完膚，鞭鞭見血，直透骨肉，狼毒花液，如火燒般隨著血液流竄全身，血液如同酸蝕，一寸一寸腐蝕他的筋骨、一寸一寸啃噬他的肌肉，痛不欲生，他卻死死撐著，從頭到尾沒有發出一聲呻吟。

遙姬在旁膽顫心驚，只見他身上肌膚青筋畢露，經脈漸漸變黑，雙眼瞳孔也漸漸變得赤紅。

狼毒花已入血脈！

要是再不住手，朱友文這條命可能就真的沒了！

梁帝真能狠心至此嗎？

不知打了多少鞭，梁帝終於累了，氣喘吁吁，鞭子越揮越無力，他見朱友文渾身血肉模糊，終於解氣，

扔下了鞭子。

喚來遙姬，低聲交代：「看好他，不准讓他死了！朕留妳，正是為了此刻。」

「遙姬明白。」

她低垂著頭，輕咬下唇，恭送梁帝。

梁帝才轉過身子，滾燙液體便沿著她弧度優美下巴滑落，之前死死忍住，直到此刻，淚水方決堤。

她忙用手背草草拭去淚水，怕被梁帝察覺自己真情流露，更怕自己情不自禁落淚模樣被朱友文瞧見。

然她畢竟是多慮了，梁帝怒氣沖沖，滿腦子想的皆是失去契丹聯兵後，日後攻晉大失勝算，該如何扳回一城，而朱友文早已半昏半醒，意識模糊。

「還呆愣著做什麼？快去取清水與傷藥來！」她脆聲命令。

獄卒連忙照她吩咐端來清水與傷藥，還多了乾淨白布，獄卒見她梨花帶雨，這白布本是讓她擦拭眼淚，但她取過白布，卻是浸溼了清水，悉心擦拭朱友文血汗模糊的英俊臉龐。

「下去。」

獄卒離開後，她從懷裡取出一銀柄匕首，輕輕劃破自己左手手背，將左手抬至朱友文唇邊，竟是欲讓朱友文吸吮她的血液。

她體內的蛇毒血，正是朱友文體內獸毒解藥。

五年前，她與朱友文爭奪夜煞之首，她從小與蛇為伍，身有蛇毒，梁帝無意中得知她體內蛇毒血可解獸毒，便暗中授意她無論如何需保住一命，以便控制朱友文，因此才有五年前那場夜襲刺殺，她故意失手，讓梁帝將她關入不見天日的石牢，蟄伏著，等待朱友文需要她的那一刻。

血腥味讓半昏迷的朱友文本能開始吸吮她的血液，他乾燥的唇貼在她的手背上，輕舔吸咬，動作親密，她猛地收回手，背轉過身子，冷豔如她，此時臉上竟浮現一抹小女兒家的羞怯。

她命獄卒將朱友文身上傷口包紮妥當，在旁等候，但朱友文身上黑色經脈不但絲毫不見好轉，在漸漸甦醒的過程中，不住由喉間發出如獸低狺，遙姬暗覺不妙……

「水……」終於，朱友文虛弱吐出一個字。

遙姬立即要獄卒去端水。

朱友文忽張開了眼，雙臂猛力拉扯鐵環，宛若被激怒的困獸，吼聲不斷。

遙姬看著不對勁，仔細觀察，只見他胸口心臟位置，竟隱隱透著一股赤紅，彷彿滾盪岩漿在他體內緩緩流動。

狼毒花液已入身太深，加速催化獸毒，遙姬身上蛇毒血竟毫無作用！

朱友文體內血液滾燙，心跳猛烈收縮，屬於人的理智迅速被獸性取代，瞳孔中的赤紅不但未見消去，反更為可怖，宛如嗜血猛獸，他掙脫不開鐵鏈，喉間不住低聲嘶吼，兇惡殘暴獸性被狼毒花完全喚醒，他身子往前彎曲，宛如蓄勢待發、準備獵殺的惡狼！

遙姬從未見過他如此發狂模樣，不由步步後退，朱友文見狀更是拚命拉扯鐵鏈，獸毒雖腐蝕他的理智，卻同時加強了他的蠻力，幾次拉扯，刑架竟已搖搖欲墜，他仰天一聲怒吼，竟掙脫了鐵鏈，直朝遙姬撲來！

說時遲那時快，去端水的獄卒奔了回來，還來不及弄清怎麼回事，已被朱友文一口咬住咽喉，就這麼緩得一緩，遙姬險險逃出，反身將天牢大門關上！

身後獄卒淒厲慘叫瞬間傳遍天牢，加上如狂獸般的嘶吼與舐咬聲，令人聞之莫不喪膽。

其他獄卒亦已趕來，遙姬下令鎖上牢門，獄卒雙手顫抖得厲害，試了幾次才將牢門鎖上，而被朱友文咬住的倒楣獄卒，已經沒了聲息，濃濃血腥味從天牢內湧出。

他們都聽見了，有人一步一步，踏在濃稠血液上前進。

腳步聲凝重、沉鬱。

一雙赤紅獸目，自黑暗中顯現，濃濃殺意。

目光往下，那人左胸處一赤紅花朵，在黑暗中隱隱灼燒閃耀。

獸毒已然侵心。

🐾

🐾

🐾

一天一夜過去，朱友文依舊沒有恢復，被困在天牢裡，完全失去人性。

遙姬只得硬著頭皮前去稟告梁帝。

梁帝臉色難看，但並不完全是因為朱友文。

前朝皇女出世，消息早已暗中傳入大梁，各州城軍侯人心思變，開始傳出謠言，一說前朝皇女出世，便讓三殿下借兵失利，又使四殿下命在旦夕，果然是朱梁剋星，朱溫篡前朝之位，倒行逆施，皇女出世，正是要將一切歸正！大梁氣數已盡！

今晨他便接到消息，鎮州軍侯王戎竟率軍前去投靠晉國了！王戎之母原被安置在京城做為人質，但上月已病逝，王戎命人刻意隱瞞，不讓梁帝有所警覺，看來早有逆心，前朝皇女出世，不過更加重他叛逃決心。

軍侯叛逃投晉的消息要是再傳出去，難保其他軍侯不會動搖，但梁帝手上還握有朱友文這張王牌，神武渤王，大梁戰神，只要朱友文在，便能震懾軍心。

可如今朱友文卻因為中獸毒太深，神智不清，宛如狂獸？

梁帝不信，親自前往一趟天牢，親眼見到獸性大發的朱友文，不斷衝撞牢門，粗壯的鐵條竟然已撞歪不少，天牢門外更是侍衛層層把守，深怕朱友文真的衝出來，大開殺戒！

「遙姬，這是怎麼回事？妳當真給他解藥了？」饒是梁帝也在沙場上打滾多年，什麼樣的血腥殘酷沒見過，此刻也是心驚肉跳，當朱友文狠狠朝牢門衝撞並發出怒吼時，他不由後退一步，險些踉蹌。

「陛下，遙姬的確給了解藥。」她抬起如白玉一般素手，手背上一條血痕清晰可見。

眼見過往只要出場便能鎮壓三軍的朱友文變成如此模樣，梁帝不禁懊悔自己實在是氣過了頭，鞭刑下手太重，還用上了狼毒花，結果竟連遙姬的蛇毒都無法控制朱友文體內獸毒。

若是朱友文一直無法恢復人性，他要靠誰來制馭大軍？

尤其是朱友文一手帶起的渤軍，要是他們知道主帥變成了這個樣子，絕對會軍心大亂！

難道天真要亡他大梁？

梁帝重重嘆了口氣，一籌莫展。

「遙姬，朕以為只要有妳在，友文就不會有事。」言語間，朱友文又成了他的好兒子，他正為自己之前的失控感到自責。

「懇請陛下恩准遙姬出宮，回我玄蛇族舊地。當年是族裡的一個老藥師告知，蛇毒血能解獸毒，或許他會知道為何失效？」遙姬道。

「朕准了！」梁帝很快道：「遙姬，務必快去快回。」

他心中已打定主意，晉國甫得前朝皇女，尚未對天下建立威望，他急需一場勝戰，重挫晉國士氣，因此朱友文更形重要，缺他不可。

「朕已宣各州軍侯進京，共討攻晉，如今王戎已帶軍叛變投晉，妳得在其他軍侯進京前，讓友文能夠恢復，否則失去了戰神渤王，三軍士氣將大為動搖……」梁帝神色嚴肅地對遙姬吩咐。

先例一開，難保他人不會效尤，屆時帶兵投晉的，很可能將不止王戎一人。

若他再失去朱友文，別說率兵攻晉，要是讓晉國知道大梁失去戰神渤王，就連守國都可能成了問題！

朱友文是否能得救，如今竟左右著他大梁日後的命運。

🐾 🐾 🐾

朱友文獸毒侵心，又癲狂了一日一夜，終於疲累不堪，在外看守侍衛冒險重新用鐵鏈將他牢牢綑綁，趁著夜色暗中送回渤王府，又怕風聲走漏，朱友文一離去，梁帝便令獄卒將天牢裡其他關押犯人全數毒死。

主子進宮後，整整兩天兩夜毫無聲息，文衍等人心急如焚，卻又不敢輕舉妄動，沒想到，再見到主子，竟已是落得如此狼狽，甚至昏迷不醒，身上更是血肉糢糊。

海蝶與莫霄忙將朱友文安置在地下密室，遙姬忽然現身，叮嚀：「他體內此刻獸毒非同以往，得用上兩倍鎖心鏈才能勉強制得了。」語畢又從懷裡掏出一白玉藥瓶，交給文衍，「這裡頭是提煉過的蛇毒血，雖無法解獸毒，但能延緩發作。」

莫霄一把搶過，破口大罵：「妳這女人蛇蠍心腸，對我家主子更恨之入骨，誰知道這是解藥還是毒藥？」他作勢要摔毀藥瓶，文衍連忙阻止，接了過來。

遙姬一臉無所謂，「陛下命我在各軍侯進京前救回渤王，我就算再蛇蠍心腸，又哪敢在陛下眼皮底下搞鬼？要不要讓他服用，隨便你們！」她的目光不放心地落在朱友文左胸口上，那朵血紅花朵依舊若隱若現，不禁面露憂色。

文衍也注意到了，「之前主子獸毒發作，胸口從不曾出現如此赤紅之色，彷彿被火燒灼，這是為何？」

「怕是獸毒已然侵心。」遙姬再次不放心叮囑：「我會盡快回來，你們好好照顧他，留意胸口赤紅之色，若遲遲不消失，他……恐怕連性命都難保。」

遙姬快步離去，走到密室門口前，回過頭看了一眼虛弱不堪的朱友文，一咬牙，轉頭更加快了腳步。

文衍打開藥瓶，一股血腥味直衝而來，莫霄擰眉，問他：「你當真要給主子服用這玩意兒？她和主子是死對頭，此刻巴不得主子早日歸天，好讓她能接掌夜煞吧？」

文衍卻是緩緩搖頭，一直在旁不出聲的海蝶附和：「難道你還看不出來嗎？一直以來，不管是紅兒父女，或對馬家郡主下手，遙姬所做的每一件事，其實都是在暗中幫著主子。主子為情所困，她旁觀者清，看得比誰都清楚，知道怎麼做才是對主子最有利的。與其說她想陷害主子，還不如說她一直在替主子收拾善後。」

文衍心思縝密，海蝶則有女性特有的敏感，兩人早已隱隱察覺。
莫霄看看文衍，又看看海蝶，半信半疑。
若這兩人所言屬實，沒有一個女人，會無端為一個男人如此付出，所以……遙姬對主子有情？
沒想到那看似冷若冰霜的女人，也懂得什麼是情愛嗎？
可這對主子而言，到底是福還是禍？
若遙姬這次成功救回主子，他們會不會有更進一步發展？
那……馬家郡主又該怎麼辦？
莫霄只覺一陣頭痛，不願再思考下去。
他只願主子能平安度過這次危機。

煙塵渺渺，雲霧蒼蒼，遙姬一身白衣，手持青竹，一葉輕舟，緩緩順流而下。
行經一沙洲，水勢漸緩，她將小舟靠岸，走上岸。
她從未想過，有生之年還會回到這個地方。
此處位於邊疆，地勢高寒，長期與外界隔絕，乃玄蛇族發源之地。
玄蛇族人，自小皆與蛇為伍，能通蛇語，但三年前，不知與何人結怨，慘遭屠殺，竟在一夜之間完全滅族。

如今玄蛇族人，只剩下了她與老藥師。

遙姬走入濃密草叢，雲霧瀰漫，露水溼重，氣候寒冷，走到最深處，草尖上凝結的已不是露水，而是潔白冰晶。

一棟草屋出現在眼前，她整整被露水浸溼的衣衫，上前叩門。

一位髮鬚霜白、身形精瘦的老者前來應門，似乎早已猜到來人是誰，滿面欣喜。

「妳怎麼來了？快進來。」老藥師熱情招呼。

屋內與屋外一般寒冷，連老藥師端上的茶水，亦是冷的，遙姬卻不以為意，喝了幾口，入口清冽。

玄蛇族人體質陰寒，本就適應寒冷氣候，若處於過度燥熱之處，與天性相剋，短則身體不適，長則折損壽命。

老藥師細細端詳了她一會兒，忽道：「最近遇上了什麼煩心事嗎？頭髮都來不及顧了？」

遙姬一驚，伸手撫摸秀髮，髮根處已冒出隱隱雪白。

她身有異質，一出生便是一頭白髮，加上她出生時安安靜靜，並未啼哭，且落地後立即睜眼，眼眸顏色比常人要淡上幾分，接生產婆心生畏懼，曾勸遙姬母親將她放置山林深處，自生自滅，以免帶給族人厄運。

遙姬母親不忍，求遍族內藥師，調製靈藥餵食小遙姬，兩歲時，她的眼眸終於恢復與常人無異，但始終一頭白髮，小遙姬性子清冷，不與其他族中孩子打交道，時日一久，謠言漸起，族人開始稱這孩子是個妖人。

她四歲那年，天降乾旱，農作歉收，族人將異象怪罪於她，欲以她火祭，遙姬清楚記得，當族人將她綁在木柴堆上時，她的父母自始至終都躲避著她的目光，甚至不願出聲替她說一句話。

僅僅四歲，面對即將要焚起的火焰，小小的她毫無驚懼，只是默默掃視四周，將每一個人的臉龐都牢牢記在心裡。

我與你們無冤無仇，你們卻要致我於死地，若我真是妖人，身懷異能，便在此詛咒你們都不得好死！連我的親生父母也不例外！

火焰點起，裊裊黑煙直往天空升起，宛如一雙拚命伸向天際最深處的手，懇求老天施捨一丁點憐憫，救救這可憐的孩子。

在族人驚異目光中，天降及時雨，澆熄了火焰，族中長老心存畏懼，以為連天神都不願接受獻祭，卻又沒人敢再點火，是老藥師自告奮勇，提議將她帶至荒郊野外活埋，冒著被族人發現的危險，暗中放了她一馬。

遙姬在深山裡跑了三天三夜，直至力盡，半昏半醒間，山間叢林陸陸續續湧出不少蛇類，圍繞在她身旁，彷彿在守護這個女孩。

又過了兩日，遙姬被山下補蛇人發現，嘖嘖稱奇，帶下山去。

她長至七歲，親手以自己餵養的毒蛇殺死補蛇人，將補蛇人捕捉到的蛇全數放走，再次逃走，之後便被梁帝派至邊疆搜尋能人異士的密探發現，帶回京城加以訓練，成為夜煞一員。

她便是在那時候遇見了朱友文。

進入夜煞後，為免夜間出任務時一頭白髮太過顯眼，她便定期以藥草汁將頭髮染黑，從不間斷，但這幾日為了朱友文之事憂心不已，竟連這麼重要的事都忘了。

眼下她也無暇顧及自己的頭髮，開口便道：「義父，您曾提過，我體內的蛇毒血，能解獸毒，為何卻無效？」

玄蛇族遭人一夜滅族後，遙姬找到僅存的老藥師，感念他當年救命之恩，便認作了義父。

「原來又是為了他而來，看來他在妳心裡，份量著實不輕。」

遙姬眼神逃避，有些羞赧。

「他不過是個朋友。」

「若真只是朋友，五年前妳會不聽我的勸阻，堅持要我在妳體內埋下蛇毒，成為他的藥引？」老藥師苦著臉搖搖頭，頗不以為然。

「我從未後悔過。」遙姬低聲道：「義父，能否再幫我一次？」

老藥師沉吟了一會兒，問道：「他胸口是否出現如火燒灼般的赤紅之色？」

遙姬點頭。

「獸毒發作時，如烈火焚身，燒灼之感，痛入骨隨，導致毒發時發狂如野獸，無法克制，而妳體內的蛇毒血，極為陰寒，與獸毒相剋，可一旦獸毒侵心，蛇毒血也只能減緩症狀，無法完全抑制獸毒，除非——」

「除非什麼？」

老藥師卻不願繼續往下說。

遙姬懇求：「義父，除非什麼？」

「妳先告訴我，他對妳好嗎？」老藥師直視她的雙眼問道。

遙姬一愣，回答：「他……對我很好。」

「若他真待妳好，怎會讓妳一再為他受苦？」老藥師明顯不信。

「那是因為，這麼多年來，我從未讓他知道，我的蛇毒血能解他獸毒。」

老藥師訝然，「遙姬，他值得妳如此嗎？」

遙姬沉默不語，良久，才道：「我與他都嘗盡被人遺棄的滋味，他不知自己爹娘，我則是被親生爹娘送上火堆，除了義父，從沒人對我好過，但是……」

但是他卻曾扔了一顆饅頭給她。

夜煞懲處嚴厲，一人犯錯，株連同夥，可說是生死同命，但在遙姬心裡，這「生死同命」竟多了一些浪漫的旖旎。

他生，她便生，他死，她也無理由繼續活下去。

權力、財富、名利、地位，她不屑一顧，只有他，是她在這世上生存下去的唯一意義。

「義父，為了他，就算要我付出性命，我也願意。」她堅定道。

老藥師內心暗暗嘆息，她既親自上門了，他早已知道她的答案。人世間，唯有情關難過，這天性清冷的孩子，遇上了，竟也是性烈如火，連自己這條命也願意賠上，無怨無悔。

「若妳已下定決心，我便幫妳。但妳要有心理準備，此次所承受的痛苦，要比之前多上千倍萬倍！」

「我不怕。」

在她心裡，己身所遭受的痛苦越多，便意味著對他的付出越多，她為此感到驕傲。她遙姬不稀罕求來的施捨與回報，她只要她在乎的人，能平平安安活著。

她要朱友文重新恢復成那個意氣風發、掌管生殺大權的戰神渤王，俾倪天下！

老藥師語氣沉重：「妳得吞下以百蛇唾液煉製的百毒丸，讓毒性入血，並在寒池浸泡整整一天一夜，以寒氣凝結蛇毒於體內，但這過程會大量耗損妳的元氣，若有差池，甚至可能要了妳的命。」

「我明白其中風險。」

「之後妳體內的蛇毒血將效力大增，只要讓他服用妳的血，便能解其獸毒之苦。」

遙姬忍不住內心欣喜。

老藥師接下來卻又道：「但是，妳只能救他兩次。」

遙姬微微一愣。

「妳為了救他，浸身於寒池，已是大大耗損精力，欲解獸毒，更需讓他大量吸食蛇毒血，妳必會失血過多。這一次，妳保得了他，但若他獸毒再犯，侵蝕入心，妳再想救他，就得搭上自己的一條命了。他活，妳死。妳確定這真是妳所想要的？」

遙姬嘴角微微上揚，露出一抹最美的微笑，彷彿潔白山茶花在冰天雪地中綻放。

「是的，義父，這就是我所想要的。」

🐾 🐾 🐾

吞下百毒丸，纖白藕臂上肉眼可見的經脈漸漸轉為紫黑，蛇毒已入血。

寒池表面上結起一層浮冰，她身穿單薄白衣，赤裸雙足才踏入，寒意便由腳尖往上竄，沁入四肢百骸，饒是她早已習慣寒冷，也禁不住渾身顫抖。

她一步步走向寒池中央，張唇，輕吐，一陣陣白色寒氣自被凍得發紫的雙唇間吐出。

臉上血色盡退，齒間不住打顫，但她咬牙忍住。

不過是剛開始。

越走，越深，冰冷池水覆上她的腰際，接著是胸口……寒氣如細針不斷鑽蝕肌膚，透入骨髓，身體很快便沒了知覺，如同寒冰，唯有胸口暖意，仍在緩緩跳動。

她一出生，便被視為詛咒，不曾被愛過、不曾被呵護過，可如今她終於明白自己活在這世間的目的——她要用這條命，換回他一命！

一想到自己的血液，日後將在他身體內流動，永遠陪著他，彷彿兩人結合在一起，她的心便跳動得更加有力。

是的，朱友文，這就是我所想要的。

長髮成雪，黛眉凝霜，她整個人彷彿融入了寒池冰天雪地，只剩那顆心，仍在不捨溫暖跳動。

遙姬緩緩閉上眼。

成為你的一部份，你便時時刻刻都記得我。

此生，足矣。

第三十六章 試探

鎮州軍侯王戎，一如當年追隨朱溫打天下的許多武將，外表粗壯、個性爽直，幾杯黃湯下肚，豪氣一生，便口無遮攔，在晉王李存勖面前冒出粗口：「他爺爺的！我早看那姓朱的不順眼了！如今我那老母親走了，老子我還他媽的怕什麼？那一句話是怎麼說的？識什麼時什麼的？」

「識時務者為俊傑。」王世子李繼岌在旁笑著回答。

王戎一拍桌，豪爽道：「沒錯！就是這個！識時務者為俊傑！前朝皇女出現在晉國，輕易便能號召天下，我王戎第一個響應！」

晉王微微一笑，「王軍侯棄暗投明，我等如虎添翼，本王先敬上一杯。」

王戎拿起酒杯，神色忽變，略顯憂心：「晉王，這皇女可好？」

晉王聞言，與李繼岌很快交換眼神，李繼岌忙道：「王軍侯毋須掛心，我晉國自是將皇女奉為上賓，好生招待。」

「別只講場面話！」王戎摸著下巴上的剛硬鬍茬，「老子就直接問了，你晉國是真要奉皇女為主，還是利用完就扔？若你們只是想利用皇女，那復興前朝什麼的不過就是個偽善口號，欺騙世人，和那姓朱的又有何兩樣？」

李繼岌臉色一沉，正想開口，晉王淡然阻止。

「王軍侯不必憂疑，本王向來不齒朱梁作為，絕不會同流合污。」

王戎一聽，露出一口黃牙大笑，「說得好！老子敬你一杯！」

王戎乾完一杯，又替自己倒了一杯。

「梁國目前局勢如何？」晉王把握良機追問道。

王戎忽瞇細了眼，看向晉王，「晉國最近可能要不太妙了。」

晉王與李繼岌都是心中一凜。

「此話怎解？」晉王問。

「聽說那姓朱的最近召集各州軍侯入京，八成是要準備打一仗了！朱溫那老小子，大概是怕皇女的鋒頭蓋過了自己，急著想打一仗建功，威名天下。」王戎一臉鄙夷，「打什麼屁仗啊？都快民不聊生了，連軍餉都要發不出來。」又是一杯酒下肚，指著晉王道：「老子既然帶兵投靠了你，那老傢伙為補足兵源，八成會開始強從民間徵兵，到時一定怨聲四起！」話鋒一轉，「不過，我瞧晉國這兒，似乎有也些不妙啊！」

「軍侯何意？」李繼岌問。

「老子一來，派人探了探風聲，聽說馬家軍與晉軍不合？兩方各擁其主，而負責帶領混編合兵的，還是老跟晉王不合的小世子？這不是一團亂嗎？姓朱的都要打過來了，不合群是要打個屁仗啊！」

那日馬邪韓與李繼岌起了爭執，疾沖跳出來調停，並自薦為兩軍合兵統帥，晉王得知消息，慎重考慮後便答應了。

李繼岌勸告父王萬萬不可讓疾沖重握兵權，但晉王卻不為所動。

沒有人比他更了解那個混小子心中在想什麼，若疾沖真敢輕舉妄動，為了馬摘星率兵反叛，那他也絕不會手下留情。

此刻，面對王戎的質疑，晉王自信微笑以對，「軍侯且寬心，只需再花些時日，這些混亂，都將回歸秩序，我晉國上下便可一心，誓破朱梁！」

🐾 🐾 🐾

重握兵權的疾沖，暗地裡開始異常忙碌。

除了派克朗暗中聯繫川龍軍舊時部屬，還偽造軍令，逐一將正在築城的川龍軍舊部一一調出，不出幾日，就能有上千過往川龍軍弟兄重歸他麾下。

有了這批人馬，再加上馬家軍，馬摘星的實力更加不可小覷，晉王也不敢再忽視她了吧。

兵馬已齊，接下來便是放出皇女現世的消息，再讓馬摘星好好露一手，收買民心，讓老頭知道她可不是省油的燈！

但如此招搖之事，可不能在太原城裡幹，別說是老頭了，李繼岌那傢伙一聽到風聲，鐵定會趕來給他穿小鞋，所以他約了天下午，找上馬邪韓與克朗，來到太原城近郊的一個小村落，摩拳擦掌，準備顯顯前朝皇女的威風。

高台已豎起，疾沖站在台上，身後馬邪韓與克朗分站左右兩側，手拉一幅橫捲軸，畫裡左半邊是一條被困在柱後的龍，右半邊則空無一物。

村莊百姓生活單純，見有熱鬧可看，不用敲鑼打鼓，很快便聚集了一堆人，疾沖微笑，大聲道：「諸位鄉親父老，你們可知晉國近日發生了什麼大事？」

晉王將前朝皇女現身的消息封得嚴密，連太原城內都不知道的事，住在城郊的純樸老百姓又怎會知道？

「各位可聽好了！這麼多年來，我晉國一直無法滅梁、復興前朝，舉步維艱，處境便如同這畫裡的龍，被柱子給困住了，但如今形勢即將改變！因為足以改變大局的貴人，已然出世！」他長年行走江湖，早學會江湖賣藝那一套，聲調抑揚頓挫不說，更懂得在何處賣賣關子，勾起人的好奇。

果然底下群眾議論紛紛，猜測著這「貴人」究竟是何方神聖？

在台上的疾沖，按捺著性子，等到交頭接耳的聲音漸漸低去，才扯著嗓子道：「能改變晉國局勢的貴人，便是前朝皇女！」

村民們大感訝異，更是七嘴八舌。

「不久之前，我晉國尋獲前朝皇女，皇女出世，天下便將如探囊取物！皇女乃天命所歸，必能顯現神蹟！」一揮手，馬邪韓與克朗便合力將困龍圖拿到疾沖面前。「各位，都看清楚了吧？這畫上的龍，被困於天柱內，我以天地為證，將此圖捲起後放入鐵籠中……」馬邪韓與克朗按照指示，將圖捲起，放入一半人高的鐵籠內並鎖上。

疾沖將鑰匙扔給台下一位老者，「老伯，你可親眼見證了，這鐵籠僅有這把鑰匙能開，諸位就在此好好看守，一個時辰之後，皇女將親臨，顯現神力，讓此龍脫困！」

那接到鑰匙的老者懷疑問：「你是說，皇女能現神蹟，讓這畫裡的龍脫困而出？」

「沒錯！皇女出世，困龍升天！」疾沖自信朗聲道。

「怎麼可能？」「真有此事？」「這太不可思議了……」圍觀百姓眾說紛紜，有人信，有人不信，無論如何，疾沖的目的已達到了一半，接下來就要請皇女出場了。

要操弄人心其實非常簡單，尤其是這些愚夫愚婦，只要謠言傳了開來，必定會有更多人聚集，到時馬摘星只要照他的話去做，皇女親臨，困龍就必能升天！

🐾 🐾 🐾

疾沖早已算好時間，一個時辰之後，夜色降臨，村莊裡點起一盞一盞燈火，高台下，圍觀眾人仍未散去，手拿鑰匙的老者更是緊緊盯著鐵籠，彷彿裡頭的龍是活的一般，隨時可能破籠而出。

不遠處，疾沖拉著一臉納悶的摘星趕來，邊解釋：「這個村子呢，半年前才得過瘟疫，死了不少人，大家人心惶惶，所以我準備了個消災祈福的簡單儀式，請妳也來幫點忙。」

「我？」摘星指著自己，更加納悶。「我能幫上什麼忙？」

「很簡單，妳只要照我的話去做就行了！」

疾沖拉著她來到高台前，馬邪韓與克朗早已等著，見兩人一到，便如兩座門神般雙雙護住鐵籠，村民們微微起了騷動，不少人開始對摘星評頭論足。

她便是前朝皇女嗎？

怎麼看起來與一般尋常女子無異？

她真能顯現神蹟？協助晉王，復興前朝？

「來來來！各位鄉親父老，不好意思讓大家久等了！皇女已親臨，很快神蹟即將顯現！還請諸位稍安勿躁！」疾沖喊完，把一頭霧水的摘星推向高台，在她耳邊低聲道：「等等妳拿了鑰匙，把鐵籠打開就成了。」

「就這樣？」摘星狐疑看著他。

「就這樣。」疾沖點點頭。

群眾裡，一名老者伸出滿是皺紋的手，遞上一把鑰匙，老者昏濁的雙眼裡有著敬畏，口中喃喃：「皇女出世……皇女出世了……」

摘星此時已覺有些不對勁，但疾沖在一旁不斷以眼神催促，她只好拿起鑰匙，馬邪韓與克朗讓開身子，現出鐵籠，她用鑰匙將鐵籠打開，馬邪韓伸手從裡頭拿出畫軸，與克朗合力緩緩展開。

疾沖忽從腰際口袋取出不知名粉末，灑向一旁火爐，火焰瞬間熊熊沖天，接著轉為青色，再轉為紫色，疾沖又是一把粉末扔進火爐，焰舌忽爆漲數倍，宛如一顆大火球，摘星正好站在火爐前方，變異玄幻之焰彷彿昭示著她乃皇女的神奇與尊貴。

村民們無不驚呼，被眼前景象震懾。

「諸位請看，皇女出世，困龍得以破繭而出！」畫軸右方已完全展開，原先應是被困在左方柱子後的龍，竟已換了位置，出現在之前空無一物的畫面右半邊！

立即有人脫口叫出：「脫困了！真的脫困了！」

「神龍真的脫困了！」

「圖上的龍居然真的自行脫困了！皇女果然顯現了神蹟！」

原來此乃疾沖行走江湖時，從一眩人術士那兒習得的手法，將明礬灌入鵝膽內，懸掛當風處陰乾，以此膽磨汁調色作畫，日則隱形，夜則明現，畫中原本就繪有兩隻龍，一隻在左，困於柱後，一隻在右，以鵝膽調色作畫，日不見影，夜則現形，加上畫軸特意只展開右半邊，不知情者，便會以為龍真的移動了。

疾沖見百姓驚嘆連連，臉上無不畏服，把握良機，手抹黃燐，輕碰困龍圖，畫作立即燃燒，一縷黑煙緩緩上升，疾沖喊道：「皇女出世！困龍飛天！」

沒一會兒功夫整幅畫便已灰飛煙滅，一丁點證據都沒留下。

村民們哪裡見過這等玄奇幻術，驚呼之餘，一個疾沖暗中安排的假村民大聲疾呼：「鄉親們！這事兒一定得傳出去啊！讓其他人知道，咱們晉國有了皇女，可是必得天下的啊！」

村民們紛紛附和，四處爭相走告，站在高台上的摘星俏臉一沉，二話不說，拉著疾沖走下高台，一路直快走到村外了，才停下腳步，狠狠瞪他一眼，「你到底在玩什麼花樣？裝神弄鬼，這樣愚弄百姓，很有趣嗎？」

「我這可是幫妳這位皇女在收買民心啊！讓妳的名聲傳出去，足以和老頭子抗衡！」

摘星心叫不妙，「你還幹了什麼好事？」她熟知他翻天覆地的本事，若真要佈局，絕不會只有這點伎倆。

疾沖一笑，「妳還真是了解我，當然不只這一點伎倆，我還暗中調任過往舊部，重整兵馬，再加上晉軍與馬家軍合兵，可是替妳增加了不少勢力，妳是不是該好好感謝我啊？」

這一切太過順水推舟，摘星起疑，「難道馬家軍與晉軍不合，你自願協助統領合兵，也是你在暗中搞鬼？」

「馬摘星，那是因為妳太天真，又太頑固，我只得先瞞著妳。但此刻妳已和我在同一條船上，老頭他們勢必認定妳與我共謀，明白妳這皇女絕非池中物，不能小覷。」

摘星簡直氣結，晉國分裂為二，互相對抗，對抗梁有何益處？對百姓又有何益處？這傢伙滿腦子想的都只是自己的面子、只顧及自己的心情，這與意氣用事的小兒有何異？

他口口聲聲說要替她出頭，其實不過是為了爭他自己的一口氣！

摘星明白，疾沖這一切舉動背後最根本的原因，仍是出自他與晉王的不合。

解鈴還需繫鈴人，要讓這傢伙頭腦清楚，看清現狀，還是得從他與晉王間的心結下手。

「疾沖，多年前，你離開晉國，輾轉四處流浪，究竟為何？」見疾沖扭過頭，一臉不願面對，她語氣不由加重，「若你還認為我馬摘星與你在同一條船上，就告訴我實情。」她拉起疾沖的手，故意激他：「不然，馬上跟我去向晉王認錯！承認這一切荒唐事都是你暗中所為！」

疾沖甩開她的手，大聲道：「憑什麼要我跟那老頭認錯！別說這輩子，下輩子也別想！好，馬摘星，妳想知道我為何如此痛恨那老頭、處處與他作對嗎？我這就告訴妳原因！」

* * *

三年前，梁帝雄心勃勃，派遣梁軍來犯，疾沖親率川龍軍征戰沙場，在忻州與梁軍正打到緊要處，忽傳來消息，臨行前便已發病的娘親，病情加重，已陷入昏迷，命在旦夕，他心裡牽掛，但戰事吃緊，不得不留守前線，可跟了他多年的副將們哪裡看不出他思親之愁？

一日，在前線打了個勝仗，疾沖卻仍悶悶不樂，一人躲起來借酒澆愁，副將們找到他，知他因掛念母親重病，勸了幾句，便陪著他喝酒，喝著喝著，向來酒量極好的他不知為何醉得特別快，醒過來時人居然已經在往太原城的路上，趕車的馬夫是他極為親信的一名士兵，告知副將們悄悄決定將他灌醉，先送他回太原探望娘親，戰場上的事就甭擔憂了，少帥只要在太原城等他們凱旋而歸就行了！

哪知他人才到太原城，娘親卻等不到見他最後一面，已然嚥氣，而在前線的川龍軍，遭遇突襲，統領不在，進退失據，大梁軍隊節節逼近，竟導致川龍軍死傷萬千！

當年率領大梁軍隊之主帥便是朱友文，此役可說是他初試啼聲，一出手便一鳴驚人，殺得川龍軍措手不及，重挫晉國，逼得晉王不得不暫時打消復興前朝念頭。朱友文收兵回梁後即受封渤王，成渤軍之首，此後更是戰無不克，大梁戰神名號不脛而走。

而違背軍令、擅自送走少帥的川龍軍副將們，少數存活者，亦被晉王下令論斬，臨死前仍個個力保疾沖被送回太原實是完全不知情，疾沖這才保住一命。

疾沖曾在行刑前苦苦哀求晉王，手下留情，晉王卻堅決處斬。

他因此與自己的父親完全決裂，憤而離家出走，這一走就是整整三年，毫無音訊，直至遇見馬摘星，經過這一番波折，才又回到晉國。

然，父子間的心結，依舊未解。

他不是不明白軍令如山，他的父王不過是依法處置，但只要想到那些弟兄們皆是因他而犧牲，他無論如何就是無法諒解晉王為何不能將心比心，饒過他們？

他之所以無法原諒晉王，實是因為他無法原諒自己。

這三年來，為了補償那些副將與死去弟兄的家眷，他用盡方法攢錢，換取各式糧食民生物資，送往那些孤兒寡母村，照顧那些再也見不到自己丈夫的妻子、再也見不到自己爹爹的孩子。

摘星這才明白，為何他之前見錢眼開，只要有錢，什麼都好談，原來不是因為他貪財，而是他自個兒扛下了數百數千個家庭的生計！

明白他倆父子心結的來龍去脈後，摘星也不由心情沉重。

這結裡可是上千上萬條人命，要解，談何容易？

父子兩人都是一模一樣的硬脾氣，誰也不願先低頭，這糾結怕是只有越纏越緊。

夜裡，摘星坐在桌前，看著燭火跳動，若有所思。

她舉起茶杯，一喝，已是涼了，轉頭想喚馬婧，這才想起馬婧近日都要忙著照顧西廂房那位貴客，沒空常在她跟前打轉，只好自己起身，拎著小茶壺想去廚房添點熱水。

人才走出房外，便有婢女來報，不久前才帶兵投靠晉國的王戎求見，人已在棠興苑大門外候著呢。

雖不知王戎為何要見她，且等不到明日一早，急著夜訪，但她還是立即請人入內，並喚來婢女準備茶水點心。

王戎身材魁梧，一走入大廳，見到摘星便欲拜倒，同時洪鐘似的嗓門大喊：「末將王戎，參見皇女！」

摘星連忙請他起身上座。

王戎也老實不客氣地一屁股坐下，開口便道：「想當年，老子還曾與馬瑛一同出征過呢！誰想得到他女兒竟是收養的？而且還是前朝皇女？老子可是挺佩服他，親手帶出的馬家軍可厲害了，但是……唉！」長嘆一口氣。

馬瑛功高震主，引起朱溫猜疑，加上朱溫欲拔兵權，乾脆一不做二不休，不但殺了馬瑛，連馬府上上下下幾十條人命都不放過，還趁機嫁禍給晉國，如此背信棄義、恩將仇報，王戎想起也是一陣陣心寒。

「夜深來訪，不知軍侯有何要事？」

王戎忽神祕道：「我從晉王那兒得知消息，王世子發現小世子偽造軍令，私調舊部，已派人前去捉拿了！而且此事還牽扯到馬家軍一位將領，好像叫做馬邪……馬邪什麼的……」

「難道是參軍馬邪韓？」摘星只覺心往下沉。

王戎一拍大腿，「是了，就是此人，據說他與小世子同謀，還有克朗，王世子一併派人前去捉拿問罪了！」

「真有此事？」摘星站起身，「我得想法子救救他們！」

王戎跟著起身，擋住摘星，面色嚴肅：「皇女莫慌，末將有辦法搭救小世子與馬參軍等人。」

「什麼方法？」

「逼宮晉王！」王戎自知嗓門大，這句話特地壓低了音量。

摘星睜大一雙妙目，一臉驚詫，「你說什麼？」

「逼宮晉王，皇女再對天下自行冊封大典，他便不得不對皇女您稱臣！」

摘星一時無法言語，她從未想過以自身皇女身分逼宮奪權，但眼下疾沖即將被俘，馬參軍也被問罪，晉王又向來鐵面無私，不講情面，真想要救他們，似乎也只剩下此法可行？但此舉實在事關重大，她思緒一片混亂，又坐了下來，要自己冷靜。

王戎見摘星猶豫沉吟不語，在旁煽風點火，「我早懷疑晉王到底是不是真心想復興前朝，如今皇女出世，消息都傳到朱梁那兒了，他卻刻意隱瞞，甚至架空皇女，更顯其心有異！若皇女有所擔憂，大可寬心，老子可是帶了不少兵將前來投靠，加上馬家軍，以及小世子的川龍軍舊部，若是用計將晉王單獨引出，一定能逼他就範！」

王戎說得頭頭是道，彷彿早已醞釀許久，會帶上大隊兵馬投晉，完全就是為了她這個皇女，但摘星細細算了下時間，王戎帶兵投晉，從鎮州到太原，少說也要十天半個月，絕不可能是臨時起意。她一被證實為前朝皇女，王戎便決定離開朱梁，未免太過巧合，只能推斷王戎早就有意投晉，只是她的出現更加強了他的決心。

思慮過後，已有定論，摘星堅定道：「逼宮之計並非不可行——」話未說完，立即被王戎截斷：「好，末將這就前去安排！」

「但請容我拒絕！」

王戎一愣，面露訝異。

摘星解釋：「大敵當前，晉國上下該以團結為要，況且疾沖等人確是偽造軍令，違反軍法，若不能秉公處理，人心如何能服？將來又要如何贏得勝仗？」

「難道皇女就不怕被晉王虐待，成為傀儡？」

摘星早已看開，「我被架空虛待又如何？晉王治理雖嚴厲，但有條有序，並無暴政，這才是百姓需要的。心中只有權位，眼裡便沒了天下蒼生。只要百姓能過得好，誰掌權都無所謂。」

況且，當初她蒙難之際，是晉王力排眾議收留，並接納馬家軍，提供軍糧吃食與各種用度，要她反過來逼宮晉王，如此忘恩負義，與朱溫又有何兩樣？

「那疾沖與馬參軍他們呢？皇女當真如此無情，棄之不顧？」

摘星雖神色憂慮，也只能無奈道：「大局之下，只能克制私情。」

若要她為了私情而贊同王戎提議，逼晉王下台，對她這個皇女俯首稱臣，不止會破壞晉王苦心經營的安穩局面，更會造成內鬥，給了朱梁可趁之機，兩全無法其美之下，她只能舍卻自己。

況且，說到底，她自己也有責任，她雖不苟同疾沖的做法，卻也沒有盡力阻止，才會間接讓那傢伙釀禍。

「王軍侯，深夜私自來訪，終究不妥，還是請您早些回去歇息吧。」摘星不欲再多談，親自走到大廳入口前欲送客，眼前一暗，她抬頭，竟是晉王站在門口，而王世子李繼岌隨侍在側。

摘星一陣錯愕，隨即明瞭：原來方才那一切都是試探！

難怪她總覺得王戎的表現有哪裡不對勁。

照理一個軍侯帶兵來投靠，不會屁股都還沒坐熱，就慫恿人家窩裡反吧！

除非他是朱梁派來的反賊？

但晉王親自現身，已證實王戎不過是受託演出一場戲，而方才要是她為了一己私情貿然答應，後果簡直不堪設想。

摘星不禁暗中捏把冷汗，晉王果然不是簡單人物，說不定早在得知她是皇女時，便已暗中設局，等的就是這一刻。

晉王道：「皇女得罪了。亂世之下，為軍者需以大局為重，萬不得已，還望皇女能見諒。本王近日就將為皇女行冊封大典。」

但她此刻關心的不是自己是否被正式冊封為皇女，而是疾沖與馬邪韓等人到底罪狀如何？是否能獲救？

「疾沖他們也知這一切不過是晉王的測試嗎？」

晉王搖搖頭，「那混小子在押解的途中逃了，已派人去追捕了。」

但摘星明白，所謂追捕，不過是個幌子。

欲擒故縱。

疾沖根本不可能逃遠，只要她還在晉國，他就會回來。

🐾 🐾 🐾

摘星請求與晉王單獨一談。

晉王屏退旁人，連李繼岌也留在距大廳幾尺外的院內等候，大總管史恩帶著端茶婢女來到棠興苑內廳，由他親自先為摘星倒上一杯茶，接著才端茶給晉王，用的乃是古丈毛尖，前朝貢茶，茶色明亮，芳香四溢，杯底茶芽挺秀，葉底嫩勻，色潤澤亮，滋味醇厚回甘，餘味悠長。

她忽憶及馬府雖地處邊境，府內卻時時備有上好江南綠茶，只因娘親喜喝，從這點便可看出馬瑛對她娘親平原公主十分用心，只是他為何要如此善待她母女二人？娘親是否曾與他相識？他又是如何救出娘親的？

馬瑛臨死前那一夜的未盡之言，從他凝望著娘親畫像的眼神裡，摘星知道，他是真的在乎這個女人。

她好想問：爹，您是不是喜歡娘親？

若僅僅只是因一時惻隱與道義而收留了娘親，為何娘親過世時，他立即趕回，並親自守靈三天三夜，期間不曾闔眼，雖不曾落淚，但那沉重的悲痛，連幼小的她都感覺得出份量。

那是娘親在他心中的份量。

好多好多的疑問，都已無人可問，但她卻似乎已隱隱知道了所有問題的答案。

神思悠遠，直到聽見晉王問道：「皇女特要本王留下一談，所為何事？」

這才回神，放下茶杯，史恩已知趣先行離去，內廳只有他們兩人。

略微收拾思緒，摘星開口：「不知晉王打算如何處置疾沖？」

晉王心道：皇女倒是挺在乎他家這混小子。

「我是故意讓他脫逃，他一逃走，必會想與川龍軍舊部聯繫，但我早已傳令，命那些人假意附和，最後他便會發現，辛苦奔走了半天，卻是半個人都說不動，依他的個性，八成會羞憤離去，若他還有臉回來，我便把他關上幾十年，好好反省！」

一個父親竟對自己的兒子狠心至此，要他嘗盡眾叛親離的受辱滋味，摘星不以為然，「晉王何須如此？一旦他得知真相，必會收斂，不再意圖反叛。」

「我就是希望他能永遠誤會下去。」此刻的李存勖，言談間不再是高高在上的威嚴晉王，而只是一個為子女所憂的平凡父親。

「為何？」摘星不解。

李存勖沉默，似在考慮是否要對摘星據實以告。

過了一會兒，他放下茶杯，「那孩子，生時早產，我以為他撐不久，誰曉得他挺有出息，不但健康長大，而且比誰膽子都大，整個晉王府裡的孩子，包括他胞兄，見了我的臉色都嚇得悶不吭聲，只有他敢笑著迎上來，抱著我的腿不放，大聲喊著『爹爹、爹爹！』每次史恩都得使盡力氣才能把他拖走……」

這是第一次，摘星見到面容如此和藹的晉王，提及疾沖幼時，他嘴角忍不住噙笑，那神采與疾沖十分相似，只是一個溫和內斂，一個狂傲不羈。

「妳可知，這天不怕地不怕的混小子，最怕什麼嗎？」

摘星搖搖頭。

「他最怕身邊的人因他受苦。他從小就調皮，習武不認真、讀書不專心，怎麼罰都不怕，但要是罰了他身旁的書僮，隔天他一大早便起床乖乖練武、乖乖找夫子念書。這孩子，看來什麼都不在乎，心卻是最軟的。」

這一點，摘星也深有體會。

看來這世上還是為人父母最懂自己的孩子，即使早已形同陌路。

「我看那混小子就是個紈褲子弟的料，誰知他長大後，幾次隨兵出征，都有不錯表現，令我刮目相看。十六歲那年，他第一次帶兵出征便立下戰功，六軍將領對他讚譽有加，他表面上意氣風發，私底下卻更認真鑽研兵法，謹慎佈局，我當時還以為這小子倒是懂得滿招損、謙受益的道理，後來才知根本不是那麼回事，他如此努力想贏得每場戰役，將傷亡減至最少，是因為他怕自己的弟兄們帶出去了，卻帶不回來。」

李存勖起身，面對屏風，重重嘆了口氣，「我何嘗不珍惜這個兒子的有情有義，但戰場之上，越是有血有肉，就會有越多的顧慮與牽絆，更會無法冷靜沉著地去面對瞬息萬變的局勢。」

摘星心中一凜。

這一點，朱友文倒是大大勝過疾沖。

她恨他的無情殘忍，可正是這無情殘忍，讓他在沙場上殺敵破陣，毫無顧慮。

難怪晉王要說，朱友文是他最欽佩的敵人。

「三年前，他選擇離開，我其實心裡很矛盾，既氣惱他逃避現實，卻也不願見他留下，失去本性，成為麻木不仁之人。」話鋒一轉，「皇女可知，為何我要特地試驗妳一場？只因我擔心妳的性格同那混小子一樣，太過在意旁人，反而自亂陣腳，善良並非不可取，只是現今亂世，比的就是誰夠狠、誰夠快，不能有絲毫猶豫，哪怕是自己最在意之人，若必須捨棄，也只能捨棄。」

晉王這番話，句句如重鎚敲在摘星心上。

明明談的是疾沖，她卻不斷在晉王的言語間，見到朱友文的身影。

那馳騁沙場、指揮渤軍若定的的颯爽身影。

是如此的亂世才造就了如此的他嗎？

他無情，是不得不無情，他捨棄，是不得不捨棄。

她發現自己似乎又更了解了他一些，可同時卻也明白，自己與他的距離，更加遙不可及。

他能捨棄，她卻是不願捨棄、捨棄不了。

疾沖算是幸運的，因為至少他能有選擇。

而她卻沒有。

她嬌弱身子背負的，如今不僅僅是家仇，更是國恨，她無處可逃。

因此晉王才特意派她前往契丹、又暗中派王戎前來慫恿逼宮，為的就是考驗她是否會被情感所羈，而無法顧全大局嗎？

「若是我沒通過考驗呢？」摘星問。

晉王坦言：「那就表示皇女無能在亂世為君，統率三軍，本王只好暫且將妳架空，直至天下平定，再奉歸權位。」

但她在意的從來就不是名分與權位，論個人，她只希望大仇得報，論治國，她只願朱梁暴政滅亡，前朝得以復興。

皇女這身份，不過是復興前朝旗幟上的裝飾，助長晉王的威風罷了。

這一點，她倒是看得很開，也願意讓晉王利用自己的皇女身分，號召天下反梁。

「皇女是否能答應我，瞞著那混小子，讓他繼續誤會下去？他離去也好，回來鬧事或受審也好，至少，他可以選擇。」

這是他身為一個父親，能為孩子做的。

你要什麼樣的人生，我放手讓你自己選擇。

摘星點點頭，「我答應您。」

晉王見夜色已深，正想起身告辭，摘星出言挽留：「晉王請稍待，趁此機會，我想引薦一人。」

「是住在西廂房的那位貴客？」

「自然什麼都瞞不過晉王。」

晉王點點頭。

摘星離開內廳，前往西廂房，親自將這位貴客帶來。

少年一身布衣，身形修長，過往眉宇間的傲氣被沉穩取代，眼神堅毅。

「大梁均王朱友貞，拜見晉王！」

第三十七章　川王回歸

整整一日一夜過去，她仍如一朵開在冰天雪地中的絕美山茶花，佇立於寒池中，不曾動搖。

冰寒之氣將一頭青絲重新化為雪霜，她輕輕睜眼，黛眉上凝結冰珠一瞬間散落，容顏如雪清冽。

老藥師站在寒池邊，算算時辰已到，喚她上岸。

遙姬想移動身子，卻發現早已凍得僵硬，舉步維艱，花了好些工夫才離開了寒池。

老藥師見她凍得全身哆嗦，口吐寒氣，要她先進屋稍作歇息，遙姬卻婉拒，只想立即趕回大梁京城。

老藥師也不阻止。

遙姬臨去前，忽對老藥師行上跪拜大禮，親手奉茶，「義父您多次出手相助，遙姬日後必當湧泉以報。」

老藥師接過茶，一飲而盡，遙姬目光一瞬閃過不忍。

但為了守住他的祕密，她只能如此。

🐾 🐾 🐾

遙姬匆匆趕回大梁，未曾稍作停歇，一路直往渤王府。

到了渤王府前，卻不得其門而入，只見一位身披戰甲的軍侯，顯然才從前線趕至，帶領一隊人馬，正沒好氣地喝斥站在門口的莫霄，「他奶奶的！渤王是生是死，你們渤王府的人倒是給我說個明白！」

此軍侯姓韓名勍，鎮守光州，朱友文從契丹回來後，整個大梁朝堂上下沒人見過他，民間不但早已傳出皇女出世的消息，更謠傳皇女不只重傷均王朱友貞，還對渤王朱友文下了毒，兩人皆命在旦夕，大梁國運，岌岌可危！

各州鎮守軍侯聽到傳言，自然急於想知道真相，因此韓勍一接到梁帝召集軍侯回京的消息，便日夜兼程，提早抵達，為的就是想親眼見到朱友文一面，破除謠言，誰知到了皇城，梁帝以各種理由推托，他心急之下，竟親自帶著兵馬來渤王府前堵人，誰知也被擋在了門外，更讓人覺得事有蹊蹺。

難道傳言竟是真的？從未敗過的大梁戰神，真敗在了前朝皇女的手下？

一旁海蝶見情況不可收拾，大著膽子道：「敢問韓軍侯要見我家殿下，已通報過陛下了嗎？」

韓勍被這一堵，氣燄稍熄。

海蝶見狀，便知韓勍未得梁帝應允而欲硬闖渤王府，不由語氣加硬：「若得陛下旨意，我等必然不敢攔阻，韓軍侯還是請回吧！」

韓勍惱羞成怒，自己堂堂一等軍侯卻被渤王的一個下屬教訓？

「放肆！妳算什麼東西？不過一個女人也敢這樣大呼小叫？」他舉起蒲扇般的大手就要往海蝶嬌嫩臉頰上搧去，海蝶哪裡敢躲，只能緊閉上眼。

「啪」的一聲，清脆響亮，但她臉頰卻不覺疼痛。

悄悄睜開眼，竟是莫霄擋在她面前，替她挨了這巴掌。

只見莫霄頂著紅腫的側半邊臉，笑臉對韓勍賠不是：「侯爺，打女人不好看嘛！知道您對我家殿下

有心，但陛下沒旨意，我們哪敢隨意放行？您就別為難我們下人了。」

韓勍哼了聲，也知今日討不了好，只得臭著臉率人離去。

海蝶看著莫霄臉上的掌印，正想說幾句話，莫霄忽臉色一凜，道：「遙姬來了。」

海蝶轉頭，只見遙姬滿頭青絲竟已成霜雪，加上一身白衣，活脫脫就像是從冰雪裡雕出來的人兒似的，看得人不由生起一股寒意。

遙姬急著趕來，連用藥草汁染頭髮的時間都沒有，韓勍一走，她便現身，直接對兩人道：「我找到解藥了。」

莫霄與海蝶這幾日一直緊繃的心情，終於能暫時鬆口氣。

只是……遙姬的頭髮為何一夕全變白了？

是為了要救他們的主子嗎？

兩人對望一眼，均想：沒想到遙姬對他們家主子，如此情深義重。

🐾 🐾 🐾

遙姬來到密室，文衍正在照顧朱友文，見她出現，立即迎上，掏出白玉藥瓶，解釋病情：「主子一直昏昏沉沉，雖不時讓他服用解藥，但胸口仍偶爾出現微微赤紅，只要一出現，他便痛苦萬分，不斷吼叫，彷彿被烈焰焚身。」見遙姬臉色異常蒼白，且明顯身子虛弱，忍不住問道：「妳還好嗎？」

遙姬沒有回答，其實是連開口說話的力氣幾乎都要沒了。

浸泡寒池一天一夜，已大傷元氣，她又兼程趕路，中途不曾稍作歇息，如今完全只是憑著一股意志力硬撐。

她走到昏迷的朱友文面前，從懷裡掏出銀柄匕首，刀尖割入肌膚，瞬間湧出的血腥味喚醒了他，朱友文猛地睜開雙眼，瞳孔泛著血紅，胸口那朵赤紅火焰又隱隱在肌膚底下燃燒，迅速蔓延，他不住掙扎想要掙脫鐵鏈，文衍上前欲保護遙姬，卻被她扭頭喝止：「別過來！」

就這麼分了下神，朱友文忽伸長了頸子，一口咬住她的纖頸！

「遙姬！」文衍驚喊。

「別過來……讓他咬……」明知只要他稍一用力，自己整個兒頸子很可能就被他咬斷了，但她卻絲毫無懼，蒼白嘴角甚至微微噙著笑。

很好，你果然是想活下去的。

以寒池加強毒性的蛇毒血效力果然大增，朱友文幾乎是在咬的同時便覺一股涼意由喉間入身，迅速安撫體內如火燒般燥熱，於是本能地更加吸吮，寒蛇毒血不斷入腹，他急促的呼吸漸漸趨緩，胸口赤紅跟著退去。

遙姬疼得身子不住輕微顫抖，直到朱友文終於鬆開嘴，頭一歪又昏死過去，文衍這才急忙上前，用乾淨白布壓住她頸間咬傷，扶著她離開密室。

儘管遙姬已腳步虛浮，整個身子都倚靠在了文衍身上，仍不放心，「你再去幫我仔細看看，他胸口赤紅是否已全數消退？」

文衍回頭查看，「主子胸口已無異狀。」

遙姬鬆了口氣，心神一鬆懈，暈倒在文衍懷裡。

文衍喚來莫霄，將遙姬抬出去，朱友文雖已服用解藥，卻仍昏迷不醒。

主子究竟何時能醒？

眾軍侯已紛紛入京，今日韓勍擅闖渤王府不成，必更加起疑，其他軍侯屆時若見不到主子，人心定會浮動。

大梁渤王，前朝皇女。

當年的狼仔與星兒，可曾料想過，他們今後將會左右這亂世的命運，甚至大梁的興亡？

大梁均王意外出現在晉國，且一直潛藏在晉王府棠興苑內，對於這一點，晉王倒是挺淡定，坦然接受朱友貞的拜見後，望了摘星一眼。

摘星上前解釋：「均王殿下於契丹時便希望能見晉王一面，言詞懇切，摘星本有些猶豫，疾沖卻二話不說，答應將他帶回晉國。他在契丹時被摘星誤傷，加上舟車勞頓，因此這段時間一直在棠興苑休養，沒有立即通報晉王，還請恕罪。」

朱友貞在契丹身受重傷，寶娜帶著國師前來替他治療祈福，他便暗中懇求寶娜幫忙掩護，讓他能跟著摘星等人回晉國，勸說晉王放棄攻梁。寶娜於是找來與朱友貞相貌頗為相似的少年，同樣以箭傷其身，又請國師施以密蠱，少年雖醒卻猶如木僵之人，眼口四肢皆不能動，讓朱溫暫時看不出破綻。

為了掩人耳目，朱友貞隨她回晉時，臉上刻意以白布包起，摘星對外一律稱他是在返晉途中遇見的故人之子，臉部恰巧受了傷，便將他帶回太原照料。

但晉王府內大小事哪裡瞞得過晉王？

他早知摘星自契丹帶回一名不速之客，身分高貴，也知此人一直在棠興苑休養，但他按兵不動，想看看摘星葫蘆裡到底賣的是什麼藥？

況且，這位貴客的來歷，他已約略猜到幾分。

晉王點點頭，摘星知道自己該迴避這兩人其後談話，便找了個藉口先行退下。

內廳裡無婢女服侍，朱友貞拿起茶壺，先替晉王斟茶，這才替自己倒了杯茶，然畢竟是被人服侍慣了，倒茶的動作有些笨拙，但晉王已知他的確誠心相待。

朱溫有四子，早年戰死的大兒子朱友裕最得朱溫寵信，個性寬厚，頗得民心，卻不幸死於沙場。二子朱友珪生母為軍妓，出身卑微，個性小心細微，習慣看人臉色，心胸狹窄。三子朱友文不消說，掌控大梁軍武，人稱冷血無情，殺人不眨眼，與前朝皇女馬摘星有過一段糾纏。這三子皆個性鮮明，唯有四子朱友貞，年紀尚輕，性格未定，晉王對其了解不深。

但今夜看著膽敢獨自冒險深入虎穴的少年，晉王李存勖已看出朱友貞身上隱隱顯出的鋒芒，未來必是不可小覷之人物。

殺機瞬間閃過晉王眼裡，朱友貞又何嘗不知自己一腳已踏入龍潭虎穴，但他早已將生死置之度外，一口喝盡杯底已涼的茶，果斷站起身，一掀長袍，竟在晉王面前撲通跪下，懇求：「朱友貞懇求晉國停止興兵，莫再讓黎民百姓飽受戰亂之苦！」

晉王內心搖頭苦笑：年輕人畢竟是年輕人，衝動又如此不切實際。

就算晉國停止興兵，朱梁又豈會輕易放過他晉國？

「均王請起。」晉王起身，扶起朱友貞，見他面色憔悴，顯是重傷尚未完全痊癒，起身時牽動傷口，強忍著未呻吟出聲，不禁慈父心起，勸道：「均王冒險進入晉國，為天下蒼生著想，實令本王欽佩。但我晉國向以復興前朝為己願，除非朱梁願意退位，將政權交還皇女，否則晉梁戰禍，必難以避免。」

朱友貞低頭沉吟，只要父皇在位一天，便絕不可能雙手奉出政權，除非……

晉王城府深沉，見朱友貞默然思索，知他心中所想，便順水推舟道：「均王英雄少年，青出於藍更勝於藍，若真為天下蒼生著想，不願戰亂延續……」語氣故意停頓，但從朱友貞臉上表情，晉王已知對方明白他話中含意。

朱友貞表情痛苦，內心似在天人交戰，末了仍沉痛搖頭，「這等大逆不道之事，我怎麼可能——」

「均王切莫如此想，朱梁篡前朝政權，本就逆行倒施，若能歸還政權，不但天下回歸正統，亦能平息戰亂。」見朱友貞有些動搖，再度勸誘：「成大局者，必先捨棄私情，若為私情所困，不只自己受苦，也會牽連身邊人，更有可能，是牽連整個國家。」

朱友貞心中一震。

晉王這番話，讓他聯想到三哥朱友文。

晉王重新坐下，替自己倒了杯茶，水聲瀝瀝，在寂靜的深夜裡顯得特別清晰。

「人言道：『虎毒不食子』，但你確信你口裡喊的那位『父皇』，不會為了權力，對自己親生兒子下手嗎？」晉王說得淡然，朱友貞卻猶如當場被一道雷劈中，驚愕望向晉王，「難道……」

他本就懷疑大哥朱友裕死因蹊蹺，雖經摘星佈局，讓他與朱友文之間的誤會冰釋，他仍心中存疑，心中甚至暗暗責怪梁帝，為何不夠謹慎，輕易讓大哥戰死，又讓三哥揹了這麼久的黑鍋，對他隱瞞真相。

如今晉王清清淡淡一句話，便直刺他內心中最深的疑惑，他也顧不得對方是故意試探或是誘導，脫口便道：「晉王知我大哥死因不單純？」

「朱溫殘殺功臣，我晉國早在他下手前便派出密探，試圖多方接洽，勸說其投晉，過程中得知郴王朱友裕曾多次勸阻，甚至請求善待遺族，可惜朱溫充耳不聞，一律採取血腥手段，肅清他自認的餘孽。朱友裕高談仁義，朱梁朝中大臣為明哲保身，自然漸漸向他靠攏，未料卻引起朱溫猜忌，最後痛下殺手，親手殺了自己的兒子！」

「不可能！」朱友貞情緒激動，「晉王休要胡言亂語，挑撥我父子間感情！」

「均王要認為本王挑撥離間，也無可厚非。那本王問你，朱溫可是將朱友裕之死，歸罪於一叛將？並指責當時馬家軍見死不救，使得剩餘梁軍被敵軍圍剿，近乎全滅？」

朱友貞啞口無言。

晉王句句屬實，不，應該說，晉王所言，與他父皇所言，一模一樣！

但晉王怎會知道？

「朱溫有眼線內應，難道我晉國就沒有嗎？早有多人看不慣朱梁殘暴作風，暗中投晉。邠州之役，朱溫口中毒害你大哥的叛將，根本就是他親自暗中安排！馬家軍見死不救，更是謊話連篇，當時馬瑛戍守在光州，離邠州有數百公里之遙，遠水救不了近火，何來見死不救之說？這些年來我看盡朱溫所作所為，更加堅信，唯有推翻暴政，老百姓才能真正有好日子過！」

「但……我大哥……我三哥他……」衝擊過大，朱友貞一時無法接受，嘴唇蠕動著想替自己父親辯解，心裡卻明白，晉王所言不會是假。

朱友貞重重坐下，背脊冒出一片冷汗，細細回想，自己過去對大哥之死的疑惑，總算一一解開。大哥死後，三哥自覺虧欠，從此更是聽命於父皇，原來……原來父皇刻意用大哥這條命，來綁住三哥，讓他不得不對朱家賣命一輩子，甚至當起大梁的劊子手，但是……大哥的死，與三哥全然無關啊！

到底是什麼樣的父親，會這樣殘害利用自己的兒子們？

而下一個，是不是就要輪到他了？

大哥、二哥、三哥……朱友貞忽然不寒而慄，他搖搖晃晃站起身，竟忘了向晉王告辭，蒼白著臉離開了內廳。

摘星守在外頭，見朱友貞悄然離去，端著仍溫熱的茶水進來，替晉王斟茶。

「均王他……還好嗎？」摘星並不過問方才兩人之間的談話，只見從朱友貞的臉色看來，他似乎受到了很大的打擊。「均王人尚年少，思想也許是太過天真了些，但是個善良的人。」

晉王點點頭，「但善良的人，不適合在亂世生存。」

更不適合在皇家求生存。

不想爭上位的，不是好皇子，但他們又怎麼爭得過最心狠手辣的那一位？

眼睜睜看著自己三個哥哥如今的下場，想必朱友貞能明白，要達到他的目的，必須要先能自保，而要能自保，就必須力求上位，手握實權，而要手握實權，唯有大義滅親。

朱友貞會怎麼選擇？

晉王心裡琢磨著，不論如何，朱友貞的出現，都為今後的局勢帶來了轉機。

🐾 🐾 🐾

棠興苑外，月色明潔，一個人影盤坐在屋簷上，總是不輕易示弱的眼神此刻微微低垂，看著那已不復年輕的身影，走出大廳，緩緩離去，李繼岌跟隨在側。

他去而復返，原想趁著深夜帶著摘星一塊兒逃走，卻見晉王帶著李繼岌來到棠興苑，深怕她遭遇不測，偷偷躲在了屋簷上，正巧把所有的對話都聽了進去。

他抹抹眼，即使在夜色裡，也不願承認自己鼻酸了。

父子倆一樣的倔強。

原來。

原來老頭是這樣想他的。

遠遠地，他瞧見史恩親自端著個小碗走向晉王府書房。

百合銀耳梨子湯。

史恩在書房外等著。

晉王進了書房，史恩端著小碗也跟了進去。

他仰頭，朝著月色嘆了好長一口氣。

這下他該怎麼辦？

🐾
🐾
🐾

隔日，東方天空已隱隱現出魚肚白，晉王書房裡卻是一夜燈火未熄。

王戎投晉，這幾日正拚命說服晉王，讓他率兵回頭攻下泊襄，加上最近欲策畫皇女登基大典，晉王個性謹慎，事事親力親為，已好幾日夜宿書房。

負責灑掃的婢女睡眼惺忪間，忽見小世子光著膀子一路直走到書房前，她再揉揉眼，竟見到他身後背著兩條粗大荊條，婢女看傻了，直到小世子在書房前撲通一聲跪下，她才扔下掃把趕緊去找史恩。

史恩匆匆趕來，見疾沖臉色嚴肅，上身挺得筆直，目視書房大門，他心中已有了底，但仍忍不住上前故意踹了下疾沖，「怎麼，一大早就演齣大戲，給誰看？」

疾沖居然難得沒有回嘴。

史恩這下知道這小子是認真的了。

遣了個婢女去通報晉王，過了半刻鐘，滿臉疲態、眼下略微黑青的晉王推開書房門，緩緩步出。

疾沖朗聲道：「敗將李繼嶢，履犯軍法，擅離職守三年，罪行重大，今日特來向晉王領罪！」

晉王看著這個叛逆的小兒子，心中激盪，臉上卻是不動聲色，平淡問道：「你身犯何罪？」

疾沖道：「其一，口出狂言。其二，不服管束。其三，疑心主將。其四，暗中挑撥兩軍，令其不和。其五，謠言詭語，蠱惑百姓——」晉王打斷，「夠了！早已知你罪狀罄竹難書，大費周章負荊請罪，圖的是什麼？」

疾沖咬了咬唇，「雖然明知自己早已無顏再見晉王，但太原是我的家，我的親人在此，離家三年，其實我真的很想回來！樹欲靜而風不止，子欲養而親不待，我已無母，不想再無父！看在一個兒子思念父親的份上，懇請晉王從輕量刑，讓兒臣能夠將功贖罪！」

「將功贖罪！你倒想得挺美的！」晉王心早已軟了一大半，但仍嘴硬。

這小子也不想想自己惹了多少麻煩？

背兩條粗荊，跑來他面前跪下，以為就能輕易得到原諒嗎？

「晉王，我看小世子這次挺誠懇的，您就原諒他吧！」大總管史恩第一個替疾沖說情。

趕來的李繼岌也在旁道：「父王，您就原諒繼嶢如何？」

其他婢女僕從們也紛紛替疾沖說情，晉王虎目一瞪，他們雖立即噤聲，卻一個接著一個，來到晉王面前跪下。

史恩也跪下了。

李繼岌也跪下了。

接著所有人都跪了下來，懇求晉王再給他們的小世子一次機會。

疾沖不禁紅了眼眶，胸口滾燙。

人不怕犯錯，就怕不能改過，晉王終究是個父親，見到自己的小兒子迷途知返，哪裡不想原諒？只是拉不下面子，但眼見眾人目光期待，他只好清清喉嚨，微轉過頭，不想讓人瞧見他自個兒也紅了眼眶，「混小子，你還想要大家陪你跪多久？起來吧！」

這句「混小子」一出口，眾人便知晉王已原諒了小世子，人人欣喜。

「多謝父王！兒臣今後必定言聽計從，絕不會有半點忤逆！」

疾沖起身，雖晉王已原諒了自己，但兩個大男人一時間反倒不知該說些什麼，三年可以很短，也可以很長，長到有些話，他們已忘了該怎麼說。

這時一雙柔荑忽伸出，將父子兩人的手拉到一塊兒。

父子倆同時轉過頭，摘星不知何時已來到兩人身後，面帶微笑，「恭喜二位化解心結，這是晉國上下之福。」

「多謝皇女。」晉王一笑。

疾沖倒是不好意思地收回了手。

摘星朝晉王道：「趁著大家都在此，摘星正好有一事想相求。」

「皇女請說。」

「摘星懇請晉王取消冊封大典。」

晉王不解，「皇女為何有此意？」

冊封大典，乃昭告天下摘星皇女身分，讓世人得知前朝皇家血脈未斷，晉國出兵討乏朱粱逆賊便更名正言順，然摘星卻另有所慮，「前朝皇女不過是個身分，摘星很清楚，要推翻朱梁暴政，成就大業，絕非光靠摘星一人，而是必須仰仗各位與晉國上下。」她與疾沖對視，眼神更是堅定。

「但冊封並不違背皇女您的初衷。」晉王勸道。

「晉王的用心，摘星銘感五內，但一來冊封大典，耗費人力，此刻實在不宜，二來皇女身分，只是更加深摘星復仇決心，摘星並不想改變晉國，因此希望一切仍照舊，晉國仍以晉王為首，還望晉王能夠成全。」

摘星深明大義，態度不卑不亢，不因自己身為皇女而爭權，卻一肩扛下皇女這個封號所該承擔的責任，晉王對她更是刮目相看，他不由看了一眼自己的小兒子，至此總算同意這混小子替他挑兒媳婦的眼光著實不差。

念頭一轉，若日後自己這小兒子能與皇女結為連理，不但是美事一樁，亦更加鞏固了晉國與前朝的王權，確保他這一生的心血能夠永續傳承。

他晉國復興前朝的大業，總算指日可期。

🐾 🐾 🐾

疾沖腳步匆匆來到棠興苑，大大方方從大門走入，見到正站在女蘿草架前的摘星，還沒開口便聽得她道：「不是才剛父子和解，又跑來這兒做什麼？」

「馬摘星，我可有個問題要問妳。」疾沖來到她面前，不給她任何逃避機會，「妳昨夜通過了考驗，可喜可賀，但是否也代表了在我與大局之間，妳會選擇放棄我，成全大局？」他知道摘星的抉擇並沒有錯，也知道比起整個晉國，他疾沖又算是哪根蔥哪根蒜？但他，還是因為摘星的抉擇而糾結了。

摘星不語，纖秀手指輕輕撫過碧綠女蘿草，算是默認了。

「如果是朱友文那傢伙呢？」

疾沖知道自己不該這麼問，也不用拿自個兒和那傢伙比較，但他就是忍不住。

他為她付出了這麼多，難道在她心裡，仍比不上朱友文嗎？

摘星撫摸女蘿草的手指頓了下，才道：「我一樣會選擇以大局為重。」

她希望自己說得斬釘截鐵，但事實是連她都聽得出自個兒的些微猶疑。

若是疾沖換成了朱友文，昨夜她還能如此冷靜嗎？

「疾沖，屆時梁晉開戰，我也想親上沙場，與馬家軍、晉國六軍在前線並肩作戰，你可以收我為副將嗎？」她轉過頭，一臉燦笑，掩飾自己的心虛。

疾沖愣了愣，隨即一笑，「妳知我的性子，我這人從不吃虧，妳也要答應我一件事。」

「什麼都成！」她說得豪氣。

「等我上戰場打敗那傢伙後，我要妳嫁給我！」

她目不轉睛地看著他，只見他眼神異常認真熾熱，無一絲玩笑成份。

她不由心中突突亂跳，卻不是因為羞怯，更不是因為情動，而是因為慌亂不知如何應付。

疾沖對她的感情，她不是不明白，但她心中始終有著朱友文，早已容不下其他人，但難道她要一輩子就這樣被困住嗎？爹不是希望她能有個好歸宿嗎？娘不是希望她能覓得一真心待她的良人，幸福度過一生嗎？

這些，疾沖都能給她，更別說他是晉國小世子，身分地位更是不同一般。

疾沖伸出手，將她額角青絲攏齊，又折下一枝短短女蘿草，別在她髮稍上。

他第一次如此溫柔待她，她越發不知所措。

那不是心動的感覺，只是無措。

她知道自己該說些什麼，拒絕，或是接受，不管怎樣都好，她都該給疾沖一個答案。

疾沖完全是為了她才回歸晉國，也是為了她，決定留在晉國為父王效命。

這世上再也找不到第二個男人會如此待她。

但是……她為何就是無法點頭？

見她臉色發窘，眼神亂轉就是不敢正視他，疾沖忽放聲大笑：「哈哈，嚇到妳了吧？」

原來他真是在開玩笑！

她氣惱地轉過頭，不想再理會疾沖，卻聽他道：「不過開個小玩笑嘛！我知妳大仇未報，不會輕易談到終身大事。」他隨手又折下一枝女蘿草，一面拿在手上把玩，一面道：「父王已召集六軍將領，商討攻梁事宜，特地叮囑我別遲到。我先走一步了。」

「慢走，不送！」摘星仍氣呼呼。

疾沖一轉身，臉上笑容立即消失，神情是難得的落寞。

她終究心裡還是有朱友文多一些。

🐾 🐾 🐾

夜裡，他獨自坐在晉王府屋簷上，身旁擺著兩三壺酒，看著晉王府內燈火通明，人來人往，心中倍感孤獨寂寞。

「疾沖大哥，幫個忙吧！」

他低頭，見到一身布衣的少年不知怎地居然發現了他，正努力也想爬上屋簷，奈何手腳笨拙，爬到一半不上不下，只好出聲呼救。

「你這小子，光會添亂！」一面碎念，一面伸手一拉，輕易便將少年拉上了屋簷。

朱友貞一見酒壺，拿起就對嘴喝，疾沖忙阻止：「喂喂，別全喝光啊！」

奪回酒壺，隨口問了句：「你心情不好？」

「你不也心情不好？」

疾沖無語，過了一會兒，把懷裡酒壺遞給朱友貞。

兩人就這麼在大半夜裡，坐在晉王府屋簷上，一口一口喝著悶酒。

過了老半天，疾沖已是半醉，脫口道：「你這小子，本來覺得你不過是個嬌生慣養的公子哥兒，沒想到忒大膽，居然主動要跟著我們回晉國！要是讓我大哥知道了，絕對拿下你去要脅朱溫那老頭子！」

朱友貞卻搖搖頭，「我父皇很有可能根本不理會我的生死，我懷疑在他眼裡，倒底還有沒有骨肉親情！」一口酒下肚，「疾沖大哥，我才佩服你，我一個梁國皇子，你也敢光明正大用馬車送進太原城？還讓我與摘星姊姊同住棠興苑，就不怕引狼入室嗎？」

疾沖有些心虛。

當初會輕易答應朱友貞的請求，很大原因出自於他對晉王的不滿，他甚至期待朱友貞到了太原後，肯定會製造不小的亂子，讓晉王與李繼岌傷透腦筋。

誰知後續完全出乎意料，朱友貞乖乖待在棠興苑沒出亂子，他卻和老頭來了個大和解！

疾沖連喝好幾大口悶酒，吐出一口酒氣，仰天道：「我就不明白了，金雕明明就比狼強，為何她偏偏不要離，就要狼呢？」

朱友貞也跟著仰頭看天，回道：「誰叫她先認識了狼？也許她就是愛狼的那股野性？金雕再強，終究是被人豢養。」

疾沖眼神奇怪地看著他，「這話真不像是從你口中說出來的。」

「誰叫有些人，天生就注定了會吸引別人的目光。」朱友貞有些黯然。

疾沖打量身旁這迅速成熟的少年，領悟道：「你該不會是對寶娜……」

朱友貞默然不語。

原來同是情場失落人啊。

疾沖轉身，居然搬出一大罈酒，豪邁道：「來！我早準備好了，本來要一個人喝的，現在有了伴，喝起來應該痛快得多！」

「好！今朝有酒今朝醉！」

管他什麼亂世，管他什麼朱梁晉國，管他是晉國少帥還是大梁皇子，至少在今夜，他們可以稱兄道弟，把酒言歡，暫時忘卻一切煩憂與不愉快。

🐾 🐾 🐾

晉王府書房內，李存勖望向窗外，目光落在最偏僻角落那處屋簷上。

史恩步入書房，「已照您吩咐，特意遣開了侍衛。」

晉王點了點頭。

對於朱友貞的去留，他心中已有定論。

朱友貞年紀雖輕，見識也尚淺，但比起他的父親朱溫，卻多了一分道義與悲天憫人，至少，他的眼裡有百姓、有其他人，而不是只有權力。

晉國一行，已在他心底埋下反叛種子，不管朱友貞的決定是什麼，一旦他回到朱梁，必定會對朱溫有所牽制，對晉國而言，絕對只有好處。

只能說朱梁多行不義必自斃，連老天都看不過去，朱友貞不請自來，得知真相而去，李存勖不禁開始期待，回到朱梁的朱友貞，會掀起什麼樣的風浪？

與晉王、六軍將領等商討完攻梁之計後，王世子李繼岌離開書房，轉往自己寢居路上，顯得心事重重。

李繼岌身邊原有一謀士袁策，早在馬摘星帶著馬家軍前來投晉時便獻計，要他務必取得馬家軍信任，拉攏馬摘星，當時李繼岌不以為然，但連日發生這種種事端，他親眼看著李繼嶢迅速掌握從前勢力，甚至得到馬家軍信任，又與馬摘星走得近，兩人似有情愫，若晉王將來真把江山奉還給皇女，那他算什麼？

這麼多年來，他追隨服侍晉王，無處不小心翼翼，雖然他支持父親復興前朝理念，但任性離家三年的弟弟一回太原便成為眾人注目焦點，他多年辛苦經營卻無人聞問，連晉王也多少習以為常，他心裡難免感到被忽略的不快。

李繼岌回到寢居，正欲吩咐隨從將袁策找來，卻發現他想見的那人，已站在院落大門口等著他，面上是胸有成竹的笑容。

「袁先生？」李繼岌有些訝然。

「王世子，皇女出世，小世子重掌兵權，我猜，您應當會想要見見我了，不知是否料中？」袁策彷佛早已看透李繼岌心中所想。

李繼岌將袁策請入，又吩咐左右上茶服侍。

袁策一坐下，並不急著喝茶，而是開門見山道：「王世子，您再不動手，怕是要滿盤皆輸了啊！」

「還請先生指點。」

「梁晉開戰後，晉王若贏，那麼我晉國一統天下，指日可待。晉王以復興前朝為己任，得江山後必奉還皇女，但晉王並非一場空，皇女與您的弟弟李繼嶢，看來早晚必成佳偶，所以這天下最終還是他李家子孫的天下。」袁策端起茶水，話鋒一冷，「只怕最終一場空的，就是王世子您了。」幾句話便道破李繼岌心中所憂。

李繼岌身為晉王嫡子，繼承大業，原是理所當然，但若李繼嶢真與皇女聯姻，晉國辛苦打下來的天下，便再也落不到他手上。

李繼岌問道：「先生今日既主動登門，自然已有妙計？」

袁策一笑，「王世子料得不錯，我的確是有一妙計，既可保全您的兄弟之情，又可讓您順利繼承大業。」

李繼岌臉上不由燃起希望，「真有此一石二鳥之妙計？」

袁策點頭，語氣神祕：「借刀殺人，隔岸觀火，則大事可成。」

李繼岌微微擰眉，似已猜出袁策意圖，「難道先生是指……」

「不久梁晉必有一戰，沙場之上，刀劍無眼，誰的刀不小心砍著了馬摘星，一片混亂，誰也看不出是誰，到時再推給梁軍。馬摘星一死，馬家軍與令弟必然悲憤不已，誓死為她復仇。當馬家軍拚死與梁軍決戰時，您暫且按兵不動，待馬家軍死得差不多了，梁軍也已大傷元氣，這時您再率領六軍收拾局面……」袁策得意道。

之後發展，袁策已不必再多說。

只要沒了馬摘星，李繼岌身為晉王嫡子，自然是王權接班的第一順位，也不用再擔心李繼嶢踩在他頭上。

袁策此計的確一舉兩得，但李繼岌卻顯得躊躇。

他猶豫再三，終究婉拒：「此計雖妙，卻有違正道，不是我晉國向來作風，還請先生再想想……」

袁策見李繼岌不受教，也只能嘆息。

看來這借刀殺人之計，只能另想他法了。

第三十八章　大梁戰神

這一夜特別不安寧。

摘星才躺上床沒多久，棠興苑外忽一陣喧囂，接著是侍衛與婢女的呼叫聲，她正想喚馬婧問問是怎麼回事，房門砰的一聲被推開，喝得爛醉的疾沖就站在門口，身形搖晃，旁邊是朱友貞在扶著，哥倆都喝得滿臉通紅，朱友貞衝摘星喊：「摘星姊姊！我三哥……我三哥他對不起妳！好在老天有眼，還有疾沖大哥！我、我把他送來了……」

「你在胡言亂語什麼？你倆渾身酒氣，都喝醉了！」摘星羞紅了臉，低聲喝斥朱友貞。

「我才沒醉！」朱友貞大聲道。

「我也沒醉！」疾沖跟著附和。

這時馬婧匆匆趕來，朱友貞畢竟身分敏感，摘星命她先將他帶走，誰知馬婧前腳才剛走，疾沖後腳就衝進房裡，還轉身將門反鎖！

「郡主！小世子！郡主啊——」馬婧急得用力拍門，朱友貞卻拚命阻止，「別打擾他們——」重重打了一個酒嗝，酒氣熏人。

眼見圍觀婢女越來越多，馬婧只好先半拖半拉將朱友貞請回西廂房。

雖說疾沖行為未免過於膽大，竟夜闖郡主閨房，但仔細想想，這兒是晉王地盤，她家郡主又是皇女，只要一呼救，駐守侍衛自然一擁而上，保護皇女不受欺侮。

房內，疾沖滿臉通紅，雙眼帶著狂放醉意，一步步逼近摘星。

她一步步後退，後腰忽撞到桌緣，一個踉蹌身子往後倒在桌上，疾沖隨之欺上，整個人將她上半身包圍住，酒氣濃濃，她擰起眉，忍住想捏住自個兒鼻子的衝動。

摘星緊張地看著他伸手扯著衣襟，幸好他不是要脫衣，而是笨手笨腳地從懷裡掏出一張紙，上頭只寫著大大的一個「欠」字！

「妳瞧見沒？這是妳寫給我的欠條！妳答應我什麼了？現在還算數嗎？」

她當然記得。

她答應過他三件事。

第一，將銅鈴內響石內贈給他。

第二，隨他至狼狩山，計誘朱友文。

但這第三件事，他卻遲遲未要求她還。

「疾沖，你喝醉了！等你醒了，我們再好好說話！」摘星推了他一把。

「我沒醉！我清醒得很！」

「你先讓開！」眼見疾沖的身軀越靠越近，她的身子越來越緊繃。

「不讓！我就是不讓！」疾沖像個孩子般耍賴不依，「我讓過了啊！但還是走不掉啊！妳知道那傢伙是狼仔的時候，我就遠遠讓開了，可怎麼知道，兜兜轉轉，妳又跑來我這裡了！」他重重捶打自己胸口。

「馬摘星，妳太過份了！」

她知道他是酒後吐真言，此刻也明白稍早前他的求婚並非玩笑，但是她依舊無法回應他的感情，只是滿心歉疚。

「疾沖，對不起，我——」

「我不要聽妳說對不起，妳明知我要的是什麼——」

他忽然低下頭吻住了她。

她瞬間腦袋一片空白，錯愕之下用力推開他！

他被她這一推，跌跌撞撞往後幾步，後腦袋撞到了梁柱，加上酒醉，一下暈了過去。

她站在原地，身子僵硬，不知所措。

「皇女？皇女您沒事吧？」史恩的聲音從門外傳來。

摘星小心翼翼繞過不醒人事的疾沖，開了門，手指疾沖，朝著史恩道：「史總管，這個就留給您老善後了！」

聽得出來皇女非常不開心，「您老」這二字簡直是咬牙切齒。

史恩看著爛醉倒在人家閨房地板上呼呼大睡的疾沖，暗自搖頭：就你這混小子會惹事！這一鬧，全晉王府都知道小世子夜闖皇女閨房，跳到黃河都洗不清了！

🐾 🐾 🐾

隔日，疾沖醒來只覺渾身痠痛，發現自己躺在一間陌生房間地板上。

頭痛欲裂，他忍住呻吟衝動，慢慢起身，打量四周，見到牆上那兩幅平原公主畫像……這兒是摘星閨房？

他見桌上有茶壺，正要拿起就往嘴裡灌，眼角瞄到自己隨身攜帶的那張欠條落在床底，連忙彎腰拾回，正重新仔細收入懷時，大門被人一腳踹開，怒氣未消的摘星手拿長劍出現在門口，「你可終於醒了！」

疾沖一愣，努力回想昨夜經過，他只記得自己和朱友貞在屋簷上喝完兩大罈酒，卻想不起兩人是怎麼下的屋簷，自個兒最後又怎會出現在摘星房裡？

摘星身後圍著一群年輕婢女，臉色既是憂心又是傷心，七嘴八舌道：

「皇女，小心點，刀劍無眼，別傷了小世子，我們會心疼！」

「皇女，小世子看來是真喜歡您，我們……我們會祝福兩位的！」

「皇女，您就別氣了，小世子只是喝醉了……」

「夠了！」摘星嬌喝一聲，「我看到他就一肚子火！」

「我只不過是在妳房裡地板睡了一夜，有必要這麼火大嗎？還拿劍指著我？難不成想謀殺親夫？」

疾沖還有心思開玩笑，下一刻劍光襲來，摘星竟真的拿劍朝他刺了過來！

「馬摘星，把話說清楚啊！我到底昨夜做了什麼，讓妳氣得非要拿劍砍我？」

刷刷刷連三劍，摘星雖未直攻要害，但劍尖溢滿怒氣，大有要好好教訓疾沖之意。

大總管史恩看不下去，從門口探出頭，道：「小世子，現在全晉王府的人都知道您昨夜闖入皇女閨房，留宿一夜未歸啊！」

疾沖愣住，差點沒躲過摘星揮來的劍，幸好她及時收勢，只砍掉他一截袖子，但也讓門口眾婢女們驚得大呼小叫。

疾沖總算明白是怎麼回事了，不過就是酒後小小亂性嘛，況且從他今早是在冰冷石板地上醒來，而不是在摘星床上，就知道他昨夜根本沒佔到她什麼便宜，頂多只是讓她落了個皇女行為不太檢點的尷尬名聲罷了，又不會少塊肉。

疾沖一面閃躲，一面模模糊糊想到什麼，伸手從懷裡拿出那張欠條，推到摘星面前：「馬摘星，妳還記得妳欠我最後一件事嗎？」

「不記得了！」她想搶下欠條，疾沖當然不讓，嬌美怒顏近在咫尺，他腦裡忽閃過一個畫面。

昨夜他吻過她。

「我想起來了！」他故意一喊，「原來昨夜我確實毀了皇女您的清白！」

此話一出，摘星面紅耳赤，恨不得拿劍把這傢伙砍成好幾段！

大總管史恩用手扶住額頭，門外婢女們則是個個心碎不已，哀嘆聲不斷，竟還有人眼紅哽咽起來。

「疾沖！你——你才沒有——你只是……只是……」摘星眼見越描越黑，想要解釋，但要在眾人面前講述自己如何被這傢伙輕薄，又感羞窘無比。

疾沖賊賊一笑，「別氣了！我會負責！」手腕一抖，讓門外眾人都見到那寫著大大一個「欠」字的欠條，「妳欠我的第三件事，就是滅梁之後，我要妳和我浪跡天涯，我去哪兒，妳就跟著我去哪兒！馬摘星，這上頭還有妳的指印，妳說話可要算數啊！」

晉王府眾人多數不知這張欠條來歷，聽疾沖如此一說，均以為摘星早已暗地同意滅梁後，與他們的小世子天涯海角流浪去，做一對與世無爭的神仙眷侶，摘星想反駁，但這欠條上蓋著的確實是她的指印，難道她要出爾反爾，說話不算數嗎？

再想深一層，如今她與晉國關係已是密不可分，拒絕晉國小世子，無異是讓晉國難堪，晉王日後心中難免會有疙瘩，她痛恨自己如此功利，但情勢不由人，為了大局，她咬咬牙，忍下解釋的衝動。

疾沖以為她默許了，喜上眉梢，仔仔細細將欠條收入懷裡。

「大家都是見證人，妳想賴也賴不掉了！」疾沖一臉欣喜，她卻對他感到越加愧疚，心中怒氣也一掃而空。

她一語不發，低頭快步走回自己房裡，重重關上房門。

旁觀眾人都以為她是害羞了，紛紛知趣散去。

摘星將自己關在房裡，心緒紛亂。

轉過頭，見到掛在牆上的奔狼弓，心口一陣緊縮。

忘不了，怎麼樣就是忘不了，這一生又怎麼可能忘得了？

但此情注定只能成追憶，而她欠疾沖的實在太多。

她能用自己的一輩子來償還疾沖嗎？

那是他想要的，可卻不是她想要的。

只是她還有選擇嗎？

🐾 🐾 🐾

被召回京的眾軍侯們聚集在校場上，今日帶頭操練渤軍的不是朱友文，卻是梁帝本人，只見他穿著一身黑色戰甲，騎在馬上，精神抖擻，不時出聲指點。

然朱友文遲遲未現身，軍侯與眾大臣們心中疑惑越來越重。

梁帝自然察覺，他已暗中安排，若朱友文仍未能及時出現，這些軍侯又心生反意，他只要拔出腰間赤霄劍，埋伏在校場四周的禁衛軍便會衝入，將這些人全數格殺。

他自知殺了這些軍侯大臣，大梁元氣大傷，恐再無力出兵，但若他手中沒了朱友文，他們便膽敢抗旨甚至反叛，留下又有何用？只怕是繼續養虎為患，不如早早除之！

巡視操練完一輪，梁帝回到高台暫歇，向來不喜征伐、在朝堂上屢次出言反對攻晉的崔尚書求見。

梁帝臉上帶著自信笑意，一見崔尚書便道：「你看看朕的大梁將士操練得如何？攻下太原，是否指日可待？」

崔尚書望向校場內壯盛軍容，笑道：「回陛下，渤軍乃大梁最強戰力，如狼似虎，實力更足以傲視天下，要攻下太原，絕非空談。」

梁帝滿意點頭，卻聽得崔尚書又道：「但這些將士全隸屬渤軍，為何不讓渤王帶頭操練，非要陛下您勞師動眾？」

梁帝神態從容，手卻暗暗摸上了劍柄。

「陛下，渤軍操練卻不見渤王，看來傳言不假，渤王確實被前朝皇女所害。渤王向來神威，但若無法親自領軍，征戰晉國恐怕……」欲言又止，眼神觀察梁帝反應。

「恐怕什麼？朕想聽聽愛卿的忠言。」

見梁帝未動怒，崔尚書大著膽子道：「臣惶恐，為臣者只是想替陛下分憂解勞，梁晉開戰，必兩敗俱傷，與其如此，不如與晉王和談，平分天下——」話未說完，崔尚書眼前忽爆開一片血霧，他驚愕低頭，

只見一支長槍貫胸而出，他用盡剩餘力氣轉過頭，校場內一人高頭大馬，身穿黑色光明鎧，胸前一猙獰狼頭，不是堂堂渤王是誰？

崔尚書砰的一聲倒在梁帝面前，死不瞑目。

梁帝放開了一直緊握著腰間赤霄劍的手，欣慰微笑。

終於來了，他最得意的劊子手！

朱友文站在校場中央，大喝：「戰！」

校場渤軍立即大喝呼應：「必勝！」

「戰！」

「必勝！」

呼喝聲震耳欲聾，氣勢驚蓋山河。

朱友文手一揮，長槍隊伍奔出，個個虎背熊腰，手臂粗壯，舉起長槍瞄準了一干在校場圍觀的眾軍侯與大臣！

「大戰在即，還有誰想提議與晉和談，動搖軍心？」朱友文喝問。

那些軍侯大臣們方才見識了朱友文如何一長槍擊斃崔尚書，即使有人原本想附和其提議，此刻亦嚇得噤若寒蟬，尤其是韓勍，眼見渤王如此神威，更是後悔之前對他下屬那般放肆，心中直冒冷汗。

梁帝在高台上高聲大笑，隨即命令：「把那些晉國俘虜都放出來！」

韓勍心中只能叫苦，這些晉國俘虜並非一般晉兵，而是有品階的武官，他本欲等崔尚書提出和談建議後，跟著附和，建議將這些俘虜送回晉國，證明大梁化干戈為玉帛的誠意，畢竟誰都不想好端端的日子不過，非要到戰場上殺個你死我活，況且，先別說時序已入冬，這看著天氣沒多久就要下雪，本就不利出征，這幾年又天災不斷，糧食短缺，軍中只能讓士兵吃食封存許久的過期軍餉，不少士兵上吐下瀉，只是下頭隱瞞著不敢上報。

俘虜們被帶上了校場，梁帝下令解開其身上繩索，又在他們面前扔下兵器。

這些人雖是俘虜，但畢竟是軍階較高的武官，繩索一解開，兵器一到手，便迅速聚集在一起，組成一個小小的陣形。

朱友文一喝：「圍！」

長槍隊立即調頭轉換目標，將這群晉國武將圍住。

朱友文走上前，朗聲道：「都聽好了，若你們能打贏本王，我大梁即刻送你們回太原，絕不食言！」手一抬，長槍隊隊正立將手上長槍拋給他。

晉國武將面面相覷，忽精神一振，抄起兵器就往朱友文殺來！

韓勍面顯憂心，這些晉國武將可是費了不少功夫才俘虜到，個個武功不弱，群起圍攻渤王，不知他應付得來嗎？

韓勍不安望向高台，只見梁帝竟笑得十分暢快，下一刻校場內便傳來一聲哀號，轉過頭去，一名武將當胸被長槍穿過，死狀與崔尚書一模一樣！

朱友文手一抬，又接住一支長槍，殺人簡直如流水般順暢，晉國俘虜一個接一個死在他的長槍下，一朵朵血花在胸前炸開，在朱友文面前，縱然有再高武藝也是徒然，只能一面倒地被屠殺殆盡。

最後一個俘虜倒地，霎時間校場安靜得彷彿能聽見朱友文平穩的呼吸聲。

大開殺戒，對渤王來說稀鬆平常，呼吸竟絲毫不喘。

韓勍等上過沙場的軍侯們都已看得膽顫心驚，哪見過這等血腥場面的文書大臣們更是有好些已手足發軟。

只聽高台上，梁帝低沉笑聲傳來，此時無人膽敢再提放棄攻晉、與晉和談，深怕一開口，下一支長槍就往自個兒胸前招呼！

梁帝滿意地看著朱友文一出場便懾服這些軍侯眾臣，心中勝券在握：只要有了朱友文，前朝皇女算什麼？何愁太原不破？

三日後，前線來報，叛將王戎已協同晉兵拿下泊襄城，梁帝得到消息後，不怒反笑，泊襄城本就是王戎老巢，投晉後他必然搶先奪回，做為首功，但梁帝早已在這之前，派出數百人喬裝成各種身分散落於泊襄城四處，之後渤軍攻城，只要信號一發，這些人便裡應外合，大亂晉軍陣腳。

開戰在即，渤王府內氣氛亦是緊繃。

文衍雖武功盡失，朱友文要他留守渤王府，莫霄不知為何，成天不見人影，海蝶則居然有些魂不守舍，時常一面練武，眼神一面不斷瞄向渤王府大門方向，直到在旁觀看的文衍忍不住問：「海蝶，妳怎麼了？」

哐啷一聲，海蝶手上長劍竟掉落於地，她一驚，彷彿這時才發現文衍就在身邊。

文衍看著她的失常，心中雖疑惑，但也約略猜出了五六分。

「文衍你……看見莫霄了嗎？」海蝶拾起長劍。

文衍搖搖頭，「幾日後就要出兵了，那傢伙依舊一貫風流，通宵達旦地往百花樓跑，誰知是不是十年一覺揚州夢，應得青樓薄倖名呢？」

海蝶越聽臉色越是難看，這時莫霄正好回來了，文衍眼尖，「正巧，說曹操，曹操就到。莫霄，海蝶要找你——」

「我才沒有找他！」海蝶不知哪來好大怒氣，大聲反駁。

文衍一愣，「妳剛才不是問我有沒有看見莫霄？」

「那是因為……那是因為他欠我錢！」海蝶一跺腳，轉身就走。

莫霄欠她錢啊，倒也不是不無可能，畢竟這小子沒事就喜歡賭上兩把，這幾日又夜夜不歸，大概看上哪個青樓名妓，砸了不少銀兩，連老本都沒了。

莫霄立即追在海蝶身後，喊道：「我還！多少我都還！真的！雙倍也行！」

「你還不起！」

莫霄連忙低頭，險險閃過海蝶用力執來的飛劍，繼續不屈不撓地跟在海蝶身後而去。

文衍在後頭看著，一頭霧水。

莫霄到底是借了多少錢，讓海蝶氣成這個樣子？

忽傳來細微振翅聲。

文衍轉身，見一隻墨黑鴿子翩然而落，他伸出手，黑鴿乖巧停在他手上。

取下鴿腳上的小竹筒，打開，裡頭只有一張紙，上頭畫著一顆柿子。

另一頭，莫霄好不容易追上海蝶，一把扯住她的手，她轉身就賞他一個清脆響亮的巴掌！

「放開我！這裡不是百花樓！」

莫霄不躲不避，眼神清亮地看著她。

海蝶卻不敢與之對視，扭過頭嘴硬道：「怎麼，現在又不躲了？前幾日不是都躲著我嗎？」

「海蝶，那一夜，我——」才開口，就被海蝶打斷，「我已經說過了，就當什麼事都沒發生過！你為何還是躲著我？你怕我會死纏著你不放嗎？」她越說越火大。

「是，我承認我是躲著妳，但不是怕妳纏著我，而是實在太突然……我還沒做好準備……」

海蝶越聽越怒，「你有沒有好一點的藉口？沒做好準備？你這情場浪子不是鎮日流連花叢，和女人打交道嗎？」

「我這幾日的確是見了不少女人——」見海蝶轉身又要離去，連忙用力扯住她的手，將她拉回，「海蝶，妳聽我說！」

「放手！」海蝶又是一巴掌襲來，莫霄趕緊道：「我對她們說，我遇上了一個女子，以後再也不會去找她們排遣寂寞了！」閉上了眼準備挨打，那一巴掌卻遲遲未落在他臉頰上。

遲疑睜開眼，發現海蝶的手就停在面前。

莫霄終於坦白：「海蝶，其實我……早就暗自喜歡妳，但身為夜煞，哪有資格談感情？更何況我們過著時刻刀口舔血的日子，生死難料，你我本都是孤兒，無牽無掛，但若動了情，就是有了牽掛，會害怕失去，所以我始終不敢表明真心，只能去找別的女人。那一夜後，其實我又喜又憂，一時不知如何面對，我……我就怕哪天我出任務死了，獨留妳一人，妳會不會孤單？會不會痛苦？會不會太思念我——」

海蝶那一巴掌揮下，又結結實實在莫霄臉上打出一個紅腫掌印。

「你少自以為是了！」

莫霄苦笑，「妳說的對，我這是癩蛤蟆想吃天鵝肉！我是該打，妳打吧！打到妳消氣為止。」

海蝶又舉起手，這一次，卻是輕輕撫過莫霄臉頰，「痛嗎？我是不是打得太重了？」

莫霄喜出望外，連忙搖頭。

海蝶向來冷漠，感情不輕易外露，莫霄喜歡她，卻不確定她是否對他有意，偶爾幾次示好，她雖不拒絕，臉上卻也無任何表示，不知到底喜歡還是不喜歡他，若有似無，讓人摸不著頭緒。

「你方才說的話，是真心的嗎？」海蝶的手滑到莫霄下巴，輕輕托起。

莫霄點頭。

「好，既然如此，我必全力保護你，讓誰都動不了你一根汗毛！」不愧是海蝶，真要談起情說起愛，絲毫不扭捏，一旦確認了，便霸氣宣告所有權！

她早看不慣莫霄沒事泡在百花樓拈花惹草了，既然他是真心的，以後她必將他看得死死的，讓他只能在她身邊，哪兒也去不了！

莫霄看著如此霸氣的她，心動不已，脫口便道：「保護我，一輩子？」

「一輩子！」

莫霄只覺一股喜悅幾乎要炸開胸口，這不就等於海蝶承諾將自個兒的一輩子都給他了？簡直比任何花言巧語、綿綿情話，還要動聽。

「妳親口說的，可別反悔！」

「絕不反悔。」

簡單幾句話，定下終身許諾。

從此生死相許，從此多了思念牽掛。

從此，不再是遭世間遺棄的孤兒。

🐾 🐾 🐾

密室裡，一燈如豆。

他沉鬱的身影幾乎要與陰影融合，分不清彼此。

朱友文看著手裡紙條，一顆柿子，暗喻著朱家四子。

大哥已戰死，二哥被貶為庶人，他身為朱家三子，即將肩負大梁未來命運，出征泊襄，而四弟……

四弟，希望你能了解三哥的決定。

這大梁的命運，並非三哥能左右。

緩緩將紙條放置於昏暗燭焰上，燭火一跳，將那顆柿子緩緩燒去，一如朱家骨肉難以避免的崩落命運。

一切很快就會結束了。

🐾
🐾
🐾

渤王率兵出征泊襄，晉軍嚴陣以對，疾沖親率六軍與馬家軍聯兵趕往泊襄，與王戎會師。

朱友貞也悄悄跟著來到前線，與摘星告別前，告訴了她一個祕密。

「摘星姊姊，除了妳我、父皇與遙姬少數幾人外，知情者都已被父皇鏟除。我只希望，也許妳永遠不會想利用這個祕密，畢竟三哥他……有不得已的苦衷。」

摘星久久無法言語，一方面是因為震驚，一方面卻是因為她並不想承認的心疼。

她目送朱友貞在暗夜裡悄然而去，知道此後若再相見，他們只會是敵人。

泊襄城內，暫時挪做主帥議事之用的城主府中，疾沖正興致勃勃與其他武將推演戰術，商議軍情。

晉王早已料到，只要晉國先出兵，攻下一城，朱溫必然按捺不住，舉國來犯，今日探子來報，十萬渤軍已然發兵，朝泊襄而來。

這一戰，將決定梁晉之間的爭衡消長。

如梁軍獲勝，等於打開河東門戶，能直攻晉國首府太原。

若晉軍獲勝，不僅能鞏固河東南境，且向南進攻能直取河南，大梁的政治中樞。

沙盤上，泊襄城周圍插滿黑色小旗，代表渤軍，晉軍六軍、馬家軍與王戎兵馬，則以白色小旗代表，旗上分寫「晉」、「馬」、「王」等小字以示區別。

只聽疾沖道：「渤軍定是精銳盡出，打算一舉吞了咱們！那咱們也把全部精銳隊伍集中在此……」他先將寫有「晉」字的白色小旗插在泊襄城內，又用寫有「馬」、「王」等字的白色小旗在其後方補強，「如此一來，就算渤軍傾巢而來，我軍也能堅守數月，加上此時乃隆冬，更不利攻城，因此這場戰爭——」

摘星接話：「是比誰能堅持得久。我軍在前線守城，晉王在後方運籌帷幄、調配糧草，只要咱們能守得住，必更激怒朱溫，堂堂渤軍居然連一座小城都難以攻下，他面上無光，怕三軍動搖，必再加碼派兵……」摘星動手將更多黑色小旗插在泊襄城周圍，這時沙盤上的梁國勢力範圍，只剩下幾支朱色小旗，顯得勢單力薄。

疾沖接道：「屆時我父王再親率主力，從朱溫最意想不到的地方突襲，從此天下大勢便將改寫！」語畢望向摘星，兩人心領神會，默契一笑。

王戎聽得頻頻點頭，不愧是晉王，對朱溫的心性脾氣瞭若指掌，那姓朱的老賊焉有不敗之理？

眾人正討論間，外頭傳來金雕鳴叫，急促高昂。

疾沖一愣，衝出帳外，只見金雕盤旋高空，不斷叫囂，似在示警。

來了！

朱友文所率領十萬渤軍，已見蹤跡，不出十日，兵臨城下！

摘星不由握緊手上奔狼弓。

終於來了。

茫茫白雪紛飛，一隊又一隊渤軍，身穿黑甲，將泊襄城圍得密不透風。

城牆上，她遠遠就瞧見他，身騎黑馬絕影，一身黑色光明鎧，胸前狼頭猙獰，黑馬旁四頭戰狼前呼後擁，威風凜凜，殺氣逼人，戰狼興奮飢渴，隨時準備大開殺戒。

待渤軍擺好陣勢，朱友文手一揮，幾台投石機推出，似要攻城，但以渤軍距離，投石機根本無法將巨大石塊投至城內或破壞城牆，除非——

朱友文又是一揮手，投石機連連發射，投出數十數百顆約莫人頭大小的物體，那東西輕易便被射入城內，城牆上也落了不少，王戎拾起一個，赫然發現竟是真的人頭！

「他爺爺的，丟這死人頭是要嚇唬誰？」王戎在沙場上橫戈躍馬多年，早已司空見慣，不以為然，但他身旁的李繼岌見了那人頭，卻是臉色一變，喊道：「這是……這是之前被梁軍所俘的吳副將！」

李繼岌奔下城牆，見到不少人抱著人頭痛哭失聲，顯然都是被俘士兵將領的至親或好友。

這渤王好狠的心！竟將他晉國被俘將士的人頭拋入城中，恫嚇軍心！

王戎怒道：「他爺爺的，朱友文那廝竟然出此賤招！我手底下也有不少梁國俘虜，咱們以牙還牙！」

摘星思索片刻，竟點了點頭，「把那些俘虜都帶到城門口。」

不久王戎的部下便將五花大綁的俘虜拉來，一個個按在城門口跪下。

王戎喊道：「你們要怨，就怨朱友文太冷血，居然拿人頭來示威！來人！」

一排士兵手持大刀，站到俘虜們身後。

眼見大刀就要揮下，摘星卻喊道：「把他們都放了！」

城牆上眾人面面相覷。

此時放人，豈不是大滅自己威風？

但疾沖當機立斷，由城牆上一躍而下，將其中一個俘虜身上繩索割斷。

「皇女有令，放人！」

王戎雖錯愕，但既是皇女之令，他也只能聽從，不得不放人。

李繼岌雖未出聲阻止，但表情顯然頗為不苟同。

俘虜們重獲自由，一臉不敢置信，摘星喊道：「回去告訴你們的弟兄，投晉是不會掉腦袋的！明白了就快走吧！」

疾沖命人將城門打開一條小縫，俘虜們魚貫由小縫中離開，城門隨後又緩緩關上。

王戎等人這才恍然大悟，晉國以德報怨，這些俘虜回去後，渤軍便知即使投降晉國，也不會掉腦袋，如此一來，貪生怕死之人便存有僥倖，寧願投降也不願拚死。而晉國士兵見了渤王手段，群情憤慨，反而寧願拚死一戰，也不願投降！

眾人在城牆上，看著方才放走的俘虜慢慢走向渤軍，直走到離渤軍尚有百步距離，朱友文手一抬，瞬間漫天箭雨齊發！被放回的梁軍俘虜紛紛中箭倒地，箭雨仍未停歇，直至那些人渾身如同刺蝟，根本無法倖存。

身騎黑馬的朱友文大喝：「膽敢投降者，本王必殺之！」

在城牆上目睹這一幕的摘星，心頭震驚，他居然完全不顧念同袍之情，輕易殺之！

連疾沖也目瞪口呆，不敢相信朱友文竟無情冷酷至此。

他們錯了。

錯在以為朱友文心中還有仁義道德。

既然是朱溫得意的劊子手，他心中怎可能會有一丁點慈悲？

摘星咬牙，恨恨看著那些被箭雨誅殺的俘虜屍體迅速被漫天大雪覆蓋。

這雪，是越下越大了，逼得人透骨心寒。

這一戰，是要比誰才夠心狠手辣，是嗎？

朱友文，你曾經告訴我，心狠手辣不能只作一半！

要想打倒你，就只能比你狠、比你無情、比你更知道如何利用人的感情！

「各位，我知道如何打倒渤王。」摘星深吸口氣，要自己平靜，不受紛雜情緒干擾。

她說服自己，這個抉擇是正確的。

是為了天下蒼生，為了晉國，為了馬家軍，為了爹爹與娘親。

為了她自己。

「渤王雖號稱不敗戰神，卻有一致命弱點。」摘星道。

疾沖、王戎等人望著她，目光殷切。

那神武的大梁戰神，會有什麼致命弱點？

她緩緩攤開手掌，手心上一枝血紅花朵，只見花不見葉，狀甚奇特。

「狼毒花。」

第三十九章 冬蝶

摘星徐徐道：「朱友文體內藏有獸毒，一旦發作，便會心神俱失，我掌中此花，名為狼毒花，可誘使他體內獸毒發作。」她察覺到疾沖質疑目光，不得已又解釋：「我也是近日才知道這個祕密，是一個在梁國的密友告訴我的。」

李繼岌拿起她掌中狼毒花，嘖嘖稱奇，「竟真有此事？梁國渤王居然有如此弱點？」不禁喜不自勝，「看來連老天都保佑我晉國，只要用此花引發渤王體內獸毒，咱們就有機會在戰場上一舉擊敗梁軍！」

王戎也叫好，「此計甚妙！那渤軍少了渤王，連個屁都不是，還有什麼好怕的？」

「且慢，眾位請聽摘星一言，狼毒花雖能誘發他體內獸毒，毒性卻需三日時間提煉。」摘星道。

「皇女為何不早說？戰場上情勢瞬息萬變，誰知渤軍何時會攻城？」李繼岌道。

「用毒這種手段，畢竟不算光明正大，但今日見識了渤王的卑劣行徑後，此舉不過是以毒攻毒，以其人之道，還治其人之身。」摘星道。

疾沖表情複雜地看著摘星，他明白她到最後關頭才提出此計，終究還是因為在意朱友文，他心中多少有些吃味，然轉念一想，她既選擇公開了這祕密，只要成功，梁軍必敗無疑，晉國取得天下後，她便將與他遠走高飛，這是不是代表，她最後仍選擇了他，而不是朱友文？

「看來，只能由我出面，與他一會，想辦法拖延時間。」摘星此話一出，立遭疾沖反對，「妳去見他，豈不等於羊入虎口？」

眾人集思廣益，正思索著該如何拖過這三日，帳外竟有士兵來報，朱友文遣使者送來一信。

疾沖狐疑接過，打開，看完信後，臉色沉重卻又帶著一絲不可思議，朝摘星道：「他要妳明日巳時於城外一聚，此約乃為兩國蒼生，他保證皇女平安而回。若妳不肯赴會，巳時一過，他便將親率大軍破城！」

朱友文為何要特意約摘星出城相聚？

又為何選在這個時機？

彷彿是在特意配合摘星，這一切真是巧合？

李繼岌等人也不由心生疑惑，為何朱友文對皇女的一舉一動，竟像是瞭若指掌？

摘星表面強自鎮定，內心卻是陣陣波濤洶湧，說不出的滋味。

真是巧合嗎？

難道一切都在他的掌握中？

不，不可能，他怎會在戰場上將自身弱點刻意曝露給敵人？

除非是朱友貞……

她忽好似明白了什麼。

眾人見摘星陷入沈思，不敢出聲打擾，唯有王戎最沉不住氣，見摘星老半天沒反應，大嗓門問道：

「皇女是去還是不是？」

摘星回過神，脫口便道：「我去！」轉頭望向疾沖，在他還沒來得及再次反對前，道：「不入虎穴，焉得虎子？再說，他堂堂正正邀約，城外相聚，兩軍見證，諒他也不敢使什麼陰險招數。」

此話一出，王戎與李繼岌皆點了點頭，表示贊同。

疾沖雖知她所言不假，仍大聲反對：「我不答應！萬一那傢伙背信忘義呢？我絕不會讓摘星輕易涉險。」

「既然如此，你跟我一起去吧。」摘星朝疾沖道。

「我？」疾沖訝異指著自己，見摘星眼神認真，心中一喜，「皇女是指定要我做護花使者嗎？」

見摘星點頭，疾沖爽快道：「明日巳時是吧？好！我就陪妳親眼去看看他想玩什麼花樣？」

「我不想空手去赴會，還要請各位幫我一個忙，替渤王準備一份大禮。」摘星道。

「什麼大禮？」李繼岌問。

「請諸位替我準備蝴蝶。」

大老粗王戎搔著下巴，一臉困惑：「蝴蝶？這大寒天的，雪都下了幾天幾夜，要去哪兒找這玩意兒？」

「我知道強人所難，但無論如何，都必須要弄到。」她眼神堅決。「這很可能是讓他答應拖延三日的關鍵！」

🐾 🐾 🐾

隔日，巳時。

風雪暫歇，難得的陽光露臉，泊襄城門緩緩開啟，疾沖當先一馬奔出，摘星隨後，馬邪韓壓隊，三人三騎來到圍城渤軍面前兩百步之遠停下，幾乎同時，黑壓壓的渤軍正中央一分為二，一騎黑馬奔馳而出，馬上將領威風凜凜，身穿黑色光明鎧，胸前一兇惡狼頭，飾以金紋，狼嘴大張，上下兩排利牙間鑲著一面護心鏡，正是朱友文，其後跟著兩隻戰狼，嘴裡各啣著一把刀鞘。

摘星雙腿輕夾馬肚，胯下白馬緩緩上前，越過疾沖，來到他面前。

目光相對，卻早已無往日深情，只有冷若寒冰的敵意。

正等待著誰先開口，一隻彩蝶忽在冰天雪地中翩然飛過兩人之間。

兩人皆是微微一愣，目光不由自主隨著彩蝶而去，直至看不見其身影。

那片刻寧靜如此難得，她與他更是遲遲未開口。

為何，會走到今日拔刀相見廝殺的地步？

命運，到底是哪裡走錯了路？

紛紛飛雪再度落下，視線瞬間朦朧，她轉過頭，他那剛硬的側臉彷彿也變得柔和，目光溫情。

是錯覺嗎？

他終於收回目光，轉過頭，眼裡毫不掩飾瀰漫出陰冷敵意。

一個眼神示意，戰狼上前，吐出刀鞘。

「怎麼了？不認得了？這是妳馬家軍的刀鞘！」

馬邪韓聞言，跳下馬衝上前拾起刀鞘，只見上頭刻著一馬頭，確實是馬家軍士兵所用刀鞘。

朱友文冷笑道：「本王是一番好意，提醒皇女，以後派來偵察的斥侯，別淨挑些身手欠佳的。」

「你——」馬邪韓怒不可遏，拔刀就想朝朱友文衝去，兩匹戰狼立即上前，擋在馬邪韓面前，齜牙咧

嘴，馬邪韓本想拚了老命一條也要上前砍朱友文兩刀，卻被摘星一聲喝阻攔下。

摘星跳下馬，從馬邪韓手裡接過刀鞘，面色凝重。

報仇不急在這一時，朱友文刻意擾亂人心，背後必有陰謀，她必須冷靜，不能輕易中計。

果然，又聽得朱友文道：「馬摘星，這些人之所以喪命，說穿了都是因為妳的無能！妳若執意一戰，明日過後，不論成敗，妳馬家軍必屍橫遍野，亡魂萬千！別忘了，這些將士也是有血有肉，有爹有娘，為了妳和晉王的一己私慾，卻要葬送他們，淪為戰場白骨！」

摘星還未出口反駁，疾沖已策馬來到朱友文面前，大聲道：「你堂堂渤王，殺人無數，還親手滅馬家滿門，何必在此貓哭耗子？」轉頭對摘星道：「摘星，跟這種人多說無益，還說什麼為兩國蒼生而來，真是笑話！」

見疾沖催促摘星離去，朱友文緩緩道：「馬摘星，妳當真不顧這些人性命？那明日戰場上，本王親自下令，晉軍、王戎等軍都可放過，唯以誅殺馬家軍為我渤軍首要任務——」

摘星憤恨停下腳步，轉身面對他，「你有話就直說，何必如此大費周章？你圖的到底是什麼？」

朱友文倨傲道：「很簡單，稱臣，獻城！只要妳對大梁稱臣，再獻城定州、鎮州，本王便可允許，從此楚河漢界，秋毫無犯。」

疾沖怒道：「鬼扯！想不戰而勝，門都沒有！」

朱友文絲毫不理會，續道：「本王的條件期限，只到今日午時。午時一過，明日片甲不留！本王的渤軍，就算同歸於盡，也絕不會放過任何一個馬家軍將士，包括他！」手指向馬邪韓，馬邪韓已氣得渾身發抖。

摘星握緊雙拳，怒目瞪著朱友文，心中明白他說並非毫無道理。

但晉王多年處心積慮，等的不就是這一刻？

還有她的國仇家恨，難道就要這樣放棄復仇？

一旦開戰，性命犧牲是必然，她只能儘快求勝，將傷亡降到最低。

她深吸一口氣，要自己冷靜，開口道：「待兩日後，我將親自回覆。」

朱友文卻是冷笑，「兩日？我聽聞晉王行事果決，要開戰或要投降，何需兩日時間考慮？看來晉王不在泊襄城中，只派了皇女前來當替死鬼？」

此時又是一隻彩蝶翩翩飛過，連朱友文身旁戰狼亦歪起腦袋好奇觀看，這冬日裡怎地還會有蝴蝶飛舞？

摘星道：「昨日在城郊林處發現一批過冬蝶蛹，兩軍殺伐，必牽連林子、損及蝶蛹，我不忍這些蝶兒見不到明年春日，望渤王能高抬貴手，寬限兩日。」見朱友文未有回應，又解釋：「這兩日我會命人將蝶蛹移至溫暖室內，催其羽化成蝶，遠離戰場而去。」

「就為了蝴蝶？」朱友文臉現嘲弄，內心卻是澎湃。

她竟弄來了蝴蝶？

狼狩山上，她最愛的，不就是看他觀風聽蝶？

星兒。

這個名字再度迴盪在心。

這一招，好蠢，卻也好狠。

我怎能不想起狼狩山？怎能不想起女蘿湖旁的點滴？

怎能不想起，妳那曾經燦爛無憂的嬌憨笑顏？

可是，都遠去了。

正自感慨，又是一隻彩蝶飛來，風雪稍強，蝶兒飛得歪斜，想找地方躲避，竟停在了朱友文胸前鎧甲上，冷硬目光瞬間有了溫度。

「堂堂皇女，竟如此念舊？」他輕聲道。

「我自幼喜愛蝴蝶，與你無關！」摘星辯解。

他輕撫蝶兒翅膀，彩蝶便停在了他手指上，他目光不曾離開蝴蝶，道：「好，看在蝴蝶份上，本王容妳兩日後答覆是否主動獻城，避免戰禍。」

馬邪韓瞪大了眼，不敢置信，不過區區幾隻蝴蝶，竟真成功讓渤王答應寬延兩日攻城？

疾沖心頭更加不是滋味，為何他總覺這兩人即使成為敵人，之間的牽絆與默契反而越是加深？在商討戰情上，他自信與摘星有十足默契，可在私人感情上，她卻彷彿用一層殼將自己保護起來，不讓他碰觸到最柔軟的那一處。疾沖只能安慰自己，至少，現在在她身邊的是他，不是朱友文，他相信假以時日，自個兒在她心中份量，終會大過朱友文。

可是此刻，他卻越發不確定了。

不管是相愛或相恨，這兩個人之間，似乎早已容不下別人。

即使距離如此遙遠，也總是能知道另一個人的心思。

最懂你的，並非深愛你之人，而是深愛過你之後，反目成仇的敵人。

蝴蝶飛離了朱友文指上，他竟戀戀不捨，目送蝶兒消失在冬雪裡。

他毫不掩飾滿臉思念，讓她不由看得出神。

他在思念什麼？

是狼狩山上的一草一木？哺育他長大的母狼？他的狼兄弟？

還是他倆曾有過的兩小無猜與純真？

她心一痛，不，狼仔早已死了！

他轉過頭，重新恢復冷酷，「馬摘星，兩日後，本王兵臨城下，聽妳答覆！」話聲一落，一拉繮繩，帶著兩隻戰狼返回渤軍陣營。

她望著他絕塵而去的身影，目光膠著，心中原本那個模模糊糊的念頭越加明晰。

真有這個可能嗎？

疾沖在旁見了，心中吃味，同時黯然。

摘星從沒用這樣的眼神看過他。

「走吧！此地久留無益。」他上前催促摘星，「妳與他的過往，別再多想。」

摘星點點頭，終於收回視線，轉身隨著疾沖與馬邪韓回城。

隔日破曉時刻，疾沖站在泊襄城牆上遠眺。

遠處隱隱出現一小黑點，接著黑點越來越大，迅速飛近，且伴隨著異常鳴叫。

疾沖不禁微微擰眉：追日向來冷靜，何事如此慌張？

追日越飛越近，高亢鳴叫更加刺耳，讓人聽了跟著心神不寧。

疾沖忍不住數落：「追日你鬼叫啥啊？平時我是怎麼教你的……」

金雕落在城牆上，仰天一聲長嘯。

疾沖神情一凜。

九龍大纛旗？

難道是那老賊親自來了？

「追日，你可確定？」疾沖難得一臉嚴肅。

金雕沒好氣地啄了主人額頭一下，牠眼睛可是利得很，怎可能看錯？

若真是那老賊親臨，戰局必定有變，得趕緊召集大家，重新商討軍情！

疾沖連忙通知，不一會兒，摘星、王戎與李繼岌相繼趕來，眾人聚集一處，聽疾沖報告最新軍情：「朱溫那老賊親自來了！根據探子緊急回報，他還多帶了十萬梁軍，這下渤軍實力加倍，若我們明日拒絕開城稱臣，那老賊恐怕也不會再有任何寬限，將直接開戰！」

眾人臉色凝重，李繼岌道：「狼毒花雖已準備妥當，差不多煉製完畢，但多了朱溫親臨這個變數……」

「恐怕我們得改變戰術。」摘星望向疾沖。「用奇襲！」

李繼岌點點頭，「準備狼毒花，以毒攻毒，就是打算拿下渤王，讓渤軍潰散，如今既然朱溫親臨，可謂天賜良機，此戰不只要拿下渤王，更要擒下朱溫！」

摘星走到沙盤前，一面著手佈局，一面道：「咱們可以在城下先與朱友文交戰，我軍有城牆地利，又有狼毒花獨攻他弱點，就算勝不了渤軍，也必能拖延時間，打成平手。」她將渤軍、晉軍小旗插滿泊襄城周圍，接著目光瞄向渤軍陣營後方，只剩下一支朱旗。「但此戰我軍真正的目標是朱溫！因此需要一支奇兵，在我們與渤軍交戰時，以迅雷不及掩耳的速度，全力突襲渤軍後方的朱溫大本營！順利的話，或許能一舉生擒朱溫！」

「誰去帶兵奇襲朱溫？」王戎問。

摘星望向疾沖，疾沖連忙搖頭，「我不去！我去了，誰保護妳？」

「我必須留在城裡誘敵，否則朱友文必起疑心。」

「不成！此戰結束前，我就要待在妳身邊，哪裡都不去！」

「我知你是擔心我，但──」

「是，我就是擔心妳有個三長兩短！我即便生擒朱溫、立下大功、打贏這一仗，但若沒了妳，這些對我有何意義？」他會回到晉國、乖乖向老頭認錯、重新披上戰甲當他的少帥，都是為了她。

這番赤裸裸告白，讓摘星有些羞窘，疾沖卻是認真無比。

一旁李繼岌忍住想嘆氣的衝動，心道他這小弟怎依舊如此任性？也不看看場合說話？王戎雖是大老粗，倒是能多少理解疾沖，畢竟每個人打仗的目的不盡相同，有人渴望功名但在馬上立，有人渴望權力，而有的人，只是希望能保護自己所愛之人。

「總之我不幹！大哥你去吧！」疾沖道。

李繼岌卻搖搖頭，「我何嘗不想立下這功勞？但我善守不善攻，王軍侯擅長步兵，繼嶢，你應變迅捷，思路靈活，是唯一的人選。」

摘星、王戎相繼點頭。

疾沖無語。

這些人就是要逼他出戰奇襲？

「疾沖，我知無法逼你，只能求你。」摘星露出懇切眼神，「你且放心，有王世子與王軍侯在此，他們定會保護好我。」

李繼岌道：「沒錯，繼嶢，你儘管放心。剿滅朱梁，撥亂反正，乃父王多年心願，此刻是最接近的一次了。」

眼見所有人的期盼都在自己身上，連摘星也不挽留，疾沖即使再不情願，似乎也已無法推拒。

他無奈看著摘星，趨前低聲在她耳邊問：「打勝之後，天涯海角？」

她一陣心虛，卻硬逼著自己，點了點頭，擠出微笑，朝他低聲道：「打勝之後，天涯海角。你去哪兒，我去哪兒。」

她本就不留戀名利權位，此戰結束後，她報了家仇、協助晉王復興了前朝，肩上責任已了，就隨著疾沖遠走高飛，遠離這一切曾讓她痛徹心肺的過去吧。

是的，她會跟他走的。

她這麼告訴自己。

從此，不再惦念著朱友文。

疾沖見她許下承諾，心裡覺得妥當些了，這才深吸一口氣，咬牙道：「好！就算是刀山油鍋，老子也衝了！」頓了頓，仍不放心對摘星道：「妳就乖乖在泊襄城裡等著我，哪兒也別去，別讓我操心，知道嗎？」

摘星微笑點頭，卻巧妙地將目光微移，落在了沙盤上。

渤軍的黑色小旗，密密麻麻，將泊襄城圍得密不透風。

朱友文，你心中到底是如何打算的？

🐾 🐾 🐾

兩日寬限已到。

摘星手握奔狼弓，從破曉之際便立於城牆上，遠眺渤軍陣營。

風雪又起，漫天大雪裡，黑壓壓的渤軍蠢蠢欲動，巢車、飛梯等大型攻城器具已推出，後方更是弓弩炮箭一字排開，有備而來。

一對彩蝶忽飛過她眼前，彼此糾纏，戀戀不捨，那畫面美極了。

在城郊林處找到的蝶蛹，已全數移至爐火溫暖的室內，催其孵化，並以花蜜露水供養，她冀望這些蝶兒能活過這場戰爭、活過這場寒冬，待來年春天再野放，無憂無慮，雙雙對對飛。

這對蝶兒是怎麼溜出來的？竟迫不急待地互相追逐，絲毫不畏冰天雪地？

她沒有伸手去捉蝶兒，只是靜靜看著牠們越飛越遠，嘴角不自覺含笑。

狼狩山上，女蘿湖邊，曾經的天真與旖旎。

只嘆蝴蝶不傳千里夢，夢中千種恨。

彩蝶飛遠了，視線裡映入一排排黑壓壓如蟻般鑽動的渤軍，正緩緩朝泊襄城邁進。

那些珍視、信任與守護，什麼時候變成了背叛、傷痛與悔恨？

最後只剩下不共戴天的國仇家恨。

她身後晉軍、馬家軍陣營，人人緊握兵器，嚴陣以待。

狼毒花液已調製完畢，就待她一聲令下，放火燒煙。

渤軍陣營再度一分為二，朱友文手持長槍，騎著黑馬絕影當先而出，四隻戰狼左右擁簇，海蝶與莫霄跟隨其後，他來到泊襄城下，喝問：「馬摘星！兩日期限已至，本王等著妳的答覆！」

城牆上，摘星緩緩取下身後奔狼弓，「箭。」

馬婧遞來一支箭。

搭弓，上箭，姿勢熟練。

無法不憶起，當初教會她射箭的，是他。

她瞄準了他，他毫無畏懼，目光直視城牆上的她。

視線遙遙相遇的那一刻，電光火石，所有過往回憶瞬間湧上，時間彷彿靜止，風雪彷彿停歇。

那個瞬間，彷彿天地間只剩下了他們兩人。

心，在顫抖。

可是披上戰甲的那一刻，不就已決定割捨一切了嗎？

那她此刻還在猶豫什麼？

他都能如此狠心無情，為什麼她就辦不到？

是他說過的，心狠手辣，不能只做一半！

她咬咬牙，轉頭對李繼岌頷首示意，他走下城牆，親自扔下一把火，滿車狼毒花液瞬間冒起濃煙，隨著風雪迅速飄送而去，無人察覺異狀。

朱友文昂首看著城牆上身穿銀甲的她，如此耀眼，如此遙不可及。

陽光從厚厚雲層中忽然露臉，那身銀甲上反射出刺眼光芒，他不禁閉了閉眼，在那短短瞬間，他竟恍惚見到一張嬌美的少女臉蛋從滿是陽光的茂密樹枝間探出，雙手一張，跳下樹來，要落入他的懷裡……

「狼仔！」少女喊。

狼仔……

少女的聲音忽地變了。

不再是甜膩的嬌喊，而是帶著恐懼的尖叫，而他在那驚叫聲中，彷彿聽見了什麼東西碎裂的聲音。

身軀不覺微微一震。

睜開眼，一支利箭就插在絕影面前十步之遙！

這就是她的答覆！

城內晉軍、馬家軍見皇女出箭，拒絕投降，紛紛敲擊兵器，鼓譟示威。

朱友文看著那支箭好一會兒，忽一夾馬肚，竟單槍匹馬緩緩往泊襄城方向騎去。

「主子！」莫霄趕緊追上，「再往前便是晉軍射程內了！」

他點點頭，「我知道。」絕影腳步絕沒有停下，莫霄又要上前勸阻，他忽轉過身，用力擲出長槍，槍頭落地處距離莫霄腳尖不過咫尺，半截槍頭埋入地面，槍尾猶自晃動不已，餘力未消。

「主子？」

「渤軍聽令！」他大聲命令：「今日誰都不許越過這長槍半步，違者必殺！」

渤軍眾將士默默聽令，無人質疑他的權威。

朱友文跳下馬，輕輕一推，「到莫霄身邊去吧。」

絕影極有靈性，果真朝莫霄走去，半途回過頭，看了一眼自己的主人，目光不捨。

彷彿已知這是訣別。

原該留守渤王府的文衍，悄悄出現在渤軍陣營內，他奉朱友文密令，先行趕至泊襄城調度梁帝稍早派出的內應，卻不是為了要內外夾攻，而是讓所有內應全數撤出。

身為夜煞，向來只有上頭命令，下頭執行，文衍從不過問命令背後的意義，卻也猜測出主子準備有個了斷，不願牽連旁人無辜性命。

朱友文已走到摘星那支箭之前，嗖嗖數聲，泊襄城牆上射來數箭，均落在他腳前，警告意味濃厚：再往前走，萬箭齊下，唯有死路！

但他僅稍稍猶豫，居然又繼續往前，終於越過摘星那支箭，瞬間城牆上飛箭成雨，直朝他射來，他卻絲毫不避不閃，其中一隻浸染過狼毒花液的箭直射入他右肩，劇痛襲來，臉上卻現出了絕望微笑。

妳終究是用了狼毒花。

這便證明，妳對我已是絕情。

星兒，我欠妳太多，只能用這條命還妳，但我不能讓妳知道真相，我寧願讓妳相信，妳真的手刃了殺父兇手，報了血仇，就此解脫，不再受仇恨折磨。

文衍緊握著懷中帥印，朱友文密令，一旦今日他彷彿喪失心神，慘死晉軍箭雨下後，便拿出帥印，喝令渤軍退回，整軍回梁，如此渤軍元氣尚在，要抵禦晉軍攻擊、守衛大梁國土，仍是措措有餘。

他這一輩子，都是為別人而活，總是身不由己，可他多想為自己活一次？

他什麼都不在乎了，看似尋死，卻是這輩子第一次，為自己活了一次。

又是一箭射來，此箭乃摘星所發，直接射中他左手手臂，狼毒花見血，迅速催動體內獸毒，他臉上微笑依舊。

快了，星兒，妳就要自由了。

從此忘了我吧，從此展開新的人生。

他抬起頭，望向城牆，漫天箭雨中搜尋她的身影。

一股野性衝動襲來，他氣運丹田，仰首長嘯，那是狼最後的悲鳴。

這麼多年來，他壓抑著身為狼的野性，不願承認過去，但此刻他完全釋放自己，一聲狼嘯，藏著多少悲痛、思念、掙扎、歉疚、遺憾、懊悔，以及不捨。

戰狼隨之引頸長嘯，狼嚎高亢淒厲，聞者心顫，彷彿一根弦被拉得太緊，隨時就要崩斷！

「他獸毒體內發作，已然獸化！」李繼岌興奮喊道：「快射！快準備更多狼毒箭！今日定要渤王死在我軍箭下！」

「等一下！」出聲的卻是摘星。

城下那人真是朱友文嗎？

為何毫不反抗？還自投羅網？

難道他是故意尋死？還是這又是他的計謀？想騙取她的感情，誘她輕敵？

李繼岌不願再錯過良機，依舊命弓箭手取來狼毒箭，不斷朝朱友文射去！

眼見朱友文身陷險境，她理應要感到大仇得報的暢快，可為何驚疑不定？甚至感到害怕？

多少個夜晚，她暗暗發誓，必要手刃他替父報仇，如今大仇即將得報，為何她卻寧願那些箭不要射向他？

那聲狼嘯更讓她心生顫慄，整個人隨之鳴動。

那是狼死前的悲鳴！

狼仔！

心中不禁喊出她逼著自己必須要遺忘的那個名字。

難道他竟是要刻意尋死，還清這一切嗎？

還是城下那人其實根本就不是朱友文？

她收回奔狼弓，奔下城牆，謀士袁策忽現身，正牽著匹白馬，「皇女可是需要用馬？」

摘星急忙道聲謝，跳上馬後便往城門騎去，同時喊道：「開城門！快開城門！」

馬婧急忙跟來，也要了匹馬追上去。

「皇女！」李繼岌見狀，連忙追來阻止，「皇女莫衝動！此刻戰情緊繃，怎能隨意開啟城門？」

「我只是想看看那人究竟是不是朱友文？」摘星急道。

「皇女且寬心，待他成為屍體後，要怎麼檢查都沒問題！」李繼岌不讓就是不讓。

摘星情緒已明顯受到影響，他怎能讓皇女感情用事、隨意大開城門，自毀泊襄防守？

而此刻，泊襄城外，戰況忽變。

眼見主子就要死在萬箭穿心下，莫霄奔回渤軍陣營，搶過一面大盾，施展輕功來到朱友文面前，用大盾將主子全身護住，箭雨刷刷而下，大多數被盾牌擋去，但莫霄自己卻也中箭受傷！

「莫霄！你膽敢抗命！」朱友文怒道。

「主子，就算抗命我也要護住您！我怎可能眼睜睜看您死在這箭雨之下？」

城牆上箭雨不曾停歇，盾牌瞬間成了刺蝟，朱友文搶過盾牌，護住莫霄，卻將自己全身曝露在箭雨下。

「主子！」

海蝶待要衝上前援救，卻已太遲，「莫霄！」

說時遲，那時快，海蝶身旁渤軍竟不顧朱友文先前命令，高舉盾牌衝向前方，一面主動替朱友文擋下箭雨，一面在他身邊圍成一圈，密密實實！

那可是帶著他們出生入死的主帥渤王！身為渤軍，怎可能眼睜睜看著自己的主帥在敵人面前陣亡而不救援？即使因此違抗軍令，也在所不惜！

海蝶抄起一盾牌，跟著渤軍上前救援。

文衍人在後方，手已伸入懷裡，但朱友文先前交付的帥印，他卻是怎麼也拿不出手，號令渤軍撤退。

為救渤王，除了前鋒奔出阻擋箭雨，後方士兵亦將投石機推出，準備攻城，吸引敵軍注意，讓敵人分身乏術。

朱友文原不欲開戰，但這一戰，終究還是開打了。

城牆上晉軍弓箭手立即轉移目標，將大部份的箭射向不斷進攻的投石機，射向朱友文的箭勢大減，護住渤王的盾牌兵開始往後退，王戎在城牆上見到這一幕，心急道：「該死！那廝又要逃走了！」

狼毒花必定已奏效，朱友文體內獸毒發作，心神喪失，不然哪個正常人會傻傻走進箭雨裡，任由萬箭穿心？

眼見朱友文即將全身而退，機不可失，王戎虎喝一聲：「開城門！夠膽的跟我來，咱們趁渤軍群龍無首，衝他爺爺一陣，把他們砍個片甲不留！」

王戎一聲令下，泊襄城門緩緩開啟，被李繼岌擋在城門口的摘星趕緊一揮馬鞭，從門縫間衝了出去！

「皇女！」李繼岌只好趕緊上馬追上！

城門一開，王戎領著精兵三千殺了出去，泊襄城外頓時成了戰場，人人短兵相接，殺聲震天，摘星騎著白馬奔出城，一眼就見到渤軍的盾牌陣，知道朱友文必定就在裡頭，箭雨再也奈何他不得。

果然之前只是苦肉計嗎？

他又騙了她一次！

朱友文，你到底要欺瞞利用我倆之間的感情幾次？

悲憤之餘，伸手從後方抽出奔狼弓，在馬上彎弓搭箭，瞄準了盾牌陣，但盾牌圍得嚴密，根本找不著空隙，她只得驅馬更加接近，銳利眼神不住打量，希望能找到破綻，一舉擒殺朱友文！

胯下白馬忽一個趔趄，她重心不穩，險些落馬，緊接著一股腥臭傳來，白馬腿一軟，再也站立不住倒地，她閃避不及，一條腿竟被白馬笨重身子壓住，無法掙脫。
那白馬不斷拉稀，幾度想重新站起，卻是徒勞，顯是有人惡意餵食巴豆等易洩草料。
李繼岌緊追在後，見白馬忽倒，摘星落馬，急得快馬加鞭，但已有渤軍見到摘星落難，揮起大刀便一擁而上，她被白馬壓住身子，根本無處可逃！
摘星將奔狼弓拉滿，勉強射出一箭，傷了一名渤軍，另一名渤軍上前，大刀揮下，她本能舉起奔狼弓阻擋，弓被砍斷，刀勢順勢切入她肩下，她痛呼出聲。
「皇女——」李繼岌已急得滿頭大汗，奈何卻被渤軍所圍，自個兒幾乎也要身入險境。
皇女所乘白馬怎會突然脫力軟倒？難道有人故意陷害？
渤軍士兵又是一刀揮下，摘星忍痛勉強躲開，懷裡銅鈴落地，聲音如此微小，輕易便被戰場上呼喝殺伐之聲掩蓋，但他卻聽見了。
彷彿整個世界都靜止了下來，所有的聲音都已消失，只剩下那一聲銅鈴。
那是所有最初的美好。
朱友文破陣而出，奔向銅鈴聲來源，一掌揮出，正要砍下摘星腦袋的渤軍士兵口噴鮮血遠遠飛出，接著他一腳將白馬狠狠踢開，抱起摘星。
其餘渤軍士兵大感不解，那可是前朝皇女，是大梁的敵人！
為何渤王要救她？
越來越多渤軍士兵圍上，朱友文呼吸急促，雙手顫抖，獸毒已發作。
在他懷裡的摘星，肩下傷口失血過多，意識漸漸模糊，可她知道是他救了她。

狼仔……是你嗎？

太好了……你沒有死……你還在，還在我身邊……

李繼岌終於突圍，率領晉軍殺出一條血路想搶回摘星，卻被朱友文擋下。

朱友文一時間分不清敵我，他只知道自己要保護好星兒，誰都別想傷害她！

誰都別想從他手裡搶走她！誰都別想！

一陣黑影如旋風飛奔而至，黑馬絕影不畏刀劍，衝上前來，莫霄在後頭喊著：「主子！快帶馬郡主走啊！這裡有我們擋著！」

朱友文抱著摘星上了馬，她已然昏迷，整個人無力依靠在他懷裡。

「主子！快走！快救馬郡主！」莫霄哪裡不知，從頭到尾，主子都不曾想過要傷害她。

朱友文狠下心，帶著摘星策馬而去，為加快絕影奔速，他單手脫去身上鎧甲，胸甲墜地，胸前光明鏡碎裂，其上兇惡狼頭埋塵於土。

後方渤軍見是渤王，紛紛主動讓路，莫霄、海蝶與其他前線渤軍士兵浴血奮戰，擋開晉軍攻勢，晉軍只能眼睜睜看著朱友文帶著皇女揚長而去。

泊襄一役，渤軍頓失主帥，晉國失去皇女，兩敗俱傷。

但戰事尚未結束。

金雕追日的身影劃過天際，一聲長鳴。

另一端，骨肉相殘的戰爭，正要開始。

第四十章　雪夜寺深

大梁渤王朱友文帶著前朝皇女遠走高飛的消息，尚未傳到朱溫耳裡，他人正在軍帳裡看著地圖，志得意滿地盤算著拿下泊襄後，下一步該怎麼走？

此時帳外忽起騷動，朱溫擰眉，正想派張錦去問個清楚，帳帘一掀，原本人該在大梁京城皇宮內、且身如僵木的朱友貞，竟走了進來！

朱溫簡直不敢相信自己雙眼，又驚又喜，立即迎上，「友貞！貞兒，你沒事了？你恢復了？這真是太好——」正喜不自勝，眼前劍光一閃，冰冷劍鋒已抵在他頸子上！

「友貞！」

「陛下！」一旁張錦還來不及反應，帳帘又是一掀，幾名宮女闖進，紛紛從懷裡取出匕首，抵住張錦頸子，要他閉嘴。

接著楊厚走了進來，對朱友貞點了點頭。

帳外朱溫帶來的親信侍衛已全數解決，換上了朱友貞的人馬。

「你……畜生！你想造反了？」朱溫驚怒交集，指著朱友貞的鼻子大罵，「原來你之前都是裝的？你竟預謀已久？」

「我這不是造反，是要替大哥報仇！是你殺了大哥！」朱友貞激動喊道，眼中有淚，劍尖不自覺更往前指！

「你……友貞，你是聽信何人所言？」他狠狠瞪向楊厚，「是他嗎？友貞，你何必輕信奸人，父子相殘？快把劍放下，父皇不與你計較——」

「不！父皇，我早對大哥死因耿耿於懷，我已知當初根本是你暗中派人毒殺大哥，又嫁禍馬瑛，逼得三哥不得不與摘星姊姊反目成仇！父子相殘？你早就開始殘害我們這些兒子了！」

朱溫一愣，當年他已親手將湮滅所有相關證據，一個活口都沒留下，朱友裕之死的真相，朱友貞是如何得知？

朱友貞見朱溫神色閃過一絲謊言被識破的倉皇，他最不願相信的事實終於擺在眼前，眼中熱淚不禁滾滾而落，嘶喊：「父皇！你怎麼忍心下得了手！為了權位，居然謀殺自己的親骨肉！你罵我畜生！你自己又與畜生有何分別？」

「大膽！你這孽子！休要胡言亂語！」朱溫已是氣得臉上青筋直冒。

「殿下，時間寶貴。」楊厚見朱友貞情緒失控，在旁提醒。

朱友貞勉強鎮定心神，「父皇，我要你立即下詔，傳位予我！」

「你竟是想逼宮？連你也渴望權位至此？」朱溫難以置信。

這是他最寵愛的小兒子！

他一個個兒子，都貪圖他的權力王位，也被他一一收拾，可朱友貞？

朱溫心裡仍將這個小兒子當成孩子，雖心中隱隱有將來傳位予他的念頭，但對於權位的眷戀與慾望，仍讓他不願輕易放手。

朱友貞逼宮，讓他看清了現實：爭權奪利的路上，哪分什麼父子骨肉至親？誰擋了誰的路，就只有拔刀相向，先除之而後快！

朱溫不愧老謀深算，很快從震驚中恢復，冷笑：「你想當皇帝？可以，呈上筆墨，朕這就起草讓位詔書。」

朱友貞自然預期朱溫百般抗拒，見他如此輕易便答應讓位，心中反而猶疑，眼神不自覺望向楊厚，朱溫等的就是這一刻，他畢竟是在馬上打天下，年紀雖大，緊要關頭倒還是使得出身手，後退半步，甩袖捲開劍尖，朱友貞不察，手中長劍竟然脫手，朱溫上前腳踹他胸口，朱友貞一口氣緩不過來，加上胸前箭傷仍未完全痊癒，往後踉蹌數步，楊厚急忙趕過來扶住。

楊厚眼見情況不對，朝外喊：「來人！」

帳帘一掀，率先進來的卻不是楊厚安排的人手，而是遙姬！幾名禁軍隨後入帳，拔劍砍向箝制張錦的幾名宮女，不過一眨眼功夫，宮女紛紛被禁軍制服，當場砍殺！

「你、你們……」楊厚吃驚地看著本該倒向自己的禁軍統領。

帳帘又是一掀，走進一名年輕人，朱友貞看著眼熟，竟是晉國王世子身旁謀士袁策。

「你……你是父王早已安排好的內奸？」朱友貞指著袁策問道。

只見袁策笑了笑，「是，也不是。」伸手往臉皮上一抓，人皮面具脫落，竟是子神。

原來子神奉遙姬之命，毒殺馬摘星未成後，一路跟蹤追隨她前往晉國，晉王李存勖喜愛看戲，晉王府內供養一戲班，子神面皮白皙姣好，假扮伶人混入戲班自不是難事，他混入晉王府後，趁隙毒死袁策，自己再戴上人皮面具假扮袁策，企圖慫恿李繼岌趁戰亂時除去馬摘星。他臥底期間，時時四處打探消息，一夜無意間發現疾沖在屋簷上暢飲美酒，身旁那人好生眼熟，便留上了心，直至朱友貞離開太原，與摘星道別，他才驚覺朱友貞原來從頭到尾都在晉國太原，連忙與遙姬互通訊息，這才拆穿朱友貞的伎倆。

遙姬立即通報梁帝，隨後得梁帝密令，率領禁衛軍精兵兩千前來援助，以備不時之需。

朱友貞見逼宮失敗，倒也不懼怕，推開楊厚，身子挺直，兩把劍立即架上了他的頸子。

「要殺就殺吧！反正你也不是第一次殺兒子了，不是嗎？我到了地府陰間，還有大哥和三哥陪著！」

朱溫聽出不對勁，質問：「你把你三哥怎麼了？」

朱友貞先是低笑，接著越笑越大聲，竟笑得甚是暢快。

「孽子！你笑什麼？」朱溫惱怒，上前狠狠打了朱友貞一巴掌，朱友貞嘴角緩緩流出鮮血，他隨手抹去，臉上笑意不減。

朱溫心內一涼：難道朱友文也覬覦他的帝位？泊襄之戰不過是個幌子，朱友文真正的目的是帶領這十萬渤軍，殺回京城，奪取他的天下？

朱友貞鄙夷地看著自己的父親，「我知道你心裡在想什麼，若三哥真有反意，此刻你早已被十萬渤軍所滅！」

朱溫越聽心中越慌，逼問：「他究竟想拿朕的十萬大軍做什麼？」

朱友貞冷笑，「父皇，三哥早已看清你的陰謀，大哥的死，根本與他無關，他只是去做他一直想要做的事。」

「他……難道他要去找馬摘星，妄想與她雙宿雙飛？可笑！他滿手馬家血債，馬摘星怎可能原諒他？自古殺人償命，血債就只能血還——」朱溫忽醒悟，臉色大變，「難道……他打算以命償還？」

朱友貞只是冷笑不語，朱溫更是大驚失色，慌亂命道：「快派禁軍去把朱友文抓回來！絕不能讓他白白死在戰場上！他若死了，驍勇渤軍也等於廢了！」

朱溫毫不關心朱友文死活，只在乎日後是否能繼續利用渤軍，朱友貞在旁看著，心中冰涼。

這就是他們的父親，永遠只想著自己的利益，毫不在乎兒子們的死活。

朱溫急命遙姬帶領禁軍精銳前往泊襄城外戰場，務必將朱友文帶回。

遙姬領命而去，留下子神，生怕又起變數。

朱友貞竟能連她也瞞過，要不是子神混入晉王府，察覺真相，恐怕真會被他逼宮成功，篡奪帝位。

轉念一想，難道朱友文完全不知情嗎？還是他也是共謀？

從一開始，他就知道從契丹帶回大梁的，並不是朱友貞本人？

虧他還在她面前上演一齣那麼感人的苦肉計，連她也不加懷疑，誰知竟是兄弟倆人合演一場戲，朱友文為何要這麼做？目的是什麼？

追根究底，難道仍是為了馬摘星嗎？

馬摘星，妳究竟何德何能，讓一個男子對妳癡心付出至此？竟連堂堂一國之君也膽敢背叛？

🐾 🐾 🐾

疾沖率領精兵五百，悄悄來到渤軍陣營後方，大老遠就見到帳前豎立著九龍纛旗的朱溫營地，招搖無比，那老賊恐怕完全沒料想到，晉國居然膽敢派兵奇襲。

疾沖站在山坡上，正盤算著進攻時機，忽見營帳周圍起了騷動，大批禁軍趕來，一名滿頭白髮的女子走入營帳後，又匆匆退出，竟將營帳周圍禁軍人馬近乎全數帶走。

克朗見狀，暗喜道：「看那方向，他們是趕往泊襄城的增援部隊？眼下朱溫已沒有多少戰力，正是奇襲的好機會！太好了！」

「好你個頭！」疾沖用力拍了下克朗的腦袋，「那老賊增兵泊襄，那咱們泊襄城的守軍，處境豈不更加堪危？」疾沖憂心望向天際，尋找追日身影。

大哥雖答應了會好好照顧摘星，但不知為何，心中一直隱隱感到不安。一股不祥預感正在醞釀。

「那咱們就速戰速決！」克朗豪氣道

疾沖咬牙，「好，速戰速決！」舉劍一揮，身後弓箭手紛紛搭弓上箭，箭尖均已裹上油布，點火，放箭，流星似的火雨紛紛飛向朱溫營帳，一個接著一個營帳著火，守衛士兵不料有人偷襲，而且此處離水源地甚遠，根本來不及救火，只能狼狽四處竄逃。

「走水了！走水了！」

「有人偷襲！晉軍偷襲！」

朱溫衝出營帳，只見火光處處，士兵慌亂奔走，接著馬蹄聲隆隆，轉頭一看，疾沖率領精兵由山坡上衝下，人人大喊：「殺朱破梁！」

「陛下！小心！」張錦衝到他面前，一支箭射中了他的大腿！張錦忍痛道：「陛下，敵軍偷襲，咱們還是先撤吧！」

朱溫萬般不甘，他計畫吞晉已久，如今竟要功虧一簣？

若不是朱友貞用計逼宮，加上朱友文欲犧牲自己，以命償命，置十萬渤軍不顧，他怎會慌亂至此，竟將身邊可用兵力幾乎全交予遙姬，趕去支援？

敵軍人數不過區區幾百，但已奪得先機，朱梁軍心已亂，人人自危，朱溫無力號召反攻，只能在張錦等人的保護下，倉皇上馬撤退。

晉軍見朱溫不戰而逃，士氣大振，一路追趕在後，疾沖更是一馬當先，高舉弓箭，眼如銳鷹，連發三箭，一箭撂倒朱溫身後禁軍侍衛，一箭射中朱溫座騎，趁著朱溫胯下馬兒吃痛失控之際，最後一箭射中朱溫手臂！

朱溫狼狽摔下馬，身旁眾人紛紛驚呼圍上。

「得手了！」疾沖難掩興奮，正欲補上一箭，頭頂傳來一聲焦急鳴嘯，他神色立變，抬起頭便瞧見金雕追日疾飛而來，不斷淒厲鳴叫。

摘星出事了！

他立即調轉馬頭，連朱溫也不顧了，「走！泊襄有變！摘星出事了！」

「少帥，就這樣放過朱賊嗎？」克朗訝異。

此時不生擒朱溫，更待何時？

「克朗，分兵！我領一半回泊襄，你領另外一半去抓朱溫，若是生擒，說不定能解泊襄之危！」

疾沖很快率領一半精兵趕回泊襄，克朗率領剩餘人馬繼續追擊朱溫。

晉軍再次放箭，朱溫身旁禁軍侍衛又倒下一波，朱溫雖臂上受傷，見情況危急，忙從一倒下禁軍侍衛手裡搶過劍，吃力擋下數支箭矢，但也已力竭，張錦冒險將他重新扶上馬，「陛下！您快逃吧！這裡由老奴擋著！」

朱溫策馬快逃，幾名殘餘禁軍侍衛連忙跟上護駕，張錦留在原地，從滿地屍首中抽出一把劍，腿上箭傷仍在汩汩流著血，卻勇敢地擋在晉軍面前。

克朗根本不把老弱的張錦看在眼裡，但也敬佩其義勇，未痛下殺手，只是率兵讓過張錦，繼續追殺朱溫。

朱溫身旁侍衛一個接一個落馬，克朗有意將朱溫留待最後收拾，朱溫越逃越慌，不禁喃喃安慰自己：「朕是天子……朕一定能活下去……一定能……」

他絕不會死於這些無名之輩手裡！

戰馬奔馳，前方忽傳來大批馬蹄聲與人聲呼喝，驚天動地，彷彿連山河都為之動搖，朱溫臉色死灰，心道：難道今日真要在此處送命？

卻見當先一騎，馬上佳人一身素白，衣衫獵獵，雪白髮絲，隨風飛揚，如腥風血雨中突然綻放的一朵潔白山茶花，讓人目光不由一亮。

「陛下！遙姬前來救駕！」

情況緊急，子神以夜煞獨門祕製煙火傳訊，遙姬立即率領精兵折返救駕，她人看似嬌弱纖細，一出手卻是狠辣無比，一手持劍，一手持刀，策馬擋在朱溫身後，幾下刀光劍起，敵軍紛紛被割斷喉嚨，倒地痛苦窒息而死。

遙姬身後大梁精兵隨即衝上與晉軍開打，頓時殺聲四起，血霧一片片灑出，滿地白雪染紅。

一片混亂中，遙姬趕緊跳下馬，扶起朱溫。

朱溫看著遙姬身上雪白衣衫濺滿了血污，心中激動。

想不到，他三番兩次受人蒙騙，甚至落難至此，都是遙姬助他脫離險境。

親骨肉不可信，他一手提拔的朱友文如今更成了忘恩負義的白眼狼，只有遙姬，始終對他忠心耿耿。

「陛下……陛下！」刀光血雨中，張錦跌跌撞撞奔來，本要跪下，見遙姬單獨一人扶著朱溫頗感吃力，連忙上前幫忙。

朱溫心中一寬，忽覺喉頭一振腥甜，張嘴吐了一大口鮮血。

「陛下！」張錦摸索著從懷裡取出一張帕巾遞上，朱溫卻直接用手背抹去嘴邊血漬。

「快帶陛下離開！」遙姬命令，兩隊精兵立即上前將他們三人圍住，迅速撤退。

克朗見前功盡棄，只能扼腕，一聲令下，帶領殘兵撤回泊襄。

朱溫僥倖撿回一命，撤退路上，仍不忘追問十萬渤軍下場。

十萬渤軍雖有小部份損傷，元氣仍在，已從泊襄撤回，正往魏州城前進。

朱友貞也已在押送回京的路上，由於消息保密得宜，尚無人得知待在京城皇宮裡的那一位，只是替身。

千軍萬馬之際，渤王朱友文忽敵我不分，救起前朝皇女，策馬而去，消失在戰場上，不知何去何從。

朱溫傷重，聽著探子匯報，目光殺意濃濃。

他竟真打算跟馬摘星遠早高飛？

做夢！

朱友文的一切，包括他的命，都是他給的！

他既然能讓朱友文重生再造，自然也能親手毀了他！

朱溫下令，曉諭三軍，即刻捉拿逃犯朱友文，死活不論！

泊襄之戰，他所受的屈辱，日後必定十倍百倍奉還！

❀ ❀ ❀

朱友文一手抱著摘星，一手策馬疾馳，胯下絕影，快如疾風，無人能及。

摘星肩下受傷處，他早已撕破自個兒衣裳，替她仔細包紮好，不再出血，她那一身血跡斑斑，是他傷口滴落的血。

他神情痛苦，為的不是區區皮肉傷，而是要苦苦壓抑體內蠢動獸毒。

本欲讓自己死於箭雨下，一命償還所有，誰知會落到這個局面？

他該怎麼做？

此刻他不能死，他死了，誰來保護她？

日頭漸漸西下，絕影奔入山林，羊腸小徑，奔跑不易，他抱著她下馬，輕拍黑馬臀部，示意牠自行回去。

絕影輕輕嘶鳴一聲，用臉蹭了蹭他，用力吐了幾口白霧，這才轉身離去。

他身上傷勢失血更嚴重，箭傷處處，甚至還有箭簇未拔出，但他無暇顧及，一顆心懸著念著，都在她身上。

她失血過多，不知有無大礙？為何此刻還未甦醒？

她從馬上墜落，又被馬所壓，腳上舊疾不知有無受到影響？

抱著她行走了一陣，日落西山，月頭初升，終於見到一座荒寺，連忙走進，將她輕輕放置於地後，四處搜尋，找著了油燈，卻苦無點火器具，只得到寺外挑了兩塊石子當作火石，又找了堆乾草，擊打了一陣子，終於靠著火星點燃乾草，再取來油燈點燃。

手持油燈，仔細觀察她的面容，只見臉色蒼白如紙，他心中擔憂，但荒山野地又要到哪兒去找大夫？且時值冬季，夜晚冰冷，就算點了油燈亦遠遠不夠取暖，必須設法取得柴枝燒火。

夜色如黑紗襲來，他背起她離開荒寺，就著月光尋找能治傷的草藥。

白雪幾乎將整座山掩埋，他在枯樹下撥開雪堆，檢視枯草，總能找到一些曾經熟悉的藥草，桃金娘、過山香可止血，石南藤可緩解疼痛，蛇舌草、圓羊齒能消腫解毒，還有薄荷……手中摘了不少枯草葉，唯有薄荷勾起種種回憶。

將乾枯薄荷葉在手中揉捏碎了，仍是清香襲人，俯臥在他背上的摘星忽動了動，過了一會兒，輕輕喊道：「狼仔……我冷……」

他胸中激盪，眼眶微微發熱。

原來狼仔仍活在妳心裡。

雪夜深林，唯有積雪不斷掉落聲響，但他耳力過人，聽見細微水流聲，想必山中有活泉，天寒地凍亦不結冰，於是背著她，尋著水聲，足足跨越半個山頭，果真尋到一活泉。

沿途小心翼翼，只為不讓及人高的野草割破她嬌嫩臉蛋，渾然不覺自己身上箭傷疼痛。

取水拌入揉碎薄荷葉，先含在嘴裡，緩緩餵她入喉，又解開她衣裳，拆開包紮布條，洗淨傷口後，咬碎了其他藥草敷上，重新撕破自身衣裳，仔細包紮。

他看著身上已無法蔽體的衣料，發現兩支箭簇還插在肉裡，徒手拔起，血流如注，他將就著用所剩不多的衣料草草包紮止血，低頭時發現自己胸前一朵赤紅花朵若隱若現。

文衍告訴過他，此乃獸毒攻心。

上一次，是遙姬不惜冒死救了他一命。

那這一次呢？

沉默看著胸口上那朵以他生命為食的隱隱赤紅花朵，死不足以懼怕，他只怕不能護她周全。

仰頭望月，憶起曾在馬瑛墳前立下誓約：

在下狼仔，是星兒未來的夫君，會好好照顧星兒一生一世，絕不負她。

此刻他重新跪下，在雪地裡對天鄭重磕了三個頭。

馬瑛將軍，您該帶走的人是我，而非摘星。

我懇求您，讓我實踐誓言，護她周全，絕不食言。

懇求您讓她度過此次難關，我日後自會以命償她！

他憶起她在墳前的笑容，如此哀傷卻又如此動人，彷若清晨朝露。

老天爺，我願付出一切，只求星兒能平安活下去。

心中祈禱聲方落，泉水處對岸傳來獸足踏雪聲，凝目望去，兩雙如燃燒琥珀般的獸類眼眸在暗夜中由遠而近，竟是他的戰狼！

他離開戰場，戰狼無人可管束，其中兩頭自行掙脫了鐵鏈，一路追隨他至此。

戰狼毛髮豐厚蓬鬆，絲毫不懼寒冷，他靈機一動，口中低哨，戰狼卻是遲疑。

戰狼畢竟未完全馴化，回到荒山野地，野性重新被喚醒，不想再受人控制。

其中一隻戰狼來回踱步，觀察了好一陣子才跳過泉水，落在他面前，神情警戒。

朱友文伏低身子，此刻他是牠們的同類，而不是高高在上、令人敬畏的主子。

另一隻戰狼也跳了過來，不客氣地嗅聞他，這個人類雖滿身血腥，卻有一種屬於狼群的氣息，來自遙遠陌生的山林與草木，那兒曾有一隻母狼，以自己的奶水哺餵他。

戰狼又去嗅聞摘星，認出了她。

她曾在契丹救過牠一命。

於是放下了野性敵意，以溼潤鼻尖輕觸朱友文雙手。

「兄弟，我需要你們的幫忙。」

🐾 🐾 🐾

一夜過去，他未曾闔眼，擔憂照護著她，直至天明。

兩隻戰狼跟著他回到了荒寺，一前一後圍住摘星，徹夜替她取暖。

天色仍昏暗，寺外雪地上傳來沉重拖沓腳步聲。

他身子緊繃，蓄勢待發。

望向寺外，只見一穿著臃腫老僧緩緩走來，手裡拿著支竹掃帚，似要打掃荒寺。

老僧走進寺內，朱友文殺意頓起，正欲起身如惡狼撲上，那老僧緩緩轉頭，髮鬚皆白的慈眉善目，兩人四目相對，朱友文有豁然頓悟之感，殺意瞬間消退。

他後退兩步，不覺雙手合十，朝老僧深深一鞠躬，誠懇道：「在下與友人都受了傷，友人至今昏迷不醒，冰天雪地，不願讓她受凍，借宿一晚，實不得已——」

老僧平和目光掃過兩隻戰狼，眼裡絲毫不見訝異，亦不見懼怕，戰狼見了老僧，只在一瞬間繃緊了身子，隨即放鬆。

均知此人並無威脅。

老僧放下掃帚，來到摘星面前，伸手把脈，似略通醫術，朱友文不由心中一喜。

片刻，老僧放下摘星手腕，示意她並無生命危險。

失血過多，加之受太多風寒，元氣大傷，才遲遲未醒。

老僧走到荒寺後方，搬出破舊蒲團與一條厚重棉被，先將蒲團鋪於地，朱友文會意，忙將摘星抱至蒲團上，又為她蓋上棉被。

戰狼起身，伸展身子，抖抖皮毛，為了替摘星取暖，幾乎一夜不曾換過姿勢。

老僧見他只顧著照顧摘星，指指他赤裸上半身，朱友文搖搖頭，「不礙事。」

老僧卻直指他胸口隱隱赤紅花朵。

朱友文沉默，避開老僧的眼神。

老僧嘆了口氣，拿起掃帚，轉身離去。

過不了多久，去而復返，卻未進寺，只是在寺門口放下一捆柴薪，以及一些乾糧、一裝滿清水的葫蘆，並輕輕掩上寺門，將鵝毛似的飛雪擋在了門外。

老僧隨後離去，不再打擾這兩人。

不過是受苦眾生，只求一處暫時安歇。

離去路上，前方傳來馬蹄踏雪聲，一小隊兵馬出現，見老僧就問：「有沒有見著一對青年男女？皆受了傷。」

老僧緩緩抬頭，眉上已堆滿積雪。

「怎地不說話？你啞巴啊！」

老僧點點頭，指指自己嘴巴，又搖搖頭。

「所以你到底是見著這兩人沒有？」帶頭軍官不耐煩了。

老僧緩緩點頭，手指荒寺反方向。

帶頭軍官率領人馬便朝另一頭追了過去。

🐾 🐾 🐾

她一直身陷夢魘。

如墮冰窖，從頭到腳就是冷，冷到骨子裡，彷彿連血液都要凍結。

明明該是在泊襄城外，卻不知怎地回到了狼狩山，一個人枯等在女蘿湖上，湖面已結起厚厚一層冰，

凍得她全身不斷打顫，可就是不願離開。

她在等誰？

娘呢？爹呢？為何只有她孤單一人？

為何要留下她？

她好冷、好累，好想念爹娘溫暖的微笑。

一陣薄荷清香傳來，卻不知來自何處，不覺脫口而出：「狼仔……我冷……」

可狼仔不見了。

狼仔已經死了。

淚水噗簌簌落下，她想起身去找狼仔，卻身子僵冷，怎麼也不聽使喚。

漆黑中傳來窸窣聲，野獸氣味襲來，她感到害怕，瑟瑟發抖。

會是野狼嗎？

兩隻野狼忽躍進她視線裡，彷彿見到了獵物，目光猙獰，一前一後繞著她轉圈，越靠越近，越靠越近，近到她能清楚看見狼嘴裡的利牙淌著發亮唾液，接著其中一頭狼忽歪了歪頭，像是認出了她，立即收起利牙，伏低了身子，向她示好。

另一隻狼也認出了她，兩隻狼兄弟熱情舔著她的手，不時輕咬，她顫抖著手輕輕摟住其中一隻狼的身軀，狼毛雖有些扎手，卻極為溫暖，忍不住整個身子都靠了過去，另一隻狼則緊貼在她身後，為她取暖。

是了，牠們是狼仔的兄弟！當年被她救起野放的狼兄弟！

狼仔不在了，可牠們還在，仍在狼狩山上努力地活著。

「太好了，你們還活著，太好了……」她緊緊抱著狼仔的兄弟，終於感到溫暖，不再害怕。
狼仔不在了，可是牠們還在。
至少不是什麼都沒有了。

摘星忽輕輕呻吟了一聲，秀眉微蹙，眼看就要醒來。
兩隻戰狼完成取暖任務，朱友文讓牠們離開，從此歸野山林，不再為人類屠殺。
她緩緩睜開眼，第一眼看見的便是他，心下大驚，環顧四周，不是泊襄城內亦不是梁軍陣營，他把她帶到了哪兒？
「別過來！」她猛地後退，拔下頭上髮簪指著他，「這是哪兒？你……你想做什麼？」
「這是妳對待救命恩人的態度嗎？」
救命恩人？她只覺頭腦一片混亂，泊襄之戰結果如何？她又為何會被他所救？肩下傷口隱隱作痛，她憶起自己在戰場上確實是挨了一劍，然後……
「真是你救了我？」她目光懷疑。「為何？」
他凝視著她，一字一句道：「為了還妳一命。」停頓良久，「我背叛大梁，如今已不再是渤王。」
她不敢相信自己的耳朵。
「長久以來，我始終認為自己是朱家人，即便成了朱梁的劊子手，也從未後悔過。但對妳的歉意與懊悔，卻讓我痛不欲生，我兩邊都無法割捨，泊襄之戰，我選擇不戰不降，選擇拿我這條命，還妳。」

兩人無言默默相對，她終於張嘴，卻是鄙夷大笑，「朱友文，沒想到那狼毒花竟這般厲害！不但讓你在戰場上失常，此刻還繼續胡言亂語！」

泊襄之戰，他隻身入箭雨，根本就是苦肉計！

他到此刻還想騙她嗎？

看著她憤恨眼神，他微微一愣，反應奇快，冷笑道：「果真騙不了妳！沒錯，我的確受狼毒花影響，戰場上失常，但幸好還有點意識，知道脅持妳絕對有利！只要能帶妳回大梁，便能將功折罪！」

心，卻在顫動著。

她不信。

她完全不信。

他又能怪誰？

只怪自己之前傷害她太多次、傷害得那麼深。

「堂堂渤王竟然淪落到要擄人抵罪，看來這一戰，朱梁輸得挺慘！」怒氣讓她渾身火熱，雙頰通紅，不知哪兒生出一股力氣，她從蒲團上跳起，就往寺外衝去，他沒有阻止。

她跌跌撞撞在雪地上跑了一小段路，上氣不接下氣，掙扎著還想再跑，他已追了上來，她回身用髮簪刺向他，他輕易躲過，順勢搶過髮簪，折斷扔在雪地裡。

「馬摘星，我能救妳，自然也能殺妳！妳最好安分點！」

「我寧願死也不會讓你稱心如意！」

「那妳就去死吧！你們父女倆再相見的那一刻，肯定感人肺腑！」

她恨恨瞪著他，一句話點醒了她大仇尚未得報，怎能輕生？

「過來！」他上前扯住她未受傷的另一邊肩膀，將她強拉回寺，又將寺門重重關起，自己坐在門外看守。

大雪隨著狂風吹起，心中也刮起一陣陣暴風。

她不信。

即便他為她拋下所有，背叛朱梁。

星兒，是不是我死了，妳才不會這般恨我？

他仰頭望天，淚眼模糊中，總算沒有忘記自己的誓言。

至少，得在梁軍找到他們之前，將她送至安全處。

瞇起眼，判斷日頭方位，絕影載著他們一路往西，若要將她送回晉國邊界，就得回頭往東走。

目光望向東邊，積滿白雪的松林後方，是一座巍峨大山。

如今晉梁兩國必定已派出人馬全力搜尋他們的下落，若要躲開追兵，只能避走正道，但瞧這積雪已有小腿深，行走山林，甚至冒險攀爬山壁，只有更加危險。

但不能再拖了！

荒寺既有人跡，追兵遲早會到，他得帶著她儘快離去，送她回晉。

收拾好情緒，他打開寺門，見到她一半身子掛在窗上，正想逃跑。

被逮個正著，她瞪了他一眼，乾脆光明正大從寺門走出，看也不看他一眼。

直走出寺門好幾步，朱友文在他身後一喝：「站住！」

她偏不停，繼續往前走，隨即被一隻大手拎回，狼狽倒退幾步。

「朱友文，你放開我！你到底想做什麼？你——」

他手裡拿著棉被蒲團，不顧她反對，硬是用棉被綑住她嬌小身軀，又在其上蓋以數個蒲團，蒲團已穿洞，以布條簡單串起，綁在棉被上猶如蓑衣，可擋風避雪。

她見自己被折騰成這副臃腫模樣，舉步維艱，哪裡還能逃走？

摘星小臉通紅，正想開罵，卻見他在這極冷寒天裡，上身赤裸，傷跡處處，不由又閉上了嘴，生起莫名悶氣。

誰稀罕他的偽善？

愛逞強？那就冷死你吧！

「走吧。」見摘星被包得嚴實，即使不小心摔倒也不致於受傷後，他便邁步往東走。

她氣歸氣，見他堅定往東走了一陣，沒有要停下等她的意思，心不由有些慌。

她大可以不跟上，就留在這裡等待援兵，可誰知會是晉軍還是梁軍先找到她？

心頭掙扎了半天，見朱友文身影越來越小，咬咬牙，心不甘情不願地緩緩踩著雪，步伐笨重地跟了上去。

至少，在拿她當人質向晉國要脅前，他會護她周全吧？

雖然不願承認自己心中仍對他有依賴，雖然她明白自己該痛恨他，但此刻能保護她的，也只有他。

兩個人影，一前一後，漸漸遠去了。

荒寺再度恢復死寂，彷彿從未有過人跡。

風雪再度呼嘯，連那老僧也未再回來過。

第四十一章 無情更比多情累

滿是積雪的陡峭山崖上，兩個人影，一前一後，緩緩前進。

朱友文每一步都是牢牢踏實，確認腳下不會踩空後，才繼續前行。

摘星跟在他身後，不斷打量地勢，仍在盤算是否有脫逃的可能？

但她很快便失望了，山壁高聳險峻，僅能容納一人行走，騎馬的兵士們根本不可能行走此道。

難道不會有人想到朱友文會涉險越過山頭，進而沿著這條路尋找她嗎？

疾沖該會想到吧？

金雕追日呢？

她仰起頭，望向天空，一望無際的厚厚灰雲籠罩，哪裡有追日身影？

看來還是只能靠她自己。

她假裝無意間踢了塊小石子入崖邊，想藉著石子落地聲來判斷山崖高度，但崖旁積雪深厚，石子一落入雪堆便無聲無息，她抬腳又踢了幾塊石子，用上了些力，卻不知自己一舉一動早被朱友文看在眼裡。

「我勸妳別白費力氣。」他頭都沒回，冷冷道。

「我聽不懂你在說什麼？」她嘴硬否認。

朱友文轉過身，右腳用力一跺，兩人身旁積雪先是顫動了一下，接著窸窣碎裂聲傳來，大片積雪竟整塊崩坍！她趕忙將身子緊貼山壁，才驚險躲過一劫。

這兒竟然隨時會雪崩！

「妳若還想活命，最好安分一點。」

他轉頭繼續往前走，她望著深不見底的山崖底，只能死心。

又行走了近兩個時辰，地勢終於較為平坦，摘星鬆了口氣，這時才覺飢渴難耐。

他停了下來，仰望日頭，已過正午，得在太陽完全落山前越過山頭，否則夜晚風雪又起，想平安離開此山更是難如登天。

隨手將一直貼身攜帶的乾糧與裝水葫蘆取出，走到她面前，「吃。」

她倔強扭過臉。

「想餓死嗎？」

她猶豫了一下，恨恨扭回頭，瞪他，「那解開我身上這些東西！」

「不行。」他斷然拒絕。

她像隻被踩到尾巴的小貓，尖聲抗議：「我被你捆得像隻粽子，只剩一雙腳能活動，難道要我脫了鞋用腳進食嗎？」

他不發一語，將乾糧撕成小塊，硬塞入她嘴裡。

她第一個反應是吐掉，他撿了起來自己大口吞下。

再撕下一塊塞入她嘴裡，她又想吐掉，卻遲疑了一下。

誰要給你吃！

於是賭氣似地大口咀嚼，誰知吞嚥得太快，竟然嗆住，咳得面紅耳赤。

等她咳聲稍歇，他一手扶住她的臉，一手將葫蘆湊到她嘴邊，徐徐餵她喝水，彷彿怕她又嗆到，比起硬塞乾糧到她嘴裡，餵水的舉動顯得溫柔許多。

彷彿是呵護。

她忽覺心跳加速，連忙退開，他竟上前以手指輕輕抹去她唇邊水漬。

「你……別碰我！」

「吃完。」他舉起所剩不多的乾糧。

「你不要看我吃！」她小聲抗議。

他撕下乾糧，伸手到她嘴前，自己扭過了頭不去看她。

她看著他那有些無奈的面容，忽覺那是從前的狼仔，不由看得久了，竟忘了張口就食。

「妳到底是吃還是不吃？」他不耐煩了。

她瞪他，卻發覺他根本看不到，沒好氣地自己湊上前，咬過乾糧，緩緩咀嚼吞嚥。

天寒地凍，乾糧竟尚有餘溫，並未被凍得乾硬難以下嚥。

細細咀嚼時，想到方才飲用的水也未結凍，該是他貼身攜帶保暖的緣故。

都是狼仔才有的貼心。

小小的感動卻一瞬即逝。

馬摘星，妳在想什麼？他可是妳的殺父仇人！更是為虎作倀、殺人無數的朱梁劊子手！他不想妳餓死凍死，只是不想無功折返，之後拿妳要脅晉國！

既然如此，她也不跟他客氣，一口一口努力吃掉所有乾糧，連一滴水都不留給他！

見她將食物飲水掃空，他雖面無表情，心底卻是欣慰。
她的求生意志很強烈，看來暫時不用擔心。
他隨手將葫蘆仍入雪中，「吃完了就繼續走。」
兩人一前一後，繼續往山頂前進。

又行走了一個多時辰，她漸漸落後許多，畢竟身上有傷，天氣凍寒，氣力很快流失，只是靠著一股意志力才勉強跟上朱友文。
他心知再如此耽擱下去，天黑前絕過不了山頂，乾脆將她一把扛起背在肩頭，不顧她尖叫反對，加快了腳步。
摘星抗議了一陣終於放棄，賭氣想著：就當自個兒在坐馬車好了，堂堂朱梁渤王自願降尊紆貴當她的座騎，她可真是榮幸。
不由想起在渤王府時，他也曾親自下廚替她炸巧果。
還有幼時在狼狩山上，他常常背著她在山裡四處探險。
為何就是忘不掉那些回憶？
該是那麼甜美的回憶，如今回想起來卻都是酸楚。
偷覷他一眼，儘管寒風侵肌，他又上身赤裸，額頭卻隱隱可見汗光，有那麼一瞬，她悄悄反省了一下自個兒是否太重了。

但他從小在狼狩山上長大，自然已習慣歲暮天寒，才會這般不怕冷吧？

她卻不知，正巧是這天寒地凍勉強壓抑著他體內如火焚燒的獸毒，讓他暫時能夠維持心神如常。

日頭已迅速西落，風雪又起，眼見約莫半個時辰就要天黑，兩人終於越過山頭，但下山路段更為險峻，只要一個不小心便極有可能失足落山，雙雙葬身於此。

她心中忽閃過一念頭：是不是乾脆他倆就一塊兒死在這雪山裡？

她並不怕死，而只要他一死，她便報了父仇，朱梁必元氣大損，無法再犯晉國。

很容易的，只要她開始掙扎，他重心不穩，便隨時可能帶著她墜落山崖。

朱友文，你就跟著我一起陪葬吧！

她開始劇烈扭動身子，他沒有防備，一下子便失了重心，踩空雪堆，整個人往山崖絕壁滑落！

「妳別亂動！」他喝斥。

她死意堅決，一個扭身竟從他肩上滾落，眼見就要直墜山崖，他慌忙扯住她身上蒲團，蒲團本就不耐重，眼見就要斷裂，她身上厚被也已鬆脫，大半個身子露出懸吊在半空中。

「星兒！」

她原本背對著他，聽到這聲呼喚，轉過頭，熱淚滾滾落下。

「狼仔……活著好難……你陪我一起死……好不好？讓我們再當回星兒與狼仔，好嗎？」

讓他們不要再是大梁渤王與前朝皇女，他們只是兩個孩子，在狼狩山上相遇，然後相知，而也許，也許在另一個世界裡，他們真能共結連理，再也不分離。

「狼仔，求求你……」

看著她淚眼淒婉，他寸心如割，天人交戰，真要一塊兒就死在這裡嗎？

但他已傷害她那麼深，怎捨得再拿她一條命陪葬？

不，他已在馬瑛墳前立誓，一生一世護她周全，怎能因一時心軟而害她喪命？

心一硬，冷笑道：「馬摘星，我是教過妳，越深的感情越能利用，但妳錯就錯在以為我仍對妳舊情未了，想藉此動搖我？別癡人說夢了！」

她渾身瞬間如雪般冰涼，最後一滴熱淚滑過臉頰，凍結。

他心裡終究放不下名利權勢與地位，仍要繼續當他的朱梁渤王、朱溫的三皇子，是嗎？

都是剖心相待，卻慘遭踐踏。

蒲團終於裂開，摘星整個人往下墜，他立即跟著縱身跳下，此情此景，彷彿重演，她卻含恨扭過頭，不願臨死前還要見到他這張臉，錯過了他眼裡毫不掩飾的驚心與擔憂。

她墜落在一突出山岩上，幸好積雪深厚，成了最佳緩衝，竟毫髮無傷，只是深埋雪中，跟著落下的朱友文從積雪中掙扎起身，將她挖出，拍去渾身積雪，仔細檢查她有無受傷。

「不要碰我！朱友文！」她幾乎歇斯底里，山岩面積狹小，積雪簌簌而落，他看得膽顫心驚，扯過一旁老樹藤，不顧她的掙扎，將她老老實實綑住。

他觀察地形，這一墜落，雖然險象環生，倒是省了不少路途。

蒲團已毀，厚被不知掉落何方，摘星完全沒有任何保暖衣物，他必須更加快腳步，趕在天黑前下山，或是尋得民宅過夜。

「過來！」他一手扯著樹藤，牽制她的行動。

她百般不情願，勉強被拉動幾步，後腳跟忽一聲轟然巨響，兩人原本立足的山岩居然從山壁上剝落，更牽動下方絕壁積雪，引起一連串雪崩，沉悶隆隆巨聲在深不見底的山谷間迴盪。

只差那麼一點。

逃過一劫，究竟是幸，亦或不幸？

兩人不禁惘然。

日頭落下了。

山中光線昏暗，只有隱隱白雪反射寒光。

他不顧她反對，將她牢牢綁在自己背上，嘴裡說是怕她逃走，其實是怕她又做傻事。

一開始，她滿臉厭惡，根本不想碰他，但身軀相貼，他赤裸後背熱度源源不絕傳來，她四肢早已冰冷，唯有與他後背相貼的胸腹間仍是溫暖。

彷彿他用自己的體溫為她的心取暖。

又恨又愛，又愛又恨，愛恨交織，扯不斷也理不清，一團混亂，逼得人簡直要發瘋。

她怎會與他雙雙困在這雪山裡？

難道老天爺對她開的玩笑還不夠殘忍嗎？

一路上，她一語不發，強烈恨意卻在他的體溫下，情不自禁緩緩消融，彷彿冰遇著了火。

不管他意欲為何，到底還是數次捨命救了她。

朱友文停下腳步。

正沉浸在自個兒情緒的她回過神，兩人前方是一條表面已結冰的溪流，月華初上，清冷月色照在結冰層上，隱隱可見其下水流湧動，可見溪流有多湍急。

他難得遲疑。

這冰層瞧著並不太厚，底下又有水流，他馱負著兩個人的重量，極有可能走到一半便冰層破裂、掉落河中，他是不打緊，但她身上有傷，別說傷口碰水會惡化，更可能會失溫而死。

但他沒有選擇，多在這冰凍雪山裡待一刻，她的性命便多一分危險。

他舉步往前，雙手更握緊了綑綁摘星的樹藤。

小心翼翼地踏出第一步，冰層似無異樣，這才踏出第二步，朱友文難得的謹慎讓她也跟著緊張起來。

他立即察覺她的心跳加速，貼在自己腦後的呼吸變得略微急促。

不禁心神有些蕩漾。

一步一步往前走去，還未走到對岸，一條大魚忽從朱友文腳旁冰層下游過，接著他便聽見了冰層裂開的聲音！

他不加多想，蠻力一使，用力扯斷摘星身上樹藤，冰層瞬間碎裂，身子立即下沉，摘星失聲驚呼，根本來不及上岸，他一聲呼喝，雙手將她高舉過頭，不讓她碰到一滴冰冷河水。

絲絲白霧從他齒間噴出，河水高至胸口，腳下水流湍急到幾乎要將兩人沖走，為激發全身力量抵抗水流，體內獸毒被催化，一朵紅花如火在他胸前燃燒，他踏出一步，又是一步，冰冷河水不斷濺上她的臉龐。

摘星耳裡聽得水聲轟轟，儘管之前一意求死，此刻她卻一動都不敢動，心中充滿驚恐，畢竟自己求死是一回事，出乎意料死去又是另一回事，況且他竟如此力保自己的性命無虞，她既感動又感傷，幾次想張口叫出一聲「狼仔」，卻是紅著眼硬生生忍住衝動。

他踏進水流最湍急處，重心猛地不穩，他晃了幾晃，盤算著對岸距離，忽故意往前用力滑倒，順勢將摘星用力拋向岸邊！

她身子甫落地，便眼睜睜看著激流將朱友文捲入冰層下，瞬間不見蹤影。

「狼——朱友文！」她跳了起來，沿岸追了上去，只見透明冰層下，一個人影被水流越捲越遠。「朱友文——」她不明白自己為何如此心焦，亦不明白自己為何不轉身就跑，甚至冒險重新踏上冰層，思考著該如何將他救出。

他人在冰層下，滾滾水流讓人窒息，若放棄掙扎，是不是就能一死了之？

但那個嬌小人影一直沒有放棄他，不斷跟著他，當漸漸跟不上了，竟踏上冰層，不顧生命危險在其上追著他的身影奔跑。

「……狼仔……狼仔……」

是她的呼喚聲嗎？

隔著冰層、隔著峻急水流，他聽見了她在呼喚他。

星兒，妳終究沒有完全對我絕情，是嗎？

他猛地伸手抓住一塊大石，勉強穩住身子，舉掌猛力拍向冰層，一擊之下冰層立起裂縫，他再使出全身力氣猛擊，不到片刻，冰層碎裂，他狼狽從裂口爬出，他的身體為求自保，喚醒獸毒，此刻猶如烈火焚身，一離開冰層，身上竟冒出絲絲熱氣，冰冷河水被高溫蒸發，胸前紅花如火焰般燦爛耀眼。

「狼……仔？」她追到他身後，見他破冰而出，心中一陣欣喜，隨即察覺不對勁。

再走近一看，就著月光，清楚可見他身上經脈突出，竟化為墨黑之色。

朱友文試圖想控制體內獸毒，但才一起身便腿軟跪了下去，她不假思索便朝他奔去，「狼仔！」

他剛從冰層中脫困而出，該是渾身冰涼，但她雙手一觸到他身上肌膚，卻是燙得嚇人！

朱友文猛地抬頭，雙眼已化為血紅！

「狼仔？」

他以一聲如狂獸般怒吼回應，面容瞬間猙獰，彷彿完全不識得她。

她驚駭失色，不解他何以突然發狂，連連後退，轉身就想逃，朱友文獸性激發，見她脫逃，立即追上。

她被積雪絆倒，眼見他就要追上，嚇得不斷尖叫，朱友文神智忽恢復清明——她瞧見了！她瞧見了他這副可怖的獸化模樣！

被獸毒催化的殘暴獸性與虛弱理智天人交戰，他痛苦地摀住自己的臉，強迫自己後退，強迫自己遠離她。

他不能傷害她！

「走……快走！」連他的聲音亦如獸般嘶啞。

她趕緊狼狽爬起，轉身跑了幾步，卻聽見後方傳來痛苦嘶吼，猶如困獸之鬥。

她忽閃過一念頭：難道這便是朱友文體內獸毒發作時的模樣？
原來獸毒竟真的會令人喪失心神，徹底獸化，如入魔狂獸？
這……就是朱溫控制他的祕密嗎？
她幾次舉步欲逃，終究不忍，扭過頭，見他居然嘗試重新走回河面冰層破洞，正打算跳下，以寒冰之氣鎮壓獸毒。
她輕呼一聲，忽地眼前一花，他速度奇快如風，竟已來到她面前，雙手緊緊掐住她的頸子，血紅目光溢著瘋狂殺意，她聽到自己頸子傳來骨頭擠壓聲，他真的要殺了她！要活生生將她頸子掐斷！
獸性狩獵天性終於完全吞噬了他的理智。
「放……開我……」她掙扎喘氣，已吸不進空氣。
他狂吼一聲，將她整個人舉起，手上加勁，她只覺自己頸間劇痛！
「狼……狼仔……別……」小臉先是脹得通紅，接著開始青紫，意識要消失的最後一瞬，她伸出顫抖的手，輕輕撫上他的臉頰。
狼仔，別……
電光火石間，一個畫面閃過他腦海裡。
年少的她，小手在他雙頰上用力一拍，定住。
她說：「狼仔，不可以！」
狼仔，不可以。
不可以。

他仍記得那雙手撫在自己臉頰上的觸感。

那麼溫暖，那麼柔嫩。

是星兒。

她是星兒。

不可以……

理智重新浮現，他猛地放開她，驚慌後退數步，看著她努力大口呼吸，原本紫脹的小臉終於漸漸恢復血色。

他差點殺了她！

他差點殺了星兒！

胸腔溢滿悲憤，仰天狂嘯，他究竟是人，還是獸？

「妳為何要回來？為何不走？」嗓音嘶啞，雙眼血絲滿佈，痛苦萬分。

他用盡最後一絲理性，轉身朝粗壯樹幹撞去，一次又一次用頭部重擊，直到終於昏厥，額頭血流如注。

她跌坐雪地，看著他為了控制獸性，撞樹自殘，狠狠傷害自己。

只因不願傷害她。

見他倒地昏厥，她明白再也遇不到如此刻良機，她該逃走！

呼呼風聲中隱約傳來人聲。

「……皇女……」

「郡主……摘星郡主……」

是前來搜索救援的晉軍！

聽那呼喚，似乎也有馬家軍士兵？

她欣喜起身，呼喊聲斷斷續續，在風聲中顯得微弱，只能判斷是由山下傳來。

邁步往山下走了幾步，正要出聲呼救，張開了嘴，卻忽然猶豫。

然後回頭看了一眼倒在雪地上的朱友文。

就這麼放著他不管嗎？

她盤算著若是先下山找到援軍，再帶人回來救他，還來得及嗎？

他會變成這副模樣，是因為她用了狼毒花吧？

原以為這不過是他透過朱友貞設下的苦肉計，可方才見他獸毒發作的可怖模樣，難道……他的確是故意讓她使用狼毒花，讓他無能率領渤軍？

為何他要如此？

難道真如他之前所言，是要用他這條命，償還一切？

呼喚她的聲音更顯微弱，援軍得不到回應，顯然已轉往他處。

她又往前走了幾步，再度停下，雙手緊緊握成拳。

終究還是無法忍心不理。

於是轉過身，來到他身旁，見他額頭處皮開肉綻，雪地上滿是血紅，觸目驚心。

面上、頸上、手臂與赤裸胸膛上，經脈突起，全數轉為墨黑。

一赤紅花朵在他左胸上燃燒，如血般緋紅。

忍不住伸手觸摸，竟奇燙無比，她一下縮回指尖。

難道獸毒發作時，他體內便熾熱如火焚燒？所以他才不畏寒冷？

鵝毛般的雪花落在他胸前那朵血花上，竟迅速融化，甚至微微冒出水霧。

如此火燙焚身，他竟能耐得住？那該有多痛苦！

尋找她下落的呼喚聲，終於完全消失在風中。

這雪山裡，又只剩下了他們兩人。

她左右張望，找到幾截乾枯斷木，用衣帶捆牢了，吃力將他沉重身軀推到斷木上，拉著衣帶，帶著昏厥的他緩緩前行。

雪漸漸大了，她幾乎看不清前方的路。

狼仔，我們能去哪兒？

🐾 🐾 🐾

他緩緩睜開眼，只覺頭痛欲裂，胸口沉悶，似有重物壓於其上。

手往自己額頭一摸，觸手綢滑，有人已用衣帶替他包紮好傷口。

他怎麼了？

眼前是一棟小木屋，屋內似有柴火正旺，暖意融融。

模模糊糊間想起要帶著她過河，還未走到一半，河面冰層破裂，接著……

望向自己胸前，竟是一頭烏黑細柔青絲，心中一驚，略微起身，趴俯在他身上的那人輕輕呻吟了一聲。

是她。

她沒有離去。

伸出的手微微顫抖，充滿遲疑。

這是夢嗎？

輕輕攏開秀髮，露出底下容顏，果真是她，再剛硬的心也瞬間柔軟，目光往下，見到她細白幼嫩頸子上觸目驚心的烏黑指印，不由倒吸一口氣，心猛然一沉。

她是否還活著？是否為他所傷？

忍不住伸手輕觸她頸子上瘀痕，一碰，她像隻受驚的小兔子整個人一縮，接著立即睜開了眼，眼裡滿是恐懼。

待她瞧見他已清醒，更嚇得連忙跳起，離他遠遠的。

朱友文自知是自己獸毒發作誤傷了她，露出自責神情，想上前詢問傷勢狀況卻又不知該如何開口，那副不知所措的模樣，她已許久、許久都不曾見到。

那是狼仔的表情。

她終於大著膽子打破沉默：「那就是你體內獸毒嗎？」

他沒有回答。

「是因為……我用了狼毒花嗎？」她語氣裡帶著些自責。

若她沒有用狼毒花，他是不是就不會變成這個樣子？

「你胸口的紅色花朵……」

他猛地抬眼，目光又是冷酷，「這些都與妳無關！」

他起身走向屋外，將門重重關上，屋外冰雪寒天，讓他瞬間清醒不少。

沿著木門坐下，心亂如麻。

更怕自己又會傷害她。

隔著一道木門，她對他說：「昨夜你昏厥過去後，忽有一隻狼自林中出現，那時我以為我倆就要命絕於此了，卻沒想到那狼彷彿識得我們，甚至咬起衣帶，幫忙拉著你一起前行，最後來到這間小木屋，似乎是附近採蔘人家歇息的地方……」

小木屋裡，柴薪火種一應俱全，她弄了半天，好不容易生起火堆，野狼畏火，在屋外輕輕嚎叫一聲，便消失在山林裡。

起初他渾身燥熱，她畏懼他獸毒發作，離得遠遠，但她無保暖衣物，即使生了火堆也難以完全禦寒，半夜冷得瑟瑟發抖，便想靠他近一些取暖，怎知越靠越近、越靠越暖，最後不知怎地便趴在他身上睡著了。

朱友文心知那必是他的戰狼，念及主人恩情，再次相救。

她的聲音又從門後傳出，「我想……那隻野狼，就是你的戰狼，對不對？人都說白眼狼忘恩負義，但其實狼最重情義——」

「夠了！」他打斷她，「不過區區野狼，不須馳思遐想。」

她沉默了。

但他仍聽得見她從門後傳來的呼吸聲，有些急促，似在憤憤不平。

然後他聽見她的肚子咕嚕叫了一聲。

昨日一整日，她不過就吃了一次乾糧，忍耐至今，早已飢腸轆轆。

他起身張望，走入不遠處的山林裡，挖掘樹根處，松鼠過冬總會在樹根下挖洞藏食，多半是堅硬的乾果。

挖著挖著，忽挖到一條正冬眠的蛇，冬眠中的蛇兒活動能力極低，連吐蛇信都極為緩慢，更遑論逃走，他只是將輕輕將蛇撥回蛇穴，將略帶溼意的冰涼泥土重新蓋上，還蛇兒一個好眠。

他挖了滿滿一堆，解下腰帶包起，回到木屋前打開門，倚靠在門板上的她沒有防備，哎唷一聲，整個人往後倒在他腳邊，他一手將她輕輕推回屋裡，一手將乾果交給她，復又關上門，坐在門外，像是預防她逃走。

她捧著那堆乾果，良久，才幽幽道：「我很想念狼仔，你呢？」

她期待著他的冷言冷語，嘲笑她自作多情、不自量力，但他遲遲沒有出聲。

起身推開門，外頭竟已空無一人。

一聲遙遠鷹鳴傳來。

仰起頭，雪後初晴的蔚藍天空裡，飛過一抹熟悉影子。

是追日。

🐾 🐾 🐾

朱友文刻意站在空曠處，似在等著什麼人。

他仰頭望天，見到追日身影劃過天際，俊眉微擰。

「你該不會是在等我吧？這怎麼好意思？」

轉過頭，疾沖手拿一朵狼毒花，嘴角含笑，朝他走來。

疾沖將狼毒花遞給他，「喜歡嗎？這可是她特地為你尋來的。」

朱友文轉身便欲離去，疾沖連忙追上，「喂喂喂！別走啊！你是故意跑來空曠處，讓追日發現你蹤跡的，是吧？」

朱友文腳步加快。

疾沖在他身後大呼小叫：「我就搞不懂了！朱友貞居然能瞞過你跑到太原來？還告訴摘星你身有獸毒的祕密？狼毒花一用上，你還真配合，自己走入晉軍箭雨尋死？你究竟在賣什麼關子？這一切都是為了她吧？你根本從頭到尾都知道——」

朱友文終於停住腳步，回頭瞪了疾沖一眼。

「我知道你在演哪齣戲！演得如此精彩，值得獎賞！」疾沖笑吟吟將手上那朵狼毒花遞過去，朱友文揮手拍掉，血紅花朵落在雪地上，彷彿要將白雪燙傷。

疾沖走到他面前，上下打量，連聲嘖嘖：「果然是英雄難過美人關，試問古今有哪齣戲裡的男主角，能有你這般癡情？愛上一個不能愛的女人，只好表面傷害她，暗地卻處處幫她，甚至賠上自己的軍隊、奉上自己這條命！」
「泊襄一戰，是為我大哥申冤，朱家不過是罪有應得，毋須穿鑿附會。」
「不肯承認就算了。」疾沖聳聳肩。
「你廢話說完了嗎？」
「差不多了。」
「帶她回晉國。」
「我為何要聽你的？」疾沖當然是來帶摘星回去的，但他就是不樂意被朱友文使喚。
「那至少帶她到安全的地方，她不能跟在我身邊。」
「為何？難道你要回朱梁？在捅出這麼大的婁子之後？你可知朱溫那老賊派出多少兵馬追捕你？」
「我就是要回去。」朱友文轉過身，面朝朱梁。
疾沖不解，「你知道這一回去，必死無疑吧？」
「知道。」
「那你還回去？」疾沖激動了，儘管他也不知自個兒在激動個什麼勁。
這傢伙辛辛苦苦為她做了那麼多，如今又要一聲不吭、什麼都不解釋就自己回去朱梁送死，天底下哪有這種傻子？
「你不打算告訴她真相？你是故意回去送死？」
「她不需要知道真相。」朱友文認真道：「她只需要知道，那個讓她父親慘死、毀了她一生的惡人，已得到應有懲罰。」

「朱友文，你可別這麼卑鄙啊！」疾沖抗議，「你要我幫你瞞著她？哪天她要是知道真相，反倒你成了英雄，我是罪人了！」

朱友文看著他，眼神認真，半晌不語。

就在疾沖被看得心裡開始有些發毛時，朱友文道：「我請求你，無論如何，都不要讓她知道真相。我希望她能恨我，不要再愛恨不分，那只會讓她繼續糾結痛苦。」

她的恨，她的痛，更多的，是她對他那麼濃烈深沉的愛，他都看在眼裡。

他回報不了她的愛，就讓她盡情地恨吧，至少，她能得到解脫。

只要他帶著她所有的仇恨，徹底消失在這個世界上。

疾沖無語。

眼前這個男人對摘星的愛，遠遠超出了他的預期。

要多愛一個人，才會願意放開她？

疾沖忽然覺得很悶。

再一次，他覺得自己被朱友文給比了下去。

「你不用求我！」他沒好氣道：「但你給我好好考慮清楚，是否真要放她走？放了，就別後悔，因為我絕對不會還給妳的！」

那一瞬間，他似乎見到了朱友文眼裡閃過一絲動搖。

又或許只是他看錯了。

朱友文點了點頭，沉重，緩慢。

心裡依舊有掙扎，依舊有不捨，但此生此世，他都無法給予她所想望的一切。

「好，那你現在後悔也來不及了！之後就算她知道了真相，我也會要她心甘情願做我的女人！」

朱友文的雙手忽握緊成拳，但他強迫自己慢慢鬆開。

她不是屬於他的。

從來就不是。

從前她是高高在上的星星，他不過是連爹娘都不要、被野狼養大的孩子。

之後他成了朱梁三皇子，為爭得自己的一席之地，他不惜為朱家賣命，殘殺忠良，雙手沾滿血腥，但到頭來，他終究只是工具，抵不過親生骨血，而她一轉身成了前朝皇女，從此與他更是誓不兩立的仇敵。

命運如此捉弄，他只能放手。

若真心愛一個人，自然希望她能幸福，而他不是能給予她幸福的那個人。

他只能帶給她無盡的痛苦、怨恨、困惑、不甘、無助，以及流不完的淚。

他多麼希望能再見到她那如晨露般帶給人無限希望的美麗笑顏，但在他面前，她眼裡永遠只會有絕望。

拳頭鬆開了。

他放開了她。

「那我就放心了。」他想灑脫，聲音卻是壓抑後的嘶啞。

轉身欲離，一隻手伸了過來，不帶敵意，像是哥兒們似地，重重拍了拍他的肩膀。

「我服了你了！你這傢伙，真令人討厭不起來。」

打從十六歲那年帶兵出陣初識朱友文這號人物，疾沖便處處拿自己與他比較，他從不覺自己哪裡比不上這傢伙，可打仗就是爭不過他，搶女人也爭不過他，如今他才明白，雖與狼終究不同。

雖有雙翼能翱翔天際，胸襟開闊，少年得志，卻終是少了一份求生的狠勁。

為了求生，狼懂得何時該放棄、何時該斷得徹底，朱友文與狼唯一的不同，是他所做的一切，都是為了他心愛的女人，不是為了他自己。

對於朱友文，疾沖起了惺惺相惜之感。

他本想說句「後會有期」，但他倆都明白，朱友文一回朱梁，恐怕他倆從此再無相見之日。

不由有些感傷。

朱友文沒回頭，卻伸手也回拍了他幾下肩膀。

男人之間，有些話不須多說，他們都懂。

不過都是，想守護自己所愛的女人。

🐾 🐾 🐾

疾沖趕到小木屋時，不見摘星人影。

追日棲在木屋頂上，伸長了頸子，朝不遠處的山林鳴叫一聲。

疾沖會意，尋入山林，沒多久便見到她正蹲在樹根前，不知道在忙乎什麼。

「你來了。」聽見腳步聲，她扭過頭，見到是他，並無多大驚訝表情。

追日既然現蹤，疾沖人想必就在附近。

只是……朱友文呢？

「他——」

「那傢伙被我打跑了！」疾沖得意道。

見摘星似乎一臉不信，特地伸出手臂，上頭袖子被劃開，底下肌膚還在滲著血。

「我和他打了一架，加上我騙他，晉軍早已埋伏在四處，他嚇得就跑了。」

摘星趕緊上前，撕下衣角替他包紮傷口，心下卻是尋思：若真有打鬥，為何她什麼都沒聽見？追日又怎可能安安穩穩停在木屋頂上，不去助陣或呼喚救兵？怎麼想，都是朱友文刻意棄她而去吧？

明明該感到慶幸，可為何心中的失落猶如一個無底大洞，任誰也填不滿。

朱友文就這樣一走了之？

他去哪裡了？

他又能去哪裡？

難道就這樣孤身一人回到朱梁？

她不敢往下想，他即將面對的遭遇。

不，她為何要感到心疼？

那是他咎由自取！

他不是狼仔！早已不是！

「妳在做什麼？」疾沖忽問。

她替他包紮完，搓了搓自己冰冷手指，道：「我想把這些松果埋回樹根下，免得松鼠餓壞了。」

她一個人根本吃不了那麼多。

「我來幫妳。」

想也知道，這些乾果都是朱友文替她挖的。

疾沖心裡的醋意仍有些波濤洶湧。

他一面蹲下挖洞，一面假裝不經意問：「他從前，是不是也這樣挖過松果給妳吃？」

她看著他的背影，思緒有些悠遠，輕輕「嗯」了一聲。

奎州地處邊疆，狼狩山上冬季更是嚴寒，還是狼仔的他，常會挖食松果解飢，也常常與她分食。

「狼仔，松鼠這麼辛苦存下這些過冬乾糧，我們別都挖走，好嗎？」

他支吾指著樹根處：「松鼠……笨……忘了……」

「就算松鼠忘了，來年春天，這些松果就會發芽，日後長成大樹，生出更多松果，豈不是更好？以後你冬天就不會挨餓了，天天都找得到松果子吃！」

他似懂非懂，但真的將手上一些松果，重新埋回樹根下。

後來呢？

沒有後來了。

他們再也沒有一起度過冬天了。

那些被狼仔重新埋下的松果，是被松鼠挖出來吃掉了？還是早已長成巨大的松樹了？

「哇！嚇了我一跳！」疾沖跳起來，同時拔出腰上的劍，就要砍下！

摘星眼尖，連忙撲過去阻止，「別傷牠！」甚至不惜用自己的手去擋劍！

疾沖大驚，連忙收勢，但劍尖仍劃過她的手腕，瞬間滲出血來。

「有蛇！」劍花一轉，又想去挑斷那隻倒楣的蛇兒。

「是我們打擾了牠！」她仍強硬阻止，「這大冷天的，蛇連動都動不了，牠本好好冬眠著，根本就不想傷人！」

狼仔從來不傷害這些過冬的蛇。

疾沖猶豫了下，慢慢收回劍，嘴裡嘀咕：「本來可以給追日加個菜的……」

摘星憐惜地將二度受驚的蛇輕輕撥回蛇穴，蛇兒極度無奈，但極寒之下，身子根本不聽使喚，只能任人擺佈。

「我們走吧。」摘星起身，又吩咐疾沖，「要追日別吃這蛇，好嗎？」

「好，都聽妳的！瞧這天氣冷的！我的馬停在不遠處，上頭有保暖衣物。」見她衣衫單薄，疾沖上前摟住她，用自己的身體替她禦寒遮雪。

她沒有反抗。

天氣是真的冷。

疾沖摟著她，離開山林，離開小木屋，離開了這座山。

一聲低哨，追日跟上。

雪，又重新落下。

落在他赤裸的肩頭上。

他沒有離去，卻也自始至終，背對著那兩人。

不敢看，不願看，只怕一看，就再也捨不得放手。

永別了，星兒。

第四十二章 飛蛾撲火

朱溫傾盡舉國之力出兵攻晉，然泊襄之戰，朱友文臨戰前瀟灑離去，渤軍雖未傷及元氣，朱溫卻遭晉軍奇襲，狼狽出逃，若非遙姬機靈，即刻班師回頭救援，恐怕他不是已死在晉軍箭下，便是被生擒，受盡屈辱。

戰敗的恥辱，加上遭朱友文背叛的痛切悲憤，經此重創，朱溫原本就走向老邁的軀體終於承受不住，回京路上，出現手足逆冷、莫名胸痛病狀，甚至嘔血，長年久患的石淋症狀更加惡化，他深切感受到自己的生命力正迅速流失，如風中殘燭。

他夜夜惡夢纏身，總是夢見朱友文親手拿著牙獠劍追殺其後，不論服用多少安神湯藥亦無用，隨身服侍的張錦，總是能在夜半聽到他在惡夢中倉皇呼救。

只因那是他此刻最害怕的心魔。

朱友文是他一手培養，替他殺人無數，下手狠辣，如今這些手段很可能反過來用在他自己身上，要他如何不膽顫心驚？

回京後，即使大批禁軍看守寢殿，朱溫亦夜不成眠。

周遭人都清楚明白，就算平安回京，朱溫短期內恐是無力親掌朝政。

但國不可一日無君，雖可擇重臣監國，但朱溫四子，如今還剩下一位。

被貶為庶人、圈禁於皇陵內的郢王朱友珪。

朱溫當然也明白，要論監國，朱友珪雖不是萬全人選，但卻是目前唯一能用的皇子，但此人為得天下，之前的手段也是無毒不丈夫，自己真能信得過他嗎？

朱溫回京後，過往與朱友珪交好等大臣，倒是挺沉得住氣，沒有急著上奏請求朱友珪代父監國，而朱友珪一聽說父皇出戰負傷而歸，更是日夜抄寫佛經，說是要為父皇祈福。

朱友珪看似已完全誠心悔過，但畢竟是自己的兒子，朱溫深知，朱友珪的野心不可能輕易消退。

無論如何，他都得有所防備。

病榻上的朱溫忍不住暗暗嘆息，為了這個帝位，他親手安排殺了自己的大兒子，二兒子與三兒子反目成仇，一個被貶為庶人，一個為了馬摘星，臨陣脫逃，四兒子也聽信奸人所言而逼宮，好好的四個兒子，如今分崩離析，值得嗎？

但天倫之樂原本就不可能存在於帝王之家，感嘆雖感嘆，朱溫卻明白，這是掌握權力所必須付出的代價。

🐾 🐾 🐾

夜深，皇陵旁的看守茅屋裡仍是燈火通明。

茅屋裡，身穿布衣的朱友珪在燭光下正慢條斯理抄寫佛經，身後的馮庭諤仍不放棄機會勸說：「殿下，此機萬萬不可失，這可是——」朱友珪打斷他，「你也不是第一個來的，我不早說過了，讓你們暫時別來了？」

要是被他父皇知道他暗中與這些大臣們仍有往來，豈不更惹猜忌？

「殿下請放心，臣等都是小心翼翼，沒讓人發現蹤跡。」話語方落，屋外忽傳來一聲輕笑。

「誰？」馮庭諤大吃一驚。

是名女子。

朱友珪倒是從容淡定，橫豎他已被貶為庶人，再糟也不過如此，況且如今朝廷正缺乏監國人選，他父皇總不會在此刻出手，徒惹是非吧？

一名身影纖細的白衣女子走入，一頭青絲如雪，茅屋內頓時一亮，朱友珪緩緩放下毛筆，饒有興味地打量著遙姬。

馮庭諤訝然道：「太卜遙姬？」

遙姬走到朱友珪面前，竟行以跪拜大禮，馮庭諤更加愕然，不知她到底在賣什麼關子。

朱友珪道：「太卜大人不在宮中祭祀天地，卻跑來這鬼地方，不知有何指教？」

「既為太卜，自然順天行事，故今夜特來參見我大梁爾後新君。」

朱友珪淡淡一笑，「我不過就是個庶人，何來新君？太卜大人若再口出妄言，想來有人不會放過您啊。」

一旁馮庭諤滿臉警戒，誰知這位太卜大人是不是梁帝派來的探子？

遙姬卻是一臉鄭重，起身朝朱友珪道：「遙姬此刻身分，不僅是太卜宮主人，更是最得陛下信任的夜煞之首──」

「夠了！什麼夜煞羅煞！少裝神弄鬼，妳究竟有何目的？」馮庭諤打斷遙姬，心下不由焦急：他暗中帶來的人馬為何毫無動靜？難道全被遙姬給收拾了？

遙姬淡淡一笑，朝馮庭諤道：「鬼神蒼天都未必有眼，但在陛下的旨意下，夜煞可是時時刻刻，將朝中各位大人的一舉一動，盡收眼底。」

「少信口雌黃！」馮庭諤壓根不信。

「馮大人，您五年前是否收受司州王氏一族白銀五萬兩，協助王氏之子考取功名？兩年前是否收受濠州劉氏名門白銀七萬兩，為其——」

馮庭諤又驚又怒，臉色一下子脹得通紅，趕緊阻止遙姬：「住口！妳、妳竟敢——」

朱友珪在旁見到他的反應，知道遙姬所言不假，忍不住問：「馮庭諤，遙姬大人所言，是否為真？」

馮庭諤當下自然想否認，但他這些暗地裡的勾當，這女人居然全都知曉，要是日後她效忠郢王，他要瞞也瞞不住，百般尷尬，最後面露羞愧，點了點頭，再也不敢吭聲。

朱友珪雖心中一喜，臉上卻是不動聲色。

看來此女所言無誤，他父皇的確操控「夜煞」這個組織，專門暗中窺探各大臣舉止，手握把柄，留待日後派上用場，這一點倒是的確符合梁帝的個性，這個掌握權力的老人，連自己親生兒子都不信任，更何況是那些文武大臣？

「遙姬此後願效忠殿下，為殿下在陛下身旁耳目。」遙姬道。

朱友珪打量遙姬，心中琢磨：此女既能任夜煞之首，必是深得梁帝信賴，何以忽然前來投靠他？但再細想深一層，他便了然：她必是知曉梁帝許多不欲人知的祕密，深怕惹禍上身，或日後梁帝駕崩，不欲自己滿手骯髒祕密被後人得知，必留有遺詔，將此女誅而後安——寧可錯殺，絕不錯放！這就是他父王向來處世手段！

思考明白箇中緣由後，他望向遙姬，兩人眼神交會，皆已心知肚明。

遙姬笑道：「殿下果然是聰明人。遙姬可不想跟著陪葬，仍想活下來為新君犬馬，竭力為大梁盡忠。」

朱友珪緩緩點頭，表面上明白了遙姬的意圖，卻未做出任何回應與承諾。

他本就天性謹慎，被貶為庶人後，言行更是收斂，力求不露痕跡，遙姬究竟是敵是友，他還不確定，但可以肯定的是，至少目前看起來，她是打算另投明主，而她選擇了他。

「遙姬在陛下身邊服侍多年，深知陛下個性，特來獻上一計：三日內，無論如何，請殿下繼續低調度日，並婉拒所有訪客，只說因想一心抄寫佛經，為陛下祈福，不願受擾。三日後，殿下必能重返朝廷，執掌監國大位。」

朱友珪一臉深思。

遙姬退出後，守在茅屋旁的子神連忙跟上，「馮大人帶來的人該差不多要醒了。」

遙姬點點頭，離開皇陵後，才又吩咐：「出動夜煞全力尋找渤王下落，一旦有著落，只能先讓我知道，不得私自稟告陛下。」

子神眼神略有疑惑，遙姬目光掃來，他乖乖不作聲。

主子如此吩咐，自有其道理。

遙姬美豔容顏染上一層愁霜。

朱友文，你必定會回來自投羅網對吧？

若說大梁還有什麼值得讓你牽掛的，也只有你的四弟了。

我只希望自己這麼做，最終能夠保住你一條命……

🐾
🐾
🐾

果不出遙姬所料，兩日後，朱溫召見他已被貶為庶人的二子朱友珪入宮。

朱友珪早從馮庭諤口中得知，渤王朱友文泊襄之戰，臨陣脫逃，如今下落不明，均王朱友貞自契丹重傷後，成為木僵之人，仍未甦醒，梁帝如今能依靠的，只剩下他這個親生兒子，然他有了之前的教訓，刻意收斂鋒芒，入宮時也依舊身著布衣，態度謙恭，一見到朱溫便重重跪下磕頭，涕淚縱橫，責備自己不孝，好一副唱作俱佳，朱溫看在眼裡，表面上感動，看著朱友珪的目光深處仍藏著質疑。

若不是朝中無監國人選，他的目光不會重新落在朱友珪身上，他比誰都知道，這個二兒子此刻看來雖謙卑無比，深痛悔過，但那不過是表面上，他猶記得朱友珪當初是如何暗中想除掉朱友文，其心之狠辣，與他相比倒是有過之而無不及。

朱溫嘆了口氣，細細述說朱友文叛逃，以及朱友貞試圖逼宮的經過，朱友珪一聽年紀最小的朱友貞竟企圖逼宮造反，面上錯愕可是不假。

可真是作夢都沒想過，朱友貞？那個他從未放在眼裡的四弟？

朱友珪當下心裡即有了警惕，日後該要找機會除去朱友貞，或想辦法斷了他覬覦王位的念頭。

梁帝又是重重一嘆，「朕至今仍封鎖這逆子逼宮造反的消息，以免朝政不安，但這些皇子，一個陣前叛逃，一個只想著造反，全都不顧朕的死活……」目光掃來，如雷霆電擊，「你說，朕，還能信你嗎？」

朱友珪只覺渾身一震，深刻領悟到眼前這看似垂垂老矣的老人，畢竟仍是一國之君，威嚴未失，權力緊握手中，自己在他眼裡，不過只是一隻隨時可輕易捏死的小蟲子。

重重磕了三個頭，朱友珪痛心道：「父皇，這一切都是兒臣的錯！是兒臣先前手段激烈，泯滅人性，才讓兩個弟弟有樣學樣，步上兒臣舊路，甚至變本加厲！兒臣亦難逃責任，請父皇重重責罰！」

梁帝斂去眼底疑惑，重新恢復慈父面容，感嘆道：「看來這段日子你在皇陵的確有悔悟，和以往不同了，朕甚感欣慰……」點點頭，心意已決，「你且先回郢王府，等候朕的旨意，眼下也只能將監國重任托付於你了。」

朱友珪再次叩謝，朗聲道：「兒臣叩謝父皇！兒臣必戴罪立功，穩住朝局，守護大梁！」

蟄伏至今，總算，讓他等到了。

朱友文，現在看看是誰能笑到最後、成為贏家？

待他親自監國後，第一件事便是發出大軍搜捕朱友文，諒他插翅也難飛！

郢王復出，上朝監國，首要處理的第一件朝政大事，便是收拾泊襄之戰後的爛攤子。泊襄戰後，晉軍集結，似有大舉南下之意，眾大臣憂心忡忡，不論是和談還是繼續出兵，只盼能有個人早日定奪。

朱友珪的決策出乎眾人所料，他竟主動撤守洺州以北，將所有精銳梁軍，包含渤軍，調入洺州固守。

他打的如意算盤，是洺州地勢天險，易守難攻，梁軍退而守之，據險而守，表面上看似吃虧，但只要守得住洺州，朱梁邊境便能不破，梁軍也得以暫時歇口氣，養精蓄銳。

朱友珪此舉，滿朝文武細細思量後，無不心悅誠服。

一直在旁觀察的遙姬也不由暗暗訝異，這朱友珪自被圈禁皇陵後，似乎完全變了個人，表面上雖刻意保持謙恭，然城府心計之深，更甚以往。

她假意投誠郢王朱友珪，一則是奉朱溫密令，暗中監視回報，二則是因著自己的私心，想趁著朱友文回來自投羅網前，先替他除去郢王這個敵人，保他性命，但如今看來，她先前是小覷了朱友珪。

正自思量間，太卜宮侍衛稟報，城郊崤縣居民發現一白蟒，當地縣尹得知太卜宮的主人喜愛白蟒，特意連夜派人獻入宮裡。

遙姬卻覺蹊蹺：不過小小縣尹，如何得知她特別喜愛白蟒？

心中忽浮現一個人影，她連忙要人將白蟒送入，只見那隻白蟒長約三尺，約兩人手臂粗，蜷縮在地上，看來有氣無力，沒什麼精神。

她命侍衛退下，蹲下身子，仔細撫摸白蟒身軀，果真在蛇頭後方感覺到一粗硬條狀物，她立即以手捏開白蟒嘴部，另一手深入蟒蛇口中，抽出一細長鐵管。

「辛苦了。」她輕柔摸了摸白蟒的身子。

做為信使的白蟒終於鬆了口氣，立起上半身，打量這座陌生的太卜宮，然後緩緩爬向山茶花樹下休息。

遙姬打開小鐵管，抽出裡頭紙捲，上頭只寫了兩行字，龍飛鳳舞，像極了張狂的他。

生死同命，寒水一見。

朱友文，你可終於來了！

🐾
🐾
🐾

寒水位於洛陽城郊，他終究還是回到了這裡。

夜裡柴火燃燒正旺，他坐在火堆前，狀似不經心地撥著柴火，但那人腳步聲才在遙遠的另一頭出現，他便聽見了。

將柴火刻意撥得更旺，直到那雙纖纖細足的主人，緩緩步到他面前。

「我問你，」她輕啟朱唇，「你是不是刻意讓馬摘星知道你體有獸毒？又讓她知道能利用狼毒花逼你毒發，好讓你能死在她面前，讓她痛快解脫？」

他仰起頭看著這個千丈青絲染為白霜的女人。

她說的沒錯，這個世界上，她是最了解他的人。

他的一舉一動，不需任何解釋，她看在眼裡，自然明瞭。

他沒有回答她的問題，卻問：「妳的頭髮，是因為我而變成這副模樣的嗎？」

「陛下命我救你，我不得不從。」她刻意撇過頭，語氣清冷。

他沉默了一會兒，忽道：「其實這樣也很好看，挺適合妳。」

她本就喜愛素白，白色山茶花、白蟒，乃至身上衣裳，無一不是，如今換上一頭飄逸白髮，更顯脫俗，彷彿不食人間煙火，只是骨子裡，仍是那股狠辣。

他只是隨口說出，遙姬卻是心中一盪，頓覺臉頰燒熱，一時間竟不知該如何回應。

這是他第一次稱讚她的容貌。

只好故意裝出高傲模樣掩飾，「你就不怕我是帶人來抓你的？」

他卻淡淡一笑，轉頭望向柴火，「既然敢回來，就沒打算要逃。妳身為大梁太卜，帶人來抓我不也合情合理？」

她故裝不悅道：「你到底為何找我？」

他終於起身，走到她面前，「妳若不現身，我不會怪妳。但若妳真的來了，代表生死同命，對妳而言，並非玩笑，我反倒有一事相求。」

他講到「生死同命」時，她克制不了自己的心劇烈狂跳。

生死同命。

朱友文，你我的確生死同命，只是你會說出這句話，不過因為我倆同屬夜煞，同是遭世人拋棄的遺孤，同病相憐。但對我而言，生死同命卻是……

遙姬垂下眼眸，悄悄迴避他的目光。

從認識他以來，他一直是頭高傲的孤狼，對誰都不肯輕易示弱。

她一直在等著，看他何時會低頭、低聲下氣有求於她？

曾想過千次萬次，若他真的開口了，自己要如何好好羞辱他一番，可如今她卻感受不到分毫痛快喜悅，只覺憂傷與不捨。

這頭孤傲的狼，知道自己已走到了窮途末路，所以才不得不開口，求助於她嗎？

而她也知道，他所求之事，絕不會是保住他自己這條命，儘管那正是她如今一直努力在做的。

「說吧，你想求我什麼？」她壓低聲音，掩飾情緒。

「妳隨侍父皇身側，想必知道四弟下落？」

果然還是為了朱友貞。

她忽然希望自己不要這麼了解他，因為她知道，他一步一步，都是在走向自己的死期。

「均王殿下如今被陛下軟禁，他欲逼宮造反的消息，知情者已全被陛下滅口。」

四弟終究是失敗了。朱友文不禁黯然。

遙姬問道：「你當真要回京？可知必死無疑？」終究是顯露出了憂心。

一隻飛蛾，被火光吸引而來，緩緩飛近火焰，下一刻，火舌忽竄起，將牠毫不留情吞噬。

他眼睜睜看著飛蛾撲火，心態卻是異常平和。

「我死後，望妳能盡妳所能，照顧四弟與文衍等人。父皇向來疼愛四弟，我回京扛下罪責，以死謝罪，相信他不會為難四弟。文衍等人本就效忠大梁，只要我一死——」遙姬聽不下去，忿忿打斷：「夠了！為何你就想著別人？你自己的命就不重要？」

先是馬摘星，後是朱友貞，甚至是文衍他們，那她呢？

朱友文，你心裡可曾想過我？

「我本就是十惡不赦之人，若能以我一人之性命為交換，保他們周全，這筆交易，划算。」

「那馬摘星呢？難道你為她做了這麼多，她還是不肯原諒你？」

她奢望能用馬摘星激起他的求生慾望，哪怕只有一點點也好。

她不想見到一心求死的朱友文！

誰知他竟道：「我從未想過要她原諒我。」

遙姬徹底無語。

「我與她之間，若還有情份，也不過是我的自作多情，但這已是我所能期盼的最好結局。」他在她面前，終於坦露心聲，「遙姬，我明白我對妳所求，絕對會為妳帶來不少麻煩，但天下之大，我也只剩下妳能托付了。」他取下從不離身的牙獠劍，親手交給遙姬。「生死同命，妳活著，就如同我仍在。」

她低頭看著手上那把沉重鐵劍，面上平靜無波，心頭卻是驚濤駭浪，她無法開口，只怕一開口，淚水就會流下。

他輕輕拍了拍她的肩，瀟灑轉身離去，消失在黑夜裡。

柴火依舊溫暖，她放下牙獠劍，緩緩伸手撫摸自己肩膀，他方才觸摸過的地方，體溫彷彿仍留在上頭。

忽雙手一舉，恨恨將牙獠劍扔入火堆，激起一片火星殘焰！

什麼生死同命！

什麼只要她活著，就如同他仍在？

朱友文，你知不知道，你身上流的是我的血！

沒有我的允許，你絕對不能死！

我不會讓你稱心如意的，絕不！

夜林幽冷，那人留下的火堆依舊旺盛，照亮她淒絕艷容，垂淚無聲，眼神卻仍是倔強。

為了那個，可能永遠都不知她心意的男人。

🐾 🐾 🐾

哐啷一聲，裝滿湯藥的瓷碗被朱溫重重摔落，一旁服侍的宮女大氣不敢吭，連忙低頭收拾善後。

一旁太醫唯唯諾諾道：「陛下，這良藥苦口，您這身子——」

「閉嘴！再囉唆朕就滅你全族！」朱溫好大脾氣。

太醫冷汗直冒。

這時張錦不知得到什麼消息，匆匆奔入寢殿，一臉訝異，「陛下，渤王……渤王回來了！」

「你說什麼？」朱溫不敢置信。

他派出大軍全力搜捕這頭白眼狼，這傢伙卻自己送上門來？

怎麼可能？

張錦道：「陛下，渤王是孤身一人至北城門投案，說是要向陛下請罪。陛下，請問該當如何處置？」

「如何處置？關入天牢，重刑伺候！朕要將他折磨得生不如死！」盛怒之下，原本側身靠在龍榻上的朱溫站起身來，眼前忽一陣黑，心中一驚，自知身子大不如前，忙命太醫：「再去端湯藥來！」

他可千萬不能在此刻倒下！

湯藥很快端上，朱溫豪氣一飲而盡，也不等一旁宮女端上漱口水，自行用龍袍袖子抹了抹嘴角，便吩咐：「將那畜生押至天牢，朕要好好親自審問他！」

* * *

朱溫走入天牢時，仍壓抑不住怒氣，身子都在微微發顫。

這個畜生！他一手提拔他，還認他做為義子，榮華富貴與權勢都給了他，可他卻如此回報？陣前叛逃、聯手朱友貞逼宮篡位？他曾經以為最忠心的，卻是背叛他最徹底的賤種！

待見到如困獸般被重重牢籠禁錮的朱友文，朱溫怒極反笑，「好一個有情有義！為兒女情長，不惜臨陣脫逃，又為手足義氣，合謀逼宮，如此重情重義，朕可真是自歎弗如。但朕要問你，這幾年來，朕可曾虧待過你？是朕一手提拔你，賜你榮華富貴，怎就不見你對朕如此重情重義？」語氣冷厲，近乎咬牙切齒。「你這忘恩負義的白眼狼！算我錯看你了！」

朱友文並未反駁，只是平靜道：「陛下未曾負我，但當年，陛下不該如此對大哥。」

一聲「陛下」，徹底切斷兩人曾有過的父子情緣。

朱溫聞言一愣，隨即勃然大怒，「畜生！當年是他先對不起朕，在大臣擁簇下竟生奪權之心，我不除他，如何自保？」

朱友文卻搖搖頭，無限惋惜悔恨，「大哥一生忠君為國，不該落得如此下場。」

「你怪朕狠心？但你以為那逆子最終就不會起心動念加害朕？人不為己，天誅地滅！你陣前倒戈，相救馬摘星，還不是為了一己之私？」

朱友文毫不反駁，大方承認，「相救摘星，確是我私心作祟。四弟逼宮，主謀亦是在我。這種種一切，皆負陛下多年聖恩，特來領死請罪。」

朱溫只覺眼前發黑，這逆子！嘴上說是來領死請罪，臉上卻無一絲內疚，反以當年朱友裕之死來評斷他所作所為，這廝以為自己又有多清高了？難道他忘了自己這條命，本就是他朱溫給的嗎？

「說得那麼好聽，其實到底還是為了馬摘星那賤貨，是嗎？」

自從派他誅殺馬摘星一家後，他的眼神便不再一樣了。

之前，他要朱友文做什麼，他從不過問，從不反抗，只有遵從。

但重遇馬摘星之後，朱友文便開始一而再、再而三地欺瞞他！

他起初依舊選擇相信朱友文，信他這八年來的忠心不會因為區區一個女人而改變，但換來的依舊是背叛！這畜生果然狼子野心，積習難改！

朱友文已然豁出一切，聽朱溫如此質問，倒也坦然，「我本以為，自己早已心如寒冰，這雙手也只需奉命殺人、護衛朱家，便該如此過了一生。但與星兒重逢後，一切都變了，我只想放下手上的劍，因為我知道，自己多殺一人，便是離她更遠……」雖然，他們兩人的距離早已是天壤雲泥，但他不願再離她更遠，就怕從此再也見不到她的身影，哪怕只是遙遠的一個小小背影，他也知足。

他一番誠懇告白，朱溫卻完全聽不下去，目光落在他腰上，他總是隨身攜帶的牙獠劍果真不見蹤影。

那可是他向來珍惜、甚至看得比命還重要的牙獠劍！

「夠了！就是馬摘星那個賤人毀了你！毀了朕的渤王！朕必將她碎屍萬段！」朱溫簡直暴跳如雷。

就為了一個女人！

他千算萬算就是沒算到，他苦心栽培出來的渤王，居然為了一個女人選擇背叛他！讓他這八年來的苦心經營全數付諸流水！

「若我不死，必護她周全！」朱友文目光炯炯與朱溫直視，眼裡滿是不可動搖的堅定與不負天地的誓言。

朱溫退後兩步，氣得從身後侍衛腰上抽出劍來，朝著朱友文砍去，卻是劍劍都砍在了胳臂粗的牢籠鐵條上，「馬摘星是吧！朕一定會殺了她！要她不得好死！看你怎麼出手相救！你就等著被五馬分屍吧！」朱溫手中劍與鐵條相撞，不住冒出火花，因用力過猛，劍尖居然折斷往後驟飛！劍光閃過眼前那一剎那，朱溫赫然以為自己命將該絕，渾身一冷，手上利劍鬆脫落地。

「父皇！」

他身後侍衛大驚，上前查看，見劍尖只是劃傷朱溫臉頰，才鬆了口氣，下一刻便聽朱溫暴怒大吼：「居然給朕這把破劍！是想謀害朕嗎？拖下去砍了！」

被遷怒的倒楣侍衛就這樣被獄卒拖了下去，唉聲求饒，朱溫充耳不聞。

「父皇，您沒事吧？」方才那驚險一刻，令朱友文情不自禁喊出一句「父皇」，終究當了八年父子，他心裡仍惦記著這份情份。

「住口！你這雜種，不配叫朕父皇！朕早已與你恩斷義絕！」

朱溫憤恨轉身離去，朱友文看著那步履明顯倉皇老邁的身軀，在牢籠裡不由緩緩跪下，朝著大梁天子的背影，恭恭敬敬磕頭三回，既是答謝朱溫養育之恩，亦是拜別。

朱溫雖培育他成為冷血夜煞頭子，為朱梁殺人無數，但若沒有朱溫，自己早已不在人世，也不會有機會與星兒重逢。

別了，父皇。

斷崖下救他一命，八年養育之恩，他若償還得還不夠，且讓他來生再報吧。

🐾 🐾 🐾

得知朱溫下令將朱友文五馬分屍，朱友珪禁不住得意暢快大笑！

朱友文，你也會有今日！

他真該多謝這多情種子，一怒為紅顏，拋家棄國，還把朱友貞一併拖下水，如今這大梁帝位，他朱友珪就算不爭，朱溫還能傳給何人？

重回郢王府後，朱友珪更加小心翼翼，日日忙於監國處理朝政，直到大局底定，這才率人前往京城郊外吉光寺，準備迎接敬楚楚回郢王府。

自他被貶為庶人，看守皇陵後，敬楚楚便入了吉光寺帶髮修行，遠離朝中是非。

朱友珪來到吉光寺，只見幾個小和尚正在爭吃一個梨子，都是正在發育的年紀，見著食物哪肯放手，爭著爭著漸漸開始推搶，聲音也大了起來，這時敬楚楚帶著一名貼身婢女出現，婢女手裡提了個籃子，裡頭裝滿梨子。

原來她大老遠就瞧見小和尚們爭食，不忍見他們為此爭吵，特地帶了滿滿一籃梨子前來分給小和尚，每人都有一個，不用爭也不用搶。

朱友珪遠遠瞧這一幕，心中感嘆：這就是他的楚楚，如此善良，蕙質蘭心，既然大家都想吃梨，一人一個，就不必爭搶了。

他幾乎都能想像他那厭倦爭權奪利的妻子，會這麼對他說：這天下江山，若也能跟這梨一樣，每個皇子都有一份，不知該有多好？

但楚楚啊，天下江山，就是只有一個，才如此多嬌動人，引無數英雄相競折腰。

敬楚楚原本微笑看著小和尚們歡天喜地吃著梨子，似感受到朱友珪的視線，轉過頭，與他四目相對，她臉上的笑容瞬間僵住。

敬楚楚身旁婢女見是郢王來了，識趣地將小和尚們帶走。

於是只剩下夫妻兩人。

自從他被貶為庶人後，為了避嫌，兩人一直沒有相見，他自是相當思念她，但隨著他一步步接近敬楚楚，他越加清晰地看見她的表情是如何從訝異轉為冷若冰霜。

她還是沒有原諒他嗎？

「楚楚。」他終於來到她面前，看著她在冰天雪地裡，舍卻溫暖毛氅不穿，而是身著平民百姓的布衣棉襖，寒風瑟瑟，她身子本就嬌弱，又經小產，朱友珪看著心疼，解下自己身上雪貂毛氅，親自為她披上。

敬楚楚本想閃避，卻在看到自己夫君那身華貴毛氅下仍是一襲布衣時，微微一愣。

暖意披上了身子，擋去刺骨寒意。

朱友珪嘆道：「我怎會不知，我身上這些衣裳，其實都是妳一針一線親手縫製？穿著，心暖。」他拉起妻子的手，「我只怕，這些活傷了妳的手。」

他的妻子，未來的帝王之后，不該如此辛勞。

敬楚楚卻猛然抽手，扭過了頭，不願面對他。

朱友珪瞬間失落，點點頭自嘲道：「我明白，我都明白。妳還是不肯原諒我，那我走了，不打擾妳清修，不過，我會再來。」深情眼眸望向妻子，「哪怕要花一輩子等待，我都等。」

正要轉身離去，敬楚楚喚住他，纖纖素手從臃腫棉襖裡掏出一張未焚燒殆盡的手抄佛經紙，低聲問道：「這……是你的字跡對吧？」

朱友珪日日抄寫佛經，念及岳父敬祥視他如己出，甚至願意為他犧牲性命，禍連全家，他常帶著自己手抄的佛經來到敬祥墳前，一面焚燒，一面暗暗發誓，終有一天要為岳父報仇，更要完成岳父的心願，坐上高位，奉敬楚楚為后。

朱友珪點點頭，忽覺有了轉機。

果然，敬楚楚下一句便道：「喜郎，你能替爹做的，不只這些。」

朱友珪雙眼一亮。

喜郎！他盼著聽到這聲呼喚，已不知盼了有多久！

「我都已聽說了，此刻你為父皇監國，爹對你的能力，從未懷疑過，只望你能心懷慈悲，仁政而為，為爹……還有咱們的孩子，來世多種些福報。」她望著手裡的佛經紙，想起慘死的爹與早夭的孩兒，眼眶兒一紅，聲音哽咽。

朱友珪上前將她摟入懷裡，激動道：「楚楚，我答應妳！」

敬楚楚將他推開，仰起頭，梨花帶雨，惹人無限嬌憐。

「喜郎，我再問你一句，渤王……你救得了嗎？」

朱友珪一愣，隨即面露難色，心中忍不住悄悄埋怨：自個兒的妻子未免也善良過了頭。

「這……國有國法，他如此陣前叛逃，即使是本王想救，父皇那邊也……」

「你能勸下父皇嗎？要知渤王長久以來肩負保衛守護大梁之責，他一死，必親痛仇快，父皇只是一時氣憤，也許──」

朱友珪重新將她摟入懷裡，溫言道：「我答應妳，我會試著再與父皇商議。」

這不是他第一次對自己的結髮妻說謊，但他始終相信，她最後總會原諒他。

雖然朱梁眾人皆不齒渤王朱友文為了一個女子陣前叛逃，但在敬楚楚心中，他不過是為了相救自己心愛之人而選擇拋下世俗一切，又何罪之有？若易地而處，她必定也會不惜拋下一切，營救她的夫君。

而她相信，朱友珪亦會如此待她。

第四十三章　皇女下嫁

前朝皇女於泊襄之戰被朱梁渤王擄走而去，下落不明，晉國上下為之震驚，晉王派出大量兵馬追捕渤王朱友文，疾沖更是拋下了生擒朱溫的大好良機，帶兵回頭尋找馬摘星下落。

事發後李繼岌心覺蹊蹺，同時遍尋不著袁策蹤影，暗自悔恨自己居然識人不清，引狼入室，竟讓皇女深入險境，險些送了一條命！

就在眾人焦急不安時，疾沖總算傳來好消息，他已在梁國邊境處的箕山發現了皇女的蹤影，兩人已在返途。

眾人大喜過望，唯獨晉王愁眉不展。

朱梁渤王在陣前忽行跡詭異，似喪失心神，暫且可說是因狼毒花的影響，然皇女戰場上失足落馬，遭梁軍圍剿，朱友文居然倒戈相救馬摘星，臨戰前叛逃，旁人怎麼看都會覺得這兩人餘情未了，晉王雖立即捏造「皇女於泊襄養病」的假消息穩定民心，但軍中已流言四起，渤王與皇女，孤男寡女，在戰場上消失了整整三天，最後是在荒涼箕山被尋獲，有心人會怎麼想？

他們都親眼瞧見本該是敵對的兩人，朱友文在千鈞一髮之際救走了皇女，自然心生疑慮：朱梁渤王是否寧願拿江山換美人？皇女是否與朱梁渤王真有私情？晉國還能相信這位前朝皇女嗎？皇女與渤王是否會暗地勾結，讓晉國落入朱梁手裡？

種種猜測與難聽言語在晉軍間迅速流傳，馬邪韓氣得七竅生煙，她家郡主在泊襄出生入死，更險些被奸人所害，這些傢伙居然卻懷疑她臨陣變節？

馬家軍為此差點與晉軍打了起來，李繼岌費了好大功夫才平息。

三日後，疾沖帶著摘星回到太原，更是又掀風波。

打從進了城門，摘星便能感覺到眾人看待她的視線裡充滿了質疑，甚至是輕蔑。

摘星略一思量，便明白了其中道理。

她就這樣被一個男人擄走，幾天不見，又平安歸來，換作是她自己，也難免懷疑這兩人是否已有過苟且，或是早已暗地串通？

雖是人之常情，但她的心還是不由一沉。

疾沖也察覺到眾人投來的異樣目光，忙上前護住摘星，「妳看妳，臉色這麼難看，是不是仍驚魂未定、身心俱疲？快些回王府，請個大夫來看看吧？」他刻意說得大聲，摘星明白他的用心，索性跟著演戲，點頭附和。

馬婧早已等在晉王府前，一見摘星，淚水便湧了出來，急忙奔上，「郡主！我的好郡主！您可回來了，我——」她被疾沖用力一瞪，頓時住了口。

「還不快扶郡主回房休息？沒瞧見她『渾身是傷』嗎？我可是費了好大功夫才把她救出來的呢！」疾沖刻意露出手臂上的傷口。

「郡主您受傷了？在哪裡？嚴不嚴重？快請大夫啊！」馬婧的喋喋不休成功暫時轉移了眾人注意力，摘星在馬婧的攙扶下離去，疾沖在她身後，一臉關切。

直至主僕兩人身影消失，疾沖才臉一沉，轉身大步朝晉王書房走去。

知子莫若父，晉王李存勖早已在書房裡等著疾沖到來。

書房門一開，疾沖氣沖沖走入，嘴正張到一半，晉王放下手上書卷，手指了指案上一碗百合銀耳梨子湯，疾沖望了一眼甜湯，一口氣一堵，老大不情願地坐下，拿起湯碗一飲而盡。

晉王眼裡露出不太贊同神情，似乎怪他如此魯莽糟蹋了一碗好甜品。

被老頭子這麼一瞪，加上甜湯下肚，剛踏進書房門的氣勢瞬間少了一大半。

不行，他可是來為摘星爭口氣的！

「父王！」一拍桌面，卻是特意收斂力道，甜湯碗僅是輕輕跳了一下。「外頭是怎麼回事？為何那些人要用那種眼神看待摘星？」頓了頓，又忿忿道：「方才克朗還告訴我，晉軍裡有些不好的流言傳出？」

他的父王為何坐視這些損害摘星名譽的流言亂竄，不加以阻止澄清？

「父王，難道你也相信那些鬼話？」

晉王從案前起身，走到小兒子面前，勸解道：「你別怪將士們多慮，多少人親眼目睹泊襄戰場上渤王寧願背叛朱梁也要救走皇女，兩人一去又是幾天幾夜不見蹤影，要說這兩人之間沒什麼，又有誰會相信？」

「父王呢？那您相信嗎？」疾沖反問。

晉王只道：「我相信皇女不是愚鈍之人，但若要我晉國上下繼續跟隨她，她必須自行想辦法解決這難題。」

「父王！你們只看到她被渤王帶走，然後看見她毫髮無傷回來，可她內心受了多少煎熬，這幾日又忍受了多少疲憊與痛苦，你們又看見了嗎？」

「繼嶢，帶兵之道，不容許有任何疑慮！一場戰爭便是幾千幾萬人命！皇女出世，我晉國士氣大振，將士們拿自己的性命去信仰她、跟隨她，若她自身行為不正，將士們必會擔憂下一次兵敗如山倒的不是朱梁，而是我晉——」

「夠了！」疾沖試圖壓抑怒氣。「父王，身為晉國世子，我完全理解你們的考量，但身為摘星的朋友，我看不下去！」

她付出了這麼多，這些人卻是這樣看待她？要人怎不心寒？

他們眼裡只看到馬家郡主、前朝皇女，哪一個真正看到了馬摘星這個人？

她不是工具！

她與朱友文的過去，早已讓她傷痕累累，如今這些人還要在她傷口上灑鹽！

「繼嶢……」

「不行，我忍不下這口氣！」疾沖走到晉王面前，雙眼炯炯直視他的父王，「你們懷疑摘星與渤王藕斷絲連，想消除疑慮是不？行！我用大婚來證明一切！我晉國世子李繼嶢，要娶馬摘星為妻！」

前朝皇女在泊襄戰場上被渤王擄走，下落不明，之後被小世子於箕山尋獲，將人帶回。正當眾說紛紜、認為朱梁渤王與皇女私情未了之際，小世子不計前嫌，竟宣布要娶皇女為妻，這消息一下子炸翻了整個晉王府，眾人先是訝異，確認事實後，大總管史恩一聲令下，立即開始著手採辦婚禮，更在疾沖的要求下，務求三日內完婚，以穩定軍心。

疾沖對摘星的在乎與關切，晉王府眾人可是都看在眼裡，喜事雖來得突然，卻皆認為是佳偶天成，但真正了解內情者，卻明白這不過就是一樁利益交換。

晉國小世子與前朝皇女大婚，一來徹底斬斷皇女與朱梁的任何牽扯，同時維護皇女名譽，二來則是更加鞏固了晉國與前朝王權的聯繫，讓向來以復興前朝為號召的晉國更師出有名，而非只是單純為爭天下。

這方熱鬧辦喜事，那方兩位當事人卻異常冷靜，摘星得知消息後，一開始雖訝異，但很快便想清了前因後果，明白疾沖此刻求婚的理由，而身為新郎倌的疾沖則是不見人影。

摘星關在房裡想了半日，出房要找疾沖，遍尋不著人影，最後是在史恩的指點下，搬了把梯子，來到屋簷下。

疾沖果然就在屋簷上，對著即將落下的斜陽，不停嘆氣。

大婚？也不知道人家要不要嫁給他呢！

但他實在不忍見到摘星受到這種蔑視與質疑，只想讓那些亂嚼舌根的傢伙通通閉上他們的大嘴巴——他堂堂一個晉國世子都不在乎了，那些人還囉唆什麼？

只是……這是不是又只是他自己一廂情願？人家說不定根本就不想要他出這口氣呢？

正想繼續嘆氣，後來忽傳來一聲：「喂！」

疾沖瞬間一口氣嗆到，狼狽地咳了幾聲。

「妳怎麼上來的？」

摘星指指身後那道梯子。

一定又是史恩。

摘星來到他身邊坐下，從懷裡掏出兩顆小橘子，一顆遞給他。

這大寒天的，哪來的橘子？該是南方產的蜜橘吧？

他撥開橘皮，一分為二，兩口便吃得一乾二淨，不忘嫌上一句：「沒以往甜。」

「會嗎？我倒覺得挺好吃。」她看著手裡那顆蜜橘，努力擠出微笑，望向身旁的男人，「儘管不是事事盡如人意，但這時節還能吃到蜜橘，就該知足。」

所以妳覺得我就是顆蜜橘了是嗎？疾沖心想。

這下他覺得這蜜橘更沒以往甜了，甚至有些酸澀。

「也許妳有蜜橘之外的選擇。」他悶聲道。

摘星看著他，認真搖了搖頭，「不，這就是此時最好的選擇了。」

況且，她還能有其他選擇嗎？

她無法愛上他，但她知道，他是她目前最好的選擇，不管是在國家大事或私人感情上。

疾沖望向遠方，大半夕陽已落入山頭，大地一片金燦橙黃，殘雲朵朵，追日身影在夕陽餘暉中翱翔，自在暢快。

這真是最好的選擇嗎？

摘星見他表情難得嚴肅，便沒出聲打擾。

兩個人相伴坐在王府屋簷上，幾乎要依偎在一起，卻是各懷心事。

直至夜色襲來，她聽見馬婧呼喚聲，這才準備離開屋簷。

臨去前，她朝疾沖道：「我似乎從未好好對你道謝過？謝謝你過去無數次相助，更謝謝你今日為我仗義，寧願賠上你後半輩子的婚事，只為保全我的名節，成就我滅梁志願。」

他明白她是真心誠意，但一句又一句的道謝卻讓他心頭苦澀極了。

他倆可是即將要當夫妻的人哪，為何還要如此見外？

他其實最不願從她口中聽見的，便是這一句「謝謝」。

這一切都是他心甘情願，為了心愛的女人而付出，為何她就是不能大方接受？

摘星人已下了屋簷，在下頭喊：「明日準備，後日大婚！」

他低頭望去，看著她微笑的臉龐，試圖想從她的眼神裡解讀些什麼。

嫁給我，妳真的會快樂嗎？

他沒有問出口，只是緩緩點頭。

夕陽餘暉映照在他英俊臉龐上，不著痕跡地掩住了他眼裡溫暖又寂寞的哀傷。

🐾 🐾 🐾

隔日，晉王府內更加熱鬧，張燈結綵，大紅喜字四處可見，世子大婚，三日內要辦成，眾人莫不加緊腳步籌備，只聽房外人聲雜沓，彷彿過年過節般熱絡，房裡的冷清與安靜，更顯突兀。

摘星坐在鏡前，馬婧正在幫她試梳髮髻，又在送來的幾件步搖細釵髮飾上挑選，拿不定主意，便問：「郡主，您喜歡哪樣？」

摘星看都沒看那些髮飾一眼，只淡淡道：「都好，妳替我挑吧。」顯得對自己即將大婚，並無太大期待。

不過是盡義務罷了。

她是馬家郡主，馬家軍的精神依歸，也是前朝皇女，是晉國眾兵發誓效忠的對象，她只能嫁給疾沖，別無選擇。

馬婧自然知道她的心事，也不敢多言，看了看，挑上一副點翠大鳳，替摘星戴上，本以為她會嫌棄太過招搖，但她只是一直垂著眼眸，根本沒有望向鏡子裡的自己。

似沉浸在回憶中。

不過就在數月前，她也是如此坐在銅鏡前，由著海蝶將她打扮成新嫁娘模樣。

頰抹胭脂，畫黛眉，貼花鈿，描斜紅，雙唇輕抿紅脂紙，唇色朱櫻一點紅。

當時她是多麼欣喜，攬鏡自照，從未如此盛裝打扮，只因女為悅己者容。

然那一刻，已回不去了。

她終於抬眼，望向銅鏡中的自己，金裝玉裹，羅綺珠翠，又是一次新嫁娘，可這一次，銅鏡裡的人兒，為何眼神如此悲傷？

「馬婧，我美嗎？」

「郡主，您很美。」

摘星默然不語，好半晌，才道：「那就好，幫我把這些都卸掉吧。」語氣雖平淡，但馬婧明白，她的郡主想必觸景傷情，憶起了渤王。

馬婧胸口一酸，眼淚忽地止不住。

摘星奇道：「我要大婚，該是喜事，妳怎地哭了？」

「郡主，我……」馬婧深吸一口氣，坦白道：「愛不愛一個人，我雖沒怎麼經歷過，但我看得明白，郡主……我只是替您感到心疼……」

眼睜睜看著侍奉的主子過著沒有自己的日子，她所做的一切，永遠都是為了別人，要她怎不難受？難道郡主就沒有追求自己幸福的權利嗎？

摘星苦笑，親手摘下頭上的點翠大鳳，放置妥當後才起身，反過來安慰馬婧，「傻馬婧，妳想哪兒去了？不管從哪方面看，疾沖才是我的良配，不是嗎？」她抹去了唇上胭脂，「既然我是馬家郡主，亦是前朝皇女，這兩個身分，就不允許我主導自己的婚事，因為需要我的人太多了。」

這就是她的命。

她無法為自己而活。

身不由己。

馬婧還想說些什麼，摘星露出疲態，「馬婧，我有些累了，想歇息一下。明日可有得忙了。」

馬婧只得把話都吞進肚裡。

天色已亮，疾沖將自己關在房裡，喝了一夜悶酒。

喝悶酒的原因倒不完全是因為即將到來的大婚，更多是因為晉國探子從朱梁送回來的一則消息。

朱梁渤王朱友文臨陣叛逃後，自返朱梁，已被朱溫關押天牢，將處以五馬分屍的極刑！

處刑之日便是今日！正巧是摘星與他的大婚之日！

朱友文雖刻意退讓，但疾沖仍覺得自己是橫刀奪愛，況且念及朱友文暗地裡對摘星付出了這麼多，最後卻落得這般下場，他說什麼都無法心安理得地繼續瞞著摘星，與她成婚。

但告訴了她又如何？只會更讓她難受啊！他又怎捨得？

他憂鬱得都發了愁，在吐實與繼續隱瞞間，搖擺不定。

他只是希望摘星快樂，可這看似簡單的一件事，為何卻如此困難？

晉王府內人聲漸醒，沒多久房間大門打了開來，大總管史恩皺起眉頭，「好重的酒味！你這死小子，要大婚了也不用如此開懷大飲，要是誤了時辰怎麼辦？」

開懷大飲？疾沖哈哈大笑。

他根本是借酒澆愁，只是這悶酒喝了不會醉，反而讓他更加愁悶。

「笑什麼？瞧你得意的！」史恩雙手一拍，婢女們魚貫而入，扶起疾沖，開始將他打扮成新郎倌兒，只是婢女們手腳似乎俐落過了頭，更兼面無表情，幾下將疾沖打扮完畢後，疾沖有意調戲幾句，反而收到好幾枚白眼，替他梳頭的婢女不知是不小心還是刻意，手勁十足，梳完頭後疾沖只覺頭皮隱隱發疼。

這些婢女是怎麼回事？

看見疾沖目光裡的疑惑，史恩難得有些幸災樂禍，「怎麼，還以為你是她們的夢中情人嗎？娶了老

婆，你就是名草有主，她們哪還有奢望？」

「那也不用翻臉像翻書一樣快嘛……」疾沖嘟囔。

房外，初陽溫暖光芒映照著他瘦疼的雙眼。

疾沖用力閉了閉眼，嘆了口氣，終於下定決心。

🐾 🐾 🐾

按照禮俗，成婚前，新人須先迴避，不得見面，然疾沖管不了這麼多規矩，穿著大紅喜服，一路風風火火來到棠興苑，眾人見是新郎倌本人，只當他想與新嫁娘說幾句體己話，便也沒認真攔阻。

馬婧開了房門，摘星早已穿上了嫁衣，裝扮妥當，端坐於室。

見他來了，抬起頭，朝他微微一笑。

笑容淺淺，如清晨朝露那般清新動人，昏暗房內彷彿瞬間被照亮。

很美，卻沒有溫度。

沒有愛戀中的激情與眷戀。

她將是他的妻，可她的笑容已明白告訴了他，是的，他們將會相扶相持，感情融洽，但他倆不會恩愛如蜜，只會彼此相敬如賓到老。

因為她心裡始終沒有他，而是另一個男人。

疾沖深吸口氣，在摘星訝異與不解的目光下，脫下身上喜服。

「疾沖？」

「妳先聽我把話說完，再決定要不要我穿上這身喜服。」疾沖道。

摘星眨了眨一雙水汪汪妙目，等著他說下去。

他勇敢面對摘星，大方坦誠：「我不是一個好夫君，所以我再給妳一次選擇的機會。」

她疑惑，他續道：「第一，其實我知道，朱友文從頭到尾都在護著妳，從他刻意讓朱友貞來到晉國、讓妳知道可用狼毒花對付他，再到他在泊襄的失常，那是因為他早已決定背叛朱梁，犧牲自己，拿命償還妳！」

摘星只覺腦中轟然一聲。

朱友文沒有說謊？

那不是苦肉計？

連朱友貞也是他刻意放行，使其順利來到晉國？

長久以來，我始終認為自己是朱家人，即便成了朱梁的劊子手，也從未後悔過。但對妳的歉意與懊悔，卻讓我痛不欲生，我兩邊都無法割捨，泊襄之戰，我選擇不戰不降，選擇拿我這條命，還妳。

言猶在耳。

可她始終不信。

她甚至嘲諷他因為狼毒花而胡言亂語！

他竟將自身最不為人知的弱點公諸於晉國，只為了償還她？

轉念間，他在茫茫雪山裡，看似處處找碴刁難，其實卻是極盡一切努力在護著她，不讓她受傷害，好將她平安無事送回晉國……

那時的他，不是朱友文，而是她的狼仔……

瞬間已是滿滿淚水在眼眶裡打轉，卻忍著不敢抹去。

她就要嫁人了，卻在未來夫君前為另一個男人哭泣，成何體統？

疾沖瞧見她眼裡的淚花，心頭糾結，但既然攤開來說了，就得一次說完。

「別哭了，我就知道妳會傷心難過，所以始終沒告訴妳。這樣自私的夫君，妳還願意嫁嗎？」

摘星望著他，遲疑了一會兒，閉上眼，穩定情緒，緩緩點頭。

「嫁。」

淚水流淌在嫩白臉頰上，將胭脂暈染開。

「第二，這消息我若繼續瞞著妳，未來妳若知道真相，鐵定會怨恨我，所以我寧願在大婚前就先告訴妳……」

看著疾沖欲言又止的神情，摘星心跳不由加速，同時感到不安。

他口中的消息也與朱友文有關嗎？

疾沖望著摘星，緩緩開口：「朱友文將為他的叛變付出代價，今日午時便將處斬……」他畢竟保留了一些真相，沒有告訴她，朱溫竟如此涼薄，朱友文為他賣命多年，到頭來竟落得五馬分屍的極刑處置！

「今日處斬？」摘星霍地站起，一臉愣怔，不敢置信。

朱友文……要死了？就在今日？

她那麼痛恨的人就要死了，可為何她一點都不感到痛快，只感到撕裂般的心痛？

朱友文……曾經的狼仔……就要死了……是為了她……

不，那人雙手染滿無數血腥，不過是死有餘辜！她何必為他傷心？

但是……但是……

摘星一張小臉上血色全無，身軀顫抖，那一刻她幾乎就想奪門而出，可是她要去哪裡？去找朱友文嗎？一切都已來不及了！

她終究踏出了一步，但就只是這麼一步，疾沖看在眼裡，雖心裡早已做了最壞打算，卻仍怕她會就此悔婚，直奔朱梁而去。

可她踏出那一步後，遲遲未踏出第二步，顫抖的身子漸漸平復。

疾沖上前，輕輕握住她的手，「妳要走，就走，我不會攔妳。可若妳決定留下，那我對天發誓，絕對會護妳一輩子，而妳今後就只能是我的女人！將來無論發生什麼事，我都不會放開妳！」

其實從她踏出那一步起，她便已恢復了理智。

她身後有著馬家軍，面前更是一整個晉國，她的任何一步，皆是牽一髮而動全身，甚至左右整個天下局勢。

她與朱友文的私情，該斷卻絲連，徒惹來不潔名聲，令人質疑，若不是疾沖願意以婚事相助，她早已是名節不保，成為眾矢之的，還談什麼滅梁復仇？

這些她都明白，她也知道自己該做何選擇。

疾沖就是她目前最好的選擇。

她也只有這個選擇。

她深吸一口氣，閉上眼。
再度睜眼時，眼神雖是刻意裝出的平靜，不自覺輕咬的下唇仍舊洩露了內心的掙扎。
「摘星，妳還願意嫁我嗎？」疾沖鼓足勇氣問。
她微微一笑，「嫁！」
疾沖喜出望外，上前緊緊摟住她，彷彿生怕下一刻，她就會從眼前消失不見。
她嘴角上揚，眼角卻再度滑下一滴淚水，可她很快用手背擦去，沒讓疾沖發現。
「但我有一個條件。」她離開疾沖懷抱，眼神認真。「我遲早是你的人，可眼前戰情吃緊，我隨時須要上戰場，我倆可否先完成大婚儀式，等完成滅梁大業後，再行洞房？」由她一個女孩子家說出這般條件，小臉不禁脹得通紅。
疾沖明白她終究有所遲疑，但她既已答應大婚，日後自是不可能反悔，他只要在旁耐心等候、守護著她，自能等到她願意委身的那一日。
「好！我答應妳！」
他重新套上喜服，一出房門便被史恩逮個正著，「小色鬼！猴急什麼？今夜就要洞房了，還跑來新娘房裡鬼混？吉時都要耽誤了！」
疾沖滿面春風離去，摘星始終低垂著眉眼，狀似羞怯。
沒有人瞧見她眼裡浮動的淚光。
別了，狼仔。

朱友文靜靜盤坐於牢籠裡，面對即將到來的死亡，在充斥恐懼悲憤與痛苦的天牢內，他的雲淡風輕與從容，反倒顯得突出。

午時即將到來。

他趁四下無人，伸手從自己髮間取下一條鏈子。

那鏈子藏得極為隱密，加之墜飾之物，色為墨黑，悄悄藏於髮中，無人發現。

竟是他在摘星面前刻意擲於香爐內焚毀的狼牙鏈。

黑玉石做成的狼牙上有著明顯燒灼痕跡，那日，焚香燒盡，他將手指探入仍滾燙的煙灰，輕輕撥弄，一股熟悉香氣緩緩湧出，如一縷戀戀不捨芳魂，他想忘記所有，卻捨不了這香氣，來自她一直貼身珍藏的青色香囊，來自那如夢似幻的七夕之夜，來自他這一生最浪漫的誓約，而他曾以為自己不會擁有這一切。

撥弄間指尖觸到一硬物，他微微一愣，隨手抄出，竟是未被完全燒毀的狼牙鏈，不知為何能在火焰下倖存，那皮鏈也僅僅只是有些燒灼痕跡，並未斷裂。

這是星兒送給狼仔的。

不管狼仔傷害她多深、多重，狼仔始終在她心中。

當時他仔仔細細撫去狼牙鏈上的殘餘灰燼，拾起自己一束黑髮，纏繞於上。

他與她，今世無緣，來世是否仍會相遇，有緣當一對結髮夫妻？

此刻，重將狼牙鏈掛於頸上，閉上雙眼，她滿懷期待與祝福的聲音在耳際響起：

我聽曾養過狼的老人說，狼牙是護身符，所以我特地找了工匠打造這條狼牙鏈子，希望日後可護你平安。你喜歡嗎？

喜、喜歡。

只要是星兒給的，狼仔都喜歡。

狼仔此生，足矣。

🐾 🐾 🐾

午時，刑場。

天色陰暗，方才下過一場不小的雨，地面仍溼，烏雲仍未散去，看來過不久，又將是一場雨，正好能洗去行刑後的血污。

朱友珪站在監斬台上，刻意要將整個處刑過程看個仔細。

處刑使用的馬匹，皆是他命人挑選特別健壯者，並加以餐食，就是為了此刻能狠狠車裂朱友文，讓他死無全屍！替岳父敬祥與他那早夭的孩兒報仇！

朱友文被押送至刑場，為防他脫逃，獄卒以鎖心鏈將他重重綑綁，囚車兩旁更是重兵把守，人人皆知戰神渤王武功高強，殺人不眨眼，個個嚴陣以待，卻不知若朱友文真想脫逃，根本不是難事，只是他死意堅決，一是為了承擔所有罪責，保下朱友貞一命，二是為了遠在晉國的摘星，泊襄一役，他將她擄走而去，即使她平安回到晉國，必遭人懷疑清白，以為她仍與他這朱梁渤王藕斷絲連，但只要他一死，必能解除晉國眾人質疑，讓她不受委屈。

一道粗亮閃電忽劃過天際，緊接著一道響雷由天空重重落下，震耳欲聾。

馬兒天性敏銳，紛紛不安嘶鳴，激動者甚至抬蹄亂踹，費了一番功夫才安撫下來。

朱友珪不以為意，得意俯瞰經過監斬台下的朱友文，笑道：「三弟，這區區小雷果然嚇不倒你，瞧你這氣定神閒的模樣，哪裡像是赴死之人？」朱友文越是平靜，朱友珪心裡越是不甘，刻意用最惡毒的語氣道：「今晨前線傳來消息，二哥不願你死不瞑目，還是決定告訴你，你不惜豁出一切的那個女人，即將要嫁給晉國世子了！」

他就是見不得朱友文這副從容模樣！他要見到他因為心愛女子即將琵琶別抱而痛苦崩潰！

沒想到朱友文聽了，僅是淡淡一笑。

看來疾沖那傢伙沒有辜負他所託付，她能嫁給晉國世子，更能一掃疑慮，且前朝皇女與晉國世子聯姻，更鞏固了她與晉國王權間的聯繫，從此怕是再也沒人動得了她。

星兒，太好了，即使我將不久於人世，可妳不會孤單，有疾沖在妳身邊，我很放心。

我終於能無憾赴黃泉了。

見他非但意志沒有受到打擊，臉上表情更像是了了一樁天大心事，甚至露出微笑，朱友珪大為不悅，重哼一聲，「好，本王就成全你！來人！行刑！」

天落大雨，瞬間將朱友文淋得渾身溼透。

又是一聲炸雷響起，同時數道閃電劃過天際，直落皇陵。

朱友文閉上眼。

一切都將要結束了。

陰暗天空不斷落下響雷，讓人心起不祥預感。

朱溫自一早便怏怏不樂，雖是他親自下令，朱友文午時處斬，施以五馬分屍極刑，但朱友文終究是他手下親自訓練豢養多年的鷹犬，曾是他穩固帝位最得力的一枚棋子，失去了他，儘管還有朱友珪與朱友貞，但這兩人一者工於心計，一者仁義過頭，與朱友文相較，尤其是在帶兵打仗上，兩人皆望塵莫及。

但那是還沒遇見馬摘星前的朱友文。

念及自己一生心血都被馬摘星那個女人毀了，朱溫便氣得牙癢，恨不得立即再出兵攻晉，直奔太原，擒殺馬摘星這禍水！

外頭響雷不斷，讓朱溫莫名心慌意亂，此時張錦慌張前來稟報，「陛下！遙姬大人命小的呈上這份……這份……」欲言又止，似怕惹怒朱溫。

張錦手裡捧著一素白綢布，綢布裡顯然裹有物品，既是遙姬命人送來，朱溫不疑有他，上前一掀，綢布內物品映入眼簾，他不由倒吸一口冷氣！

是他的赤霄劍！竟已斷為兩截！

朱溫於前朝藩鎮割據時，效忠前朝被封為宣武節度使，接連立下大功，前朝皇帝特賞賜赤霄劍，另賜名「全忠」。赤霄劍乃天降玄鐵所鑄，材質奇特，通體墨黑，每遇降雨潮溼之日，便會隱隱發出青芒，朱溫一直將其視為護身神器，直至奪得帝位後，當時太卜勸告此劍殺戮過多，戾氣太重，恐對朱溫不利，他這才將其供奉於太廟，僅在重要時刻取出隨身攜帶，重溫當年膽識豪氣。

然此刻赤霄劍竟斷了……

朱溫只覺眼前一片黑，接連後退數步，氣息粗喘。

赤霄劍斷了……難道……難道竟是象徵他大梁國運即將腰斬……

「遙姬呢？遙姬在哪兒？」待回過神來，朱溫氣急敗壞大喊。

「遙姬大人就在寢殿外候著。」張錦連忙答道。

遙姬一身素白，飄然入內，一見朱溫便下跪道：「陛下，是遙姬無能！」

「朕的赤霄劍怎會無故斷折？」朱溫質問。

「陛下，遙姬近日夜觀星象，察覺大梁四星護主之象已有動搖，恐怕星殞傷主，因此徹夜於太廟祈福，怎知自今晨便不斷天降落雷，先是皇陵那九株千年松柏全被閃電擊中、後被落雷劈斷，緊接著一道響雷直劈太廟正上方，這赤霄劍……便斷成了兩截！」

朱溫臉色煞白，皇陵那九株千年松柏竟全數被落雷劈斷？連他的護身神器赤霄劍也被天雷斷折？這……這代表什麼？他大梁國運當真走到了末路嗎？

遙姬道：「陛下，大皇子雖死，然渤王天生神能，以一抵二，四星護主之象至今屹立不搖，但他若一死，四星頓失其二，紫微帝星必損……」

「大膽！難道妳告訴朕，朱友文殺不得？殺了他，也等於斷了大梁國運？」

「遙姬不敢！陛下自有天佑，然陛下與大梁的運勢，與四位皇子牢牢相扣，毀一俱損！」

這等怪力亂神之言，若是在以往，朱溫只會嗤之以鼻，但眼下他年紀老邁，病痛纏身，四個兒子幾乎眾叛親離，深感憤怒的背後，其實是深深的無力感，不知不覺便將希望寄託在求神問卜上，加上他寵信遙姬，對她所言不禁又多信了三分。

張錦道：「陛下，太卜所言，也許並未不可信，其實昨日便得快報，懷州軍營爆發瘟疫……」話未

說完，一小太監匆匆稟報入內，在張錦耳邊細聲說了幾句話後，又迅速退下。

張錦已是臉色大變，「陛下，光州柳軍侯快報，那淮河連日大雨，今晨潰堤了！」

一旁遙姬聞言，臉色不由微微一愣。

接二連三的惡兆讓朱溫對遙姬所言又多信了幾分，但若放過朱友文，豈不是太便宜了他？自己身為一國之君的威儀豈不蕩然無存？

看出朱溫似已動搖，遙姬道：「陛下若是煩惱，遙姬倒有一兩全其美之法。」

朱溫仍在猶疑，寢殿外忽閃過四道粗亮閃電，一道接著一道，紛紛擊向京城午門外方位，彷彿是老天在警告：一星殞落，四星皆墜。

緊接著天空響起炸雷，雷聲之大前所未見，寢殿外有些膽小的宮女忍不住尖叫起來，跟著便聽見有人喊道：「失火了！失火了！雷劈中了——」

又是一道響雷，遙姬忽起身大喊：「陛下！危險——」

落雷竟劈在了寢殿門楣上，瞬間燃起熊熊火光，遙姬撲上朱溫面前，以身護主。

大雨傾盆，火勢依舊，炸雷仍不斷響起，大梁皇宮內人心惶惶，不解為何忽天降異象？

難道真與渤王今日處斬有關？

第四十四章　化敵爲友

五匹健壯馬兒分別拉著朱友文的頭頸與四肢，就等馬鞭落下，齊往不同方向使勁前行，讓朱友文慘遭分屍。

「行刑！」

朱友文身子瞬間騰空，五匹馬正使足力氣要將他四分五裂，照理該感到疼痛萬分，但他卻只是平靜望著天空，並沒有發出朱友珪期待的淒厲慘叫。

朱友珪不禁有些失望，但能親眼見到朱友文屍首異處，也夠大快人心！

然就在朱友珪得意之際，忽有快馬加鞭而來，遠方來人同時大喊：「馬下留人！」

朱友珪還沒來得及反應，兩名騎著白馬的御前侍衛已趕到刑場，同時由馬背上躍起，半空中拔刀出鞘，落地時雙刀揮舞，綁住朱友文四肢與頭頸的繩索應聲而斷！

朱友文雖性命暫保，但御前侍衛的雙刀立即又架在了他頸子上。

「陛下駕到！」

朱友珪一陣錯愕，不解朱溫為何趕至刑場？

難道朱溫改變心意，決定不殺朱友文了？

朱溫來到監斬台上，朱友珪雖滿腹疑惑，卻也知此時不宜開口提問，便識相退到一旁，靜觀其變。

遙姬跟隨朱溫而來，她走到朱友文面前，看似要扶起他，手裡卻握了顆腥紅藥丸，兩人眼神對望，遙姬微微點頭，他便將藥丸吞下。

他已連死都不怕了，還有什麼能傷害他？

然藥丸才下肚沒多久，他立即察覺肚腹中如烈火焚燒，這熟悉的撕裂痛楚，難道會是——狼毒花？為何遙姬要讓他服食狼毒花？

朱溫在監斬台上朗聲對眾人道：「朕已查清，洎襄一戰，渤王朱友文並非存心叛國，而是大意不察，中了馬摘星那賤人暗算，以狼毒花催動他體內獸毒，使其如瘋如魔……」話聲未畢，刑場內的朱友文已四肢俯地，狀如野獸，瞳孔迅速轉為血紅，遙姬不忍，退到一旁。

為了讓他保住一命，她不得不出此下策，索性揭發他體有獸毒的祕密，讓他在眾人面前化為狂獸，證明他並非存心反叛。

「太卜遙姬方才已讓朱友文服下狼毒花，各位可與朕一同觀看這毒性是如何讓他喪失心神，宛如瘋獸！」

朱友文仰天怒吼，聲如野獸，忽地撲上一旁御前侍衛，與其扭打，侍衛已得令不得傷害朱友文，左閃右躲，但實在躲不過，只得舉刀反抗，朱友文卻渾然不怕刀利傷人，一把奪過刀來，獸毒更加強化他天生神力，竟徒手將刀刃折斷！

其餘侍衛紛紛湧上，但畏懼朱友文神力，改以長槍應戰，仍被他一一奪走，絞碎折斷！

眾人看得駭然，此時朱溫一喝：「夠了！」立即有兩隊御前侍衛奔出，人人手拿鎖心鏈，擺出陣形，緩緩包抄朱友文。

鎖心鏈一層又一層套在朱友文身上，起初他還能掙脫，甚至扯斷鐵鏈，但隨著纏身鐵鏈越來越多，束縛的力量越來越強，他漸漸難以動彈，但獸性本能仍試圖逃脫，竟拖著這許多御前侍衛緩緩朝刑場外移動。

因為渾身出力，他額上汗水與嘴角唾液齊流，加之面貌猙獰，瞳色赤紅，猶如瘋獸，刑場旁官兵見狀不由連連後退，心驚膽顫，就怕要是不小心被這瘋魔渤王咬上一口，是否會如瘋狗病般全身痙攣、口吐白沫而死？

「還不擊昏他？」朱溫喝道。

御前侍衛們倒轉刀柄，紛紛上前猛敲擊朱友文後腦，再強壯的野獸也禁不起如此連番重擊，他終於不支倒地，昏厥過去，而遙姬在旁看著這一幕，藏在素白袖子底下的雙手緊緊交握，不住微微顫抖。

朱友文，這都是為了救你一命。

親眼見到渤王朱友文瘋魔成獸，眾人不得不相信朱溫所言。

「朕已證明，朱友文並非存心叛逃，但泊襄一戰確實是因他而敗，此人雖是朕的皇子，朕亦絕不護短。朱友文死罪可免，活罪難逃，判其流放黔奴營！」

朱友珪原以為朱溫忽手下留情，終究是念在父子之情，但黔奴營內的奴隸，有不少都是朱友文當時親自抓回的軍中將士，個個對他恨之入骨，將他送入黔奴營，不等同將他送入閻王殿？

朱友珪心內暗忖，看來朱溫只是不欲朱友文死得痛快，先讓他在群臣眾人前醜態畢露，再送他入黔奴營讓那些奴隸慢慢折騰，最好求生不能，求死不得，而他非常樂意在背後悄悄推波助瀾一番，務必讓朱友文再也無法活著走出黔奴營！

夜裡，遙姬悄悄潛入天牢，只見被關在牢籠內的朱友文仍昏厥於地，後腦勺滿是鮮血。

她命獄卒打開牢籠，走入，在朱友文身旁跪下，先檢查他的胸膛，確定獸毒是否攻心。她已刻意拿捏狼毒花份量，使其足以誘發獸毒，但不會重到獸毒攻心的程度。

朱友文左胸上並無赤焱之狀，身子也不算滾燙，遙姬檢查了一會兒，卻發現是自己手心在發燙，這可是她第一次觸摸他赤裸身軀，還是在他意識不清的情況下，彷彿她在輕薄他似的。

手摸上臉頰，只覺自己臉頰更加燒燙，她轉頭要自己平靜，別再胡思亂想。

深吸一口氣，確定心緒已平穩，這才轉過頭，繼續仔細檢查他的狀況，看樣子這一次獸毒發作僅是輕微，但為了確保萬一，她仍取出銀柄匕首，輕輕劃破自己手腕，遞到朱友文嘴邊，餵他喝了一些蛇毒血。

他醒來後便將發配至黔奴營，雖說不會太好過，但至少保住了一命，她日後自會想方設法將他營救出來。

只要他活著，一切就有轉機。

她身為太卜，閱讀宮中藏書，習得能以金引雷，操縱落雷，為了救他，她不惜先以天雷毀去皇陵那九株千年松柏，更刻意驅策子神安排引雷於朱溫寢殿前，趁著朱溫見赤霄劍斷折、心神大亂之際，落雷燃火，讓朱溫更信了她胡謅的星象之說。

泊襄大敗後，朱溫身子迅速老邁衰敗，自有心魔，對這鬼神之言，自然更易相信，但郢王朱友珪此刻正是意氣風發、順風順水，要他相信怕是不易，只怕他日後會更加刁難身在黔奴營的朱友文……

見朱友文仍然昏厥，她大起膽子，冰涼素手輕輕撫摸他滿是血污的英俊臉龐，心道：朱友文，也許你命真的不該絕。

那夜他棄之火中的牙獠劍，她拾回藏起，抱著姑且一試的心態，將其與赤霄劍互斬，竟成功砍斷赤霄劍，只是牙獠劍也斷成了兩截，再也不敷使用。而淮河大雨造成潰堤、軍中盛傳瘟疫，也只是巧合，並非她能所料。

「或許，連老天也在幫你。」她撫摸著他的臉頰，愛憐道。

他身子忽一動，嘴裡喃喃：「星……星兒……」

遙姬的手僵住。

然後緩緩收回。

她起身欲離，又聽得朱友文喃喃呼喚馬摘星。

雖不免一陣黯然，但遙姬很快振作起精神。

救他，是她心甘情願，更何況她老早便知他心中只有馬摘星。

但馬摘星能如她這般義無反顧，甚至不惜欺君罔上，只為了救他一命嗎？

她遙姬愛上了就是愛上了，不求回報，只求她所愛之人，能平平安安活著。

即使要犧牲她這條命，她亦無怨，無悔。

🐾 🐾 🐾

同一個夜晚，晉國太原府城是鼓樂喧天，為慶祝小世子大婚，晉王府特地擺出千人陣仗流水席，宴請守衛國土的將士與城內百姓。席上各式山珍海味不斷，人人歡聲笑語，讚美晉王慷慨，祝賀小世子大婚，一片喜氣洋洋。

直至午夜，人潮仍未散去，新郎倌仍在宴席上，接受眾人輪番上陣敬酒，疾沖一杯皆著一杯，來者不拒，看似千杯不醉。

馬邪韓率領馬家軍將士們上前敬酒，「想娶咱家郡主，可得先問問咱們同不同意！喝！通通喝光！」馬家軍弟兄們笑鬧著上前灌酒，難得放鬆。

大婚儀式已舉行完畢，新娘已在洞房等候，疾沖卻仍在與眾人把酒言歡，遲遲不入洞房，酒一杯又一杯地喝，直至月明星稀，人潮都散得差不多了，連馬邪韓等人都因為不勝酒力，醉得東倒西歪，他才緩緩搖晃著身子起身，高舉酒杯，朝著滿天繁星道：「我可不是因為受你所託才娶她的，我是真心喜歡她！你大可放心，我會好好保護她、呵護她，不會讓她再為你傷心……你可聽見了沒？」

正要喝下手中那杯祭酒，克朗來了，卻是一臉躊躇，猶豫著是否要在這重要的大婚之夜，將這消息告訴小世子。

「克朗，過來！」疾沖比手勢要克朗過來，「你跑哪去了？就剩你還沒向我敬酒……」

克朗上前，終究將那消息告訴了疾沖。

疾沖臉上表情有些複雜。

然後朗聲大笑，同時將手上酒杯摔向地面。

「少帥？」

「哈哈哈哈，這老天果真難料，玩弄起人，哪管青紅皂白！」

看似一切又回到了原點，只是人事已非。

「少帥您沒事吧？」克朗面露擔憂。

疾沖卻轉身離去，沒有回答。

該問的，是馬摘星聽了這消息，會有何反應？

🐾 🐾 🐾

洞房吉時早過，這看著連丑時都過了，雞鳴將起，新郎倌仍流連酒席，遲遲未現身，讓新娘一人在房裡枯坐等待，馬婧看不下去，幾次欲去尋疾沖，卻被摘星攔下。

「這大日子他開心，人多自然酒也喝得多，就讓他盡興去吧，我不要緊。」摘星倒是看得很開，似乎完全不介意，就連語氣也是平平淡淡，聽不出什麼起伏。

馬婧卻不以為然，這是疾沖的大日子，難道就不是她家郡主的大日子嗎？憑什麼如此怠慢她家郡主？

馬婧正要開口，疾沖忽推門進房，她趕緊迎上以眼神示意，要他識相點，好好取悅摘星。

疾沖一臉嘻笑，取出藏在身後的一壺酒與兩個酒杯，拿著酒杯在馬婧面前晃了晃，「我這不就向我娘子來請罪了？」

馬婧知趣迅速離去，房裡只剩下了夫妻倆。

摘星聽見倒酒聲，自己掀了頭蓋，便見疾沖笑意盈盈地端著酒杯遞到她面前。

摘星笑道：「我不勝酒力，你喝就好。」

儘管兩人大婚前早已協議，需等到滅梁後，兩人才真正行洞房之實，但她仍不免擔心，畢竟是孤男寡女共處一室，今夜疾沖顯然又喝了不少，若是他想用強、逼她就範，她該如何是好？

「不行，這杯妳非喝不可，咱們夫妻得好好慶祝！」疾沖硬是把酒杯塞到摘星手裡，假裝沒有瞧見她眉間的憂傷。

得知這消息後，至少，她會比較不那麼憂傷吧。

他總是希望她能開心點的。

「慶祝什麼？」她仍一頭霧水。

「朱友文還沒死，只是被流放至黔奴營！」

即使掩飾得再好，她眼裡的錯愕與隨之而來的慶幸、甚至是歡喜，仍逃不過他的眼睛，但他假裝什麼都看不清，誰叫他喝了那麼多酒，連腦袋都不清楚了。

摘星隨即收回眼裡複雜情緒，畢竟這可是她和疾沖的新婚之夜，怎好為另外一個男人分神，但疾沖卻道：「沒關係，我能理解。他又不是你我素昧平生之人，他逃出死劫而心有所動，是人之常情。再說，妳我已是夫妻，我對妳便是全然信任。喝了吧，畢竟若沒有他，妳今夜也不會成為我的娘子，如此好消息，怎能不好好慶祝？」疾沖一飲而盡，摘星見狀，也跟著一口飲盡，誰知烈酒入喉，她禁受不住一陣猛咳，頓時小臉通紅。

「這酒好烈！」

「烈點好，醉得快！」

「你少喝些——」

疾沖步步朝她接近，雙眼泛著情慾，摘星呼吸急促，步步後退，難道她今夜一直害怕的事情真的會發生？疾沖真會酒後亂性把她……她被逼到床沿，疾沖一把抱住她，「妳明白我有多喜歡妳吧？這花好月圓的，孤男寡女共處一室，不先把自己灌醉，我怎麼把持得住……」

摘星差點沒被他渾身酒氣薰昏，忍著想用力推開他的衝動，一動也不敢動，渾身僵硬，疾沖又喃喃說了幾句話，便頭一歪，倒在她身上睡著了。

直聽到他的鼾聲，她一直緊繃著的身子才終於放鬆，確認他真的睡去後，小心將他扶上床，替他除去衣服鞋襪，又為他蓋上棉被。

看來他沒有忘記那個承諾，還特地把自個兒給灌醉了，免得真把持不住。

疾沖對她的用心與呵護，她不是不知道，只是今夜，她心裡仍只有那個人。

走到案前，斟上一杯滿滿的酒，她走到窗前，遙望天上明月。

盈盈拜倒，朝天祭酒。

酒水灑地，她誠摯磕頭，一次、兩次、三次。

感謝老天，讓他還活著。

起身時，已是淚水盈眶。

隔日，她起身時，疾沖已不見人影，

兩人雖睡在同一張床上，他清晨離去時倒是小心翼翼，沒將她吵醒。
她坐在床沿上，見到一旁木櫃上擺放著的嫁衣，更加有了成親為人婦的真實感。是啊，她已嫁人了，如今是疾沖的妻了。
望著偌大的床，想著從此以後，她都將伴著那人而眠，心不知為何有一絲絲酸楚與茫然。
這就是她的選擇了。
「郡主，您起身了嗎？」門外傳來馬婧的聲音。
摘星應了一聲，馬婧便端著一盆水進房來，一面替她梳洗，一面道：「郡主，小世子一大早就被晉王請去，之後又吩咐等您醒了，通報您一聲，請您過去找他。」
摘星心知問馬婧也問不出個所以然，匆匆梳洗打扮後便去找疾沖。
她來到議事節堂，才踏入便發現裡頭已擠滿了人，晉王、王世子李繼岌不說，連馬邪韓、王戎、克朗等軍事將領亦在場，還有幾位她曾見過的大臣，如此重要場合，疾沖卻還放任她睡到自然醒？更別說她這新媳婦都還未向晉王奉早茶呢！
摘星一臉尷尬，疾沖見她來了，高喊一聲：「娘子，來奉點甜湯給父王吧！」手一揮，便有婢女端著托盤入內，上頭裝滿了小湯碗，待人人都手拿甜湯後，摘星打開湯碗蓋，裡頭卻是空無一物。
轉頭望去，眾人手裡都端著個空湯碗，她不禁望向疾沖，「疾沖，你又在玩什麼把戲？」
「玩把戲的不是我，是朱梁！」疾沖道。
晉王放下湯碗，臉色凝重，解釋：「泊襄一役，我晉國看似奪下朱梁不少城池，表面風光，實際上卻是中了計。朱梁大軍一路退守至洺州，為的就是取得地利之便，洺州有險峻山脈做為天然屏障，易守難攻。」

「咱晉國好不容易取得的勝利，就如同這空碗，根本是空歡喜一場！」疾沖將空碗放回托盤上。「朱友珪那傢伙，故意讓那些貧瘠鬧荒的邊界州城失守，其實於朱梁根本不痛不癢！」

摘星的目光望向王戎、馬邪韓等武將，只見他們也是面色凝重，自然猜出洺州對他們而言想必也是非常陌生，摸不清地勢，冒險進攻只會增加戰敗的風險。

只聽疾沖又道：「朱友珪成功牽制住我們了！若不突破洺州，晉軍根本動彈不得，無法前進，而朱梁正好獲得足夠時間休養生息。」

疾沖說的沒錯。晉國看似獲得勝利，實則卻是陷入劣勢，而攻梁時間拖得越久，對晉國便越加不利。

今日眾人聚集一堂，想必就是為了討論出能主動攻擊的好對策。

這時史恩已命人換上裝有甜湯的湯碗，命婢女一一端給眾人，摘星原想先將甜湯奉給晉王，畢竟她這個新媳早上因為貪睡，還沒來得及向公公奉上早茶呢，但晉王似乎不以為意，眼前還是國家大事要緊。

「其實，自得知渤王逃過死劫，我便一直在盤算，如今得出一妙計，絕對有助我晉國早日攻破朱梁！」疾沖親自端了碗甜湯走到摘星面前，滿臉含笑道：「娘子，妳想先聽好消息，還是壞消息？」

他在眾人面前這般殷切曬恩愛，反倒讓摘星更加尷尬，她接過甜湯，微微朝他一笑，「夫君請先說好消息吧！」

夫君。

臉上微笑依舊，心卻不由狠狠一擰。

她只是需要時間適應。她如此告訴自己。

「好消息是，我有辦法，突破這僵局。」

「什麼辦法？」王世子李繼岌問。

「敵人的敵人，就是朋友，晉國須要盟友相助，打贏這一仗！」疾沖道。

「難道是指契丹？」李繼岌問。

晉王卻已聽出了所以然，眼神一亮，「你指的是朱梁渤王嗎？」

摘星心頭一震，險些拿不穩手裡的甜湯碗，灑落了幾滴，幸好眾人焦點都放在晉王身上，似無人注意到她微微的失態。

「渤王會是我們的盟友？」李繼岌狐疑問道。

疾沖自信道：「以前的渤王當然不會是，但此刻就不一定了。各位都已知朱友文已被下放黔奴營，永世為奴。黔奴營是何等所在，就不用我贅述了吧！」

王戎搶道：「那鬼地方關的全是朱友文自己捉拿的軍奴，把他送去那，根本有去無回！跟死了沒兩樣！」

摘星的心再度被狠狠擰緊，儘管她試圖保持鎮靜，但仍在一瞬間顯露痛楚神色。

朱友文……

那曾經意氣風發、高高在上的渤王，如今卻成了奴隸……雖是他咎由自取，但若不是為了償還她，他大可不必落得如此下場……心痛在糾結，而她昨夜才成婚的夫君全看在了眼裡。

在場眾人紛紛將視線投向沉默不語的摘星，又悄悄打量疾沖，儘管兩人已大婚，但皇女與渤王的情感糾葛，真能輕易說斷就斷嗎？

為打破僵局，晉王開口：「你既已想到此節，接下來，必是想冒險營救朱友文？」

疾沖頭才點到一半，李繼岌便道：「胡來！此人之前害我晉國折損多少人馬，又險些害皇女名節受損，當下根本就不應該再與他有任何牽扯！」其他人紛紛附和，唯有晉王擰眉沈思，似在盤算可能性。

疾沖道：「大哥所言甚是，但此刻朱梁以為我晉國束手無策，防備心低，正是營救的大好時機，朱友珪絕對想不到，我們居然敢冒險潛入朱梁救人，而且還是晉國向來的死對頭朱友文！」

「我不贊同！你打消這念頭吧！」李繼岌仍是反對。

「我贊同疾沖的方法！」始終沉默的摘星終於出聲。

除了晉王、疾沖外，眾人皆感震驚。

摘星已恢復冷靜，朗聲道：「各位的顧慮，摘星都明白，但眼下想正面突破洺州，別無他法，若有朱友文相助，他帶兵護衛朱梁多年，自然熟知朱梁地勢，且他比我們任何一個在場之人，更了解朱梁的弱點！有他相助，晉國反敗為勝的機率大增！」

疾沖順勢接話：「各位，眼下兩國軍力已非戰勝關鍵，真正的關鍵是誰能先得到朱友文的命！」

李繼岌仍未被完全說服，質疑：「就算成功營救出他，你有何把握，他會願意與我晉國聯手？」

疾沖望了一眼摘星，道：「他曾坦言，洎襄一役，是為了他的皇長兄而為，他雖未提及其中恩怨，但我猜想，能讓向來忠心耿耿的他背叛朱溫，其後真相必驚天動地！」

摘星微微一愣。

所以，不完全是為了償還她嗎？

同時也是為了他的大哥？

她明白朱友裕對他而言有多重要，從他極為愛惜牙獠劍且出征時從不離身，便可見一斑，如此重義氣、重視手足，分明是當年的狼仔……其實狼仔一直沒有消失，只是她總希望狼仔仍是以當年的樣子活在她面前，卻忘了八年的時間可以改變很多，連她自己，也變了。

朱溫下手毒殺自己親生兒子這件事並嫁禍於馬家軍，晉王早已從密探口中得知，他曾刻意在朱友貞面前揭露，引發他對朱溫的猜疑之心，離間他父子感情，動蕩朱梁內政。要怪就怪朱溫多行不義必自斃，若不是他先下手殺死自己親生兒子，又怎會惹得三子、四子反撲？

晉王聽完疾沖一番話，雖膽大妄為，然細細思考，的確不失為打破目前僵局的好法子，生性保守的李繼岌待還要反對，向來深思熟慮的晉王開口：「此法不是不可行，但別忘了，朱友文最後還是選擇了回朱梁負荊請罪，若是你冒險前去營救，卻無功而返呢？」

「未戰先言敗，不像晉王的作風。」摘星道。「我將與疾沖一同前往朱梁，營救朱友文，力勸他與晉國合作，推翻朱梁暴政！」

晉王既已開口，眾人自然不好再爭論，只是摘星此言一出，人人心裡免不了又是一陣猜疑：皇女要親自前去營救朱友文？的確，朱友文既然都願意為了她在戰前倒戈，若她親自前去勸說，他焉有不聽的道理？看來這兩人關係的確匪淺，而剛新婚的小世子，難道完全不介意嗎？

只見疾沖往摘星身旁一站，親密摟住她，笑道，「只要夫妻同心，我倆沒什麼難關過不了的！」

「可是皇女的安危——」李繼岌仍不放心。

「有我在，擔心什麼？」疾沖拍拍自己胸脯。

晉王看看志得意滿的疾沖，再看看一臉堅毅的摘星，心中不免嘆了口氣。

他這小兒子，刻意提出營救朱友文，除了為晉國突破僵局之外，怕是也暗藏私心，先不說疾沖與摘星雙雙暗藏對朱友文的虧欠之心，疾沖恐怕也是想要測試摘星究竟是否仍無法完全忘懷朱友文？這傻小子，要是屆時這兩人見面，重燃愛意，他要如何自處？豈不是自找罪受？但兒女一輩的感情事，他又怎麼好插手？只能希望摘星別忘了本分，她不只是疾沖的妻子，更是前朝皇女，他晉國所有將士的精神依歸。

晉王終於點頭答應，叮嚀兩人凡事謹慎，見苗頭不對便立即撤退。

晉王既已下了定奪，眾人終於得空喝一喝手裡這碗甜湯，摘星親自端了碗甜湯要奉給晉王，卻見晉王側過了身子，刻意不受這大禮。

摘星這才領悟，如今她可是前朝皇族，即使嫁給了疾沖，身分依然不會改變，按照身分級別，反倒是晉王該對她行參拜大禮，她根本不用奉什麼早茶，也沒有人期待她這麼做，難怪疾沖放任讓她睡到自然醒，晉王府上下也沒人敢多說一句話。

摘星低下頭，看著自己手裡這碗甜湯，不知為何，心頭有些悵然。

不由苦笑，如今她身分可真是不同了，可她其實多麼想念那個過去的自己。

🐾 🐾 🐾

疾沖準備動身離開晉國的前一天夜裡，克朗與馬邪韓特地將他找了出來，幾杯黃湯下肚，幾個大男人也就把話說開了，馬邪韓道：「小世子，我實在佩服您！愛屋及烏到這種地步，連我家郡主的舊情人也如此照顧，這世間有多少男人能做到你這般！」

疾沖哈哈一笑。

卻是心知肚明，不管自己為摘星再付出多少，都決計不會有朱友文那麼多。

他只是不忍心見那個傢伙白白死去而已。

克朗也道：「少帥，您的風度確實是男人中的典範，但會不會太過頭了些？才剛成親就去救渤王，難道您不怕——哎唷！」

疾沖一掌重重拍向克朗後腦勺，「就知道宴無好宴，話無好話！摘星已是我娘子，若還成天提心吊膽，懷疑這懷疑那，不只是污辱我，更是污辱她——」

「說的好！」

聞言三個大男人連忙起身立正站好。

「娘子，妳怎麼來了？」疾沖帶著些諂媚，心想摘星可真是神不知鬼不覺，不知道偷聽多久了？

「我剛去找你，你不在房裡，所以出來看看。」摘星笑靨淺淺，語氣中是難得的嬌嗔與些微埋怨，疾沖一聽整個人都酥了。

「郡主，我們只是找小世子小酌一番，您別誤會。」馬邪韓也憨憨地試圖解釋。

原本微笑滿面的摘星忽神色一變，目光凌厲望向馬邪韓與克朗：「疾沖是我夫君，我自然不會誤會，但兩位若膽敢再將我與朱友文扯在一塊兒，就是毀我清譽，絕不輕饒！」

克朗與馬邪韓背後冷汗直流，齊聲發誓絕不再犯。

摘星轉頭望向疾沖，立即變得溫柔可人，笑容嬌媚，「相公，潛入朱梁可不是好玩的，你確定還要和他們繼續喝酒尋樂，浪費大好光陰嗎？快隨我回房休息吧。」

疾沖何曾聽過摘星如此對他軟語相求，這下不止人酥了，差點連站都站不穩，心中不禁狂喜：難道他的娘子為讓他安心前去營救朱友文，決定今夜就要與他好好共度良宵……

收回腦子裡的小小妄想，疾沖正色朝另兩個大男人道：「聰明的男人當然是選擇乖乖與新婚娘子回房休息，你們自個兒繼續喝吧，不奉陪了。」

馬邪韓與克朗恭送夫妻倆離去後，雙雙坐下，端起酒杯猛灌。

「見色忘義！沒想到少帥是妻管嚴！」克朗道。

「我們自己喝個痛快！成親有什麼好？成天被管東管西，沒自由！」馬邪韓道。

「就是，像我們這樣無拘無束多好？愛喝到多晚就喝多晚，想喝多醉都沒人管！」

「沒錯！這樣過日子多快活！還隨時有士兵弟兄相陪作伴！」

「想要女人，反正青樓有的是環肥燕瘦，任君挑選！」

兩人越說越盡興，數盡單身自在的好處，但一杯又一杯的黃湯下肚後，兩人的聲音卻漸漸低了下來，最後默默喝起悶酒來，誰也不搭理誰了。

唉，單身是自在沒錯，但喝到爛醉也沒人管他們死活啊！

誰又想成天跟一群臭男人混呢？青樓女子只是逢場作戲，哪有真心可言？

兩個大男人，越喝越是滿肚子心酸，不約而同皆想：他奶奶的，他們也想娶老婆啊！

摘星果真領著疾沖回到了棠興苑，她身分為前朝皇女，雖嫁給晉國小世子，但仍保有自己獨立居處，反倒像是疾沖入贅前朝皇家，寢食都需搬入棠興苑內。

摘星回到房裡，還不忘叮嚀：「記得把房門關上。」

疾沖難掩興奮，乖乖關上門，一轉過身，猶如當頭被潑了桶冷水，臉上興奮神情瞬間消失。

只見摘星正一臉嚴肅地研究案上攤著的一張羊皮地圖，見他還愣在門口，柔聲催道：「怎麼還站在那兒？快來研究該走哪條路潛進朱梁……」

「那妳為何急著要我把門關上？」疾沖沒好氣道。

「因為天冷啊。」摘星一副理所當然。

他有種上當受騙的錯覺，可仔細想想，本來就是自己一廂情願居多。

為此，他感到更悶。

他走上前，一把收起地圖，「我都已經安排好了，待我倆到達朱梁邊境，自然會有人來接應，妳大可不用操心。」

此行危機四伏，若無萬全準備，他怎敢讓摘星涉險？

他這位娘子未免也太小覷他了。

「是你那些江湖上的朋友？」摘星問。

疾沖點點頭。

摘星想了一會兒，點點頭，「既然你已有所安排，那我一切都聽你的。」

「出發前，我有件事想問妳。」疾沖猶豫再三，終於還是問出口，「妳答應營救朱友文，除了相助晉國外，可有一絲私心？」

其實當他問出這個問題時，心中多少是有些害怕與不確定的。

他嘴上總是說相信她，可他自知自己對摘星的付出，遠遠不如朱友文，那人與摘星又是從小青梅竹馬，多年深厚感情，他橫刀奪愛，真能贏得美人心嗎？

即使他再有自信，奈何感情永遠不由人，而他撞上了就只能認輸，乖乖任由擺佈，讓自己這顆心不上不下，擔心著他自以為得到的，是不是其實並未真正得到，終有一天會失去？

他其實並不想問摘星這個問題，他也很想如以往瀟灑，可她如今已是他的妻，他面對她，再也無法瀟灑，無法輕易放手。

摘星凝視著他，他屏息等待她的答案，發現自己的心跳從未如此慌亂不安。

她不可能沒有一絲私心存在，這不是他早就知道的？那他還在期待什麼？

不想知道答案的問題，乾脆就不要問出口，但已然遲了。

馬摘星，他的好娘子，到底會給他什麼答案？

「你問我有無私心？我的答案是，有。」她坦誠道。

疾沖心一沉，這本就在他預料之中，他苦笑道：「好娘子，妳也真坦白。」

「這計畫是你所提出，身為你的妻子，我本就該義無反顧支持你。」

疾沖心情一振，眼裡出現驚喜。

「況且，決定前往營救朱友文，你不也有自己的私心在嗎？」摘星反問。

「我只是不想欠他人情。」他選擇用一句話輕描淡寫帶過，不想在她面前承認自己的小小自私與憂慮。

摘星，妳雖已是我的妻，但妳真忘得了他嗎？

摘星忽握住他的手，「疾沖，我很明白，你是我的丈夫，我倆欠他的，且暫擱腦後吧！等滅了朱梁、天下太平後——」

「我倆便帶著追日，雲遊四海，浪跡天涯！」疾沖等不及接話。

她笑著點點頭，他胸中一股暖意。

此刻他真恨不得立即就出發，前去營救朱友文，讓這一切仇恨恩怨儘早塵埃落定，趁著她和他都還沒有老到走不動之前，離開晉國，從此遠離塵囂，過著自在日子。

這是他想要的未來，與她一起，無憂無慮共度一生。

他要自己相信，這也會是他的娘子所想要的。

第四十五章　黔奴營

黔奴營位於朱梁邊境一處銅鐵礦坑，朱溫欲舉兵伐晉，下令加快開採速度，以便煉製大量兵器，戰奴們日夜不休不斷採礦，不論體力與精神都已被壓榨至臨界點，礦坑內意外更是不斷，然上頭為了趕工，根本不顧這些人死活，礦坑塌陷便用火藥炸開，炸死一批人再換另一批人去送死，黔奴營裡最不缺的就是人命。

朱友文被送入黔奴營，立即引起一陣騷動，不少戰奴都是他當年親自送進此營，對他恨之入骨，如今見到堂堂渤王居然也被貶為奴，送入黔奴營與他們一同服刑，個個恨不得立即上前殺了他，強烈恨意暗潮洶湧。

負責當朝監國的郢王殿下特地親送罪犯前來黔奴營，這荒涼地方何時來過這等貴客，掌管黔奴營的頭兒，司獄官古騰從頭到尾陪著笑臉，就怕哪兒招呼不妥當。

郢王殿下臨去前，特將古騰招去密談了一番，交待他務必好好「照顧」朱友文。古騰會意，笑道：「殿下請放心，卑職絕對會盡力！」

朱友文身穿囚服，雙手雙腳銬著鎖心鏈，他很快就感受到四周充滿敵意的目光，但他心態坦然，自知這一切不過是自食苦果。

幾名官兵上前呼喝，其中一名揮起鞭子，他不閃不躲，臉上瞬間多了一道血痕。

「還愣在這兒做什麼？還不快去做工！」官兵指著不遠處從礦坑內搬卸出來的石塊，堆了有兩、三人那麼高。「今日要把這堆石塊給搬完，不然大家都沒飯吃！也甭想休息！」

朱友文朝那堆石山走去，忽有人朝他背後扔了一塊石子，但他頭也不回，繼續往前走，扛起石塊做工。

扔石子那人原本還想再扔，卻被另一人阻止。

「古騰在看著呢。」

扔石子那人順著另一人目光看去，果真見到古騰目光落在他們兩人身上，只好忿忿扔下手中石子。老天有眼，讓朱友文這惡貫滿盈的傢伙進了黔奴營，他們絕不會讓他好過！

古騰吩咐一旁官兵準備火藥，刻意來到朱友文面前，「渤王殿下，您就在一旁休息吧！不用委身跟這群傢伙一起做苦工。」

朱友文早知朱友珪不會讓他在黔奴營好過，面對古騰的刻意諂媚，他無動於衷，繼續搬運石塊。

古騰心裡暗忖：都成了階下囚了還這般瞧不起人？瞧你能囂張多久？

他命人押來今日同時送入黔奴營的罪奴，將一綑火藥塞到他手裡，吩咐：「今早礦坑又塌了，得派人去用火藥炸開！咱們這黔奴營的老規矩，新來的就該一馬當先，挑最危險的去幹！你進到那礦坑裡，把這火藥放在最深處。」

那新來罪奴心知火藥危險，顫抖接過。

稍早朝朱友文扔石塊的那人名喚趙久，不服氣道：「要論新來後到，那他呢？」他手指朱友文的背影。

古騰冷笑，「郢王殿下有交代，他，與你們這些奴隸不同。」

兩名官兵押著新來的罪奴進入礦坑裡，趙久怒氣沖沖走到朱友文面前，指著他的鼻子罵道：「朱友文！你好大官威啊！就因為你有特權，所以別人就該頂替你去冒死嗎？」

「我不懂你在說什麼？」朱友文欲繞過趙久繼續搬運石塊，趙久卻指向礦坑入口，「那個新來的被派去炸山洞了！本來應該是你去的！」

朱友文望了一眼礦坑入口，放下石塊，走到古騰面前，「我去替他！」

古騰刻意朗聲道：「是，渤王殿下！」語音方落，山洞內傳來轟然爆炸聲，石塊瞬間四處噴飛，眾人紛紛四散躲避，那倒楣的新奴已活活炸死在礦坑內。

煙硝塵埃散去後，只見四周的戰奴們，投向朱友文的目光裡，敵意更深了。

朱友文見無辜性命被自己所牽連，心中不免感到愧疚。

古騰越是刻意在眾人面前強調他的特權，越只會強化這些戰奴對他的恨意，讓他難以生存。但他不想爭辯，反正他本就沒打算活著從這地方出去，這些人當年都是受他所累才淪落至此，他們恨他，理所當然。

初到黔奴營的第一天，他靠著自身神力，幾乎是一個人搬完了礦坑前的那座石山，可沒有一個戰奴對他心存感激，他們暗中觀察著他的一舉一動，思考著該用什麼方法來折磨這位曾經高高在上的渤王殿下。

入夜後，古騰又特意擺設酒宴，好酒好菜招呼朱友文，但他一口都未吃。

古騰放他回囚房，官兵打開門，他踏入後，身後大門還沒關上，一個戰奴便衝上前狠狠朝他肚腹上揍了一拳！

他定睛一看，因房內的戰奴全擠在門邊，個個對他怒目而視，出拳揍他的那人名喚張遠，稍早前曾阻止趙久朝朱友文扔石塊。

「這拳是為了那個因你而喪命的新奴！」張遠怒道。

朱友文卻是不痛不癢，看了他一眼，「這拳力道不夠強。」腳後跟微微抬起，將大門關實了。

不想讓門內的恩怨影響到這些人的性命，這本就是他自己該概括承受。

張遠又狠狠朝他肚子揮了一拳，「你還以為自己是渤王嗎？」

「用拳頭殺不死我。」他淡淡道。

然他越是淡然，眾人越是群情激憤。

「你以為我們不想殺你嗎？為何今日被火藥炸死的人不是你？」有人喊道。

「若能重新來過，我也想如你們所願！」

但在場無人相信這是朱友文的真心話。

趙久拾起早就藏好的石子，用力朝他臉上一扔！

「少說廢話！你是什麼樣的傢伙，我們比誰都清楚！」

額頭鮮血涔涔，不覺憶起當年曾被誤認為是狼怪，在奎州城裡示眾遊行的那一日，他伸手抹去鮮血，那時他並不知道自己為何會被當成怪物，如今他終於明白，他就是一頭怪物！無論怎麼掙扎都逃脫不了身為怪物的命運！

趙久恨恨道：「當年你一道軍令，下令屠殺晉國邊界小城內的無辜百姓，我不願聽命，你便將我下放黔奴營，我的大兒子更被你的戰狼活生生咬死，你卻只是冷眼旁觀！」

朱友文心頭一震，他一直以為自己只虧欠摘星，如今來到黔奴營才領悟，他早已滿手血腥，自己這條命根本不夠償還！

張遠也上前一步，「我隊因為軍糧嚴重不足，朝廷居然來令，要我斬殺軍隊裡無用傷兵，以免浪費糧食，這道軍令是誰下的，不知渤王殿下還有印象嗎？」

朱友文當然記得，只是當時這道軍令並非他所下，而是梁帝下的指令，他不過是負責傳遞執行，但此時此刻再多辯解，這些人也聽不進耳裡，況且他也根本不想辯解。

他一一望向在場的每一張臉，都是傷痛與怨憤，都是由他一手造成。

他笑了。

的確，讓他那麼輕易死去，是太便宜他了。

他就該在自己一手造就的煉獄裡，受盡各種折磨死去！

「你居然還笑得出來！這裡幾乎每個人都是因為你而永生為奴，家破人亡！」趙久憤恨難平，上前又是對朱友文一陣拳打腳踢，其他人見狀也紛紛加入，朱友文毫不反抗，很快就被打倒在地，傷痕累累，狼狽不堪，嘴裡卻依舊笑著：「太輕了！你們是沒吃飯嗎?何不再用力點！」

這就是怪物該受到的待遇！

「裡面在鬧什麼哪！」囚房外忽傳來古騰聲音，奴隸們紛紛退開回到木床上，朱友文也慢慢爬起，走向角落最破爛的那張木床上坐下。

古騰踹開門，見到泥地上的血跡，哼了聲，「除了渤王殿下，所有人都滾出去！今晚睡外頭！」

「為何？」趙久不滿問。

「懲罰你們對渤王殿下動用私刑！」原來古騰早在外頭聽得一清二楚，卻等到朱友文被揍得差不多了才插手，假裝刻意袒護朱友文。

「他們沒有對我動用私刑。」朱友文在角落道。

「渤王殿下，您稍早吩咐卑職在外頭候著，咱們都聽得清清楚楚，卑職連傷藥都準備好了。」古騰走入囚房，將一罐傷藥放在朱友文床上。

趙久怒不可遏，直覺自己被算計，「原來你們早就串通好了！卑鄙！以前你雖手段狠毒，但至少光明正大！」

古騰故意誣陷，朱友文知自己越是辯解，只會越描越黑，乾脆起身欲離開囚房，「我出去就好！」

「來人！」古騰一喊，兩名官兵上前擋在朱友文面前，其餘官兵則將所有奴奴隸強拉至囚房外，其中一名奴隸似白日做苦勞時受了傷，行走得有些緩慢，官兵上前斥喝，張遠連忙扶著他離去。

古騰跟著走了出去，將房門反鎖，大聲道：「渤王殿下，您今夜就好好休息吧！這班人不會再去煩您了！」

古騰冷笑著離去。

距離礦坑處附近十里外的驛館內，朱友珪面對滿桌豐盛菜餚，不過動了幾筷，滿腹心思都在打點該如何讓朱友文死在黔奴營。

他父皇聽信遙姬所言，認為朱友文性命與大梁國運緊緊相繫，得暫時保住他一命，但他根本不信這鬼話！他大梁就是因為這頭怪物，才落到今日局面！

他不用親手殺死朱友文，黔奴營裡那些戰奴，個個都比他還想置朱友文於死地，他只要想個法子，順水推舟，讓那些人群起「失手」殺了朱友文，就算朱溫屆時怪罪下來，他唯一的錯，不過是人遠在京城，來不及阻止罷了。

古騰終於來了，還帶著一個看來不過八、九歲的男娃兒，模樣倒是長得挺機靈，打從一進門那雙眼便骨碌碌地轉個不停，見到滿桌菜餚，更是眼神發亮，肚子咕嚕嚕響了幾聲。

朱友珪等了半天，等來一個小娃兒，忍不住問古騰：「就這個娃兒，能成本王大計？」

古騰拍拍胸脯，「回殿下，這娃兒名叫趙六兒，是個孤兒，平時為黔奴營送柴送煤，別見他年紀小，可是古靈精怪得緊，殿下要辦的事兒，他肯定能辦好！」

趙六兒哪見過像朱友珪身分如此高貴的大官兒，但見平日耀武揚威的司獄官對朱友珪如此客氣，小腦袋當下明白此人來頭比古騰還要大，很快撲通一聲雙膝跪下，跟著古騰喊：「趙六兒拜見殿下！」

朱友珪笑了笑，「的確夠機靈。起來吧，我交代的事，你有信心能辦好嗎？」

趙六兒起身回道：「殿下請放心，六兒一定能辦好，不讓您失望！且此活非我不可！」

朱友珪倒是好奇了，「好大口氣！何以見得非你不可？」

趙六兒瞬間雙目含淚，哽咽道：「我大哥也曾效力於渤軍，卻被渤王的戰狼活生生給咬死了！渤王能操控戰狼，絕不是謠言，我就是見證！」語畢一顆顆滾圓淚珠便自他眼裡滑落，神情悲痛。

古騰一愣，這差事他找上趙六兒，不過見的就是他機靈，誰知誤打誤撞，這娃兒的大哥真是被渤王的戰狼給咬死了？

趙六兒忽噗嗤一笑，得意朝兩人道：「怎麼樣，我演得不錯吧？」

朱友珪哈哈大笑，拿起桌上的包子扔給趙六兒，「演得不錯！儘管吃，事成後必有重賞！」

朱友珪讓趙六兒打包了大部份菜餚，開開心心地帶回去大快朵頤。

趙六兒離開後，朱友珪問古騰，「你確定這娃兒無親無掛？」

古騰點點頭，「殿下毋須擔心，趙六兒愛錢，只要有錢就好辦事。」

謠言已經傳出去了。

朱友文所豢養戰狼，在他失蹤後一一逃脫，這本不是什麼了不得的大事，懲處失職將領則罷，但朱友珪得知消息後，與馮庭諤商量，暗中將這消息散播出去，並加油添醋，說是渤王朱友文能操控戰狼，密謀報復朱梁。再加上朱友文當日在刑場瘋魔獸化的狼狽模樣被不少周遭看熱鬧的百姓目睹，更替這似是而非的謠言多增添了幾分真實性。

人心其實是很容易操弄的，區區小小謠言，只要有計劃地加以渲染，眾口鑠金，三人成虎，屆時朱友文在眾人眼裡便是活生生的怪物，必除之而後快！

* * *

距離黔奴營南方二十公里處有一處小鎮，因著位於交通要道，以及常常招待往來押送戰奴的官員，竟也頗具規模，每逢初一、十五更有不少四處擺販前來，市集上倒也人來人往，難得熱鬧。

今兒個正是初一，市集上攤販林立，不住吆喝，可過往人群的注意力卻被一小娃兒給吸引住了，只見一個八、九歲的小男孩，淚流滿面地跪在一捲起的草蓆前，蓆裡似乎裹著一具屍體，一旁寫著「賣身葬兄」四個大字。

「各位大叔大嬸，我唯一的哥哥，前幾日被渤王豢養的戰狼給活生生咬死了……求各位可憐可憐我……將我買了去，好讓我能葬了哥哥……」

渤王朱友文被下放黔奴營的消息早已傳遍大梁，人們聽見趙六兒這麼哭訴，面面相覷，低聲交頭接耳：不是聽說渤王已被關在黔奴營裡了嗎？怎還會驅使戰狼去咬死人？難道他真能操控戰狼？即使人在黔奴營內，也能驅策戰狼去殺人？

這附近城鎮早有朱友珪佈下的暗樁將這謠言傳了出去，此刻眾人見到趙六兒賣身葬兄，更是印證了這流言，不禁人心惶惶，就怕哪一天朱友文也會驅使戰狼前來大開殺戒！

人群開始走避，匆匆躲回家裡，黔奴營附近的官兵也忽然出現，說是要防範渤王戰狼，開始巡邏這一帶，市集上的小販見人潮散去，無利可圖，只好無奈收起貨物準備離去。

小販們魚貫離開城鎮，一對打扮樸實的年輕夫婦正好要入鎮，與他們擦肩而過，再往前走了一段，那妻子忍不住低聲道：「奇怪，大白天的，這鎮上街道怎地如此冷清，又有官兵巡邏？」

男子轉頭附和：「沒錯，這鎮裡的氣氛是有些古怪。」

「前頭有個孩子，去問問吧！」妻子柔聲道。

夫妻倆走到趙六兒面前，趙六兒聽見來人腳步聲，立即又賣力放聲大哭：「好心的大爺啊，可憐可憐我哥哥，他被渤王的戰狼給咬死了！那渤王根本不是人，是能驅策戰狼的狼怪啊——」

「你胡說！這世上哪來狼怪？」妻子忽然激動起來，大聲反駁。

趙六兒不甘示弱，抹了抹鼻涕眼淚，站起身道：「妳看著就是外地人，怎能肯定這兒沒有狼怪出沒？」

「你——」她還要再說，丈夫拉住她的手，「我來跟他說。」

她自知失態，仍難掩情緒，徑自走到路旁讓自己冷靜下來。

這對夫妻倆不是別人，正是摘星與疾沖假扮。

疾沖從懷裡拿出一錠亮晃晃銀子，趙六兒見到銀子立即眼睛發亮，直盯不放，疾沖笑了笑，問：「請問這附近有沒有一位趙六爺？」

趙六兒眼神立現警戒，他雙手環胸，退後一步，上上下下打量這兩人後，不客氣道：「我就是趙六爺，你們是什麼人？有何貴幹？」要不是看在那錠銀子份上，他才懶得搭理這兩個傻裡傻氣的外地人呢！

饒是疾沖江湖混久了，得知他們要找的「趙六爺」居然是眼前這毛都還沒長齊的小娃兒，也禁不住瞠目結舌，「你是趙六爺？」

「正是。」趙六兒一副老成模樣，彷彿真見過不少世面。

疾沖有些尷尬，望向摘星，她賞了他一枚白眼。

看來他的消息來源也不怎麼靈通，要找的人居然是個小娃兒？

疾沖搔搔頭，他可是花了不少錢才買到這消息，要進黔奴營，就找趙六爺，那班江湖朋友理應不會騙他才是。

疾沖將趙六兒拉到一旁，「老弟，若你真是趙六爺，我們有件事，想請你幫個忙。」

趙六兒一把拍掉疾沖放在自己肩上的手，「誰是你老弟？少攀關係！」

疾沖耐著性子陪笑道：「趙六爺，我們要跟你談的這樁買賣，與渤王朱友文有關。」

趙六兒神情狐疑，心裡暗忖：這渤王可真是了不起啊！不過才進黔奴營沒兩天，各路人馬都找上來了！

疾沖掏出一袋沉甸甸的錢袋，舉到趙六兒面前，「只要你能帶我們混進黔奴營，見到渤王，這袋錢就是你的！」據他從那班江湖朋友得到的消息，這「趙六爺」嗜錢如命，只要有錢就好說話。

趙六兒直盯著疾沖手裡那袋銀錢，暗地吞了口口水，他當然喜歡錢，可這黔奴營是什麼地方？更何況還要帶兩個大人混進去？要是被發現了，就算他有錢也沒命花。

「這活，老子不幹！」語畢便收拾東西準備離去。

摘星在一旁開口：「趙六兒，人稱趙六爺，父親趙久，曾是渤軍裡的護軍，因違抗軍令而被下放黔奴營。上有兄長，但數年前已死於渤軍營，無其他兄弟姊妹。敢問趙六爺，你賣身葬的是哪個哥哥？」

趙六兒停下腳步，轉身怒道：「你們查我底細？」

疾沖嘿嘿一笑，「趙六兒，若你不幫忙，我倆就告訴黔奴營的司獄官，說你和趙久是父子，我看今後你就別想再混進黔奴營去見你爹了。」

「好，我幫！」趙六兒態度立即大轉變。

他終究還是個孩子，要比計謀，哪比得上這兩個大人？更何況對方早把他的身家調查得清清楚楚。

但他可不是白白幫忙，伸手就想去搶疾沖手裡錢袋，疾沖卻不給，「此一時彼一時也，如今你想幫忙，可沒錢拿了。」

趙六兒氣結跺腳，「怎麼會有你這般無賴的大人？」

「專對付你這種無禮的小孩！」

「你這出爾反爾的——」

摘星搶下疾沖手上的錢袋，扔給趙六兒，「好了，兩個人都別吵了！趙六兒，既拿了錢，就得把我們交代的事辦好。」

趙六兒一手緊握錢袋，一手拍拍胸脯，「這幾天我趙六兒就當賣身給兩位了，悉聽尊便！不過奉勸姑娘一句，這種幼稚無賴又小氣的男人，不適合妳，趁早離開他吧！」

「你這沒大沒小的傢伙！」疾沖終於爆發，衝上前用手臂勒住趙六兒脖子，趙六兒哇哇大叫，拚命博取摘星同情。

摘星只覺這兩人半斤八兩，同樣幼稚，「和一個孩子計較這麼多做什麼？」

疾沖這才不甘願鬆手。

🐾 🐾 🐾

隔日天才濛濛亮，趙久藉故要如廁，趁著無人注意時鑽入柴房內，在角落掀開一木板，底下果然藏著一外傷藥瓶。

趙久收好藥瓶，臉上表情略感欣慰，心道：趙六兒果然是有點本事。

他將木板重新蓋好，起身一扭頭，便見朱友文站在柴房門口，也不知來了多久。

趙久一陣驚慌，結巴道：「你……你怎會在此……」

「我來搬柴。」朱友文上前搬柴。

這時一個官兵閃進柴房門口，怒斥：「還在蘑菇什麼，快把柴搬出去！趙久，你怎也在此？手裡拿著什麼？」

趙久連忙將藥瓶往身後藏，還未開口，便聽得朱友文道：「他來幫我搬柴。」

這下趙久不只驚慌，更是驚嚇，朱友文竟然替他解圍？這天是要下紅雨了嗎？

「動作快點！」官兵不耐煩道。

趙久連忙將藥瓶藏好，隨著朱友文一同搬了幾捆柴往外走去。

「你為何要幫我？」趙久越想越是想不透。

朱友文冷冷道：「我幫你什麼了？進柴房不就是來搬柴的？」

出了柴房，趙久先回到囚房，將傷藥交給一名受傷奴隸，此人名喚李強，三天前進礦坑搬石時腰間落了傷，這黔奴營將他們這幫奴隸當牲畜管，受傷生病了也不聞不問，任其自生自滅，反正多的是人來替補。

李強看見藥瓶，訝異道：「趙護軍，你昨兒個夜裡不是就將傷藥放在我枕頭下了嗎？」

「你在胡說什麼？這傷藥我今日才從柴房裡拿出來的。」趙久也是一臉狐疑。

兩人面面相覷，李強問：「那我枕頭下的傷藥，是誰放的？」

趙久不禁想到了一個人，同時又搖了搖頭，自己都覺不敢置信。

不可能……絕對不可能！怎可能會是那個人？

在黔奴營中，一旦受傷生病，由於沒有良好照料，加上日日苦勞，身體狀況只會迅速惡化。監工的官兵們怕進度遭拖累，往往會更刻意加重工作量，讓這些老弱病殘的奴隸加速死亡，好換上新一批勞力替補。

趙久與張遠都在黔奴營裡不少日子了，自然知道這條潛規則，是以李強受傷後，他們想方設法替他照料傷勢，甚至還會互相掩飾，讓李強能偷空休息。

這日他們照常偷偷將李強帶往一無人角落暫時歇息，但沒多久後官兵忽點起人數來，發現少了一人，大費周章地在黔奴營內外搜索，將偷躲起來休息的李強揪了出來。

古騰獰笑著走上前，將李強踢倒在地，「好大膽子！竟敢躲起來偷懶不幹活！」

李強連忙爬起身就要去幹活，卻被古騰又是一腳踹倒，「說，是誰掩護你？」

「沒人掩護，只是小的一時身體不適……」

古騰見他不願說實話，手一揮，後方官兵便遞上早已烤得火燙的行刑烙具，古騰接過，那烙具已被烤得通紅，散發出難聞焦味，「說出包庇你的同夥，你就不用受苦！」

李強卻還是不說，不遠處的趙久與張遠看得心急，也只能按捺著，要知古騰到時做點文章怪罪下來，他們這批人一個都逃不了，不是接受酷刑就是被罰夜間繼續做工幹活，直到活活累死為止。

只見古騰手上的烙具就要落到李強瘦弱的胸膛上，忽有隻手伸出一把捉住烙具前端，那人同時道：

「是我要他去休息的！」

出手阻擋之人居然是朱友文！

古騰想奪回烙具，朱友文卻彷彿完全不怕燙似的，即使手掌已被燙傷發出難聞焦肉味，仍死死不放。

「大膽！你還把自己當皇子嗎？罪奴公然以下犯上，我大可狠狠重罰！」古騰忿忿扔下烙具。

這一幕讓所有人都震驚不已，然震驚過後，戰奴們聽到古騰要狠狠重罰朱友文，莫不心中暗喜，盼著見到朱友文多受點折磨！

「拿來！」古騰一聲命令，後方官兵遞上另一烙具，同樣烤得通紅，「我就在你臉上烙個『奴』字，要你時時刻刻記得，你是個什麼東西！」

原以為朱友文會心生畏懼，但他坦蕩站在古騰面前，表情淡然，渾身氣勢逼人，反倒是古騰在他面前不覺自慚形穢，握著烙具的手竟開始微微發抖，但周遭這麼多人圍觀，若就此放過朱友文，恐怕從此威信盡失，又要怎麼管好這黔奴營？

笑話！他堂堂司獄官，豈會怕一個戰奴？

古騰咬牙將烙具往前一推，手勁稍微偏了些，烙具沒印上朱友文的臉，卻是印在了他臉頰下方的頸子上，一陣焦味傳來，朱友文忍著炙燙灼傷，毫不閃避，也未出聲哀號。

古騰見連烙具都無法使他屈服，不禁怔怔鬆開了手，烙具掉落在地。

四周一片寂靜，古騰清了清喉嚨，故作鎮定，指著朱友文道：「今日所有苦力都由你來做！沒有做完，不許休息！」

朱友文轉身前往礦坑口搬起石塊，儘管他身上大大小小不少傷口，卻仍力大無窮，搬起石塊彷彿毫不費力，黔奴營內所有人都看得目瞪口呆，關於他能操控戰狼的謠言早已傳入營內，這下不只戰奴們，連眾官兵都在竊竊私語：難道朱友文真非常人？他真是狼怪且能操控戰狼？

張遠等戰奴們看著朱友文受苦，心中痛快，倒是趙久與李強默不作聲，兩人對看一眼，都從對方眼裡見到憂心。

要朱友文一人幹所有人的活，做到天黑也做不完哪！

他的身子支撐得了嗎？

時值冬末，氣候仍嚴寒得緊，這一日戰奴們早早便回囚房休息，只剩朱友文一人還在外頭幹活，這些人幾乎都是因朱友文而下放黔奴營，憋悶久了，此刻難得興高采烈地數落朱友文，唯獨趙久與李強未加入，兩人只是默默看著囚房角落裡空著的那張破爛木床。

* * *

漆黑夜裡，朱友文一人繼續默默幹著活，不以為苦，在他心裡，總認為自己多吃些苦，多少也算是贖罪，也能稍微幫助那些因他而下放為奴的人們。

朱友文放下一塊大石，見負責在一旁看守的官兵耐不住睡意，悄悄打起盹來，便稍作歇息，靠在大石上，伸手在自己頸子上摸索，將一直貼身帶著的狼牙鏈拿出，在月光下細細檢視。

還好，沒有弄髒。

他臉上露出淡淡微笑。

他收起狼牙鏈，正要起身繼續搬運石塊，忽聽見一聲再也熟悉不過的聲音。

銅鈴聲。

他立即站直身子，目光炯炯四處打量，只有睡眼惺忪的看守官兵與熊熊火炬，哪來的銅鈴？更別提那銅鈴主人的熟悉身影？

可他不可能聽錯！

他耳力本就較常人敏銳，銅鈴聲目前只有他聽得到，且正由遠而近，漸漸靠近。

他搬起大石，假裝繼續搬運，卻是趁著官兵不注意，往位於黔奴營角落的柴房走去。

負責監視他的官兵早已靠著長槍、睡得鼾聲連連，根本沒發現他走向了柴房。

他放下大石，推門入房，柴房裡除了滿滿柴枝，果真有個黑暗人影站在角落，顯然正在等他。

那人轉過身來，朱友文訝道：「是你！」

那人上前一步，月光照上了他的臉。

疾沖手裡拿著銅鈴，嘿嘿一笑，「不然你以為是摘星嗎？潛入朱梁何其危險，更何況是這黔奴營？我怎麼可能讓心愛的女人涉險？」

「你來做什麼？」朱友文問。

疾沖將一罐傷藥扔給他，朱友文伸手接住。

「治你臉上的傷。」疾沖指指自己的臉頰下方。

「……你都看見了？」

「全看得一清二楚。」

白日裡趙六兒便領著他們來到位於礦坑另一頭的險峻山崖邊觀察地形，他與摘星躲在大石後，將朱友文為李強出頭、臉遭烙具燙傷的經過全看在眼裡。

「不辭辛勞跑來這裡，不是專程替我送藥的吧？」朱友文將傷藥收好。

他雖用不上，但其他人用得上。

疾沖走到他面前，誠懇道：「冒死前來，就是為了要展現我晉國的誠意。我要請你協助我。」

朱友文一愣，立即猜到疾沖的目的，回道：「那你是白跑一趟了。我沒打算與晉王結盟。」

「只要你答應與晉為盟，助晉滅梁，我一定儘快救你脫離這苦海！」疾沖不死心。

朱友文卻是淡淡一笑，「我罪孽深重，這兒才是最適合我的地方。你快走吧，別讓她擔心了。」朱友文轉身要走。

「我是瞞著她來的。」疾沖上前一步攔住他。

朱友文停下腳步，卻未回頭，「聽說你們成親了，恭喜。」頓了頓，「她身分尊貴，本就不該和我這種怪物牽扯在一起。疾沖，你比我更適合她，這一點我很久以前便已明白，只是一直不願承認。」

疾沖掏掏耳朵，「這些話，何不等你到了晉國再親自對她說？」

「我只想留在這裡，承受我應有的報應。」

「你以為躲在這裡，就能彌補過去犯下的錯誤嗎？」

疾沖這句話如當頭棒喝，朱友文不由一愣。

進了黔奴營，見到這麼多人因他而受苦，永世為奴，他當下的念頭便是留在此處，盡力贖罪，哪怕日復一日地承受折磨，至少他總能彌補些什麼，但光是這樣就夠了嗎？他過去所犯的錯誤，又豈是區區在黔奴營的苦勞能夠償還的？

疾沖見他似乎有些動搖，力勸：「晉國若能有你相助，便能輕易掐住朱梁弱點，從內部破壞，或許便能在兵不血刃、不傷及無辜的情況下得勝！」眼見朱友文又要離開柴房，疾沖忙道：「我知道這聽起像是癡人說夢，但不單是我希望如此，摘星也是。」

聽見她的名字，朱友文猶豫了。

「泊襄陣前未戰，其實你不僅救了她，也救了城內城外黎民百姓，不管你願不願承認，泊襄一役，若不是你，絕對死傷慘烈！」

疾沖的提議聽起來很誘人，只要協助晉國，就能化解梁晉之間不可避免的衝突與血腥殺戮，但朱溫畢竟曾對他有恩，他已背叛過朱溫一次，於情於理，他實是不願再背叛第二次。況且，他已被下放黔奴營，如今不過一介罪奴，比尋常百姓還不如，這等天下國家大事，自此再也與他無關。

「你走吧，我不會離開這裡。」

「難道你就甘願一輩子被困在這兒，被世人當成怪物？你可知外頭是怎麼傳的？說你操控戰狼逃脫，人心惶惶！更何況，難道你不想再見她一面？親自懺悔？」

朱友文沉默許久。

就在疾沖等著他的回答時，趙六兒的頭從柴房窗戶探入，低聲催促：「該走了……」

朱友文輕輕一嘆，「箕山一別，本就不奢望今生還能相見。不見，對她才是最好。」

疾沖掏出一小布袋，扔給朱友文，「這裡頭是火鐮。我會在黔奴營外守候三日，三日內，若你改變心意，隨時引火發訊，我自會設法營救你脫困。」

運。

趙六兒又探頭進來催促，且語氣焦急，疾沖很快翻窗而出，朱友文也離開了柴房，扛起大石繼續搬

官兵前來巡邏一輪後，見沒什麼異狀，便又打著呵欠離去。

柴房外一角的運柴車上，除了疾沖與趙六兒，其實摘星從頭到尾都在，也將朱友文與疾沖那番對談全聽在了耳裡。

疾沖曾答應過朱友文，不將朱友文泊襄臨戰而去的真相告訴她，若她也現身，朱友文便會知疾沖未信守承諾，因而很有可能直接拒絕與晉結盟，因為有此考量，摘星才決定不現身，而是將銅鈴交給疾沖，讓他與朱友文談判。

白日裡她與疾沖親眼目睹他為保護其他戰奴，挺身而出，即使因此受到重罰，也毫無怨言，她從未想過他能這樣為未曾謀面的人付出，這樣的朱友文，其實很像很像，她從前所認識的狼仔……

朱友文變了，雖然受盡折磨，渾身狼狽，可他似乎活得更像自己、更自在。

直至聽見方才疾沖與他的那番對談，她更覺心酸無比。

他寧願被人誤會是怪物，也不願離開這黔奴營嗎？

他以為她什麼都不知道，仍以為她恨他、仇視他，心甘情願抱著這樣的誤會，在這慘無人道的黔奴營默默度過如螻蟻般的餘生……

疾沖拉起她的手，與趙六兒快步趁夜離去，她下意識地不斷回頭，想看他一眼。

一眼就好。

可是她什麼都沒看見，只看見模糊的火炬在燃燒。

淚，不知不覺流了下來。

倉皇抹去，不願讓人知道自己的心事。

心，還是在為他而疼痛。

還是深深愛著他。

第四十六章　叛逃

離開黔奴營後，趙六兒一臉憤憤不平，走著走著，忽回過頭對疾沖與摘星喊道：「你們居然是來營救那傢伙的！早知道我就不幫你們了！」

疾沖與摘星對看一眼，不解趙六兒為何如此激動。

摘星安撫道：「六兒，我們沒有說實話，是不想把你捲入。」

趙六兒仍舊一臉氣憤。

摘星對疾沖使了個眼色，要他也來說幾句話，疾沖卻只是來添亂：「何必安撫這小鬼？我們沒說實話，他又說實話了？這鎮上到處流傳渤王操控戰狼的謠言，說不定這小鬼也有份！」

趙六兒氣呼呼走到疾沖面前，「那又怎麼樣？我可沒說謊，渤王他本來就是怪物！」

摘星最聽不得旁人喊朱友文妖怪，那是她心口上最深刻的一道傷，她正色朝趙六兒道：「他不是怪物！是你用謠言把他變成怪物的！他並沒有操控戰狼殺人！」

趙六兒像是被踩到尾巴的貓，渾身毛都豎了起來，「就是他命令戰狼咬死我大哥的！我爹親眼見到的！我娘還因此傷心過度，生了重病，就這麼走了！是他害我爹終生為奴，害我家破人亡！」講著講著他眼眶不禁泛淚，這次可不是騙人。

摘星見趙六兒被牽動傷心往事，蹲下身子，語氣放軟，「六兒，我知道你恨他，他也確實把你們家害得如此淒慘，但也不能因此編造謠言害人。」想起過往，她語氣中帶著一絲悔恨，「我曾為了保護一個人，編造不實謠言，但最後，這謠言非但沒有保護成他，反而傷害了他與許許多多無辜的生命！」

當年若不是她自以為聰明，編造狼怪流言，惹得有心人利用，嫁禍狼仔，又怎會害得他也是家破人亡，甚至差點死於非命？

但趙六兒不懂這些，他只知道自己今日會落到家破人亡的地步，都是因為朱友文那個十惡不赦的傢伙！況且他散播出去的謠言也有七、八分真，他大哥的確就是被朱友文的戰狼咬死的！

「我不想再見到你們！」趙六兒將手伸進懷裡想掏出錢袋扔還給他們，但這錢也是他賣命賺來的，說還就還真有些捨不得，不禁有些猶豫。

只聽摘星又道：「六兒，也許你不信，但謠言是會殺人的！我不想你鑄成大錯，到時候後悔也來不及了。」

趙六兒一聽，怒火更盛，「我就是希望渤王早點死！」語畢頭也不回地離去，錢也不還了！

摘星想追上去，疾沖卻攔下她，搖了搖頭，「讓他去吧，反正我們的目的已達到了。」

摘星無奈，「我完全知道趙六兒的感受，但再恨一個人，也不該造謠誣陷。人言可畏之處，是你不知道最後究竟有多少人會因此受到牽連，甚至喪命……」

疾沖安慰道：「那小子的心結，也不是我們能解得了的。我們該擔心的，還是這三日內，他會不會回心轉意，答應與我們聯手。」

摘星點點頭，「也是。三日後，若還等不到他的答覆，我們便即刻啟程返晉，此處不宜久留。」

🐾 🐾 🐾

隔日一大清早，黔奴營裡便出現一幕慘絕人寰的可怖景象。

只見一具血肉模糊的屍體倒在礦坑前，整個身子像被野獸撕扯抓咬過，慘不忍睹，四肢更是險些被咬斷，面容猙獰，可見死前遭受到極大的痛苦。

一膽大的戰奴前去探看後，忽失聲大叫：「是李強！」

趙久等特別照顧李強的戰奴們連忙圍上，見到李強屍首慘狀，無不駭然色變，張遠臉色慘白，嘴唇哆嗦……看這屍首被撕裂啃咬的慘狀，分明是被猛獸襲擊，可這黔奴營內守衛嚴謹，怎可能有野獸出沒？念頭一轉，近日甚囂塵上的傳言跳入腦海，難道傳言是真的？朱友文真能操縱狼怪？是了！一定是他幹的好事！朱友文不甘被李強牽連而受責難，因而操控戰狼殺死了李強！

張遠激動奔到古騰面前，跪下請求：「司獄大人，請您一定要替李強討回公道！別讓他死不瞑目啊！」

古騰裝模作樣道：「不用你說，此事非同小可，我一定嚴查，絕不通融！」隨即又命令官兵：「去把朱友文那傢伙帶來！」

郢王殿下的計謀看來是成功了。

古騰昨夜裡暗中派人殺死李強，將屍體拉出黔奴營，放任野狗撕咬，再趁天亮前運回，扔在礦坑前，近來渤王操控戰狼殺人的流言正傳得沸沸揚揚，只要稍加聯想便會怪罪到朱友文頭上，屆時便可讓群情激憤的戰奴們「失手」親手殺了他們眼裡的怪物！

朱友文被帶到礦坑前，李強遺體已覆上了白布，張遠一見他便激憤填膺，衝上前狠狠朝他腹部就是一拳，「你這怪物！既然並非真心想幫李強，又何必強出頭？還在夜裡如此殘忍殺死他？」

趙久上前制止，「你冷靜點，事情還沒查明。」

張遠推開趙久，「還查什麼？不是他幹的，還會有誰？趙護軍，你大兒子不也是被戰狼咬死的？」

朱友文上前想掀開白布，張遠衝上去又是一陣拳打腳踢，其他戰奴也群起圍之一陣痛打，朱友文毫不反抗，很快就被打倒在地，滿身是血，趙久看不下去，上前擋在他面前，喊道：「住手！大家都住手！我兒子被戰狼咬死，其實是他自作自受，怨不得渤王！」

眾人一愣，揮舞到一半的拳腳紛紛停下。

趙久道：「確實，我兒子是被他豢養的戰狼咬死，但那是因為我兒子對渤王軍令不滿，便拿戰狼出氣，想用弓箭射殺，戰狼發狂衝出牢籠，才將他咬死的……」

大兒子被戰狼活活咬死，趙久曾因此憎恨朱友文，可這幾日短短相處，他很快發現朱友文並非真如傳言那般殘虐不仁，李強之死也頗有蹊蹺，為何昨夜發生那麼大的事兒，官兵卻完全沒發現？

張遠道：「你兒子會死，或許與這傢伙無關，但李強一定是被他害死的！這可怖的怪物，今天就非要他以命償還！」語畢繼續對朱友文拳打腳踢，其他戰奴也跟著繼續施暴，趙久見一旁官兵完全不阻止，更覺朱友文是被冤枉，他擋在朱友文面前想阻止眾人，卻是寡不敵眾。

「朱友文，你認不認罪？」在一旁欣賞好戲的古騰高聲問道。

即使他否認，那些被謠言蒙蔽的愚昧奴隸也不會停手，他本來還安排官兵們裝作「不小心」將武器掉落在附近，好讓那些奴隸們能「不小心」殺了朱友文，但朱友文絲毫不反抗，寧願被活活打死，倒是省了他一番功夫。

朱友文吐了一口血，朗聲道：「是我幹的！」

古騰略微一愣：他竟如此輕易認罪？

「你承認是你幹的了？」古騰抬手，官兵們立即上前架開那些奴隸。

朱友文抹去嘴邊鮮血，搖搖晃晃站起，「沒錯，是我幹的！殺了我吧！」

他心中明白，只要自己仍活著一天，朱友珪便不會放過他，在他身邊的人亦會不斷受到殃及，死於非命，既然朱友珪要他死，那他就遂其所願，反正他就是個怪物，這世上只要少了他，就不會再有禍端與災難！

古騰正要下令處死朱友文，一稚嫩童聲忽喊道：「強叔不是他殺的！」

「六兒？」趙久訝然。

趙六兒不知何時混進了黔奴營，躲過了官兵的視線，一路眼眶含淚地奔到趙久面前，指著古騰哽咽道：「是我親眼瞧見的！強叔是他害死的，他們昨夜把強叔屍首拉至黔奴營外，扔在荒郊野地，引來野狗，糟蹋強叔，再趁天亮前運回去，想要嫁禍渤王！」

眾人頓時愣住，李強竟是古騰蓄意害死以嫁禍渤王？

古騰見事機敗露，忙道：「哪來的無知小兒，胡說八道！來人，把這兔崽子抓起來！」

趙久眼睜睜看著趙六兒被官兵拉走，焦急如同熱鍋上的螞蟻，卻不敢出口相認，免得更加連累這孩子。

「我說的都是實話！」趙六兒仍不甘地嚷著，「我是恨渤王！他的確害得我家破人亡，但他不是怪物！他沒有操控戰狼殺害強叔！」他是痛恨朱友文，但他更痛恨用這種卑劣手段嫁禍於人的古騰！同時趙六兒也感到深深內疚，若說古騰是為了要坐實渤王能操控戰狼的謠言，暗中以如此殘忍手段殺害強叔，那他收了錢幫忙作戲散佈謠言，不等於也是間接害死了強叔？

趙六兒這般冒死澄清事實，讓朱友文深感震撼，他一直望著那個掙扎得面紅耳赤的孩子，這孩子說恨他，但卻願意證明他的清白，告訴所有人，他朱友文並不是怪物！

星兒說過，不是所有的人類都是壞人。

狼仔，你願意相信人類嗎？

她曾如此問過他。

他曾在她身上付出信任，卻慘遭背叛，儘管八年後得知那不過是一場誤會，卻仍讓他的心就此冰封，成為大梁皇子後，他眼裡只有忠心，再無信任。可今日他失去了一切，被貶為奴，連畜生都不如，卻有一個孩子願意站出來，冒著生命危險告訴所有人，他朱友文不是怪物！沒有殺人！

古騰怕趙六兒繼續胡言亂語，命人拿刀來，想當場處決掉這孩子，朱友文立即上前，推開趙六兒身旁的官兵，擋在他面前，朗聲道：「人是我殺的，與這孩子無關！要殺，就殺我！」

古騰冷笑，「死到臨頭還想當英雄？」

「我這不是成全你這狗奴才和你背後那位主子嗎？」朱友文雖是罪奴，兼之渾身狼狽，往那兒一站卻是不怒自威，隱隱一股霸氣，古騰被他夾槍帶棍嘲諷一番，卻也不敢回嘴，只得恨恨道：「來人！把這小鬼押到牢裡！」接著轉頭對仍一臉不敢置信的戰奴道：「只要你們殺了這怪物，我就放了這小鬼！」

事到如今，古騰也懶得再演戲了，直接擺明他就是希望藉著這些戰奴的手，讓朱友文死在這黔奴營裡。

戰奴們面面相覷，古騰命人扔下幾把刀，便冷笑著率人離去。

張遠搶先一步撿起一把刀，趙久卻是猶豫。

張遠朝趙久道：「趙護軍，你還在猶豫什麼？一刀殺了這怪物不就了事了？難道你不想救六兒了？」

趙久回道：「六兒當然要救，但也不能胡亂殺人啊！李強不是他殺的，更何況，他還挺身而出想救六兒，我若殺了他，那和古騰那些人有何區別？」

朱友文聽了趙久這番話，心裡開始默默思量。

張遠拿著刀，回身問其他人：「你們呢？你們也不想殺這怪物？」

打從朱友文進黔奴營的那一刻起，這些戰奴莫不想藉機報仇，可如今良機來了，卻是人人猶疑不決，原來從頭到尾，古騰都在演戲，刻意挑起他們對朱友文的恨意，想借刀殺人，利用他們除去此人，幾個稍微腦袋冷靜的，都猜到了後果：他們若殺了朱友文，上頭怪罪下來，古騰只會把他們推出去當炮灰，一樣沒命！而且死得更快！

趙久更是對張遠坦白：「你再笨也該看得出來，古騰不過是想借刀殺人。等他死了，我們也沒利用價值了，還活得了嗎？六兒又能活得了嗎？進了這黔奴營，就只是別人利用的棋子，終歸逃不過死……」

張遠沉默了。

就在這群人束手無策，為自己感到可悲時，朱友文走到他們面前，低聲道：「你們願不願意賭一把？信我一次，把那小鬼救出來？」

🐾 🐾 🐾

「你有什麼好辦法？」趙久壓低聲音。

戰奴們已都回到了囚房，聚集在一起，想知道朱友文如何能救出趙六兒。

「黔奴營看守官兵人數眾多，我們又手無寸鐵，但我們可偷火藥，炸毀黔奴營，便能救出趙六兒，順帶一起逃出此處！」朱友文道。

戰奴們一聽能逃出這黔奴營，不禁個個面露喜色，他們都以為自己這一輩子要老死在此，沒想到如今能有機會脫離苦海，但張遠卻訕笑道：「還真是好辦法！火藥可是古騰親自保管，要如何去偷？我們連這間房都出不去了！」

趙久也道：「就算成功偷到了火藥，我們也順利逃了出去，但能逃到哪裡去？」他們個個都是朝廷登記有案的罪犯，一旦逃了，必會有大量官兵追捕，逃亡沒有止境。

「我們可以去晉國！」朱友文語出驚人。

趙久更是毫不掩飾訝異：「你要投晉？」

張遠嗤笑：「不愧是渤王啊，連背叛朱梁投晉這種事都幹得出來！我們若真信他，不是自找死路嗎？」

「若脫逃失敗，你們就當場殺了我，保住那小鬼！」朱友文用腳將地上一把刀踢向張遠。

張遠伸手接住，仍是一臉不信。

由朱友文口中聽到「投晉」二字，一座皆驚，但細細一想，他們在朱梁已無容身之處，敵人的敵人，便是朋友，想要繼續生存下去，不再忍受躲躲藏藏的窩囊，的確唯有投晉這個選擇。

張遠還欲發作，趙久伸手制止，「不必說了，我信他！」

「趙護軍！」張遠跺腳。

「若渤王真想投晉，泊襄之戰後，大可歸附晉國，又何苦回到這裡，淪為奴隸？」趙久道。「他是為了我們的後路，才帶著我們投晉的。」

此話一出，其他戰奴們紛紛覺得有理，一個個附和，願意相信朱友文，張遠氣得用力將刀扔在地上，轉頭走出囚房。

「張遠，你去哪？」趙久喊。

「去撒尿！」

然張遠離開囚房後，卻是直奔古騰營房。

這群人都傻了嗎？朱友文不過三言兩語就騙得了他們的信任？

但他可不傻！

「想偷火藥炸毀黔奴營？」

張遠第一時間就向古騰舉報朱友文的計謀，回道：「是的，渤王準備聯合其他戰奴，偷火藥後，炸毀黔奴營逃走！」

古騰哈哈大笑，「笑話，簡直是癡人說夢！火藥可是我親自監管，他們有何能耐偷走？」

「那是當然，小的不願與他們同流合污，才特來給您通風報信。」張遠陪笑著，眼珠子卻不住打量營房內。

古騰待還要詳問，營房外忽聽聞有人大喊：「張遠！你怎地撒尿撒這麼久？是不是跑來告密了？給我滾出來！」

張遠臉色一變，古騰起身，指著張遠，「你給我在這待著躲好，我出去看看。」

古騰打開房走了出去，不由分說就把來找人的戰奴押走。

回到營房內，把門確實關牢了，古騰才對張遠道：「我已經把那多事傢伙關入牢裡了，沒人知道你跑來通風報信。」

「不知司獄大人想如何處置他們？」張遠小心翼翼地問。

古騰冷笑，「我就來個將計就計，等著他們來偷火藥，然後一網打盡！接著便可上書請奏郢王，依造反之罪，處決這些人！」

張遠似有猶豫，幾番欲張口替趙久等人求情，想了想，多說只是連累自己，便再也沒說什麼，退了出去。

一切都佈置妥當了，如今就等著朱友文自投陷阱！

🐾 🐾 🐾

朱友文手裡拿著火鐮，看著囚房裡唯一一扇窗戶。

天就要亮了。

他徹夜未眠，一整夜都在想著該如何通知疾沖，他想帶著這些戰奴逃往晉國？

黔奴營城牆太高，因房裡的窗戶又太低，就算他點起了火鐮，恐怕疾沖望穿了眼仍是見不到。

趙久也是一夜未眠，看著朱友文不停在手裡把玩火鐮，心中有數，知他是想發送信息，黔奴營外想必有人接應，難怪他會如此胸有成竹，說要帶著他們一起逃脫。

東方天空漸漸現出魚肚白，窗外天空忽傳來一聲嘹亮鷹嘯！

朱友文立即將手中火鐮舉向窗戶，過了沒多久，窗外傳來振翅聲，金雕追日的巨大身影降落窗前。

原來疾沖怕朱友文難以突破防守用火鐮傳訊，特在天將明時命追日盤旋黔奴營上空，高聲鳴嘯，引起朱友文注意。

朱友文忙撕下衣角，咬破手指，以血書寫，再將衣角綁在追日腳上。

追日振翅，長嘯一聲，飛出營外。

「能使得動這般神俊巨鷹，外頭那人，想必來歷不凡？」趙久起身坐在床上，問道。

朱友文點點頭。

「那人是誰？」趙久問。

原本朱友文提議大夥兒一塊兒逃出黔奴營時，他信是信了，但他信的是朱友文的決心，計畫究竟能不能成功，趙久自個兒其實沒多大把握，但繼續待在這黔奴營裡，橫豎也是死，不如乾脆搏上一搏。

而朱友文的回答，讓他瞬間相信，自己未來的人生，也許真有了轉機。

「晉國川王，李繼嶢。」

🐾 🐾 🐾

夜半，黔奴營內忽發出淒厲慘叫，從關著戰奴的囚房裡發出，一聲又一聲，聽得人渾身發麻，緊接著囚房內的戰奴便開始暴動，傳出鬥毆聲響，房門關得緊實的囚房內不斷傳來撞擊聲，幾個沒怎麼見過世面的新兵看得膽顫心驚，其他老鳥官兵亦不敢前去制止。

古騰「砰」的一聲推開營房門，啐了句：「他奶奶的，搞起監嘯來了！」

監獄裡有時會在深夜或凌晨時出現犯人尖叫聲，接著便會有大量囚犯發狂，互相鬥毆，甚至互相扯咬，用盡各種方式傷害其他囚犯，通常監嘯之後，犯人便大量死亡，一般獄卒遇到這種情形都不太敢去鎮壓，認為這是太歲臨門的惡兆，其實追根究底，不過是關押的犯人不知自己何時處刑，時日一久，精神狀態便處於崩潰邊緣，也許只是有人夜半做了惡夢驚醒尖叫，卻如同燎原之火，迅速感染其他人，紛紛以殘酷手段發洩壓力，終釀成大禍。

只聽得慘叫聲一聲比一聲淒厲，囚房內撞擊聲更是越來越劇烈，彷彿有什麼怪物即將破牆而出，幾個膽小的官兵已是冷汗直流，難道……難道朱友文真是怪物？他現出了原形，殘害這些戰奴，而下一個輪到的就是他們？

恐懼迅速傳遍整個黔奴營，古騰要不是事先得到張遠通報，八成也會嚇得膽顫心驚，但他已知這不過是朱友文那幫人裝神弄鬼罷了！

囚房門被撞開了！一個膽小的官兵竟失聲一喊，古騰馬上命人將他帶走！恐懼是很容易傳染的，就算他自己不怕，但自己底下的人受到了影響，到時難保不會情況失控。

所有囚房的慘叫聲在門撞開的那一剎那都消失了，空氣寂靜得令人打從心底發毛，連古騰一時間都覺背脊不由發涼。

緊接著忽有一樣東西從囚房內扔了出來，眾人定睛一看，竟是一串火藥，引信已被點燃！

眾人立即做鳥獸散，古騰跟著避逃，卻是一臉不敢置信！

怎麼可能？他們是怎麼弄到火藥的？

所有的火藥明明都鎖在他營房內的火藥櫃裡，除非——

火藥爆炸了！

在震耳欲聾的爆炸聲裡，古騰衝回營房，拿出鑰匙，打開火藥櫃——空的！裡頭的火藥全不見了！

古騰一瞬間明白過來，咬牙切齒道：「他奶奶的！被擺了一道！」

搞了半天張遠根本不是來告密的！而是藉機潛入他的營房，再故意派人擾亂，引得古騰離開，張遠再趁機將火藥偷走！

這時營房外響起驚天一呼：「大夥兒衝啊！」

古騰衝出營房，只見戰奴們全衝出了營房，不少人手拿火藥，先是炸毀囚房，再炸毀官兵居住的營房，黔奴營內瞬間大亂，朱友文負責引導眾人進行攻戰，張遠與趙久則趁亂跑向大牢，營救趙六兒。

古騰氣得跺腳，連聲呼喊，但官兵們全亂了陣腳，哪還聽得見他的命令？

好不容易，弓箭手急急忙忙就位，這時朱友文已率領人群衝向黔奴營大門，一輛馬車忽由大門奔入，疾沖在馬車上大喊：「馬車上有武器！」

話聲方落，疾沖便拿起馬車上狼煙四處扔擲，很快一片煙霧迷濛，啥也看不見，朱友文示意眾人以布矇住口鼻，壓低身子，迅速從馬車上取下武器。

「還在磨蹭什麼？快放箭！放箭！」眼見朱友文就要逃走，古騰氣急敗壞，連聲下令。

一片箭雨中，朱友文朝疾沖道：「你先帶這群人走，我待會兒就來！」

「好！你們之後一路往北，晉軍已派精銳支援接應，萬事小心！」疾沖轉頭朝眾多戰奴道：「大夥兒跟我來！別走散了！」再回過頭，朱友文已不見人影。

朱友文衝回黔奴營，直奔大牢，只見看守侍衛已被趙久解決，倒在地上不省人事，張遠卻找不著鑰匙，正自慌亂間，朱友文從地上拾起一把刀，喊道：「讓開！」

趙久與張遠依言讓開，牢內的趙六兒也躲到了一旁，亮晶晶的雙眼在一片漆黑裡驚異地望著如天神般降臨的朱友文。

渤王竟真的來救他了！

朱友文舉刀，將所有內力貫注其上，用力揮舞，刀刃頓時削鐵如泥，一下就將鎖頭砍斷，刀刃卻也因用力過猛，瞬間斷折。

「六兒！」趙久搶先衝入牢房內。

「我們快走！」張遠催促。

「等一下！」朱友文拾起另一把刀，將趙久等人腳上的鐵鏈砍斷。

趙六兒滿心欽佩，忍不住道：「原來你不只會殺人，也會救人！」

朱友文扔下刀，回道：「同樣一把刀，能殺人，也能救人。」

趙久拍了一下趙六兒的頭，「不許胡說！還不快謝謝人家。」

「多謝渤王！」趙六兒大聲道。

反正說聲謝謝不用錢，不過此時此刻，他倒是真心感謝朱友文。

「毋須道歉，這本就是我欠你們的——」話聲未盡，一隊官兵衝了進來，古騰氣勢洶洶地拿著刀走進大牢，刀尖指著朱友文道：「想逃？門都沒有！一個都別想走！」

朱友文面無表情，走到古騰面前，雙手忽用力一掙，他本就天生神力，再加上內力，手上鐵鏈竟被他硬生生扯斷，古騰身後官兵見狀，紛紛不自覺退了半步。

「你——你別——呃啊——」

框啷一聲，古騰手上刀落地，他的咽喉已被朱友文狠狠掐住，喉頭劇痛，鼻尖吸不進任何空氣，朱友文將他輕鬆舉起，古騰雙腳不斷掙扎，很快便眼凸舌吐，面色發紫。

「給我三匹馬！」朱友文平靜道。

古騰命在旦夕，哪管得了這麼多，只能不住點頭。

朱友文將古騰舉得更高，手勁略微放鬆，古騰終於能說話了，趕緊命道：「你們是都聾了嗎？快牽馬來！」

朱友文就這麼舉著古騰，走到黔奴營大門，官兵們不敢輕舉妄動，只能眼睜睜看著趙久等人跳上了馬，張遠回頭擔憂地看了一眼，一咬牙，扭頭策馬先走了。

朱友文用力將古騰扔到地上，鄙夷道：「我不殺你，是不想雙手再染上血，你這條狗命，就留給朱友珪去收拾吧！」他跳上馬，跟著揚長而去。

「你們都還愣著做什麼？追啊！快追！」古騰又惱又怒。

若真的讓朱友文逃了，他焉有命在？

古騰親自率領弓箭手追捕朱友文等人。

朱友文一行人一路往北，策馬逃至一處林間，古騰緊追在後，箭如落雨，趙久為保護趙六兒，背部不幸中了一箭，趙六兒大喊：「爹！」

朱友文一愣，直到這時他才知趙久竟是趙六兒親爹？

「爹沒事……」趙久努力撐著，卻無力繼續策馬，很快落後，朱友文見狀立即調轉馬頭，一個回身擋在趙久面前，喊道：「我來斷後！你們快走！」

然又是一支無情箭矢射中趙久，他噴出一口血，眼看自己是活不成了，含淚朝朱友文道：「渤王，求你帶六兒走，我不行了……」說完又是一口血吐出，卻仍以自己的身子做為盾牌，保護趙六兒。「我懇求你，替我將六兒拉拔長大，我就剩這麼一個兒子了……」

他欠這個孩子的實在太多了，趙六兒幾乎沒怎麼享受過天倫之樂，還受他拖累，年紀這麼小就要學著自己一個人在外頭打滾討生活，他如今就只剩這麼一個家人了，說什麼都要讓這孩子活下去，還他一個正常的人生……

見朱友文面無表情，趙久懇求，「快帶六兒走！古騰就要追上來了！」

「爹！爹，我不走！爹你不能扔下我！」趙六兒哭喊。

朱友文回頭看了一眼追兵，當機立斷，一拉韁繩，策馬上前單手將趙六兒抱到自己馬上，趙六兒不斷掙扎，大聲哭喊：「放開我！放開我！我不要離開我爹！我不要離開爹——」朱友文一個手刀擊向趙六兒後頸，他瞬間便昏暈過去。

「我答應你。我會拉拔六兒長大成人。」朱友文承諾。

這是他欠他們的。

趙久欣慰地笑了，使出全身最後力氣拍了下朱友文的座騎，馬兒便往前飛奔而去。

望著朱友文迅速消失的身影，趙久終於再也支撐不住，從馬背上摔了下來，斷氣了。

層層追兵踩踏著他的屍體而去，再沒有人多看他一眼。

眼見追兵就要趕上朱友文，一身著黑色斗篷的苗條身影忽從一大樹後現身，舉起手上的弓，對準了樹上高懸的黑布。

即使在奔馳的馬匹上，朱友文仍一眼就認出了那把弓。

奔狼弓！

是她？

她真來了？

馬匹從那黑色身影旁呼嘯而過，擦肩而過的那一瞬間，斗篷被風吹落，多少個日子裡朝思暮想的容顏出現在眼前，他癡癡凝望，生怕自己再度錯過，竟顧不得後頭官兵追捕，硬生生一扯馬韁，勒馬停下！

一句「星兒」就要脫口而出，她手中弓箭已射出，一箭射中懸掛在高處的黑布，裡頭蜂窩應聲而落，劇毒胡蜂傾巢而出。

摘星一個眼神示意，要朱友文往上風處而去，她牽出樹後的黑馬，上馬隨後跟上。

古騰沒料到有埋伏，還是劇毒胡蜂，瞬間人仰馬翻，全跳下馬找地方閃躲，有人欲回頭，奔了沒幾步卻聽見一聲劇烈爆炸聲響，原來是張遠故意落後埋伏，將事前就綁在小腿上的火藥點燃，斷了這群官兵的後路。

古騰等人狼狽不堪，無暇再顧及追捕眾逃奴，而朱友文與摘星也已平安離開樹林，趕往與疾沖會合。

兩匹駿馬交錯奔騰，他內心激動難耐，幾次忍不住側頭望向她，但她卻只是專心凝視前方，並未看他一眼。

他不禁心下微微黯然。

是了，她都已是疾沖的妻了，他還在期待什麼？

他卻不知，她是不敢看他，只怕這一望，視線交會，他會見到她眼中的狂喜與淚水。

太好了，你還活著。

他在黔奴營的所作所為，她都看在眼裡。

過去的朱梁渤王朱友文已死，如今在她面前的，是她所熟悉的那個狼仔。

狼仔，你回來了！

她忽側過頭，對他微微一笑。

他只覺胸口澎湃，難以自己，雙手更是顫抖，險些拉不緊繮繩。

她對他笑了。

他以為此生再也見不著她對自己微笑，向來只敢在夢境裡回憶自憐。

多麼希望時光就此停駐，不要流逝。

多麼希望，星兒能永遠如此對他笑著，彷彿他什麼都沒有做錯。

彷彿，他還是狼狩山上的那個狼仔。

🐾 🐾 🐾

兩匹馬一前一後出了樹林後，林間忽起大霧，古騰等追兵被困在濃霧裡，前有胡蜂，後有火燒林，無處可逃，加上有人暗中推波助瀾，在這濃霧中悄悄施放迷魂藥，令人手足無力，更易因疼痛恐懼產生幻覺，淒厲慘叫聲四起，近乎全軍覆沒。

遙姬站在高處，一身雪白衣衫，大風獵獵，更顯她身形纖弱。

她遙遙凝望著朱友文的背影，眼底有著欣慰。

不枉你對她如此犧牲付出，她終究，還是親自來救你了。

第四十七章　欲歸家無人

朱友文成功帶人逃脫黔奴營後，與疾沖會合，晉王祕密派遣一支精銳晉軍支援，連夜護送這批人趕至泊襄城。大批戰奴此時仍是不敢置信，自己真的逃出了黔奴營，但可以肯定的是，他們從此對朱友文已是另眼相看，從不共戴天的仇人，變成了大恩人，就連張遠的態度也改變了，更開始口口聲聲喊起朱友文「頭兒」，決意追隨他。

從前，他們只知大梁渤王兇狠殘暴、軍令如山，膽敢違抗者，下場就是被送到黔奴營終生為奴至死，可如今他們才知，大梁戰神絕非浪得虛名，朱友文有勇且有謀，不但遇事不亂，不逃避責任，更願意為弱小挺身而出，即使是痛恨他之人，也不由得打從心底佩服，願追隨左右。

泊襄已為晉軍領地，疾沖特意善待這批戰奴，招待他們好酒好菜，而朱友文則是打從一進城後便低調異常，畢竟不久前他才領兵攻打泊襄，一個朱梁將領此刻入城，太過高調絕對惹人猜疑，不免軍心浮動。

就連疾沖要安排他入住城主府，也被他婉拒，只要了間近郊的小院先安頓下來，順便照料趙六兒。

趙六兒醒來時，身上已換上了乾淨衣物，朱友文正在小心翼翼地替他處理傷口，模樣似乎挺有經驗。

「爹……爹……」趙六兒緩緩睜開眼，感覺有人正在照顧自己，待見到眼前是朱友文而不是趙久時，他還有些愣忡，傻傻問，「我爹呢？」

「你爹死了。」朱友文淡淡道。

人已死，無法復生，對他而言，生者更重要。

「你走開！我要我爹！」趙六兒一個起身就要下床，卻被朱友文又推回床上，「不管你願不願意，從今以後，你只能跟著我了！」

原以為趙六兒還會發作好一陣子，誰知他只是嘴一扁，紅著眼眶，埋怨地瞪著朱友文，「你這人也太鐵石心腸，就不能說些好聽話哄我一下嗎？我是小孩耶……」他當然知道是朱友文冒死救了他，也知爹爹臨死前將自己托給了他，但親人離世如此悲痛，如今他真真正正是舉目無親了，這人卻連一句安慰話都不會說，一開口就是他爹死了，要他怎不氣結。

朱友文沒什麼與小孩子打交道的經驗，聽趙六兒如此一說，知這孩子想要人安慰，但偏生這是他最做不來的事，想了想，他一面繼續替趙六兒處理傷口，一面道，「我以前認識一個小女孩，比你大不了多少，那時她娘才過世，她不願別人見到她哭，便一個人跑到山裡。那時我連話都說不好，哪懂得她的傷心難過？她卻還是把我當成她最好的朋友。」

「原來你從小就不懂得安慰別人！那女孩真傻！」趙六兒嘴上嫌棄，心裡卻明白朱友文正在試圖安慰他。

朱友文苦笑了下，「是啊，她是傻，總在人前逞強，卻在人後默默掉淚，不讓人發現她的脆弱……」

趙六兒忽然痛喊一聲，「痛啊！輕點、輕點！你是不是故意整我？」喊著喊著眼淚就落了下來，不知是因為傷口太痛，還是因為想到自己再也見不著爹了。

朱友文放輕力道，趙六兒哭了一陣，忽問：「那個小女孩呢？如今她怎麼了？過得好嗎？」

他愣了愣，想點頭，又想搖頭，竟不知該如何回答。

但趙六兒睜著大眼、一臉期待，他忽有股衝動，想將自己長年以來埋在心裡的那些話，通通告訴這孩子，不管他到底懂不懂。

「那女孩不像你，傷口痛的時候，她從不喊痛，所以沒有人知道她有多痛。」

「你是不是在取笑我不如一個小女孩？」趙六兒吸了吸鼻子不悅道，眼淚倒是止住了一些。

「她和你一樣，家破人亡，但她無法傷心，因為她肩上責任太重。」

馬瑛死亡，她成了馬家軍的精神依歸，後又被朱溫利用，強硬賜婚，她根本沒有時間為自己傷心。

「最殘忍的是，她最信任的那個人背叛了她，她曾以為自己擁有的幸福，全是一個又一個的謊言與圈套。」

他想起了她的痛哭吶喊，她的撕心裂肺，直到最後一刻，她仍想要相信他。

相信他是她的狼仔。

可是他讓她徹徹底底絕望了。

「可她還是堅強重新站了起來，那些傷痛都已是過去。」

他停下了動作。

在樹林裡，她對他笑了。

他知道，她已放下了過去。

趙六兒若有所思地望著他。

「聽起來，她如今應該過得不錯。」趙六兒嘆了口氣。

朱友文沉浸在自己過往回憶與懊悔裡，絲毫未發現，門外不知何時站了個人。

摘星早已來到了門外，從頭到尾將朱友文這番難得的坦白都聽在耳裡。

明知偷聽就是不對，卻遲遲舉不起手來敲門。

她如今過得算不錯了吧？是吧？

身為皇女，下嫁晉國小世子，深得馬家軍與晉國信任，願意豁出性命，隨她攻滅朱梁，完成復仇，而等一切塵埃落地，疾沖說過，會帶著她遠走天涯，過著閒雲野鶴的悠閒日子，也許再生個一兒半女……

但她並不快樂。

她這一生，唯一真正快樂的時候，都是與他一起度過。

朱友文的聲音又在門的另一面響起：「她過得好，但這不是她想要的。她其實不過就是想當個普通女孩兒，有爹娘疼愛，有良人相伴，過著平凡但幸福的日子……」

淚，無聲在她臉上蜿蜒。

他其實一直都明白她想要什麼，但他給不起。

壓抑著哽咽，呼吸不小心急促了些，房內的朱友文立即察覺，起身開門。

她連忙低下頭，依舊不願讓人見到自己落淚。

「疾沖在忙，所以我過來看一下。這湯藥是給六兒服用的。」她低聲道。

摘星走入房裡，哄著趙六兒把難喝的湯藥喝了，問道：「六兒，那些叔叔伯伯很擔心你，想不想去見見他們？」她知趙六兒剛失去親爹，戰奴營那些人向來關心趙六兒，讓這孩子與他們相聚，多少能緩解一下失落與孤寂吧。

趙六兒點點頭，跳下床，往前走了幾步，忽回頭指著朱友文，又恢復一臉小大人蹺樣，「你可是答應過我爹的！會好好照顧我，拉拔我長大，我可是跟定你了！你可不准扔下我，聽見了沒？」

朱友文點頭。

趙六兒這才滿意，跟著摘星離去。

🐾 🐾 🐾

摘星一路上顯得有些心不在焉，腦海裡盡是朱友文剛剛那番剖白。直走了一段，她才發現跟在身後的趙六兒安靜異常，停下腳步，轉過頭，見這孩子面色憂傷，眼眶發紅，自是想起了爹爹趙久。

摘星安撫道：「六兒，你爹會在天上守護你的，所以你要勇敢，別讓他擔心。」

她溫言相慰，趙六兒心頭一酸，淚珠滾滾而落，「我是不是很沒用？我沒有那個小女孩勇敢，我其實很害怕沒爹的日子……」

摘星只覺趙六兒與自己同病相憐，他們同樣都失去了所有的親人，同樣都只能一個人在這個世界上，勇敢地自己活下去。

她蹲下身子，輕輕替趙六兒抹去眼淚，彷彿在替小時候的自己擦去傷心淚水。

「六兒，那個小女孩其實沒那麼勇敢，她不哭，不在人前喊痛，是因為她知道即使如此，她所失去的一切也不會回來了，所以她選擇勇敢往前走，走在所有人前頭，這樣就不會有人發現，她其實比誰都害怕……」

是啊，其實她很膽小，比誰都害怕、比誰都怕痛，可若她如此脆弱，她要如何改變命運？於是只能堅強，只能告訴自己，不要回頭看。

她忍住眼淚，微笑看著趙六兒，「六兒，記住了，沒有人生下來就是勇敢的，每個人都是從害怕與恐懼中，一點一點，慢慢變得堅強。有一天，你一定會比那個小女孩更勇敢的。」

趙六兒若有所思，看著她淚光隱隱閃動的雙眸，點了點頭。

眾人在泊襄休養幾日後，再度出發前往晉國太原城。

朱友文一入太原，便被召入晉王府，他雖身著布衣，身上傷痕累累，氣勢卻依舊逼人，只是舉手投足間少了一份戾氣，多了份平靜與內斂，彷彿一塊尖石終於被磨去了稜角，不再傷人，可本身依舊剛強不可摧。

晉王府中人明知他是朱梁階下囚，卻絲毫不敢小覷，護衛們無不神情警戒，婢女們更是連偷瞧一眼都不敢，快速低頭走過。

王府總管史恩親自將朱友文領到了晉王府花園，晉王已在等著他，不遠處的案几上放著一盤圍棋。

朱友文上前拜見，晉王手下晉軍與渤軍交手數次，渤軍防守嚴密、井然有序，不論用上什麼計策，總是無法攻破，晉王早已暗暗對這年輕人心懷欽佩，如今見他雖淪落為奴，卻依舊胸有謀略，率領戰奴成功逃脫黔奴營投晉，這一點更讓晉王折服且心中暗喜，此人若能為他晉國效力，滅朱梁只是遲早。

「今日初見朱梁渤王，果真名不虛傳。」晉王毫不掩飾語氣裡的讚賞，「本王感念渤王願以蒼生為念，來我晉國並肩作戰。初來乍到，你與那幫朋友一切可好？」

朱友文態度謙恭，「多謝晉王掛念，一切都好。在下已不再是朱梁渤王，晉王不必如此稱呼，我與那幫朋友都不過是朱梁逃犯，承蒙晉王收留安頓，在下替他們謝過晉王。」

「言重了。本王才該感謝你，為天下蒼生，願意助我晉國早日終結戰事。」

提及滅梁，朱友文心中仍是掙扎，不欲正面回應。

他畢竟曾為朱梁付出過一切。

朱友文沈思後，終道：「若要在下助晉終結戰事，尚有一事相求，還望晉王能夠答應。」

「請說。」

「我僅願助晉國終結朱梁苛政，之後盼能換得均王上位，均王年少仁義，頗有我大哥之風，更心懷天下蒼生，在下希望屆時兩國能和平共存，讓百姓休養生息。」

朱友貞為停止戰禍，曾冒險潛入晉國說服晉王收兵，雖行為鹵莽，欠缺思考，但那份仁義之心，卻令晉王印象深刻。如今朱友文這麼一推薦，晉王稍一推想便知，當時朱友貞冒險入晉，恐怕朱友文亦是幕後推手，兄弟倆都想早日弭平戰患，不再傷及更多無辜性命。

晉王細細審視朱友文，見他眼神清朗，神態坦蕩，晉王識人多年，自然看得出他是一心為他人著想，保朱友貞，留朱梁，晉梁從此和平共處，而非出於他自己貪生的私心。

朱家待他如此涼薄，見他無利用價值便下放為奴，可他卻依舊為朱家如此著想，如此重情重義，實是世間難得。

「能不能陪我這個老頭子下下棋？」晉王忽道。

晉王率先坐下，朱友文跟著落座。

棋盤上的棋局原已下了一半，晉王將棋局全部撤去，重新拿出一枚黑子與一枚白子，放在棋盤正中央。

「亂世中的抉擇，說穿了，不過兩件事。一是私念。」晉王將那枚黑子往前一推，「私念者，不外乎私情與私慾，朱梁掌政，便是只顧私慾權勢，心中無天下百姓。」接著又將白子往前一推，「而你，則是被私情所困。」

朱友文目光盯住那枚白子。

朱溫與朱友珪皆是為一己私慾而爭權奪利，甚至不惜利用殺害血親，而他明知朱梁苛政，卻因自認是朱家人而選擇盲目忠心，不問是非，一錯再錯，犧牲了多少無辜性命。

晉王見他陷入沈思，從棋盒裡拿出另一枚黑子，落在棋盤上，開始佈局，「私情私慾，本就是人之常情，如同本王念念不忘復興前朝，也是感念其提攜。如今為了蒼生，本王承諾，只要朱梁暴政不再，必盡力促成雙方和平共存。」

朱友文略感訝異，他原以為晉王會感到為難，畢竟滅朱梁後統一天下，復興前朝，一直以來便是晉王志願，如今他竟願意保留朱梁國號，甚至領地，只為了盡速平息戰火，還百姓一個太平。

戰亂，已經夠久了。

「在下受私情所困，無法如晉王般這般果決大氣，實在慚愧。」

晉王淡淡一笑，「這有何難？只要把百姓當成自己的家人，自然就會盡其所能為其謀福利，給他們一個安穩的家。」

朱友文不由心悅誠服。

他心中想的是朱家人，如何為朱家人保住天下，但晉王心中想的是每一個百姓，如何為全天下的百姓，保住一個家。

這番胸襟，哪裡是朱溫或朱友珪比得上的？

晉王將一枚白子塞到朱友文手裡，「倘若你心意已決，可任陣前牙將，協助川王。」牙將可令千人，是僅次於將軍的五品將領，晉王排除異議，如此重用，朱友文不能說不感動，可要他帶領晉軍回頭攻打朱梁，他心意仍懸而未決。

真要與朱溫決裂到如此地步嗎？

晉王見他遲遲未有回覆，也不勉強，道：「若你不願意，可隨時退出，也不怪你。」

晉王起身，走了幾步，回過頭，語氣和藹，「本王也算是你父執一輩，既來了晉國，何不陪我這老頭兒散散步，不談國家大事，就是閒話幾句，解解悶。」這話顯然是把朱友文當成了自己晚輩，釋出善意。

晉王微笑離去，朱友文凝視手裡白子良久，才起身跟了上去。

🐾 🐾 🐾

朱梁戰奴身分特殊，有些人更因罪重，被處黥面，為免引人注目，加上朱友文要求，疾沖將他們安置在太原城外附近的一處荒廢小村落，暫時草草搭建了幾間屋舍，送上好酒好肉，戰奴們倒也過得還算愜意。

酒一杯一杯喝，戰奴們笑談自己如何九死一生，張遠說到精彩處還比手畫腳，眾人連番稱讚喝彩，同時哀悼不幸失去性命的同伴。

有人向張遠敬酒，張遠一口下肚，忽嘆道：「這晉國的酒，還是太淡了些。」

立時有人呼應：「沒錯、沒錯！還是咱們家鄉的酒順口！」

「是啊！再配上我媳婦兒的拿手燒鵝，更是絕配！」

「醒醒吧！能不能回得去家鄉，還不知道呢！」有人當頭潑了盆冷水。

瞬間大夥兒都沉默了下來。

許久，張遠悶聲道：「爹娘的墳頭不知多久沒整理了，還不知有生之年能不能回去上支香呢！」

不少人立即勾起了鄉愁，紅了眼眶。

想回家鄉，此生大概是不可能了。

張遠忽扯開喉嚨唱了起來：

悲歌當泣，遠望當歸，思念故鄉，鬱鬱纍纍，

欲歸家無人，欲渡河無船，心思不能言，腸中車輪轉。

有些多愁善感的，跟著唱了幾句，便虎目含淚，聲音哽咽。

家鄉回不去了，只能在這異鄉，把酒當歌，苦中作樂。

朱友文離開晉王府後，還未走到村口便聽見了歌聲，那是他熟悉的鄉音。

他們要的不多，不過就是想為爹娘上支香。

他們不是朱家人，可卻是此刻他最在乎的一群人。

只要終結朱梁暴政，讓朱友貞上位，他便能帶著這群人回家鄉了。

聽著，聽著，心意，已決。

這一次，他為的不是自己，不是朱家，而是為了飽受這些戰亂之苦的平民。

他要帶他們回鄉。

朱友文還未進屋，趙六兒便探出頭來，奇道：「你手裡拿著些都是什麼？」

朱友文隨手一扔，趙六兒走上前一看，竟是數個捕獸夾。

「這些捕獸夾是哪來的？」

「剛剛去附近山裡走了一圈，隨手拿回來的。」

趙六兒拾起一個捕獸夾，依舊不解，「沒事撿回這些做什麼？獵人不白費功夫了嗎？」

「我從小住在山裡，是狼養大的，小時候曾看過這捕獸夾傷害許多狼，看了就厭惡，想除之而後快。」

趙六兒一臉訝異，同時帶著些許畏懼，「原來你真是狼養大的？那你真能操縱戰狼？你是……你是……」舌嘴伶俐的他難得結巴，「狼怪」二字遲遲說不出口。

朱友文搖搖頭，「我只是將狼視為兄弟手足，真心待之，自然能與牠們溝通。但我從未操縱戰狼傷害無辜百姓，狼怪一說，只是穿鑿附會，不過……」他看著地上捕獸夾，自嘲一笑，「你要把我視作怪物也無所謂，反正我已習慣了。」

趙六兒想了想，道：「怪物又如何？有時想想，人反而比怪物更可怕。至少現在我不怕你了！」

朱友文看了趙六兒一眼，心中有種淡淡的說不出的滋味。

「你之前說過，小時候還不太會說話，認識了一個小女孩對吧？她膽子真大，竟不怕被狼養大的孩子！」趙六兒問道。

趙六兒注意到朱友文向來冷漠的臉部線條忽變得柔和，整張臉散發出光采，「沒錯，她是膽大，卻也很善良，從前還會和我一起除補獸夾。」頓了頓，臉上黯淡了下來，語氣也顯得有些低落，「不過她已經消失了，更不必再找她了。」

朱友文注視著遠方雲霧繚繞的山林，思念著他從小長大的狼狩山。

他的狼兄弟們還好嗎？

他還有機會回到那裡嗎？

趙六兒在一旁看著忽然沉默的他，隱隱猜出了什麼。

幾日後，摘星思量再三，還是決定探望這群從朱梁逃出的戰奴，為了避免與朱友文照面，她特地選在朱友文入晉王府與疾沖等人商討攻梁大計時，帶著馬婧低調而來。

她才下了馬車，走了幾步，就聽見一陣吵雜聲，連忙快步走向前，只見張遠抱著趙六兒，一臉慌張，摘星定睛一看，趙六兒腳踝上竟掛著個血淋淋的補獸夾！

「這是怎麼回事？」摘星也不禁感到焦急。

「六兒一早就跑上山去，說什麼要去幫頭兒除掉補獸夾，誰知一不注意就踩進獸夾裡了！他自個兒爬下山的，爬到村外實在疼得受不了，暈了過去。」張遠解釋。

「去找大夫來！」摘星立即回頭吩咐馬婧，又朝張遠道：「快把六兒先抱進屋裡，然後幫我找樣草藥來。」

張遠將趙六兒抱進屋裡，放在床上，又按照摘星吩咐，匆匆離去。

趙六兒意識不清，含糊呻吟，摘星握著他的手，輕聲安慰。

沒過多久，張遠滿臉大汗跑了回來，雙手捧著一堆草藥，「皇女，請您看看，這裡頭有沒有您要的那什麼草？」

摘星連忙翻看，找了半天卻沒找到，正要張遠再去找，一雙大手出現在她眼前，手掌裡滿滿都是生著紫色漿果的葉草。

她抬頭一看，遞上紫珠草的居然是朱友文。

原來馬婧奔回晉王府找大夫，驚動了疾沖，朱友文得知消息後，立即趕來。

摘星毫無防備與他照面，內心一陣激盪，但眼前救人要緊，她很快便冷靜下來，命道：「備水！」

馬婧端來一盆乾淨的水，摘星將趙六兒腳踝上的補獸夾沖洗乾淨，朱友文伸出了手，她也再自然不過地用水替他淨手。

合作無間。

一路跟隨而來的疾沖在一旁看了，醋意漸濃。

這幾日摘星雖刻意避開朱友文，但兩人一相見，十足默契卻是任誰都看得出來，不用說話，只要一個眼神，便能知道彼此在想什麼。

「還記得嗎？」他問摘星。

她點點頭。

那一瞬間，他們心裡想的都是同一件事，眼神堅定，渾然不覺有旁人存在。

摘星按住趙六兒的腳，朱友文雙手握住補獸夾兩端，兩人甚至連呼吸都同步。

又是眼神交會，他使力將補獸夾緩緩扳開，趙六兒痛得尖叫，不自覺想抽腳，摘星緊緊按住不讓他亂動，要知拆除補獸夾過程中若有任何閃失，補獸夾再彈回夾住，趙六兒這條腿可就是完全廢了。

補獸夾終於除去，趙六兒又痛得暈昏了過去，朱友文將補獸夾扔到一旁，拿起一旁的水盆遞給摘星，她順手接過，替趙六兒清洗傷口。

之後她張望四周，像在尋找什麼，疾沖走上前，遞上乾淨的水，幾乎是同時，朱友文遞上了已經揉碎的紫珠草漿。

她看著這兩個男人，終於意識到現在是什麼狀況，略顯尷尬，但還是伸手從朱友文手裡拿過紫珠草漿，敷在趙六兒的傷口上。

疾沖端著盆水，有些難堪。

有那麼一瞬間，他想摔下水盆，負氣而去。

心中酸楚迅速醞釀。

還是輸了嗎？

她已是他的妻，可在她心裡，與她最契合的，並不是他。

摘星手腳俐落地替趙六兒包紮好傷口，起身後轉頭刻意避開朱友文目光，對張遠道：「處理好了，可以先讓他睡一會兒，等會兒大夫來了，再讓他開些藥方，好好休養。」

此時趙六兒忽悠悠轉醒，喃喃道：「摘星姊姊……妳也會……也會除補獸夾啊……頭兒他一直……念念不忘……」

摘星一愣，思及當日朱友文所言，心口不禁一酸。

「六兒，你睡一下，睡了就不那麼痛了。」她彎腰替趙六兒蓋上被子。

摘星起身，見疾沖面色不悅，正想說些什麼，朱友文已道：「多謝川王妃仗義相救。」

川王妃。

他必須提醒自己，她已經是別人的女人。

摘星心一涼，也道：「方才一切不過是為了救這孩子，並非代表我對過去尚有任何惦念。」

他們明明方才距離那麼近，為何一個轉身，又離得那麼遙遠？

兩人刻意撇清關係，冷語相待，疾沖卻不覺有任何欣喜，反覺過意不去。

他們明明還是打從心裡在乎對方的，卻為了他這個局外人，故作冷淡。

疾沖心中自嘲苦笑，是啊，看來他從頭到尾，都是個局外人。

「看好六兒，別讓他再上山除補獸夾了。」摘星對張遠吩咐完，便帶著馬婧離去了。

朱友文走到疾沖面前，從他手裡端過水，低聲道：「眼下最重要的，還是完成皇女的心願，儘快結

束戰事，讓百姓過上平和日子。」言下之意，他並不妄想改變任何現狀，只求儘快協助晉國攻下朱梁，結束暴政統治。

疾沖明白過來，點點頭，跟著摘星後頭離去。

🐾 🐾 🐾

心亂，如麻。

當他喊出那句「川王妃」時，她從未覺得心如此冷過。

可難道她還在期待什麼？

她還能期待什麼？她已是別人的妻了！

從決意潛入朱梁營救他的那一刻起，她便不斷告訴自己：這一切都是為了大局，都是為了儘早結束戰事，還天下一個太平。

她救他，絕不是為了私情，儘管在見到他的那一刻，她的確是欣喜的。

她愛他，卻也恨他，但再次相遇的那一刻，她竟發現自己對他的恨意已消失大半。

怎能忘卻狼狩山上的兩小無猜，山崖邊陪著她一塊兒墜落的生死相許？

他已為她付出了那麼多，連命都願意給她！

眼見他從朱梁渤王貶為平民，卻不見他憂憤自棄，而是抱著純粹贖罪的心，承受一切磨難。

原來，他不是捨不得權勢名利。

當初揭穿真相時，她悲痛欲絕，卻仍不放棄一絲希望，曾問過他：

滅我馬府上下的，是渤王，可聽見銅鈴聲救我的，是狼仔！

我讓你選一回，你是要當朱溫的劊子手，還是星兒的狼仔？

如今回想起來，原來他根本別無選擇。

如同她身後有馬家軍，如今更背負整個晉國的期望，當時的他身後是整個朱梁，還有朱溫對他的箝制……朱溫從來就沒有把他當成自己的兒子，只是當成殺人工具，他知道了太多祕密，若當時他拋下一切，與她遠走高飛，朱溫怎可能會放過他倆？更可能以她性命為要脅，逼他就範。

直到她遠離他，才終於將這一切看得清楚。

他不是不要她，而是不能要。

他不是不想當回狼仔，而是狼仔早已死去，只活在她的心裡。

狼仔是為她而活。

只為了她。

再見到他，心都是暖的，可她一句「川王妃」，讓她一下子跌回了現實。

已經都來不及了。

在馬車上，她轉頭望向太原城外山林。

你思念狼狩山上的那個女孩嗎？

那個其實很膽小、很怕受傷害，不願在人前落淚的倔強女孩嗎？

其實我也很想念她。

想念狼狩山。

我們還能回得去嗎？

我們還能是星兒與狼仔嗎？

夜深人靜，他坐在小院裡，生起一堆火，面無表情，把玩著手裡的補獸夾，遲遲未扔入火焰中。

晉王府派來的大夫來過了一次，檢查過後，趙六兒幸好沒傷到筋骨，孩子恢復力又強，休養一陣子便能下地繼續活蹦亂跳了。

他凝視著補獸夾，想起白天發生種種，想起她的冷漠，想起她已是王妃。

但不是他的王妃。

是晉國川王妃。

早該劃清界線的，如今她身分已是大大不同，如此尊貴，不該再與他有任何瓜葛，畢竟他如今不過是一名低賤的逃犯。

若此生還有機會，他很想回到狼狩山，與他的狼兄弟一起生活。

那兒才是他真正的家。

火花跳了一下，他立即察覺身後動靜，握緊了補獸夾。

待聽得那熟悉的腳步聲後，這才鬆開補獸夾，扔進火堆，站起身。

「妳怎麼來了？」

一襲雪白身影自黑夜裡緩緩現身，腳步輕移，裙擺飄動，如一朵在暗夜中盛放的白山茶花。

遙姬走來，四下張望一番，冷笑，「她費盡千辛萬苦把你救出，卻讓你住這種簡陋破屋？」

「是我避嫌，不願去晉王府。她已是堂堂王妃，我不過一介逃奴，這地方很適合我。」

「我看你是日子過得太舒服了，忘了那些誓死跟隨你的夜煞了？」

朱友文一愣。

被送入黔奴營後，他不是沒想過文衍等人會有何下場，但他自身都已難保，也只能祈求他們能自行逃出生天。

遙姬見他沉默不語，早已猜出他心中所想，笑道：「你實在不適合當夜煞之首，這麼關照你的屬下，未免太善良。」見朱友文目露殷切，遙姬忽覺臉一熱，扭過頭道：「你放心，他們暫且生命無虞。我知道你除了四殿下，也很在意文衍那些人的死活。」遙姬輕輕嘆了口氣，「陛下的身子是一日不如一日了，加上大梁軍中瘟疫頻傳，民間水旱災不斷，陛下已擇吉日舉行祭天，欲以活人獻祭……」

「是文衍他們？」朱友文問。

遙姬點點頭，「你放心，屆時我自會設法將他們三人救出。」

朱友文不勝感激，他如今什麼也不是，為何遙姬願意如此鋌而走險，為他救出這三人？要知儘管他已投晉，但倘若朱友珪以這三人要脅，箝制他的行動，他只能一籌莫展，處處受制。

「遙姬，妳我之間，雖曾立過生死同命之誓，但為何我淪落至此，妳仍對我不離不棄？」他終於問出口。

遙姬卻彷彿沒料到他會有此一問，一時之間不知該如何回答。

心跳劇烈加快，卻仍固執地不願洩露自己真正心思，但目光已不自覺溫柔。

「我倆皆被世人遺棄，又同在夜煞長大，雖是競爭對手，但在我心裡，你始終是我認定，在這世上唯一的……親人。親人間本就該不離不棄，不是嗎？」隨即自嘲道：「還是我太一廂情願了？你其實未必如此想？」

「我們的確不是親人。」朱友文道。

遙姬俏臉一沉，正想逞強裝作不在乎，卻聽他道：「你我一起長大，一起出生入死共患難，這世上沒有人比妳更了解我，我倆情誼早已超越親人。」

她為他做了這麼多，他非草木，怎會不懂？

遙姬只覺整個人發暖，見朱友文忽朝自己靠近，難得露出不知所措的羞怯神情。「你——」

他輕輕摟住她，她說她把他當成親人，那就是吧。

「謝謝妳為我所做的一切。」他低聲道，真心誠意。

遙姬先是震驚，他的氣息瞬間席捲她整個人，她從未與人如此親密接觸，更遑論是男人，然最初的震驚過後，她意識到這個向來冷酷寡言的男人，正試圖用最赤裸的身體接觸，表達他對她的重視與感謝，於是僵硬的身子緩緩放鬆，她允許自己放縱一回，輕輕依偎在他散發著滾燙體溫的胸膛裡，雪白髮絲彷佛亦沾染他的體溫。

在他懷裡，她微笑。

頓時覺得世間最大幸福莫過於此。

你還活著，你知我對你的好，你願如此擁抱我。

朱友文稍稍退後，遙姬扭過了頭，如雪青絲飛揚。

「等我消息。」

一如來時，她一身雪白瀟灑離去，消失在濃濃夜色裡。

第四十八章 獻祭

朱友文逃出黥奴營的消息很快就傳至朱溫耳裡，朱友珪自知責罰難逃，夜半緊急入宮後便跪在朱溫寢殿前，直至天明，張錦才請他入內。

朱友珪一見朱溫便撲通一聲跪下，「父王，這一切都怪兒臣！是兒臣太過大意，才讓朱友文再次叛逃，兒臣願承擔一切罪責！」

朱溫此時更顯蒼老，白髮漸多，疲態盡現，尚未更衣的他半倚靠在床榻上，見朱友珪不斷磕頭，厭煩地閉起眼，揮了揮手，「罷，逃了就逃了吧。」

朱友珪磕頭動作停頓，抬起頭，略有訝色。

「朕的身子已大不如前，不想再為那畜生白耗心神……咳咳……」

朱友珪一臉擔憂：「為那畜生動氣確實不值！都怪兒臣未能替父皇分憂。」

古騰已做了替死鬼，更有大臣大膽猜測，這一切是晉國在幕後主使，而朱友珪在得知朱友文逃脫後，立即連下數道軍令，變換洺州防守策略，未雨綢繆，即使朱友文真投晉了，也難有立即危害。說到底，朱溫該讚賞朱友珪臨危不亂，應變得宜，只是有件事他心內存疑。

「戰奴多對那傢伙恨之入骨，為何會聯手冒死助他叛逃？」朱溫目光忽地冷厲，掃向跪在面前的朱友珪。

朱友珪倒是坦誠不諱：「父皇，只怪兒臣太痛恨那廝背叛，不禁心生殺念，打算讓他死在黥奴營。」

見到朱溫露出訝異之色，又道：「渤軍戰狼逃脫後，古騰便企圖捏造那廝能操控戰狼殺人的謠言，激起戰奴們對他的恨意，借刀殺人。」「兒臣原想視而不見，就讓那廝死在黔奴營，誰知戰奴們發現這一切全是古騰誣陷，反倒團結起來，助那廝逃脫……」

明明是他一手策畫，如今卻全推到了古騰頭上，朱友珪再次重重磕頭，貌似懊悔，「總之，若不是兒臣心存殺念，睜隻眼閉隻眼，放任古騰，也不致於讓這些戰奴群起叛變！還請父皇降罪！」

朱友珪做足了戲，朱溫看起來挺買帳，重重嘆了口氣，「你既坦誠，足表赤誠，朕不怪罪。」無力揮了揮手，道：「朕累了，你下去吧。」

朱友珪離去後，朱溫原本疲累的目光忽變得銳利，默默盯著郢王謙卑離去的背影。

他從前太小看這個兒子了。

要知最深藏不露的欺瞞，便是七分真，三分假，讓人分不清虛實。

這個兒子最令他不敢小覷的，是每當他懷有疑心，朱友珪總能立即說出他想要聽的答案，姑且不論其中有多少真假。

他四個兒子裡，這個二兒子向來不怎麼起眼，也最低調，卻也最讓人摸不透。

說他不諳兵事，只懂文政，但朱友文叛逃兩次，他皆能速判軍情，下達指令，合情合理。看似謙抑，從不居功，但滿朝文武皆誇他英明，更有些大臣已在暗中談及新立主君……他們都已覺得他朱溫快要撐不住了是吧？

朱溫又是劇咳一陣，張錦連忙上前安撫，他不耐煩地推開張錦，嘶啞喊道：「遙姬！」

「遙姬在。」

一身素白身影出現在寢殿門口，盈盈跪倒拜見。

「派妳查的事怎麼樣了？」

遙姬恭敬答道：「遙姬親自前往黔奴營，朱友文叛逃一事，涉及之人非死即逃，無證據顯示郢王殿下有任何欺瞞。郢王殿下近日埋首國政，獨來獨往，至今也無任何結黨營私跡象。」

朱溫重重一哼，「他越是毫無破綻，朕越覺不對勁！」

他身子每況愈下，未見好轉，眾人皆看在眼裡，縱然朱友珪不暗中拉結黨派，如今他掌監國之位，一人之下，萬人之上，朝心終究會漸漸向著他，勢力自然成形，他不可不防！

朱溫搖搖晃晃起身，遙姬與張錦立即上前相扶，卻被他不耐煩甩開。

「祭天大典準備得如何？」

祭天大典，以人命為祭，向天借命，替他延壽續命。

這是遙姬提出的主意，而活人獻祭的犧牲品，便是對朱友文忠心耿耿的夜煞手下。朱溫本就氣惱朱友文叛逃，拿他手下開刀獻祭，正合他意，毫不遲疑便同意了遙姬的提議。

遙姬答道：「祭典已在準備，三日後陛下便可啓程前往長生林主持祭儀。」

遙姬退下，朱溫頹然坐倒，又開始咳嗽，張錦趕忙端上湯藥，他卻厭惡地扭過頭。

向天借命？可笑，他何嘗不知，這不過是死馬當活馬醫，若在從前，他對這種迷信只會嗤之以鼻，但如今身體的衰老讓他心慌，而自己身邊除了遙姬與張錦，竟再無可信之人，只能求助於鬼神，抱著渺茫希望，期盼自己能恢復往日雄風，重掌政權，而在這之前，他絕對不想敗在自己兒子手上……

轉念間，已有了主意。

只要是人都有弱點，朱友珪的弱點，更是顯而易見。
只要掐住這個弱點，諒朱友珪心機再多，也絕不敢輕舉妄動。

🐾 🐾 🐾

自泊襄之役協助朱友文叛逃後，文衍等人便被關入大牢中，轉眼已過數月，這期間刑求無數，但三人卻從未求饒，更未洩露任何與主子有關的消息。
三人早已抱著必死決心，對於身體上的痛苦，無動於衷，只是文衍武功已失，幾次被刑求得奄奄一息時，莫霄與海蝶難免心懷愧疚。
是他們拖累了文衍。
今日，遙姬手下子神忽來到大牢，不懷好意地將文衍帶走，莫霄與海蝶空自焦急，卻無能為力。子神既出現，背後必然有遙姬指使，看來他們離死期已不遠。
他們並不因此感到害怕或驚慌，反而鬆了口氣。
終於能解脫了吧？
三人分別被關在相連的獨立牢籠裡，文衍居中，文衍被帶走後，只剩下海蝶與莫霄，莫霄忍著渾身傷痛，拖著鎖鏈來到牆邊，隔著空牢房，對著另一頭低聲喚道：「海蝶？」
過了一會兒，牆那頭輕輕應了一聲。
莫霄精神一振，道：「海蝶，妳不是曾說過，想去江南小鎮看看嗎？我在想——」本想趁著難得兩人

獨處，說些甜言蜜語，卻聽海蝶警戒道，「有人來了！」

莫霄心內大喊掃興，無奈用頭撞了撞牆。

只見子神趾高氣昂走來，身後跟著幾名侍衛，模樣得意。

「還說什麼夜煞呢！我不過隨便拷問幾下，文衍就頂不住，一五一十全招了！」

海蝶與莫霄一愣，隨即不約而同縱聲大笑。

「有什麼好笑的？」子神惱羞成怒。

莫霄道：「文衍雖武功盡失，對主子可是忠心耿耿，你這當不成夜煞的娘娘腔，怎可能讓他屈打成招？說謊也不先打打草稿！」

子神被戳中痛處，只能忍住想跳腳的衝動。

當年他也曾想加入夜煞，卻因體力武功皆不如人而被淘汰，幸得遙姬見他腦袋機靈，外貌秀逸，便留在了身邊使喚，子神感念她知遇之恩，即使她故意刺殺朱友文而被關入石牢多年，他依然忠心不二。

果然，子神帶走文衍，並不是為了刑求，而是傳達遙姬密令，順帶替文衍治治傷。

「把他關回去！」子神一喊，兩名侍衛便架著文衍出現，將他重新關回牢籠。

子神不甘被這三人小看，故意道：「別以為我不敢動你們！陛下已下令，近日將於城郊長生林舉行祭天大典，就拿你們活人獻祭！」

莫霄與海蝶都是一凜，文衍卻是低垂著頭，虛弱靠在牆上，沒有作聲。

「怎麼？怕了吧！」子神得意極了，「其實倒也不用三個都活埋，活人獻祭嘛，只要有一個活人也成，你們三個自己討論討論，要推誰出來當這個倒楣鬼！」

海蝶起身，走到子神面前，一臉鄙夷，「娘娘腔！難怪你當不成夜煞！夜煞沒人怕死，更沒人會出賣自己的同伴！」

子神語塞，無法反駁，只好憤恨離去，一面心裡嘀咕：他主子何必那麼好心，大費周章救這三個不知好歹的傢伙！

子神離去後，文衍正待開口，聽見莫霄輕輕敲了敲牆壁。

「文衍？聽得到嗎？」莫霄特意更放低聲量，只讓文衍聽見。

「可以。」文衍亦輕聲回應。

「文衍，咱們三人，若非得有一人犧牲，那就選我吧。」莫霄平靜道。

「為何？」

「因為……我得了不治之症，活不久了。」

文衍微微錯愕，「是何病症？為何從未聽你提起？」

「是心絞痛，很嚴重的那種。」

「心絞痛……這還不至於是不治之症吧。」文衍狐疑。

「總之這不是一般的心絞痛，我知是沒藥醫了！」莫霄語氣肯定，文衍卻越聽越是一頭霧水。「文衍，我只求你，我死後，你好好替我照顧海蝶，就帶她……帶她去江南找個小鎮隱居吧。」

「江南？」文衍越聽越奇。

「是啊，江南，那兒氣候暖，水碧山青，詩情畫意，都是她不曾見過的……」莫霄頭靠在牆上，想著海蝶坐在烏篷小船上，煙雨朦朧，她難得換下一身黑衣，荷葉羅裙一色裁，頭上還戴著他陪著馬家郡主一同挑選的蝴蝶髮簪。

莫霄嘴角漾起微笑。那髮簪她戴著真是好看。

文衍待要回話，另一頭，海蝶居然也隔著牆面輕聲喚他。

文衍拖著傷痕累累的身子到另一頭，海蝶也靠在牆上，以只有兩人聽得見的細聲語氣道：「文衍，若咱三人非得犧牲一人，就選我吧。」

「海蝶妳——」

「我已得了不治之症，救不活了，要犧牲，就犧牲我吧。」

文衍狐疑：該不會也是心絞痛吧？

「是何病症？為何從未聽妳提起？」

「是心絞痛，無藥可治。」海蝶淡淡道。

文衍恍然大悟。

原來心已有屬，無時無刻不為對方牽掛擔憂，難怪「心絞痛」。

此病確實無藥可治。

「文衍，」海蝶語氣甚少如此溫柔眷戀，文衍甚至能想像她臉上神情，「我死後，你和莫霄好好照顧自己，就當作是報答我。莫霄一直想去江南小鎮過日子，你就帶他去吧，再認識幾個水靈姑娘……」

文衍忍住心頭疑問：海蝶妳確定真要莫霄去認識幾個江南水靈姑娘？

文衍看看這頭，又看看那頭，嘆了口氣，稍微提高聲量：「莫霄，海蝶，你們兩個『一起心絞痛』有多久了？」他不是不知道莫霄向來對海蝶有意，但這兩人是何時好上的？

隔壁牢房的莫霄與海蝶都是一驚，隨即沉默不語。

入夜煞前，早有明文規定，夜煞者不得有兒女私情，若有私情，身為夜煞必須親手殺死對方，以斷情根，否則將被處以極刑，輕則武功盡失，重則一身傷殘。

莫霄與海蝶自然知道這後果。

海蝶開口，「文衍，要罰就罰我吧。」

莫霄搶道：「文衍！是我不好，是我勾引海蝶先，要罰就罰我！」

文衍裝出憤怒口吻，「罰是當然要罰，這可是夜煞十大鐵律之一。」接著重重嘆了口氣，虛弱道，「只可惜我武功早已全廢，想罰也罰不了。」

莫霄鬆了口氣，「果然是好兄弟！就知道你替我高興都來不及！」

文衍道：「你以後可要好好對待海蝶，遇見她可是你上輩子修來的福氣。」

牆另外一頭的海蝶噗嗤笑出聲。

苦中作樂，卻是意外甜蜜。

「別再爭著誰先死了，你們倆過來。」文衍從懷裡取出三顆藥丸，湊到牢籠鐵欄杆前，趁著獄卒不注意，將其中兩顆分別遞給莫霄與海蝶。

「這是？」海蝶問。

「活人獻祭只是障眼法，服下此藥三個時辰後，會陷入昏死狀態，呼吸極微，即使被活埋，也能活上一天，之後遙姬自會設法將我們救出。」

「遙姬要救我們？」莫霄一臉不信，「這該不會是毒藥吧？確保我們死透，不會自己爬出來？」

海蝶沉吟，「我覺得我們可以信她這一回。」

遙姬不會平白無故救他們，背後真正原因必定與主子有關，就算真是毒藥，吃了三人一塊兒上黃泉路，至少也能一起作伴。

莫霄聽海蝶同意，想了想，仔細收好藥丸，「好吧，最糟不過就是一塊兒上路罷了。」

他們三人這條命，就賭在遙姬手上了。

🐾 🐾 🐾

這日朱友珪上朝時明顯心神不寧，草草退朝後便直奔宮內寢殿。

今晨他前腳才離開郢王府，張錦便奉命來到郢王府，說是朱溫龍體微恙，特召郢王妃入宮負責照護，敬楚楚本就心地善良，加上近日見朱友珪政事繁忙，想替他盡盡孝道，便不疑有他，跟著張錦入了宮。

得知消息，朱友珪敢怒不敢言。

這是擺明了將敬楚楚軟禁於宮中，牽制他的一舉一動。

朱友珪下朝後來到寢殿，張錦進去通報時，他便已聽見敬楚楚與朱溫的談笑聲，心猶如被放在煎鍋上，焦急火燙。

誰都別想動他的女人！

朱友珪走入，見楚楚正在替朱溫搥背，朱溫微閉著眼，狀似享受。

敬楚楚見到他，溫柔一笑，道：「喜郎，今日我才得知，陛下年少時，也愛刻些木雕。」

朱友珪不由一愣。他從未聽說朱溫年輕時喜愛木雕。

敬楚楚對朱溫道：「陛下，楚楚近日替您準備些雕刀與上好木頭如何？這些郢王府內都有。」

朱溫笑著搖了搖頭，「年紀大了，手力與眼力大不如前，雕不動了。」看了一眼表情陰晴不定的朱友珪，心下得意，「倒是友珪，年輕力壯，想雕什麼都輕而易舉。聽楚楚說，你近日正在雕一隻老鷹？很好，很好，展翅高飛，雄心壯志啊！」

朱友珪聽得背後頻冒冷汗，敬楚楚沒什麼心機，將夫妻倆日常相處細節全告訴了朱溫，但平日稀鬆平常小事，看在朱溫眼裡，可就不是那麼簡單了，這天性多疑的老人，正隨時緊盯著他，借題發揮，讓他如履薄冰。

朱友珪正色道：「父皇過獎了，兒臣不過就是隨意而雕，並無這番心思。」

朱溫哈哈大笑，朝敬楚楚道：「楚楚，你這夫君就是太嚴肅了。」

敬楚楚只是溫柔微笑，「喜郎向來認真看待陛下說的每一句話。」

朱溫聞言點點頭，然後拉起敬楚楚的手，放在掌心。

朱友珪立時想衝上去拍掉朱溫的手，難道這老不死的真看上了楚楚？

竟連自己的兒媳都不放過？殺意迅速爆漲，卻只能繼續隱忍。

「楚楚啊，妳之前小產，影響了身子，至今仍未有孕。朕打算讓遙姬替妳調養調養身子，妳覺得如何？」朱溫道。

朱友珪聞言只覺全身冷顫，顧不得禮數，急忙打斷，「父皇，萬萬不可！」

若真為敬楚楚著想，為何早不做、晚不做，偏偏挑他為朝監國的時候？擺明了是要拿著敬楚楚的性命要脅他！

朱溫神情略微不悅，「怎麼，難道你是擔心遙姬醫術不精嗎？」

「不，兒臣不敢，兒臣只是……只是早已請了太醫為楚楚調養，藥已服用些時日，太醫特地叮囑，調養期間萬不可與其他醫治混用，否則會影響效果。」

朱溫半信半疑，這時敬楚楚道：「父皇，喜郎說的沒錯，太醫開的方子，楚楚已喝了兩月有餘，不如待這湯藥再喝一陣子，若無甚效用，再請太卜大人替楚楚看看，如何？」

朱溫一笑，「也不差這一時半會兒，就照妳說的。」轉頭望向難掩焦慮的朱友珪，刻意溫言道：「友珪，楚楚心靈手巧，朕很滿意，打算將她繼續留下，你可介意？」

朱友珪只能回答：「兒臣不敢。楚楚侍奉父皇，能得父皇歡心，亦是兒臣樂見。」下垂的雙手握緊成拳，旋即鬆開。

在那一天到來之前，他必須要忍耐！

這時太醫院送來了湯藥，張錦接過，端到朱溫面前，「陛下，該用藥了。」

朱友珪望了一眼張錦，對方神色自然。

朱溫點點頭。

張錦先試過藥，確定無毒後，這才將湯藥倒入玉碗中，捧到朱溫面前。

朱溫對敬楚楚使個眼色，她微笑端起玉碗，纖纖素手拿起湯勺，輕輕吹涼後再服侍朱溫服用，這般心細體貼，只看得朱友珪怒火中燒，

這老賊都快歸天了，心思仍如此歹毒，把敬楚楚當成人質，甚至還想對她用藥下毒！

朱友珪告退，一旋身，嘴角湧出一抹冷笑。

他還真以為至今仍是這座皇宮的主人嗎？

人人都見到朱溫體衰老邁，自然會想另尋明主以求自保。

這老賊還在妄想向天借命？根本是癡人說夢！

他早猜出是遙姬背後提議，八成是為了要偷天換日，救出朱友文那三個愚蠢手下，不點破，不過是想借力使力，祭天大典耗時整整七天七夜，朱溫一旦離京，馮庭諤便會藉機一一拜訪滿朝文武，說動他們支持朱友珪。

朱溫自以為緊握兵權，卻不知駐守邊關的十八路軍侯亦早已被他收買。

什麼兵權聖旨都是死的，人心的慾望才是活的，只要給那些大臣軍侯他們想要的，他們自然心向朱友珪，甚至樂意暗中助他一把。

朱友珪回頭，狠狠望了一眼寢殿。

等著吧，他朱友珪必將取而代之，成為大梁新主！

🐾 🐾 🐾

晉國太原城內，忽迎來一名貴客。

耶律寶娜風塵僕僕，趕了大半月的路，專程來到太原拜訪摘星。

摘星得知寶娜忽然到訪，又驚又喜，待她見到寶娜只帶了兩個隨從，且一身狼狽，略感不對勁，還未開口詢問，寶娜已氣呼呼道：「本公主逃婚了！」

「逃婚？誰敢逼你嫁？」疾沖好笑問。

這小公主天不怕地不怕，竟然會逃婚？

「是我王兄！他逼我嫁給朱友珪！」寶娜餘怒未消。

此話一出，摘星與疾沖雙雙愕然，兩人互看一眼，均覺此事不單純。

「為何妳王兄要妳嫁給朱友珪？」摘星問。

「何時決定的？」疾沖也追問。

在朱友文投晉前，表面上雖是晉國取得勝利，擴大版圖，實際上卻是與朱梁維持著微妙的平衡狀態，強攻不破，只能退守。朱友文投晉後，微妙的平衡打破，晉國已蓄勢待發，準備再次攻晉，但若契丹此時插手，甚至冒出與朱梁聯姻的話，契丹必出兵助朱梁，兩國聯兵，反倒是晉國屈於下風，處境堪危了。

摘星見茲事體大，顧不得避嫌，忙要疾沖將朱友文喚來。

寶娜在棠興苑內好好梳洗一番後，摘星設宴款待，她旅途顛簸，又急著趕路，早已餓壞了，坐下拿筷就吃，一面吃喝一面歉疚對摘星道：「本該先祝賀你與疾沖大婚，我真是失禮。」

「這種小事不值得介意。」摘星淡然道。

疾沖剛好走進，聽見這話，一臉難看。

馬婧察覺到了，想說幾句話緩緩頰，偏生這時朱友文也跟著走進，一時間場面尷尬，馬婧放棄，找了個添茶水的藉口，暫時離開。

錯綜複雜的三角戀，不，該是四角戀，主角全齊聚一堂了，不是她不想幫著自家郡主，而是在這種場合下，說什麼都不討好，不如乾脆躲起來，什麼都沒見到，什麼都沒聽到。

寶娜看看朱友文，又看看疾沖，再看看摘星，然後放下筷子，嘆了口氣。

世事多變，一開始她還和摘星為了朱友文交惡，誰知後來朱友文從頭到尾都在欺騙摘星，他竟是害她家破人亡的兇手，原本相愛的兩人成了不共戴天的仇人，這也就罷了，之後摘星成了皇女，理所當然成為晉國復興前朝的象徵，與朱梁對立，契丹夾在中間，原本只想保持中立，可朱友珪卻派出特使，不斷說服她的王兄耶律義，甚至開出極為誘人的條件，竟願意將地沃物饒的燕雲六州割與契丹。

「割讓領地？」疾沖大笑。「朱友珪那人，是給了人三分，早晚吞回七分，這一點你王兄不知道嗎？」拿起酒壺，往自己酒杯倒滿，「與其讓地，不如與契丹增進交流，透過通商、農作，讓眾人互信互助，互通有無，增添友好與信任。我晉國長年促成此事，契丹幾次天災，父王得知後，還運送糧食牛馬，助契丹度過難關。試問朱梁又為契丹做了什麼？」

摘星道：「契丹可汗不是曾言，若有朝一日，梁晉一戰，契丹絕不插手？」

「那是看在渤王的面子。」朱友文插話。「如今朱梁已無渤王，他發下的誓言，自然可無視。」

寶娜嘆了口氣，「摘星是前朝長公主之女，我力勸王兄做人不可忘恩負義，可王兄給我看了一樣東西……」寶娜看了看眼前三人，面色為難，「是朱友珪命人送來，一封前朝皇帝的家書，上頭寫著我契丹乃為蠻夷，人面獸心，狡詐無信，甚至還說契丹蠻族教化無用，當需殺盡男丁，女子永世為奴……」

摘星等人為之愕然，中原與契丹民情不同，確實存有歧異，容易導致誤解，但朱友珪居然利用這些誤解，挑撥離間，從中獲利。

「王兄見信後氣得跳腳，這時我再提長公主，只怕會讓情況更糟。」寶娜無奈。「之後王兄提出條件，若要契丹出兵協助朱梁，除了割讓領地，朱友珪還必須娶我為后，我才不想嫁給那個狡詐無比的傢伙！一想到他我就噁心，二話不說，隔天就逃了出來，一路逃到晉國，順便給你們通風報信。」

摘星等人聽了寶娜的消息，都覺心情沉重，朱友珪動作之快，出乎意料，顯然早有所謀。

疾沖看著寶娜，稱讚道：「認識妳這麼久，妳總算做對了一件事。要是妳沒逃婚，真的被迫下嫁給朱友珪那傢伙，朱梁勢力瞬間龐大，我晉國處境怕是危如累卵。」

摘星沉重點頭，對寶娜不無感激，「寶娜，謝謝妳冒險趕來晉國，告訴我們這個消息。」

寶娜逃婚，契丹與朱梁聯手合作，必會受到耽擱，這代表他們還有時間能想出對策，反擊朱友珪。

「還有一件事，是我在來晉的途中聽說的。」寶娜望向朱友文，「朱梁那老皇帝苟延殘喘，欲舉辦祭天大典，向天借命，要用活人獻祭……」

朱友文垂下了目光，被寶娜看出破綻。

「你果然知道。」寶娜道。

「知道什麼？」疾沖問。

寶娜道：「是文衍他們。」

摘星大吃一驚。

「你早已知道消息，並且打定主意要去救他們了，是吧？」寶娜擔憂道。「這八成也是朱友珪的陰謀，故意放出消息，讓你回到朱梁救人，自投羅網。」

在場所有人目光都落在朱友文身上，他也不打算隱瞞，點點頭，「我的確打算隻身赴險救人。」

「不行！」摘星脫口而道。

不止疾沖與寶娜一愣，朱友文也對她異常激動的反應感到訝異。

摘星卻是一臉嚴肅對朱友文道：「攻梁大計，你是關鍵，要是出事，豈不誤了大局？」

朱友文心中滋味難明，然後為自己先前那一瞬間閃過的驚喜感到懊惱。

他還是期待太多了。

「皇女不必擔憂。」他淡淡道，壓抑翻湧心口。「遙姬將暗中助我一臂之力。」

「遙姬？」她記得那個女子的絕艷與狠辣。「她能信任嗎？」

朱友文緩緩點頭，「我信任她。」

摘星臉上略顯失落。

從朱友文的態度，她看得出來，他十分信任遙姬。

可遙姬不是他的死對頭嗎？他們兩人何時和解了？

遙姬又為何願意暗中相助？她理應效忠朱梁，不是嗎？

原來在這世上，還有另一人，能得到他如此信任。

心口那莫名的翻騰是妒意，她無法克制。

遙姬。

遙姬雖處處與他作對，但如今回想，遙姬不過是不想讓他變回狼仔，而是要他繼續當那個人人聞之色變的大梁渤王，手段殘忍、掌管生殺的渤軍之首。

為何？理由都是一樣。

遙姬和她想要的，都是他。

只是她要的是狼仔，遙姬要的是渤王。

如今他被貶為奴，遙姬依舊全力相挺，理由是什麼，可想而知。

她羨慕遙姬，能如此正大光明為他付出，而她只能做壁上觀，甚至連為他擔憂都已沒有資格。

疾沖伸手握住她的手，她回過神，望向自己的夫君，兩人相視一笑。

但疾沖看得清清楚楚，她的微笑，心不在焉，狀似敷衍。

疾沖的心再度一沉。

自朱友文出現後，他的妻子雖刻意避嫌，但只要兩人相見，即便她再克制，仍時不時在無意間流露出對朱友文的在意。

他曾要自己相信摘星，摘星也這麼告訴他，但如今眼前所見，讓他的信心再度動搖。

可當初冒險潛入朱梁救出朱友文，不就是他自己的主意嗎？

他更加握緊了摘星的手。

不放，說什麼都不想放，她已是他的人，朱友文別想從他身邊奪走。

寶娜看著他倆相握的手，又看了眼朱友文，什麼都沒說。

桌上四人，心思各異。

🐾 🐾 🐾

長生林外已搭起王帳，迎接朱溫的到來。

六匹駿馬拉著鑲金帶玉的龍輦，聲勢浩蕩而來，朱溫一身隆重，由馬車上走下時，身形晃了晃，緊接便覺一陣天旋地轉，腳步不穩，竟整個人向前翻倒，一旁侍衛反應不及，堂堂大梁皇帝竟趴倒在地，頭上王冠也狼狽落了地。

「父皇！」朱友珪大驚，連忙上前欲扶，但隨侍在朱溫身旁的遙姬動作更快，搶上扶起朱溫。

「陛下，您怎麼了？」她發現朱溫眼神茫然，雙手更不由自主向前探索。

遙姬扶住他之後，他立即反手緊握住遙姬的手臂，力道極大，彷彿溺水之人緊抓住浮木不放。

「父皇！您沒事吧？」朱友珪上前問道。

朱溫仍微微出神，並未答話，目光直視前方，未落在朱友珪身上。

遙姬反應快，「該是陛下臨行前服用的人蔘湯，藥性起了些衝突，才導致暈眩。」

朱溫微愣，隨即點點頭。

「友珪。」朱溫閉上眼，「朕有些累了，想先歇息，祭天之事，由你先去操辦吧。」

朱友珪領命而去，敬楚楚本欲留下照顧朱溫，朱溫卻不樂意，直說想獨處歇息，誰都不准打擾，敬楚楚只能隨朱友珪而去，心中卻不免疑惑：自太醫院說換了新藥方之後，父皇的精神與氣色本都大有好轉，為何今日狀似惡化？竟連腳步都踩不穩？是真如遙姬所說，那藥性與人蔘湯起了衝突，還是……

她望向朱友珪，見他亦是一臉擔憂，「喜郎，你看父皇這身子到底是……」

「我也很擔心，但目前得先打起精神，替父皇處理祭儀，讓祭天大典能圓滿結束，完成父皇心願。畢竟，我還想多陪陪父皇，多盡盡孝道。」朱友珪說得懇切。

敬楚楚溫柔笑了。

朱溫進入王帳後，將所有人趕出，直至夜深，都不曾踏出一步。
王帳內，朱溫只是呆坐於王座上，目光空洞，雙手不住顫抖。
他看不清了！
這個不可一世的老人，感到巨大的不安與羞憤，以及幾乎要將他滅頂的驚懼。
此時的朱溫如同驚弓之鳥，任何細微聲響舉動，都讓他膽顫心驚。
「大膽！是誰？」
有人步入王帳內。
「給朕滾出去！朕說過了，誰都不見！」朱溫怒吼。
他不能讓別人知道他看不清了！絕對不能！
「陛下。」
是遙姬。
朱溫稍微鬆了口氣，卻仍是餘怒未消。
「都是些無用蠢材！朕的身子……成了這副模樣，還要你們何用？」
遙姬一面觀察，一面緩緩走近，直走到朱溫面前，才低聲道：「陛下，恕遙姬斗膽一問，陛下的雙眼……是否有損？」

「放肆！」朱溫心底最深處的恐懼被遙姬說中，惱羞成怒，隨手拿起什麼便往地上狠砸，「朕只是一時疲乏！休得胡言！」

遙姬立即跪下，「陛下請息怒！請聽遙姬一言！」

朱溫亂砸了一陣，稍微發洩怒氣後，狼狽跌坐回王座上，胸膛劇烈起伏，卻不再趕遙姬出去。

「陛下身子大損，而後藥石罔效，甚至雙目受損，原因並非單單是泊襄大敗、心神受創，而是有人暗中要謀害陛下……」遙姬道。

朱溫不敢置信。

他自以為防範嚴密，可仍有人暗中對他下手，致使他雙目毀損？

「把人帶進來。」遙姬低聲朝王帳外頭道。

子神推著張錦入內，張錦自知事機敗露，一入王帳後便跪下求饒，「陛、陛下……小的、小的絕非有心……小的只是——」

「張錦？」朱溫聽見張錦聲音，大為震驚。

居然是他一向視為心腹的張錦？

朱溫痛心道：「虧我這麼信任你，你居然……居然……」張錦跟在他身邊多年，向來忠心不二，他壓根沒想過張錦會背叛自己！

朱溫怒極攻心，儘管雙目已損，仍伸出雙手盲目地想要取劍，好不容易摸著了，抽出劍就要上前砍人，卻一個踉蹌，重重摔跪於地，手上利劍也脫手而飛。

遙姬與張錦雙雙就要上前扶起狼狽掙扎起身的朱溫，卻遭喝斥：「不准過來！」

他不要這些人的憐憫與同情！

他是朱溫，親手滅了前朝而立國大梁的雄圖霸主，他曾叱吒風雲，腰佩赤霄劍，一聲呼喝，手下精兵數十萬皆聽他號令，一手掌控所有人生死，可那都已經成為過去了嗎？命運要將他徹底拋棄了嗎？

朱溫身形搖晃著起身，冷笑，「張錦，是朱友珪那孽子指使你的，是嗎？」

朱溫心下雪亮，如今除了朱友珪，還有誰有這個膽子敢暗中毒害他？

那孽子看來是巴不得他早日歸天，好登上王位了是嗎？

作夢！

張錦只是連連磕頭，「小的……小的是被郢王逼迫才下藥的……」

遙姬道：「陛下，此刻若殺了張錦，郢王見事機敗露，極有可能破釜沉舟，不惜用上一切手段。」

遙姬所言，讓朱溫很快冷靜下來。

朱友珪這孽子陰險至此，連跟隨他多年的張錦都為其收買逼迫，如今除了遙姬，他還有誰能信？就連外頭護衛王帳的那些御前侍衛，說不定也都是朱友珪的人馬。

朱溫無奈嘆了口氣，感到前所未有的疲憊，瞬間更加蒼老。

遙姬道：「陛下，遙姬斗膽，想請陛下先饒過張錦，讓他繼續掩飾，不讓郢王再起疑心，好爭取反撲的機會。」

朱溫卻是心灰意冷，或許他早就看不清了，看不透每個兒子都在處心積慮地想將他從這王座上拉下……

遙姬見朱溫頹喪模樣，急道：「陛下斷不可在此時喪志，不然豈不正中了郢王的計算？」

朱溫重重嘆了口氣，朝遙姬道：「張錦就交由你發落處置，都下去吧……」

子神將張錦帶了出去。

遙姬離去前，回頭望了一眼，只見一垂暮老者斜靠在王座上，意志消沉，哪裡還是當年那個野心勃勃、一手將她親自訓練成夜煞的狠毒梟雄？

王座上的那個人，何時竟老得連她都快認不得了？

第四十九章　一別兩寬

長生林內，一道人影佇立。

「他雙眼近乎全盲了？」

「沒錯。」她語氣沉重。

朱友文轉過身，「難道連妳都無法治好？」

她搖搖頭，「如今能救陛下的，只有你。」

聽來荒謬，朱友文理應是朱溫最痛恨之人，但朱溫如今年老衰敗，氣燄盡失，四周人全被朱友珪買通，他若不設法反撲，只能等死。

而能幫他的，眼下只剩下了朱友文。

朱友文沉聲道：「妳是想讓我去見他？」

「難道你不想再見陛下一面？」

朱友文不作聲，神色複雜。

多年養育與再造之恩，他從未忘過。

「只怕，他不願見我。」

🐾

🐾

🐾

王帳裡該是密不透風，燭火卻搖曳了一下。

朱溫睡得極不安穩，惡夢連連，燭火忽然熄滅，朱溫驚坐起身，喝道：「是誰？誰在那裡？」

一個人影從暗處現身。

「是遙姬嗎？」朱溫心慌，伸手摸向枕邊，為防有人偷襲暗算，他在枕邊藏了把劍。

那人影緩緩走上前，重新點燃燭火，朱溫雖覺眼前一亮，但視力已損，只能見到一個極為模糊的高大人影。

不是遙姬。

朱溫摸索著將劍拔出劍鞘，那人影忽在他面前跪下，「父皇！」

朱溫為之愕然。

怎麼可能？

「你……你夜半潛入，是要來取朕性命？為了那賤人？還是為了晉國？」朱溫放下了劍。

若朱友文真要下手，他很明白，自己是怎麼逃也逃不了。

「我已非朱家人，一聲『父皇』，實是念在多年養育栽培之恩，冒犯了。」

朱友文語氣平和，甚至充滿關切，朱溫目雖不能視，卻能感覺得到朱友文身上並無殺氣，不由暗暗鬆了口氣。

「你來做什麼？」

「我雖已被逐出朱家，但當年對大哥的承諾，仍不敢忘。因此無法放任郢王殘害四弟，毒害陛下。」

朱溫沈思片刻，「是遙姬讓你來的？」

朱友文沒有否認。

朱溫冷笑，「連她也背叛朕了嗎？」

「遙姬對陛下忠心不二，真正背叛陛下、想置陛下於死地的，不是大哥，不是四弟，更不是遙姬，這點您知道得比誰都清楚，不是嗎？」

朱溫聞言，不由沉默。

朱友文說的都是事實，他千防萬防，甚至痛下殺手弒子，到頭來卻是被最不起眼的那一個兒子給逼入了絕境。

「所以你是來幫朕對付那個孽子的？」

「我想和陛下談筆交易。」

朱溫沉吟。

朱友文若真想要他的命，方才夜闖王帳時便能輕易得手，倒不如先聽聽他要拿什麼做為交換。

「你說吧。」

「祭天大典獻祭時，盼陛下能助我營救文衍等人，之後我必為陛下除去郢王。」

「僅有如此？」他不相信區區三條人命便能換回朱友文的全力協助。

朱友文續道：「待擒下郢王後，半年之內，陛下須傳位四弟。」

朱溫不語。

終究圖的還是他的皇位。

「陛下，我以性命擔保，以四弟的心性，日後必會善待您。」朱友文道。

朱溫靜靜聽著，心內冷笑，他又能有什麼選擇？

這位子遲早都不會是他的了，不是活著傳位，便是被殺奪位，端看他想要有什麼下場。

只是他倒真沒料到，他一手訓練朱友文成為夜煞多年，這小子卻一點毒辣心眼都沒學到，連區區幾個夜煞屬下都不捨犧牲，甚至不惜涉險營救，而學到他最多的，卻是那個最不起眼的兒子，如今正一步步對付他，將他逼得毫無籌碼，只能坐以待斃。

「你過來。」朱溫沉聲道。

朱友文走近，朱溫深吸口氣，忽重重一拳擊在他胸前，「朕恨不得殺了你！泊襄之戰，竟然為了一個女人叛逃！朕苦心栽培你多年，你是這樣回報朕的？」一拳又一拳，將所有的憤怒與怨恨一股腦全發洩出來，朱友文概括全部承受。

「好！」最後一拳，彷彿一道聖旨，重重印在朱友文胸膛上。「朕的江山，答應傳位友貞！」

朱溫從前雖待朱友文如子，卻從未像此刻拳腳相向，與其說是發洩，倒不如說是將他視為了真正的家人，坦誠相對，如同父子。

朱友文雙手用力抱拳，重重跪下，「多謝陛下！您成全了一場不流血的戰爭，保天下百姓免於受戰火荼毒。」

終於，紛擾多年的兩國戰事能夠平息了。

有了朱友文相助，朱溫重燃希望，豪氣頓生，精神不再萎靡。

「除掉一個郢王不難，難的是要如何將其黨羽一網打盡！」他朝朱友文道：「朕協助你救出夜煞那三人，但十日後你必回皇城，協助朕將郢王黨羽連根拔起，保均王未來能順利掌權。」語氣一揚，「朕

命你，最後再當一回大梁渤王！替朕將朱友珪那孽子趕盡殺絕！」

大坑內，黃土不斷落下。

文衍等人雙手雙腳皆被綑綁，扔入坑中準備活埋。

三人身子掙扎了會兒，緊靠在一起後便動也不動了。

朱友珪在坑前監看，眼見大坑已然填平，這還不夠，另要士兵們以馬匹拖行一如小山般的巨岩，壓在已填平的坑洞上方，不留一線生機。

活人獻祭已成，朱友珪知朱友文必定前來營救，他心中打的如意算盤，是讓朱友文救人力竭後，再以狼毒花攻之，長生林裡裡外外已佈下重兵，諒他朱友文有再大本領，也插翅難逃。

遙姬在旁看著這一切佈置，不由微微心驚，朱友珪竟如此防範。

她略懷著忐忑隨朱友珪離去，期間不時回頭探看牢牢壓住大坑的巨岩，猶如巨大墓碑，隱隱露漏出一股死亡氣息。

眾人離去後沒多久，朱友文現身奔至巨岩前，未加多想便徒手推岩，他雖天生神力，但巨岩實在太過沉重，起初文風不動，直至他雙掌開始緩緩流出鮮血，但他並未停下，反是更加賣力，體內獸毒受刺激而被催動，他大喝一聲，瞳孔微微變色，雙掌鮮血更盛，宛如巨岩流下了血淚。

朱友文咬牙拚死使出全力，巨岩終於緩緩移動，直至被填平的坑洞完全顯露，他才鬆手，隨即吐出一口鮮血，元氣已是大損。

但他並未稍作歇息，立即以沾滿鮮血的雙掌徒手挖土，動作飛快，很快就挖到了其中一人！

「莫霄！」

他將莫霄從黃土中拉起，用力往其背後一拍，莫霄卻是毫無反應。

朱友文再次重重一拍，莫霄口鼻中竟流出了鮮血。

「莫霄！」

朱友文突感一陣心慌，他放下莫霄，繼續挖土，陸續挖出海蝶與文衍，分別在兩人背後重拍，皆是毫無反應。文衍武功已失，被挖掘出土時口鼻已流出黑血，似身中劇毒而死。

朱友文檢查三人脈象，竟早已死透了！

難道遙姬騙了他？

他看著跟隨自己多年的三名忠心手下，為了他，受盡折磨不說，最後還死於非命，縱使鐵漢如他，此刻也禁不住虎目含淚，望著三人屍首，懊悔痛心。

是他害了他們。

沾滿鮮血的雙手顫抖著扶起三具冷冰冰的遺體，文衍被緊縛的雙手間忽掉落一片衣角，朱友文眼尖抄起，那衣角雖沾滿泥土，仍能見到以血成字：

郢王餵毒。

朱友文倒抽一口冷氣。

朱友珪竟在活埋前便對這三人投毒，確保他們絕不可能被救活？

心思竟如此歹毒！

遙姬沒有騙他，她的確想方設法營救這三人，卻被朱友珪看穿，將計就計，引他入甕。

朱友文握緊了拳頭，雙手更是血流如注，他卻絲毫不感疼痛。

此仇，必報！

即使豁出他這條命，也在所不惜！

朱友文神情悲痛，正打算著找個地方將這三人安葬，忽聽得長生林深處傳來呼喝聲。

他凝神細聽，急促細微銅鈴聲傳來，他不敢置信，立即飛奔衝入林中。

她怎會來了？

原來摘星終究放心不下他一人孤身回梁，暗暗跟隨，同樣來到長生林，見朱友珪率兵正欲回頭追殺朱友文，為拖延時間讓他逃走，竟不惜故意曝露自己行蹤，吸引朱友珪注意。

朱友珪見是前朝皇女，見獵心喜，當下率兵親自追捕，晉國一旦失去皇女，軍心必大受打擊，他更可以皇女性命要脅晉王，如此大好良機怎能輕易放過？

摘星勢單力薄，很快便被梁軍團團圍住，無處可逃。

朱友珪策馬來到摘星面前，滿是驕矜得意，「我該稱妳馬郡主，皇女，還是該叫一聲川王妃？這地位可真是越攀越高了。」

摘星橫劍擋在胸前，面對眾多敵人卻不顯驚慌。

朱友珪舉起手，身後兩隊弓箭手舉弓上箭，箭矢上都已浸染過狼毒花液，原是準備用來對付朱友文，卻沒料到會先用在摘星身上。

然他手還沒揮下，一支利箭竟朝他當胸射來！

朱友珪反應極快，立時用力一扯韁繩，調轉馬頭，那支利箭直直射入馬眼內，馬兒吃痛驚跳，將朱友珪狠狠摔下地。

「竟然有埋伏！來人！放箭！給我殺了她！」朱友珪太過得意忘形，一時間竟忽略了馬摘星絕無可能孤身涉險，背後必有應援。

果不其然，疾沖率領一支馬家軍精銳由梁軍後方殺出，朱友珪雖一時措手不及，但梁軍人多勢眾，很快便聚陣反擊。

梁軍弓箭手迅速發箭，摘星獨自一人身陷險境，疾沖雖趕來救援，兩人間卻隔著層層人海，他也只能乾著急，摘星揮劍擋落了幾箭，一支箭矢劃傷了她的手臂，她咬著牙沒喊出聲，一意替朱友文爭取時間。

又是一波箭雨朝她落下，她自知躲避不及，緊閉起眼等死，心中一瞬間閃過一個人的身影。

怎知預想中的疼痛並未襲來，隨即腰間一緊，雙腳已離地，她睜開眼，竟是朱友文現身施展輕功救她突圍，他用自己的身子替她擋箭，一瞬間已有幾隻箭射中了他。

「你中箭了！」摘星驚喊。

他竟不惜以肉身替她擋箭！

箭雨如影隨形，朱友文方才推動巨岩已是力竭，他抱著摘星重重落地，隨即擋在她面前，他此刻只求摘星毫髮無傷，根本無暇顧及傷勢。

只見一波箭雨直朝他而來，摘星心慌大喊：「不要！」

不要！她不要他死！

他不能死！

鐺鐺數聲，疾沖千鈞一髮之際趕到，以劍破箭，擋下第一波攻擊。

「你瘋啦！想被射成刺蝟嗎？還不快帶著摘星走！」疾沖一面揮劍一面朝朱友文喊。

朱友文忙扶起摘星，但梁軍已將三人團團圍住，遠方觀看的朱友珪喜不自勝，叛賊朱友文、前朝皇女與晉國小世子，居然全都到齊了！得來全不費工夫！

眼見三人情況危急，被梁軍隔開的馬家軍亦使不上力，這時長生林內忽起濃霧，接著一個又一個黑衣人由濃霧中現身，這群黑衣人個個武功高強，殺人不眨眼，很快便替三人殺開了一條血路。

朱友文驚異，這群趕來的黑衣人，正是夜煞！

朱溫果然沒有食言，為了確保他能平安離開長生林，命令遙姬在危急時刻可出動夜煞，務必保住朱友文一命。

朱友文曾是夜煞之首，不少夜煞更是他親手訓練，如今重逢舊主，夜煞們個個特別拚命，梁軍幾乎無法招架，節節敗退。

朱友珪看得跳腳，不斷增兵，夜煞雖一開始佔了上風，亦開始漸漸寡不敵眾，朱友文等人已退到了長生林外，朱友珪親自帶兵包抄，但前方兵士們卻忽停了下來。

「你們在搞什麼？膽敢違抗軍令了？」朱友珪怒極，策馬向前，竟見耶律寶娜站在軍陣前，手裡拿著一把短刀，直指自己喉間。

「有膽就過來啊！不知道我是誰了嗎？朱友珪，要是本公主死於此地，我王兄絕不會善罷干休！」寶娜仰頭喊道。

朱友珪不甘即將手到擒來的勝利即將付諸流水，下馬拔劍，怒氣沖沖直走向耶律寶娜。

「別以為妳是契丹公主，本王就不敢動妳！」朱友珪高舉寶劍。

寶娜儘管心裡害怕，依舊沒有移動半步，手上短刀甚至更往自己喉間推近幾分。

「朱友珪，你最好想清楚後果！」

朱友珪咬牙，寶劍遲遲未能揮落。

契丹可汗欲將耶律寶娜下嫁朱友珪，朱友珪雖顧及敬楚楚，未有明確答覆，卻也並未堅定拒絕，先不說此女極有可能是未來大梁之后，耶律義更是向來最疼愛這個王妹，若她有個三長兩短，契丹為爭一口氣，說不定還會反過來攻入大梁，讓他得不償失。

顧盼衡量間，朱友文等人已平安退到馬家軍防守之地，黑衣夜煞斷後，此時要再追剿，已是難上加難。

就只差這麼一步！

朱友珪氣惱耶律寶娜攪局，卻也無可奈何，只能恨恨扔劍於地，率兵而去。

寶娜終於鬆了口氣，轉過頭想追上朱友文等人，卻發現自己早已腳軟腿虛，方才真是用盡了她平生所有勇氣，有那麼一刻她真怕朱友珪的劍會就此揮下。

「等等我……」她才踏出一步，整個人便要往前摔到，一個身影忽閃到她身邊，牢牢扶住她。

「腿軟了？」疾沖問。

寶娜不好意思地看著他，點點頭。

「好寶娜，我可真是對你另眼相看了！」疾沖爽朗一笑，俯身背起寶娜，施展輕功快步而去。

寶娜被他背在身上，感覺到他厚實的背膀與體溫，竟覺意外舒適安心，耳邊風聲呼呼，她不由更摟緊了疾沖，同時心裡暗叫可惜，略感失落。

可惜他已是人夫，不然她還挺喜歡他的呢。

🐾 🐾 🐾

未免夜長夢多，摘星等人從長生林平安撤退後，便一路快馬返晉，以求擺脫朱友珪追殺人馬。

朱友文雖想留下替文衍等人好生安葬，卻接獲遙姬來訊，她自會替這三人處理妥當後事，要他切勿牽掛，一切以朱溫託付為重。

朱友文只好隨著摘星等人返回晉國。

這一趟無功而返，他難免心情低盪，摘星雖擔心他的傷勢，卻礙於身分，一路上竟也無任何慰問關照，為此寶娜還與她小小吵了一架。

「馬摘星！妳怎能如此冷漠？他剛失去了如兄弟般的手下，還為妳擋下好幾箭，妳卻完全不聞不問？」寶娜不悅。

「我能去關心他嗎？我該如此做嗎？」摘星回道。「是，我是掛心他，也為文衍等人死於非命而傷心，但我如今是川王妃，我該如何去面對他？」

「馬摘星，妳都已經不顧晉王命令，率領馬家軍來救他，為何現在又在糾結什麼身分地位？把他當成一般朋友也好，再怎麼說妳都該去和他說幾句話吧？」寶娜不解。

可摘星就是過不去自己這一關。

她不願他死，千里迢迢趕來相救，卻不敢單獨面對他！

她怕自己所有那些壓抑隱藏的感情會再度湧出，她怕自己會失控。

寶娜說，此刻正是他最需要她的時候，她如何不明白？

可是她不能！

寶娜見勸說她無果，氣呼呼離開了營帳。

沒過多久，疾沖進來，走到她面前，坐下。

「妳去吧。」疾沖道。

摘星搖了搖頭，她為疾沖倒茶，倒茶的手卻在微微顫抖。

疾沖看得明白，她是多麼想到他身邊。

疾沖按住了她倒茶的手，柔聲道：「去吧，去找他。」

「但是……」

「我是認真的，妳離開我，去他身邊吧。」

哐啷一聲，她手中茶壺落地，她睜大一雙妙目，彷彿沒有聽懂他方才所言。

「我輸了，輸得徹底。」疾沖苦笑。「箕山遇見他時，他將妳託付給我。誰知上天憐憫，他命不該絕，

還被我們拉來了晉國。」
這也許就是命運吧。
這兩人的紅線，繞繞彎彎，糾纏許久，終究沒有斷過。
她嬌小的身子顫抖得越來越劇烈，死命忍住淚水，臉蛋因而脹得通紅。
良久，她好不容易強自鎮定下來，「大婚那日，你都已告訴過我了，這是我自己的選擇。」
「但是妳不快樂。」疾沖嘆道，「他也不快樂。」指指自己，「我也不快樂。與其三個人都不快樂，不如我犧牲些，成全你們。」
「疾沖！」
疾沖卻正色道：「朱友文已命不久矣，難道妳不知道嗎？」
摘星驚愕，隨即雙目盈盈淚光閃動。
「怎麼會……」
「他為了救妳中箭，那箭矢沾染狼毒花液，這一路上他什麼都沒說，我卻見他治傷時，傷口流出了黑血……」疾沖道。「我問他這黑血是怎麼回事？他只淡淡道，他很快就要與文衍他們相聚了。」
摘星豁然起身，桌上茶杯紛紛被撞落，茶水四溢，如同她紛亂的心，茫茫不知何去何從。
「去吧。」疾沖擠出微笑，「他欠妳的一切，已用命償還。一直以來，他寧願妳恨他，也不願讓妳對他還有一絲留戀，都是為了讓妳不要再那麼痛苦掙扎。畢竟恨一個人，要比愛一個人簡單多了。他犧牲付出的已經夠多了，摘星，放下吧。」
她的淚水撲簌簌落下，「怎麼可能放得下？你告訴我，家門血海深仇，怎麼放得下？」

「他不過就是被朱溫利用的劊子手，奉命滅殺馬府時，他並不知妳是馬瑛之女，那一日也的確是他救了妳，不是嗎？」疾沖起身，溫柔抹去她臉上淚水，「我曾以為我無法就這麼放開妳，如今才發現，與妳大婚，並不是給妳幸福，反而將妳囚禁，成了籠中鳥。妳失去的已經太多了，我不想讓妳再失去自由。」

她緊握他的手，拚命搖頭，「你沒有困住我，你一直是最守護我的人。」

疾沖苦笑，「不，我再怎麼比也比不上他。他會投晉，幫助我晉國，很大原因也是為了妳。唯有戰亂平息，妳才能卸下肩上責任，好好過日子。」

他想輕輕掙脫她的手，她卻不願放。

他要放她自由，可她卻感到害怕，彷彿忽然得到自由的鳥兒，卻不知該往哪裡去，遲遲不敢踏出籠子一步。

「妳和他心中都牽掛著彼此，關鍵時刻總是不惜捨命相護，這些我都看在眼裡，我永遠都是局外人，他才是能給妳幸福的人。」

只有他，才能讓妳真心微笑，真心快樂。

疾沖終於抽出了手，瀟灑轉身離去。

🐾 🐾 🐾

以酒水灑地，他對天跪拜，遙祭遠在朱梁為他而犧牲的三人。

他自小與狼群生活，之後又因誤會慘遭背叛，成為朱梁三皇子後，他統領夜煞，更是鐵血手段，這

三人跟在他身邊出生入死不下數百次，雖數次違抗命令，卻都是為了要保他一命，若說他們是主子與屬下的關係，倒不如說更像是肝膽相照的好兄弟。

一盞小小的提燈在遠處若隱若現，微弱光芒緩緩靠近。

他不用回頭，從那人懷裡隱約傳來的銅鈴聲，便知是她來了。

摘星來到他身邊，盈盈跪倒，朝著朱梁邊境，緩緩拜了三拜。

「文衍，莫霄，海蝶，謝謝你們陪伴他這麼多年。我曾無意傷害過他，讓他對這個世界心灰意冷，誰都不信任，可有你們在，必定讓他感覺沒那麼孤單，雖然他不善言語，脾氣也差，但我知道，他是真心喜歡你們的陪伴……」

朱友文聽著，眼眶漸漸紅了。

「從今以後，我會好好照顧陪伴你們的主子，你們就安心去吧。」

他聞言一愣，不解她此話何意。

朱友文起身，拘謹道：「皇女心意，在下心領，但今後要照顧陪伴在下云云，切莫再提，以免徒生誤解。」

摘星跟著起身，幽幽道，「不會有誤解，因為我已不再是川王妃了。」

他一陣錯愕，她卻平靜凝視著他，淡淡道：「其實疾沖早就告訴我了，包括泊襄一役，你是刻意戰前叛逃，蝴蝶、狼毒花等，也是你刻意相讓……但當時我仍執意嫁給他……」她垂下頭，自覺慚愧，「我很自私，當時我以為只要嫁給疾沖，一切問題便能迎刃而解，可誰知……誰知……」

誰知他活了下來。

而且疾沖還力主將他營救回晉國。

「我雖與疾沖成親，但尚未行周公之禮……若你輕賤我這樣的女子，我無話可說，但我只想告訴你，你處處護我，甚至不惜以命償還，這份心意，我很感動，也足以讓我原諒一切。」

一股淡淡喜悅在他胸前漾開。

她原諒他了！

「謝謝你，為我所做的一切。」她輕聲道。

他心潮澎湃，幾乎要不能自己。

眼見摘星轉身欲離，他忍不住一個箭步上前，拉住她的手。

「星兒！」

她身子一頓，停住腳步。

緩緩回頭，四目相對，皆是含淚。

九死一生，尋尋覓覓，最想聽見的，不過是這一聲最親密的呼喚。

「我們還能是狼仔與星兒嗎？」他問。

她的回答是一串串無言淚水。

受的傷害太多，承受的責任太重，即使仍深深在乎他，可她，已不知道該怎麼愛了。

提著燈籠的倩影離去了，那一點小小的溫暖火花越來越遠、越來越微小，直至完全消失。

留他獨自一人，被無邊無境的漆黑吞沒。

體內黑血，越加深沉。

當年不惜一切，步入黑潭，此後一生，終將被黑暗吞噬。

🐾 🐾 🐾

疾沖獨自坐在營帳區另一頭的偏僻角落，就著火堆，埋首不知在看著什麼，那背影說有多憂鬱就有多憂鬱，沒人敢去打擾。

只有耶律寶娜膽大，走了過去，關心問道：「你真捨得？」

疾沖嘆了很長一口氣，換了個姿勢，背對寶娜。

寶娜湊上前，見他手裡捧著的是一本畫冊，上頭居然是各色美女，她不禁瞠目結舌！有沒有搞錯？他才剛與摘星解除婚約，立刻就看起了美女畫冊？

這人是有多花心？

「喂！我在和你說話呢！」寶娜搶過畫冊。

「還來！」疾沖一把搶回，一面看一面嘴裡嘖嘖稱讚。

寶娜原先還氣鼓鼓地瞪著他，但看著看著，眼神轉為同情。

他不過是在試圖療傷吧？

湊到疾沖身旁坐下，她悄聲問：「你真捨得嗎？」

疾沖沉默良久，才道：「真心喜歡一個人，不就是希望她能快樂嗎？與其三個人一起不快樂，不如我一個人辛苦點就算了。況且……」

況且，朱友文已來日無多，就當作成全他也好，至少，讓他沒有遺憾。

拿起酒壺，豪邁大口喝酒，順手遞給身旁寶娜，契丹兒女，本就豪爽，寶娜接過就口跟著喝了一大口，吐了口氣，「好酒！」

疾沖驚喜望向她，「識貨！這可是于闐紫酒，西域上好葡萄釀製，老頭兒也不過藏著就兩罈，一罈早被我偷喝光了，另一罈……」他拍拍酒壺，「也快被我喝見底了！」

契丹的羊奶酒可烈得多了，但這于闐紫酒帶著隱隱香甜果味，餘韻十足，她忍不住喝了一口又一口，疾沖連忙搶回酒壺，「別喝完啊！這酒喝完了可就沒了！」

一看，酒壺已見底。疾沖懊惱。

「難受嗎？」寶娜問。

「難受啊！酒都被你喝光了。」

「你明知我問的不是這個！」寶娜用力拍了一下他的肩膀。

疾沖索性扔了酒壺，往後仰躺在地上，望著夜空。

「難受又如何？難過個一會兒，就把它放下吧！人生裡又不是只有兒女情長、風花雪月。」轉了個身，朝寶娜苦笑，「我這次放手，瀟灑吧？」

「瀟灑！比我契丹男兒還要瀟灑！連我王兄都沒你瀟灑！他以前曾喜歡過一個漢族女子，但對方已有婚配，我們都勸他另尋新歡，他就是放不下，甚至想半夜帶人將那女子擄掠來成親，還好被父王發現，及時阻止，狠狠念了他一頓，王兄這才打消念頭。」寶娜說得興高采烈。

疾沖哈哈大笑，轉頭望向滿天星斗，眼裡依舊有著不捨。

畢竟是自己深深愛過的女子。

他揉了揉眼睛，雙手伸向星空，豪邁道：「手一握，只有馬摘星，手一放，我有滿天星！」坐起身，繼續觀賞美女畫冊。「克朗真有心，收集得還真齊全，等我回太原之後定得找他實際去採勘採勘……」

寶娜氣結。

「就是不給你滿天星！」

開什麼玩笑，最亮的一顆星星就在他身旁，這傢伙居然視而不見？

「還我！」

「不還！」

搶奪拉扯間，寶娜將他撲倒，紅撲撲的嬌顏遮住了他眼裡的滿天星。

「既然你已與摘星解除婚約，本公主，要定你了！」

🐾 🐾 🐾

一行人繼續返晉旅程，寶娜執意一同返晉，不願再回契丹，疾沖頭大不已，三番兩次勸說，寶娜就是鐵了心要跟著他，對方是契丹公主，稍有不慎，惹得契丹反目相向可就得不償失，朱友文深知此滋味，只給了疾沖四字忠告：「好自為之。」

摘星本就對疾沖心懷愧疚，見寶娜頻頻對疾沖釋出好感，她倒也樂見其成，偶爾還會取笑疾沖：「你可真是萬人迷，婚約一取消，馬上就惹得了契丹公主的青睞！」

疾沖念她沒良心，親手把前任夫君拱手送人，一點都不心疼。

一路上疾沖能躲就躲，躲不過就裝傻，其餘眾人見小世子就這麼解除婚約，本還替他感到不值，隨即見契丹公主送上門，紛紛有意促成好事，要知若是晉國與契丹能夠交好，對未來戰局可是大大有利，克朗將那本美女畫冊收了回來，鄭重警告疾沖：「少帥，國家大事為重，美女就少看點吧！」

疾沖氣結，不知暗中送了多少封信給契丹可汗，要他趕緊派人把寶娜接走，但眼見太原城就近在眼前了，契丹仍音訊全無，寶娜依舊日日追著他不放，甚至關心起他的起居飲食。

「疾沖，你變瘦了！肯定是因為情傷而食不下嚥，是吧？我問過了伙食兵，他們也說你食量變小了。」

疾沖雖然這一路上與耶律寶娜吵吵鬧鬧，分散不少注意力，但他獨自一人時仍難免情緒低落，飯量是少了些，腰圍是瘦了些，但那又如何？之後吃回來不就得了？何必如此大驚小怪？

但同時他心裡也隱約有些感動，他腰圍是胖是瘦，根本沒人在意，更別說是摘星，可寶娜卻注意到了，沒想到她居然心細如此，甚至跑去問了伙食兵。

寶娜硬拉著他來到伙房營，滿桌菜餚香氣四溢。

「本公主命令你，全部吃完，不准有剩！」寶娜指著那些熱騰騰的菜餚。

一旁伙食兵拚命忍笑。

一個畫面忽跳進疾沖腦海裡。

從前他也這麼對摘星頤指氣使，逼著她在自己面前多吃些。

原來這世上真有報應啊。

疾沖無奈，端起碗就吃，寶娜見他聽話吃飯，喜滋滋跟著坐下，陪著他一塊兒用膳。

疾沖眼尖，見她雙手不少細微血痕，指間甚至夾著一片草梗，忍不住放下碗，一把捉過她的手，質問：「公主該是嬌生慣養，為何雙手變成這副德性？」

「你在擔心我嗎？」寶娜開心道。

疾沖臉色一正，「妳是嬌貴千金公主，不用一路跟著我們受苦，要是出了什麼意外，我要怎麼向契丹可汗交代？」

寶娜此次同行，陣仗不比以往，雖有幾名隨行婢女侍衛，但只要事關疾沖，她巴不得樣樣自己來，本還想親自下廚，隨行婢女怕小公主燒了伙房營，好說歹說才讓她打消念頭，至於她手上那些擦痕，則是她見近日天氣潮溼，怕餵食馬兒的草料不新鮮，自己帶人去割了新的草料，更由她親自餵食疾沖騎的戰馬，以防染病。契丹人向來在馬上討生活，自然懂馬，草料新不新鮮這種小事，顧馬的小兵不以為意，在寶娜眼裡卻是至關重要，若是戰馬因此染病，眾人行程拖累，自然更添變數。

明白前因後果，疾沖半天說不出話。

寶娜並非一意魯莽任性，也有心思敏銳的時候，更是全意為他著想。

他不能說不感動。

他狠狠大吞三碗飯，站起身道：「戰馬那麼多，就你們幾個割草搬草哪夠？我瞧瞧去，多派幾個人幫忙！」

第五十章　自焚

朱友文並未忘記與朱溫的十日之約。

十日之後，回到朱梁京城，暗殺郢王，將其黨羽斬草除根。

深夜，大多數人都已歇息，他在營帳內磨著一把劍。

牙獠劍已被他所棄，本以為此生不會再用到利劍傷人，卻沒想到，還有這最後一回。

舉劍的手忽然顫抖，險些握不住劍，忙以另隻手緊緊握住，不讓劍落地。

不用看也知道，胸口那朵火焰已然再次綻放，烈焰焚身的痛苦，他只能咬牙忍耐，豆大汗珠從額頭上不斷滴落。

他努力調勻呼吸，試圖克制獸毒，一絲寒風由帳門邊灌入，緊接著一抹白影從他眼前滑過，他不加多想立時舉劍反擊，噹的一聲，硬兵器相接，激起細微火花，雪白髮絲一閃，接著素白衣袖如蛇般捲上他的手臂，他只覺手臂被某種尖銳物體輕輕一劃，那白影便迅速退去。

遙姬舉起匕首，就著燭火，清楚見到上頭是觸目驚心的黑血！

「你身上何時出現的黑血？」遙姬臉色大變。

要知獸毒侵心、鮮血化黑已是病入膏肓，就算服用她體內蛇毒血也藥石罔效。

「你既中狼毒花之毒，為何悶聲不吭？難道……難道她不知道？」遙姬難得激動。

朱友文卻淡淡一笑。

「獸毒發作，一次比一次劇烈，最後必然反噬，妳我都清楚，又何需大驚小怪？妳特地來見我，可是父皇那兒出了變故？」

遙姬卻道：「都到了這個時候，你還有閒情逸致關心別人？是我擔心郢王毒箭傷你，才特地來一趟，誰知……」她緊咬下唇，滿心痛悔。

畢竟還是來得太遲了。

朱友文卻不在意道：「我本還擔憂這身子是否能撐到刺殺郢王，但既然妳來了，以妳的能耐，即使以毒攻毒，助我多挺過幾天，應非難事？」

見他如此不珍惜自己性命，遙姬再也難以壓抑情緒，怒道：「你要強壓獸毒，甚至不惜飲鴆止渴，就為了去對付郢王？」

「遙姬，我必須這麼做。」

「不！你不明白！你根本不明白！」遙姬扔下匕首，雙肩顫抖。

她辛苦用盡一切手段，為的就是保住他的命，但他卻如此輕賤自己的性命！

朱友文，若你終究死去，我遙姬的一切努力豈不都是白費？

「遙姬，這是我最後一個請求。」朱友文語重心長。

遙姬背轉過身子，強自壓抑情緒，顫聲道：「馬摘星知道嗎？」

朱友文搖頭，「她不需要知道。行刺郢王後，我自會消失於世。」

遙姬深吸一口氣，閉上雙眼。

「好。」

遙姬俯身拾起匕首，在自己手腕上一劃，蛇毒血湧出。

朱友文微愣，他知蛇毒血乃他體內獸毒解藥，卻是第一次見到遙姬自殘，只為救他。

原來一次又一次，當他在生死邊緣徘徊時，她都是這麼救他的嗎？

「遙姬……」

他朝她走來，忽然全身力氣盡失，整個人往前栽倒，她早有預料，上前抱住，但對遙姬而言，他身子實在沉重，兩人雙雙滑倒於地，她寧願雪白衣裳染上塵埃，也要以身護他，不讓他在自己手裡受到任何傷害。

摟著他溫熱身子，淚水便禁不住落下。

為何要這麼傻？為何總是為別人而活？

好不容易逃出生天，重得朱溫信任，卻又為了馬摘星而身中狼毒花，引發獸毒再次侵心，這次連血液也被獸毒侵蝕，只怕來日已無多。

撫摸著他的頭髮，撫摸著他的臉龐，看了千千萬萬次，依舊不捨。

不能了，這一回，她不能再聽他的話了。

朱友文，若你真的死期不遠，那麼我只希望，你走的時候，沒有遺憾。

難以入眠的夜晚，迎來一位不速之客。

遙姬無聲而入，摘星雖感到訝異，卻冷靜以待，未驚動任何人。

遙姬出現，必與朱友文有關，既然他信任她，那麼此刻她便不是敵人。

「妳特地前來，是為了他體內獸毒嗎？」摘星問。

「看來妳不蠢。」遙姬輕笑，似乎依然不把她放在眼裡。

「以妳能耐，自然有辦法救治他，對吧？」

遙姬不語，只是凝視著她，凝視著這個擁有朱友文所有感情的女人。

遙姬的神情讓摘星感到深深不安，「難道他……」

若連遙姬都束手無策，那……

「我與他生死同命，凡是他心中所想，我皆無悔成全，但唯獨這次例外。」遙姬朝她逼近，「馬摘星，我寧願他日後恨我，也要讓妳知道，他會體有獸毒，追根究底，都是因為妳！」

宛如被晴天一道霹靂劈中，摘星愕然，久久無法言語。

只聽遙姬含淚續道：「當年妳讓他萬念俱灰，他才會捨棄一切，包括求生希望，步入黑潭，承受削骨蝕肉之痛，藉以重生，但獸毒從此入身，無法拔除，多年來他克制忍耐，加上我體內蛇毒血，勉強活到今日，但他替妳擋下的那幾箭，終讓他體內獸毒潰堤，血色一旦變為墨黑，連我蛇毒血都已無用，他最多只餘一個多月性命！」

摘星不敢置信。

她不知道！

她從來都不知道！

害得他一生被獸毒折磨甚至致死的罪魁禍首，居然是她！

腦袋一片混亂，身子劇烈顫抖，她不過是在自欺欺人，認為他所遭遇的一切，皆是咎由自取，卻不知她自己才是當年推他摔入煉獄的真正兇手！

狼仔，為何你從來都不說？

為何你明知是我害你至此，你仍願意用盡一切保護我，不願讓我受到一絲傷害？

你明明是那麼在意我，我卻那麼自私，一昧恨著你，不願讓你贖罪……

摘星忽一陣失神，身子一晃，險些站不穩。

遙姬只是冷冷道：「如今妳知道難過了？知道他為妳付出了多少了？」

「遙姬！求妳救救他！妳一定有辦法救他的，對不對？」她雙膝一跪，抱住遙姬雙腿，毫無尊嚴地乞求。

她願意付出一切，只要他能活下來！

遙姬卻只是推開她，沉痛搖頭，「太遲了……」

「不，不要這麼說……求求妳……」她拚命搖頭，不願相信，淚已如雨下。

她與她，都是肝腸寸斷。

「我已無力救他，所以我要他在所剩不多的日子裡，不再有遺憾。」遙姬對摘星道：「馬摘星，而妳是這世上，唯一能辦到的人。」

「遙姬……」

遙姬苦笑，「我與他，雖是生死同命，卻非生死同心。」她退後一步，扶起馬摘星，看著這個她曾經痛恨的女人，「馬摘星，妳要知道，我這一生從未求過別人，但此刻我求你，在他有限的日子裡，好好陪著他、好好照顧他，他的心受過太多傷，我只希望他能快樂，哪怕只有短短一個月也好……」她不是那麼大度的女人，但為了他最後這短短一個月的幸福，她願意放手，把他交給馬摘星。

遙姬轉身欲離，摘星抹去眼淚喚住她：「遙姬！」欲言又止，終於坦白，「其實有時候我會忌妒妳，因為在他最痛苦的時候，是妳陪在他身邊。」

遙姬停下腳步，「他已不是我的渤王了。」

馬摘星，他是妳追尋了一輩子的狼仔。

「遙姬，這世上最懂他的人，也許是妳。」

那雪白的纖瘦身影微微側過臉，似想說些什麼，最終還是無言離去。

🐾 🐾 🐾

婉轉鳥鳴聲令他有種熟悉的錯覺，彷彿回到了狼狩山。

緩緩睜開眼，只覺自己躺在木床上，窗外隱約有人影走動，腳步輕快。

他坐起身，發現自己不知何時回到了太原城外的小村裡，桌上擺著熱粥與幾道小菜。平靜祥和，彷彿到了另一個世界。

自己是怎麼回到這兒的？

走出屋外，只見陽光燦爛，一對蝴蝶翩翩飛來，是初春的季節了。

有人在替他曬著被子，他走過去，摘星聽見腳步聲，從被子後探出來頭，「你醒啦？桌上有早膳，快趁熱吃了。」腳步一移，拿起木桶裡其他已洗好的衣物，一一掛起。

朱友文滿心疑惑，「妳怎會在此？其他人呢？」

「以後我就住在這裡照顧你了。」摘星回道。

她如今已與疾沖解除婚約，不再是川王妃，與他相處自然不再引人爭議，可他自知來日無多，不願她知道真相，只得狠心道：「你回去晉王府吧！我不需要妳的同情和照顧！」

她放下手上衣物，嘆了口氣，「我要照顧的不只你的身子，還有你的心。」

朱友文一愣，一時間竟不知該如何回答。

「你可知，在我心裡，最想過上什麼樣的日子嗎？」她看著天空，喃喃。

他的目光變得柔和，參雜著一些哀傷。

他當然知道。

他一直都知道。

入水文光動，抽空綠影春，良人常相伴，粗茶配淡飯，最簡單的日子，卻是最幸福的滋味。

可他給不起。

「你一直都明白的，不是嗎？」她微笑望著他，「我一直就想和狼仔，在狼狩山上，過著與世無爭的日子。我們一起晾乾洗好的衣服，狼仔力氣大，先幫我擰乾了，我再一件件掛好，別讓衣服皺了。」

她又開始掛起剛洗好的衣物。

朱友文默默走上前，替她先將衣服擰乾。

「還有，我會天天做飯給他吃，每餐都有他最愛的肉包子。」她抱起木桶，慢慢走回屋內。

朱友文聽她娓娓道來夢想中的生活，望著她的背影，胸口酸麻，說不出的難受。

星兒，可是狼仔很快就不在這世上了。

妳會難過嗎？妳會想念他嗎？

「倘若有天狼仔不在了呢？」他終於問出口，猶豫著是否該告訴她真相。

知道了，她會痛苦，可也就不會繼續抱著這虛假的奢想過一生了。

她腳步一頓，回過頭，眼眶含淚，「狼仔若不在了，我依舊想過著這樣的日子。我還是會洗他的衣服、替他晾衣服。做飯的時候，我也會多留副碗筷，給他留個肉包子，告訴自己，狼仔還是和我在一起……」

朱友文心中歉疚難捨，走上前握住她的手。

「這些事，我不想再也沒機會做了。」淚水噗簌簌而下，她哽咽道：「遙姬都告訴我了。」

他心內微微一驚，又聽她道：「那日你獸毒攻心，昏迷了兩天兩夜，我一直守在你身邊，就怕你醒不過來，就怕我再也過不到我想過的日子……」

他心疼地將她摟入懷中安慰：「別怕，妳想過什麼樣的日子，我都陪妳。陪妳洗衣晾衣上千件都不成問題，陪妳吃飯吃到妳不想吃為止。」他努力讓自己聽來輕鬆愜意，眼眶卻也紅了。

「我們不要再推開彼此了，好不好？」她抬起頭，淚眼婆娑。

他們已經錯過太多、太多。

他輕輕將額頭靠在她的前額上，四目相對，都是熱淚盈眶。

不會了。

再也不會推開了。

輕顫的唇輕輕貼上，再也不去想，他們剩下的時間，其實根本不到一個月……

🐾 🐾 🐾

摘星在廚房裡忙乎著，她下起廚來雖有模有樣，但菜切得歪七扭八，魚煎得支離破碎，就連那鍋飯都還是趙六兒看不下去，幫她煮上的。

午膳端上了桌，色香味樣樣不俱，摘星略感尷尬，朱友文卻是夾起筷子就吃，先將魚肉煎焦的部份吃掉，她連忙阻止，「等等，先把刺挑掉！」

他專心挑刺，挑完刺的魚肉卻是放到了她碗裡，她看著他的體貼，心頭一陣甜蜜。

「以前只會和我搶食物的狼仔，何時變得如此體貼了？」她取笑道。

「還不快吃。」他一臉正經。

知他是不好意思了，她笑著夾起魚肉入口，神色一變，看了一眼吃得津津有味的他，勉為其難吞下口。

她不禁擔心他是不是味覺壞了，食不知味？

這魚半焦半生，又鹹又甜，他是怎麼吃下肚的？

見他吃得認真，一口一口將她親手做的菜餚全吞下肚，她又是慚愧又是暗喜，感受到他對自己的在意。

自己真該好好學習廚藝的。

見他嘴角旁沾了塊魚肉，本想用手抹去，心念一動，湊過頭去在他唇角旁吻了一下。

小屋門口忽傳來東西掉落聲，兩人雙雙轉過頭，只見趙六兒兩手遮著眼，滿臉通紅，尷尬道：「我……我什麼都沒看見！我只是替摘星姊送東西來，你們就當我沒來過……」說完後邊矇著眼邊後退，轉身就跑。

摘星趕緊上前拿起趙六兒掉落的麻袋，裡頭裝的是麵粉與白糖。

「要六兒送什麼來著？」他探過頭問。

「暫且不告訴你，晚上你就知道了！」她藏起麻袋賣關子。

🐾 🐾 🐾

用完午膳，兩人到城外近郊山林悠閒散步。

嚴冬已過，正是初春乍暖還寒時，林間雖仍有積雪覆蓋，但掩不住綠意由白雪中掙扎探頭，滿是生機。

幾隻迫不急待已羽化的彩蝶雙雙飛舞，絲毫不畏寒冷，見到有人來了，飛來圍繞，糾纏著兩人嘴裡吐出的暖暖白霧。

她抓起一把落葉，往天際一灑，落葉被微風捲起打了幾個旋兒後，緩緩飄落。

聽蝶，觀風。

兩人緊緊牽著手，他怕她冷，將自己身上外衣解了下來，披掛在她身上。

這樣的寧靜與幸福，是從前他們想都不敢想的。

「日子過得好快，轉眼一年就要過了。」摘星忍不住嘆道。

八年前歷經誤會而分開，再次相遇後，短短一年，歷經了多少磨難，相愛相恨，數次生死相交，痛到恨不得就此死去，回首過往，她慶幸自己終究堅強走了過來，才能在此刻牽著他的手，漫步山林，雖然此處不是狼狩山，亦無女蘿湖，更無他的狼兄弟，但他在。

她要的也不過就如此。

🐾 🐾 🐾

下山回到小村，她鑽進廚房與那堆麵粉白糖奮鬥，他想幫忙，卻被她推了出去，不准他偷看。

他無奈，只得離開小屋，不一會兒又回來，乖乖坐在桌前等著。

麵團油煎的甜香味飄來，看來她雖廚藝不精，做甜點倒是挺拿手的。

朱友文默默看著手裡的那條紅線。

摘星果然端了一盤巧果出來，放在他面前，柔聲道：「早就想再做一次給你吃了，就當提前過七夕吧。」

距離七夕還有大半年，可他已等不到了。

見她泫然欲泣，他忙拿起巧果，試著逗她笑：「這次總算是妳親手端上，不是讓人借花獻佛。」指的自然是當時寶娜驕縱，非要將摘星下廚親作的巧果當成自己的手藝，獻給渤王。
她收拾心情，跟著笑道，「還不只寶娜呢，我們的渤王大人，可是處處留情！」
「我沒有。」他鄭重反駁。
「胡說，遙姬長得那麼美豔，你們倆從小一塊兒長大，我不信你們之間毫無感覺。」
他有些急了，「真的沒有！夜煞訓練艱苦異於常人，我哪有這樣的心思？」
「我不信。難道你真連一絲絲遐想都沒有？」
「沒有。」他一臉正經，只差沒指天發誓。
「那魏州城的舞孃綠芙姑娘呢？」
他愣住，「虧妳好記性，我早忘了這人。」
她佯裝不悅，哼了聲，「不知是誰親口說過，『那綠芙姑娘何等嬌媚動人，取悅本王……』」
他放聲大笑，她嬌嗔捶了他幾拳，「講到綠芙姑娘就笑得這麼開心！」
忍不住將她摟在懷裡，深深吻下。
傻星兒，從頭到尾，我心裡始終只有妳一人，何必與其他女子爭風吃醋？
直吻到她輕聲嬌喘，他感到身子莫名躁動，這才緩緩放開。
他笑她，「別光顧著說我，妳自己呢？先不說疾沖，還有那通州少主……」
思緒一下子回到再次相遇的那一刻，但當初那紛雜無解的迷惘、質疑、憤怒與悲傷，如今回想起來已能一笑置之。
她推開他，氣呼呼起身，「你明知道我一直對你——」他打斷她，「我知道，妳甚至在奎州連退數十位求親者，都是為了我。」

「你少自以為是！」

被說中了心事，反而口是心非，不願承認了。

又愛吃醋又愛鬧脾氣，可為何在他眼裡依舊如此惹人憐愛。

見她作勢轉身要走，他趕緊起身從後頭摟住她，「別氣了，不過就是說著玩的。」然後抽出懷裡紅線，一端綁在她的小拇指上。

她訝異地看著他將紅線另一端綁在他自己的小指上，問：「你知道我要做巧果？」

「外出了一趟，六兒告訴我送了什麼過來，就猜到了妳要做巧果。」

曾經被他親手斬斷的紅線，又回到了手上，將他們兩人緊緊相繫。

她滿足地笑了。

「星兒。」他忽道，「這條紅線，在我這端綁了死結，可在妳那端，卻是活的。」

綁了死結，是因為我這一生，心裡就只有妳，誰也無法解開。

綁了活結，還能解開，等我不在了，妳就解開這紅繩離去吧，別再掛念我了。

她明白過來，硬是將自己小指上的紅線打了好幾個死結，「我這人就是這麼死心眼，八年都這麼過了，十八年、二十八年我都打算這麼過！」

「星兒……」

「不聽！不聽不聽不聽！」她掙扎著，淚如雨下。

為何一直要提醒她，這樣美好平常的日子稍縱即逝？

他緊緊抱住她，忍住不捨與痛心，安慰道：「好，不說，再也不說這些。」

她轉過身，依偎在他懷裡大哭。

她從不在人前哭泣的，可唯有在他面前，她毫無防備。

他只能輕輕拍著她的肩膀，像哄著孩子似的。

世事滄桑，生離死別，從不後悔與你相遇，只遺憾真心相愛的時刻，竟那麼短暫，如朝露夢幻。

哭著哭著，她稍微退開，纖指輕觸他胸口，目光有些不敢置信。

難道會是……

他將狼牙鏈由胸前衣襟拉出。

「怎麼會……」她訝異不已。

八年前，她當著他的面，將親手贈與他的狼牙鏈扔入女蘿湖中。

八年後，換他當著她的面，將狼牙鏈扔入天牢裡的火盆內。

可如今它依舊在他身上！

「失去妳已太痛，我不想再失去妳我之間的回憶。」他淡淡道。

原來放不開的不是只有她。

摘星再度緊緊摟住他。

「回憶……永遠都在，但我很貪心……我想要再多一點……」

仰起頭主動吻他，嬌小的雙手貼在他寬厚胸膛前，感受那依然溫熱的心跳，柔軟身子緊貼著他，雖然有些僵硬，但他感覺到了她想要什麼。

「星兒，不行。」他閉上眼，努力調勻呼吸。

他不能再拖累她。

「為何不行？我偏偏就要！」她倔強地耍起性子，捧住他的臉深深一吻。

「星兒，我不行……」

「我想當你的妻，為何不行？我只不過想要多一點回憶，哪怕只有一夜也好，讓我當你的妻，堂堂正正的妻……這輩子我再也不要別人……狼仔……我求你……」她其實想要很多很多，但來不及了，那麼能不能只要一個晚上的溫存就好？

他掙扎著不知是否要屈服，若她成了他的人，往後他不在了，她該怎麼辦？

雖然他知道她很堅強，但他不忍。

「狼仔……」

細聲軟語在耳邊迴盪，軟玉嬌香在懷裡沉醉，他閉上眼，終於不再堅持。

一夜夫妻百日恩，百日夫妻似海深。

他們只有一夜，卻是最溫柔、最纏綿的一夜。

🐾 🐾 🐾

燭火跳了最後一下，熄滅。

他遲遲不願入睡，就這麼瞧著她的睡顏，直至燭火燒盡，屋內陷入一片黑暗。

但目光依舊流連在那張嬌美臉蛋上，不捨離去。

原想就這麼看著她到天明，體內獸毒忽不受控制，他起初拚命壓抑，不願吵醒她，但身子顫抖越加劇烈，他不得不踉蹌退開，一離開床便單膝跪地，全身如火焚，頸間黑色經脈暴脹，額頭汗珠不斷落下，呼吸急促，痛苦萬分。

她驚醒過來，披散著髮絲，赤腳跳下床，「怎麼了，很難受嗎？」

他臉色蒼白，渾身不由自主顫抖，卻仍安慰她道：「不要緊，忍一下就過了。」

她跪在他身後，緊緊摟住他，淚眼模糊。

難道他最後的一個月裡，夜夜都要承受獸毒攻心的痛楚？

「別哭了，我沒事。」他感受到她顫抖的身子，握住她的手。「星兒，妳知道嗎？光是今日，我便深感自己活得比過去的每一天都快樂。」

她貼在他赤裸背上，不住搖頭，溫燙淚水滴滴落在他身上，燒灼著他的心。

不夠，根本不夠，只有一日哪裡足夠？

這一夜，她就這樣抱著他，始終未曾鬆手，就怕一放開手，他就會不見了。

🐾 🐾 🐾

長生林內祭天儀式突遭中斷，朱友珪雖自請責罰，朱溫卻未多加怪罪，只道也許天意如此，不欲借命予他，隔日便稱身體不適，打道回府。

朱溫回到京城後，休養幾日，召見朱友珪，竟是已決定要將皇位傳給這個二兒子。

朱友珪喜不自勝，他暗地萬般安排，卻沒料到朱溫會自行決定下詔傳位，他當場重重一跪，起先推拒，直到朱溫擺起臉道：「朕心意已決。」

「父皇，兒臣只是暫時監國，絕不敢有非分之想。若父皇堅決如此，兒臣……只能長跪不起。」朱友珪不勝惶恐。

朱溫奸詐，朱友珪矯情，表面上父慈子孝，暗地裡卻是鉤心鬥角。

「友珪，朕當然想再手握天下，只是如今……卻已連雙眼都不好使了。」

「父皇！」朱友珪佯裝驚訝。

先以利誘之，再主動曝露自身弱點，爭取同情，意在讓朱友珪放鬆戒心。

朱溫聽得朱友珪語氣擔憂焦急，更刻意用力咳嗽，上氣不接下氣，張錦連忙端上湯藥，朱溫接過喝下，緩緩道：「朕的雙眼，自有太醫操心，你便把心思都放在治朝監國上吧！」

「但如此重責大任，兒臣實在承擔不起！」朱友珪仍在推讓。

「朕四個兒子裡，你其實是最像朕的，把朕一手打下來的江山交給你，朕也最放心。老實告訴你，將楚楚留在朕身邊，本是對你大權在握，有所戒備，但如今朕倒是真喜歡她，你登基後，務必好好善待她，也別怨恨朕過往戒心太重，留點日子讓朕頤養天年可好？」

朱溫如此推心置腹，朱友珪只覺受寵若驚，見朱溫心意已決，便不再推辭，磕頭謝恩後，難掩滿臉喜色離去。

朱友珪離去後，朱溫疲憊老邁的雙眼忽現精光。

密令已發，他信得過的軍侯正在洺州齊聚，朱友珪欲接班登基，儲君需齋戒七日，閉門不出，這七日已足以讓他完成佈局，如今就等著朱友文回來，助他一臂之力，將朱友珪的勢力斬草除根！

🐾 🐾 🐾

月黑風高，大梁皇城內顯得格外寂靜。

寢殿外的懸掛罩燈輕輕搖曳了幾下，其中一盞忽地熄滅，一名宮人連忙取過梯子，重新點上。點完燈後，他往回一望，居高臨下，只見一隊人馬明火執仗正由宮門外闖了進來，不禁大驚失色，想要呼救，一支暗箭射穿了他的喉嚨。

屍首落地，其他宮女紛紛駭叫，宿鳥驚飛亂啼，夾雜著宮人們的哭喊，不一會兒又迅速安靜了下來，空氣中瀰漫血腥。

正在龍床上安歇的寢殿主人倉促驚醒，歷經過多少腥風血雨，殿外的哭喊與血腥瀰漫讓他知道大事不妙，難道那逆子真反了？

「來人！來人啊！張錦！」氣急敗壞驚呼，卻驚恐發現無人回應，連仍舊隨侍在側的張錦也不知去向。

「朱友珪，莫不是你這逆子真造反了？」

一道人影從陰影處緩緩現身，果真是朱友珪。

只見他氣定神閒，負手而立，「正是本王。」

「你居然悖逆如此，天地不容！」朱溫用盡最後一絲力氣咆哮。

朱友珪冷笑，「父皇此言差矣，身為一個父親，卻處心積慮想除掉自己的兒子，又豈是天理所容？父皇如此輕易便答應傳位予我，背後必有蹊蹺，與其繼續坐以待斃，不如提早下手，這，也是父皇您教會我的。」

朱友珪身後一閃，一隊精兵已將寢殿團團圍住，為免夜長夢多，朱友珪擺手示意，士兵們紛紛拿起劍刺向朱溫，朱溫狼狽衝向殿內梁柱，抱著柱子左閃右躲，然他畢竟年事已高，力不從心，一名士兵一劍刺進他腹中，再狠狠一擰一拔，血污瞬間由朱溫腹部噴出，他慘叫一聲，頹然摔倒於地，抱著肚子，狠狠瞪著志得意滿的朱友珪，「孽子……早知如此，當初就該下手除掉你……」千防萬防，卻偏偏是這個最不起眼的兒子對他下手！

朱友珪究竟是如何得知朱溫密謀除去他？

難道又是張錦？還是遙姬？

朱友珪緩步上前，看著自己父親倒於血泊痛苦掙扎的模樣，不但無動於衷，甚至十分得意，「父皇，您必是懷疑是否遭人出賣？為免您死不瞑目，我這就告訴您吧，從長生林回京後，在你眼前的張錦不過是個替身，真正的張錦已被我收拾掉了！您的一舉一動，早逃不出我手掌心！我已命五百精兵包圍太卜宮，只要反抗，格殺無論，您的太卜大人怕是自身也難保了。」

「你這……逆子……」朱溫掙扎著想起身，牽動傷口，肚破腸流，痛苦不堪。

「逆子？我自知出身低賤，不及大哥與四弟，但我比誰努力、比誰都敬重您，可連那頭怪物在您眼裡都比我高貴，甚至還要與他聯手對付我？」朱友珪激動道：「這一切都是您逼我的！」

這老傢伙終其一生把兒子當棋子，大兒子朱友裕不過是受朝中眾臣擁戴，便遭他疑心而下毒手除去，

到頭來他還想期待什麼父慈子孝？

朱溫繼續謾罵，然聲音漸漸低落，漸漸成為模糊不清的呻吟，最終圓瞪雙眼，死在了自己兒子手下。

「來人！」朱友珪朝後吩咐，「傳令下去，就說陛下罹患頑疾，今夜病狀加劇，藥石無功，駕崩了！」

🐾 🐾 🐾

隔日清晨，不少文武大臣聽聞朱溫夜半駕崩的消息，急得衣冠都來不及整理，速速趕入皇宮。

聽說陛下生前欲傳位予均王朱友貞，支持朱友貞一派的大臣，尤其是楊厚，皆難掩喜色，眾人趕到皇宮欲拜見恭賀均王，人才入殿，一隊禁軍便湧出將他們全綁了起來，壓制在地。

大臣們錯愕不已，此時馮庭諤架著朱友貞出現，將他往地上一推，朗聲道：「查均王殿下及其黨羽，作亂犯上，意圖顛覆叛變——」朱友貞激憤打斷：「你在胡說八道什麼？」他被幽禁宮中多時，今日忽被馮庭諤帶出，尚不知宮中已發生巨變。

馮庭諤續道：「幸郢王殿下賢明，得蒼天護佑，先皇駕崩前，已親允傳位……」

朱友貞大驚失色，「父皇……父皇駕崩了？馮庭諤你……你們把父皇怎麼了？」

難道他二哥當真利慾熏心，枉顧人倫，親手弒父？

他們朱家到底受到了什麼詛咒？父親要殺兒子，兒子要殺父親，兒子們之間更是彼此栽贓嫁禍，欲置對方於死地！

馮庭諤冷笑看著朱友貞無謂掙扎，「郢王殿下有令，為報先皇血仇，除均王殿下，其餘逆賊，盡誅不赦！」一聲令下，馮庭諤身邊士兵抽劍刺向眾大臣，金碧輝煌的宮殿再次血腥瀰漫，成為淒厲慘叫充斥的煉獄。

「住手！住手！」朱友貞狂喊，試圖阻止殺戮，然那些曾支持他的大臣們一個又一個倒下，溫熱的血液不斷濺在他身上、臉上，他從一開始的悲憤填膺到漸漸麻木，最終只剩下他一個人坐倒在血泊中，渾身冰冷。

朱友珪竟如此心狠手辣！

忽地，一個念頭閃過他腦海，讓他更如墮冰窖。

他雖被幽禁宮中，不知朱友文以保他性命為條件，回朱梁受審，之後下放黔奴營，脫逃投晉，但朱友文只要活著一日，對朱友珪而言便如芒刺在背，必除之而後快，朱友珪既然連親生父親都狠得下心殺害，卻為何獨留他朱友貞一條命？

難道是要放出風聲，以他為餌，誘使三哥朱友文回京營救？

「好四弟，你想必已猜到，二哥為何特留你一命了吧？」朱友珪微笑著從馮庭諤身後走出。

「你……你不是人，連禽獸都不如！」朱友貞悲憤道。

「咱們三兄弟團聚之日，看來不遠了，在那天到來之前，你可要好好活著啊。」朱友珪大笑，揚長而去。

🐾 🐾 🐾

朱友珪志得意滿，回到郢王府準備親自接敬楚楚入宮服喪，卻見她身著喪服，正在收拾東西，似要遠行。

朱友珪不解問道：「楚楚，妳這是……」

「我要離開郢王府。」敬楚楚冷冷道。

朱友珪微覺不對勁，「楚楚，父皇駕崩，我們該入宮——」

敬楚楚放下手上包袱，向來溫柔良善的她，此刻竟難掩情緒激動，目光更是罕見凌厲，逼問：「我問你，父皇驟逝，是否與你有關？」

朱友珪萬沒料到敬楚楚會有此一問，表情一僵，忙解釋：「楚楚，逆謀的不是我，是四弟，他——」

敬楚楚憤怒打斷他，「事到如今，你還想騙我！」

敬楚楚從包袱裡拿出一封信，扔向朱友珪，他接下，神色忐忑地展開，信上寫著一行字：朕若遇害，殺朕者，必為逆子郢王。

信上的確是朱溫字跡，朱友珪仍欲狡辯，「楚楚，這信妳從何處得來？這分明是有人故意誣陷——」

「你還不願承認嗎？」敬楚楚痛心無比，「父皇生前曾對我說過，他自知已日薄西山，若我有心，可在他歸天後至近郊吉光寺內向觀音大士磕頭千次，替他祈求冥福。父皇駕崩後，我便至吉光寺磕頭祈福，誰知尚未滿一千，蒲團已微微裂開，底下露出此信……」隨手拿起桌上朱友珪親自雕刻的木鷹，重重朝他臉上砸去，「這等於是父皇親手交給我的遺書，你還想否認？」

朱友珪臉上被木鷹重重一砸，瞬間皮破流血，卻不覺疼痛。

敬楚楚都知道了……她是他最珍視之人，可她如今看著他的眼神卻如此厭惡，彷彿他是世間最卑劣之人。

「楚楚，你聽我解釋……」他仍試圖挽回，心裡仍相信他的妻不會棄自己而去。

「你不用解釋。」敬楚楚的語氣第一次如此冷若冰霜。「已經太遲了。」她冷冷望向自己的夫君，「蒲團底下，還有父皇的一道遺旨，我已讓人送往洺州。」

洺州？

朱友珪臉色大變。

「看你的表情，想必你也猜出了大概。」敬楚楚道：「如今父皇遺旨已至洺州，守軍正退，晉軍就要不戰而勝，拿下洺州了，從此皇城門戶洞開，大梁岌岌可危……這一切都是你造成的！」敬楚楚顫抖說完，扭頭抹去眼中淚水，深吸一口氣，拿起包袱就要離去。

朱友珪這才回過神來，連忙上前拉住她，「楚楚，妳要去哪兒？」

「我要離開你。」敬楚楚雖被他拉住，卻沒有看他一眼。

「不准走！我可以不要洺州，但不能沒有妳！」朱友珪徹底慌了。

他苦心積慮，機關算計才走到這一步，正要與她共享美好成果，她卻要離他而去？

「你可願意放棄皇位？爾後詔告天下，你弒父奪權？」敬楚楚反問他。

他啞口無言。

他的楚楚……變了，以往她總是包容他，一次又一次地原諒他，可為何如今卻——

「楚楚，我是被逼的！是他刻意將妳留在皇宮，做為人質，還想毒害妳，好牽制我，我這麼做都是為了妳！」他竟把一部份的罪責自私地推到敬楚楚身上。

敬楚楚冷冷瞧著他，彷彿他不過是個陌生人，「那麼你為何遲遲未推拒契丹可汗的婚事，是否仍打算娶契丹公主為正室，日後立為大梁皇后？」

朱友珪一直以為她不知情，此刻宛如晴天霹靂，張口結舌，一句話都說不出來。

敬楚楚冷笑道：「是馮庭諤私下來找過我的，說大梁國運盛衰，全在我一念之間，要我退讓，成全你與契丹公主的美事！」

朱友珪咬牙，暗暗埋怨馮庭諤壞事，可馮庭諤到底是為他設想，他遲遲未明確推拒契丹可汗的聯姻要求，也的確存著敬楚楚終究能夠包容，況且他日後雖無法立她為后，但一樣會給她享不盡的寵愛與榮華富貴。

可他卻忘了一件事，他的楚楚，並不稀罕這些。

眼見敬楚楚去意堅定，他不禁越抓越緊，他很明白，這一放手，她就是永遠離開他了。

敬楚楚取下髮簪，抵住自己喉間，「你不讓我走，我就死在你面前！」

決裂至此，朱友珪再不捨，也只能要自己放手。

敬楚楚紅著眼眶，深深看了他最後一眼，目光裡滿是失望與痛心，然後頭也不回地獨自離去，連一個侍從婢女都沒帶上。

朱友珪看著她漸漸消失的纖細背影，悵然若失。

楚楚……離開了我，妳要去哪裡？

妳又能去哪裡？

我終於得到了天下，卻失去了妳，從今爾後，再也沒有人能與我分享這份喜悅了嗎？

第五十一章　夢盡花落是故土

朱溫駕崩的消息很快傳至晉國，軍情緊急，晉王特將朱友文召來，共謀如何因應忽變局勢。

據傳朱梁四皇子均王朱友貞造反，親弒其父朱溫，二皇子郢王鎮壓叛亂後，於群龍無首之際登上王位，已成新皇，但真實內情是否如此，人人心中存疑。

朱友文聽聞後，沉默不語，面色哀戚。

十日之約尚未到，朱溫竟已慘遭朱友珪毒手！

晉王見他神色凝重，詢問他有何想法，他振作精神，道：「各位所知並非完全實情，朱梁確有皇子造反，但必是郢王，他為奪權篡位，處心積慮已久，再嫁禍於手足，以求名正言順。」

眾人得知隱情，議論紛紛，晉王問道：「此話當真？都說郢王仁德低調，怎會如此大膽叛變？」見朱友文若有思慮，晉王於是將旁人屏退。

朱友文才道：「不瞞晉王，我本欲潛回朱梁，行刺郢王。」

晉王不由微微一驚。

「郢王覬覦大位，不擇手段，我父皇決意除之，更親口答允除去郢王後，由均王繼位。故造反者絕非均王，必是郢王！」

晉王嘆道，「朱梁政局混亂，我晉國本有可趁之機，只是這洺州一時三刻難以攻下，恐是要錯失良機了。」

「其實父皇留有遺命，若他遭遇不測，三日之內，洺州守軍將退，朱梁門戶大開，正是進攻良機！」朱友文道。

晉王訝異，朱溫竟不惜兩敗俱傷！

蚌鶴相爭，漁翁得利，朱家餘下三子反目成仇，反成晉國助力。

若晉國真能取下洺州，晉軍便可長驅直入朱梁中心地帶，攻破朱梁！

晉王道：「朱溫雖非明君，卻不愧深謀難測，本王猜測你近日便會潛回朱梁，行刺郢王，營救均王。」

朱友文沒有否認，只請晉王替他守密，尤其不要讓摘星知道。

晉王沉吟後，道：「本王可派軍先至洺州外埋伏，隨時協助接應，等洺州一破，便可直取朱梁，救出你四弟！」

晉王語聲方落，探子便傳來急報：「稟告晉王，洺州梁軍已退！」

🐾 🐾 🐾

他站在廚房門邊，看著她忙裡忙外的身影。

見她手腳不甚俐落，忍不住自告奮勇幫忙，雖然下廚他不在行，但用刀切菜切肉可是高手，她在一旁看著他的刀工，嘖嘖稱奇。

兩人合作無間，不一會兒晚膳便準備好了，只是簡單的炒青菜、水煮肉、油煎蛋、小米粥，當然還有他最愛的肉包子。

他親暱地將下巴抵在她肩上，雙手摟住她，「我的星兒不愧出得廳堂、入得廚房，竟如此賢慧！」

她感到背心陣陣暖意傳來，心頭是難得的甜蜜。

「把菜端到桌上去吧！」她輕輕推開他。

他端著菜離開廚房，她開始收拾鍋盤，忽聽到外頭傳來盤子摔破聲，她心頭一驚，趕緊衝了出去，果然見到朱友文痛苦半跪倒在地上，盤破菜散，一片狼藉，他面色愧疚，抖著手想去收拾，雙手卻不受控制頻頻抽搐。

「星兒，我……」

「沒事、沒事兒，我在這兒。」

她跪下緊緊抱著他，感受到他體熱如火，汗水涔涔，不住劇烈顫抖，顯是十分痛苦，他卻沒有一句呻吟，只是拚命忍耐。

她不由淚水在眼眶裡打轉。

獸毒昨夜已發作一次，今日還不到夜晚，便再度發作，間隔越來越短暫，他承受痛苦的時間越來越長，可她卻只能這樣抱著他，無能為力……

隨著時間過去，獸毒漸漸緩和，朱友文終於不再顫抖，渾身虛脫無力，意識到摘星一直在擔心他，輕輕拍了拍她的手，「沒事了。」

她扶他起身，他看著滿地菜餚苦笑，「我竟連端菜這種小事都做不好了。」

「沒關係，菜再煮就是了，這次一定更好吃！」她擠出微笑，收拾乾淨後轉身躲進廚房，不願讓他看見自己的淚水。

獸毒的頻繁發作殘忍地提醒著，他們能相守的時日正迅速減少，可他們卻都還不知道要如何面對那一天的到來。

他望著她快速離去的身影，眼神哀傷。

獸毒發作次數變得頻繁，代表他所剩時間已不多，他不能再繼續留戀這溫柔鄉裡了。

朱友珪害死文衍等人，更親手弒父，如今四弟性命堪憂，他必須要在自己的生命完全被獸毒侵蝕殆盡前，返回朱梁，結束這一切。

摘星從廚房重新端出了熱騰騰的菜，兩人坐在小小的桌前，暫時忘卻獸毒的陰影，說笑著一起用膳。

而那夜，趁她熟睡時，他離開了。

離去前，他站在床前，久久凝視著她略顯蒼白的睡顏，彷彿要將這一刻深深銘印在心底。

至死，不忘。

這一生，曾有過她相伴，再也無遺憾。

負劍於身後，終將離去前，一隻墨鴿翩然而落，腳爪上綁著一根簪子，他一眼便認出那是遙姬長年佩戴在頭上的白玉簪。

她終究還是滿足了他的所求，即使那意味著親手將他更推入死亡。

🐾 🐾 🐾

朱梁皇城內雖守衛嚴密，但他自是熟門熟路，本欲先救出朱友貞，卻遍尋未果，心下不由更加擔憂，難道四弟已遭毒手？

不覺來到御花園，想起那時摘星喝醉了酒，在池邊糊塗告白，肅殺的面容上不禁染起淡淡笑意。

晉軍應該已行至洺州，隨時準備進攻直搗京師，消息想必已傳至朱友珪耳內，只見一個又一個探子緊急來報，御書房內燈火徹夜未熄。

朱友文趴在御書房屋簷上，正盤算著是否先行刺朱友珪，之後再設法營救朱友貞時，又是一名探子來報，他在屋簷上清楚聽見朱友珪怒道：「你說什麼？馬家軍連同晉軍，已攻下洺州，直奔京城而來？」接著是一陣摔物聲，馮庭諤試圖安撫，壓低了聲音說話，朱友珪卻揚聲道：「……燕雲六州都割給了他們，居然還貪得無厭，非要朕自稱『兒皇帝』才願出兵，這個皇帝當得未免太窩囊！」

朱友文不由擰眉。

朱友珪真自甘墮落至此，向異族稱父，只求契丹出兵助梁？

聽音辨位，算準行刺方位，他伸手悄悄拔劍，獸毒卻偏生在此時猛烈發作，他渾身劇顫，無法克制身體，手上的劍滑脫，落地瞬間大批禁軍立即湧出，當頭一人大喊：「有刺客！」

朱友文暗叫不妙，起身想退逃，已有侍衛跳上屋簷，他因獸毒發作竟不是對手，狼狽摔下屋簷後被五花大綁，送到了朱友珪面前。

晉軍聯合馬家軍發兵直攻洛陽而來，契丹卻遲遲未有動靜，大有做壁上觀之態，朱友珪焦急不已，此時見到朱友文自投羅網，也無多少欣喜，只是狠狠道：「你這不自量力的怪物！之前已被你逃過了一次，如今你自回來送死，我就成全你！來人！」一聲令下，弓箭隊出動，數百支箭矢全瞄準了朱友文。

朱友文披頭散髮，緩緩抬頭，竟笑道：「就這點能耐，想要殺我？」

朱友珪抽出侍衛手上的劍，走上前想親自了結朱友文性命，忽發現他的雙眼閃過一道詭異暗紅光芒，還來不及反應，朱友文忽大喝一聲，全身肌肉青筋暴脹，用力一掙，身上粗重繩索竟應聲而斷！

原來他暗中以遙姬送來的白玉簪狠刺自己手腕命脈，那白玉簪上早已浸染精煉過的狼毒花液，毒性增強數十倍，更加激發體內獸毒，飲鴆止渴，只為與朱友珪同歸於盡！

朱友珪連連退後，不斷命人上前阻擋，朱友文身上經脈全數化為墨黑，瞳孔血紅，狀如狂獸，力大無窮，見人就殺，一柄長槍朝他刺來，他以鬼魅般的速度後退一步，同時伸手握住槍頭，手腕一折，竟將長槍頭折斷，用力朝朱友珪扔去，朱友珪嚇得魂飛魄散，見馮庭諤就在身旁，立刻彎下腰躲到他身後，只聽慘叫一聲，馮庭諤張嘴大噴鮮血，長槍頭力道驚人，竟將他整個胸膛貫穿，死狀極慘。

朱友珪臉色死白，不斷喚人，「護駕！快護駕！有人要暗殺朕！」

一隊又一隊禁軍趕來，但朱友文身手奇快，兼之神力驚人，眾人一時三刻間竟束手無策，即使出動了弓箭手，朱友珪被困在御書房內，也遲遲不敢命人放箭。

然隨著時間過去，朱友文體內暴脹獸毒開始消退，他開始眼前發黑，身子不聽使喚，轉眼間右手臂已然中劍，黑血直流。

朱友珪見獵心喜，抽出隨身短刀，用力朝朱友文臉上擲去！

朱友文欲出手捉住刀尖，動作卻慢了一瞬，刀尖直中額頭，他應聲倒下！

朱友珪大喜過望，搶過身旁侍衛長槍，正想再朝他心口補上一槍時，一個小太監跌跌撞撞跑了過來，見到滿場血腥，臉色白了白，但還是大起膽子稟告：「啓、啓稟陛下，晉軍……晉軍已攻至東城門了！」

朱友珪臉色一變，腦袋裡飛快轉著念頭，如今就算契丹出兵相援，業已太遲，他得先想辦法自保，手上長槍不甘地緩緩往後縮，他看著生死未卜、血流滿面的朱友文，儘管恨不得將這傢伙碎屍萬段，但這怪物尚有利用價值。

朱友珪拋下長槍，命道：「去石牢裡把那個叛賊帶出來！連同這怪物，一同送至東城門！」

🐾 🐾 🐾

那夜他離去後，天還未亮，摘星便醒了過來，只覺房間冰冷，轉過身，床上另一半已空空蕩蕩，她伸手撫摸被褥，冰涼一片，顯然他離去已久。

枕頭旁，一條紅線，一圈又一圈摺疊整齊，象徵曾被細心對待過。

拾起紅線，莫名心慌，她明白這是他的訣別。

嘴裡聲聲喚著「狼仔」，跑出小屋，晨露溼涼，所有人彷彿都還在睡夢中，可太原城外卻傳來異樣騷動，聽得出大批人馬正在集結，晉軍已整裝待發。

匆匆更衣，趕回晉王府，只見馬婧與馬邪韓都已在棠興苑等著她。

「郡主。」馬邪韓身披戰甲，腰配軍刀，「晉王已下令，晉軍將開拔前往洺州，若順利取得洺州，便直攻洛陽，我馬家軍是否一併出發？」他說得慷慨激昂，在晉國蟄伏許久，終於等到了替馬瑛報仇的機會！

馬婧亦是一身戎裝，早已準備好上陣，為自己的爹爹報仇。

「晉軍？洺州？」摘星這幾日裡眼中只有朱友文，將天下局勢暫拋腦後，眾人知朱友文來日無多，也不忍打擾這小倆口，以至她今日才得知朱溫遺詔竟是寧願兩敗俱傷，也不願讓逆子朱友珪輕鬆登上帝位。

「那狼仔……朱友文人呢？他也在晉軍之列嗎？」她焦急問。

馬婧與馬邪韓對看一眼，望向摘星，搖了搖頭。

但三人心知肚明，朱友文行蹤不明，很可能是已連夜潛回朱梁，晉王集結大軍待發，為的就是與他裡應外合。

摘星急得都紅了眼：這麼重要的事，為何他隻字不提？

為何要留下她一人？

「郡主，」馬邪韓出聲，「晉軍已出發了，咱們馬家軍是否——」

「馬副將！立即集結馬家軍士兵，追隨晉軍，一同前往洺州！」摘星當機立斷，她絕不會扔下他一人孤身冒險！「馬婧，將我的銀甲與奔狼弓取來！」

「是，郡主！」

穿上銀甲，背著奔狼弓，跳上駿馬，在馬邪韓與馬婧護衛下，她親率馬家軍，與晉軍一同前往洺州，欲直搗洛陽，攻破朱梁。

按捺住不安與焦躁，這一刻終於到來。

這一役，她與爹爹的馬家軍，絕不會缺席！

狼仔……等我！

洛陽城外最先感受到了異狀。

大批晉軍集結而來，駐城守軍見狀，急關城門，許多仍在城外的老百姓們拚命哭喊，卻不得其門而入，只好紛紛四處避難，城郊吉光寺很快迎來了眾多慌亂不安的百姓，惶恐不知如何是好。

晉軍來了？要攻入洛陽了？梁軍守軍呢？

為何新上任的帝王一點防備都沒有？

齋戒堂內，敬楚楚正在等待方丈剃去一頭長髮，欲遁入佛門，從此不過問世事。

然世事終究沒有放過她。

問明白了寺內為何騷亂，她默然不語。

方丈放下了剃刀，轉身離去。

前塵未了，緣份未盡。

原以為自己的心早已冰冷如霜，此刻卻想起當初如何與他相遇。

朱友珪少時在宮中受盡歧視，甚至連小宮女都敢取笑他的出身低微，一次她隨著父親進朝，向來好脾氣的她難得數落了那小宮女一頓，還是少年的朱友珪看著她的眼神一瞬間亮了。

「妳叫什麼名字？」少年問。

「敬楚楚。」

「妳是敬祥之女？」

「正是。」

她雖出身富貴，從小受盡寵愛，卻視名利為浮雲，這一輩子冀求的，不過就是願得一心人，白首不相離，可她的願望裡，卻參雜交錯了太多政治考量與權力鬥爭，爹爹將所有身家都賭在朱友珪身上，最終導致家破人亡，連帶賠上了自己一條命，而她的夫君亦被慾望引誘，漸漸入魔，殘殺手足，最後連自己的親生父親都痛下殺手，只為登帝，手握天下。

他甚至考慮娶契丹公主為后，只為卑微地請求契丹出兵助梁！

一錯再錯，她只能無力旁觀。

有人走進了齋戒堂，腳步凌亂不穩，敬楚楚指尖輕拭眼角，轉過身子，見是一女子，身著尋常百姓布衣，面容蒼白，似身有重傷。

她凝目細看，失聲道：「太卜大人！」

朱友珪派兵偷襲太卜宮，子神假扮遙姬，引開伏擊，卻也因此命亡，遙姬雖倉皇逃出，卻身中弩箭，傷重昏迷了幾日，再醒來時，局勢已變，她不得不喬裝打扮，削去大部份長髮，再以藥草汁染黑，避人耳目，以求自保。

「王妃……」遙姬步履艱難，走到敬楚楚面前跪下，「求您……救救均王！」

「太卜大人快請起！來人……」

遙姬搖頭，示意敬楚楚切勿聲張。

敬楚楚忙問：「均王怎麼了？」

遙姬道：「王妃已知陛下留有遺詔，他若不幸歸天，洺州守軍立即撤守，此為陛下不得不為之的兩敗俱傷，其實陛下早有意反撲，正等待渤王回歸，拿下郢王及其黨羽，立均王為帝！誰知郢王……」遙姬傷重，這番話已是說得上氣不接下氣，然她不需說完，敬楚楚已知事態嚴重。

朱友珪必是提早得知了朱溫的計畫，先下手為快，而為了徹底消滅所有證據，均王朱友貞必遭格殺……

「王妃……求求您……現在只有您能救均王……只要……只要能拖延時間，讓馬家軍入城，馬摘星必會力保均王……」遙姬來到吉光寺求援，已是氣力用盡，身子漸漸軟倒在地，左腹下滲出血液，再度陷入昏迷。

敬楚楚連忙喚來寺人，將遙姬帶走治傷休養。

原來朱溫早有打算，欲將王位傳給均王？

這麼說來，朱友珪不僅弒父，甚至還欲殘害自己手足？

遙姬雖來求援，可她不過一介弱女子，能幫得上什麼忙？

不……聰明如遙姬絕不可能貿然求援，她會來到吉光寺，必是經過深思熟慮，相信她敬楚楚有能力保住均王一命……

可她該怎麼做？即使此刻趕去皇城，怕也已遲了……

貝齒輕咬下唇，沉吟後，心意已決。

敬楚楚向寺人要來油燈，說是天冷，想要取暖。

然後將齋戒堂大門闔起，栓上。

佛祖前香燭淚垂，她恭敬磕頭膜拜後，起身將油燈內的燃油倒在陰暗小窗前的輕紗簾上，又取過香燭點燃，火焰瞬間爆漲，火光映照著她柔美臉蛋。

齋戒堂內很快四處火起，纖細身影孤立於火焰之中，眉目端然，如安詳觀音，再也無懼怕，再也無哀傷。

不禁憶起洞房花燭夜，頭蓋掀起，那人映入眼簾。

死生契闊，與子成說。執子之手，與子偕老。

她的喜郎這麼說。

人生若只如初見，何事秋風悲畫扇。

她自始至終，從未變過。

變的，是他。

何如薄倖錦衣郎，比翼連枝當日願。

外頭終於有人發現失火，欲提水救火，水井旁的菩提老樹卻忽然倒塌。

方丈匆匆趕來，火勢已越發不可收拾，寺內避難百姓見了無不惶恐，認為這是大梁將滅的徵兆。

🐾 🐾 🐾

晉軍與馬家軍聯軍集結於洛陽東城門下，蓄勢待發，隨時準備攻城，摘星心繫朱友文安危，欲冒險潛入城內一探究竟，卻被疾沖擋下：「這種事由我來做就行了，馬家軍得靠妳坐鎮指揮，妳可不能出意外！」

寶娜雖一同隨行，疾沖自是不可能讓她冒險，特命重兵層層保護這位小公主，寶娜無奈，疾沖離去前，她從腰際取下隨身攜帶的一塊琥珀，硬是塞在他懷裡，「這可是我的護身符，你千萬、千萬要平安回來，不然本公主可饒不了你！」雖是語帶威脅，眼裡的憂心卻藏也藏不住。

疾沖本想婉拒，見寶娜關心真切，不忍拒絕，只好收下。

東城門牆上忽出現朱友珪身影，直接對馬家軍叫陣：「馬摘星！看看這是誰？」

渾身傷痕、滿臉血污的朱友文被架上城牆，不知生死，朱友珪將長劍抵在他頸子上，威脅道：「馬摘星，想要替這怪物留個全屍的話，立刻退兵！」手一擺，兩名侍衛推著朱友貞上了城牆，「若妳不稀罕這怪物，我這兒還有一個人質，若不退兵，朱友貞立即處斬！和他的好三哥一起作伴！」

「三哥！三哥——」朱友貞見朱友文滿臉是血，身子軟癱，不知是生是死，悲憤莫名，狠狠瞪著朱友珪，「你把三哥怎麼了？你這人面獸心——」朱友珪一腳將他踹倒，「都死到臨頭了還在逞什麼英雄！」

城牆下，摘星忍住悲痛，心內天人交戰。

朱友文究竟是生是死？

就算他已死，她能眼睜睜看著朱友珪蹂躪他的遺體嗎？

此時疾沖已率領一隊弓箭手，悄然離去。

朱友珪見摘星猶豫不決，一手扯起朱友文後腦勺頭髮，一手執劍，眼見就要一劍穿心，摘星幾次欲呼喊出聲要朱友珪住手，卻為顧及大局苦苦忍住，然淚水早已在眼眶裡拚命打轉，下唇都已咬得出血。

朱友珪耐心已失，打算一劍刺向出友文，確保他死透後，接著再拿朱友貞繼續要脅退兵。

「陛下……陛下……不好了！」一侍衛隊長急從西方城郊處奔來，「陛下！王妃……娘娘她……在吉光寺引火自焚了！」

「你說什麼？」朱友珪大驚，身子晃了兩下，扭頭往西方望去，果真見到遠處火光隱現，而吉光寺就在火焰之中！

他的楚楚！

「你們還愣著做什麼？還不快去救人！」朱友珪近乎歇斯底里，不顧一切地命令，「快派人去救火！要是朕的楚楚沒救出來，你們都別想活命！」

他不信！

他說什麼都不信！

他的楚楚竟會如此決絕，用這種方式永遠離開他！

沒有人注意到，朱友文被乾涸血液黏住的雙眼悄悄睜開，更沒有人注意到，他插在手心裡的白玉簪。

趁著朱友珪心神大亂之際，他拔出手心裡的簪子，狠狠往自己心口一刺，再次強逼出所有獸毒潛能！

原在垂死邊緣的狂獸再次甦醒，潛藏狼性破閘而出，他仰天一聲淒厲長嘯，竟傳百里之遠，聽者無不動容，城門底下的戰馬亦躁動不安，仰頭嘶鳴。

摘星聽了他的狼嚎，渾身不由一震！

他還活著！

「狼仔！」她不顧一切跳下駿馬，抓起一袋弓箭便直衝城門口，城牆上梁軍守軍不用朱友珪吩咐，萬箭齊發，馬邪韓一聲令下，馬家軍跟隨其後，「大夥跟上！保護郡主！」

晉國王世子李繼岌亦出動兵馬，支援馬家軍。

東城門口，兩軍交戰，城牆上亦處於混戰，朱友文已喪失人性，見人就殺，即使刀劍加身，也絲毫不感劇痛，朱友珪連連後退，身旁侍衛前仆後繼，卻紛紛命喪朱友文手下，死狀淒慘。

朱友珪嚇得膽戰心裂，梁軍見主帥有危，軍心動搖，更給了晉軍可趁之機，轉眼間城門便已被攻下，大批晉軍湧入了洛陽城。

「住、住手！你這怪物！不認得這是誰了嗎？」朱友珪拉過朱友貞擋在身前，「你敢再過來一步，我就殺了四弟！」

「三哥！別管我！」朱友貞看著判若兩人、宛若狂魔的朱友文，痛心喊道：「三哥……你……你怎麼會變成這個樣子……」

朱友文仍是步步上前逼近，渾身沾滿血腥，強烈的殺意讓人不寒而慄。

朱友珪被逼急了，忽將朱友貞用力往前一推，同時手中長劍刺向他後心，打的主意竟是以他為擋箭牌，同時擊殺朱友文！

朱友文身形一頓，間不容髮之際似恢復了一絲清明，忽將朱友貞拉開，朱友珪手中長劍順勢刺入他胸口，穿胸而出！

「三哥！」朱友貞滾落一旁，見到朱友文為自己犧牲，不由悲痛落淚。

朱友珪抽回長劍，補上一腳，朱友文口吐鮮血，倒落於地，油燈枯竭，再也無力起身反擊。

朱友珪上前舉劍想要了結他性命，一支暗箭飛來，射中他手腕，他痛叫一聲，長劍落地，還沒來得及反應，又是一箭射來，正中他胸口。

「是妳……」朱友珪看著再次拉緊弓弦的摘星。

轉過頭，四處張望，發現梁軍守備早已潰堤，城門大開，晉軍已長驅直入洛陽……

大勢已去。

可他不甘。

朱友珪假裝身形搖晃倒地，見摘星扔下奔狼弓，奔向朱友文身旁，他緩緩從腰後摸出一把短刀，欲趁人不備偷襲，手才舉起，一支利箭射穿了他的喉頭，傷口頓時血流如注，血液很快讓他窒息。

發箭的疾沖上前一腳將他踹飛，「卑鄙狗賊！還想偷襲！」

朱友珪喉頭荷荷數聲，掙扎站起，疾沖上前補了一腳，他一個重心不穩，竟倒栽蔥由城牆上墜下，落地時仍未死透，圓睜著血紅的眼，臨死前努力想將頭扭向西方……

楚楚……誰快去救救他的楚楚……

渾身劇痛漸漸麻木，他終於再也看不見西方那漫天火光。

🐾 🐾 🐾

摘星將朱友文抱在懷裡，淚水不斷落在他的臉龐上，漸漸洗去滿臉血污，露出那張她熟悉的面孔。

「狼仔……」

他緩緩睜開眼，見到她，眼裡微微閃過一道光采，如星芒燦爛。

「星兒……星星……」

星星，是發光的太陽所生的孩子。

他望著她，臉上竟是笑容純真。

她的淚水落得更急，來不及抹去，只能死死壓抑著自己不要在此刻痛哭失聲，不然狼仔會傷心、會難過。

「狼仔，我知道你想念狼狩山了，對不對？我這就帶你回去，咱們再也不離開那裡了。」她柔聲道。

他想抬手，卻虛弱得連這麼簡單的動作都做不到，她抓起他的手，強顏歡笑，「你還記得曾教我聽蝶嗎？」將臉頰輕輕貼在那冰冷的手掌裡，「你真厲害，不管蝴蝶飛到哪兒，你都聽得出來。」

他彷彿真的見到了蝴蝶，停在她的肩上。

又彷彿自己已化成了蝶，圍繞著她飛舞，不願就此離去。

不捨，真的好不捨。

可他好累、好累……

他就這麼深情凝望著她，直到呼吸漸緩，心跳漸止。

死前仍不願闔眼，只想再多看她一會兒。

「狼仔……」她將他緊緊抱在胸前，終於放聲大哭，「你不是怪物……你從來就不是……你就是我的狼仔……狼仔……」

雨絲落下，滴滴落在他的身上，彷彿蒼天替他洗去一身血腥，他終於又是她心中的狼仔。

再也聽不見那些紛紛擾擾，再也看不見那些兵戈相爭，她的世界變得很小很小，而這一次，真真正正，只剩下了她一個人。

🐾 🐾 🐾

天降甘霖。

吉光寺內火勢終得趨緩，眾人無不鬆了口氣。

甦醒過來的遙姬望著已被完全燒毀的齋戒堂，緩緩下跪，恭敬磕了三個頭。

方丈站立在那株傾倒的菩提樹前，雙手合十。

三千菩提三千樹，三千花語三千路。

業海莫如三更燭，夢盡花落是故土。

結尾——萍蹤

兩年後。

天下大勢終定。

其間中原群雄相爭，邊疆契丹虎視眈眈，幸得寶娜極力牽制，兩年來勉強相安無事，直至晉王統一中原，戰亂終於不再，天下百姓得以休養生息。

這日，奎州城郊外，狼狩山上，一名男子騎著馬，緩緩獨行。

這明明是大白天的，山裡卻透著一股陰森氣息，不久後甚至湧起濃霧，很快便見不著前路，原本悅耳的蟲鳴鳥叫也頓時消失。

男子嗅了嗅，嘴角微揚。

忽地一聲響亮狼嚎破空而出，馬兒受驚，往後退了幾步，踩到了一條麻繩，瞬間四周樹上鈴聲大作，擾亂心神，馬兒更加驚慌，開始不安嘶鳴踢腿。

男子正試圖安撫馬兒，這時一道黑影從濃霧中竄出，直往他撲來，那黑影乍看之下竟是人身狼首，模樣可怖，男子在馬背上卻不閃不躲，只說了句：「這該不會是要謀殺親夫吧？」

那黑影頓時停下，接著掀開了臉上的面具，露出底下嬌俏容顏。

「疾沖！」她欣喜喊道。

「正是在下。」疾沖跳下馬，四周打量了下，「妳這兒倒是佈置得挺像回事的，又是迷香又是濃霧，還掛了那麼多鈴鐺，難怪奎州城內居民說起狼怪重現狼狩山，個個講得繪聲繪影，連我都差點信了。」

摘星無奈笑道：「只想清靜度日，不欲有人打擾，便想出了這個法子。」

兩隻野狼忽從林中竄出，一左一右立在摘星兩旁，目光警戒。

疾沖莞爾：「瞧妳，連左右護法都有了！」

「牠們是狼仔的兄弟。我本來還怕牠們認不得我了，但——」

「但狼這種動物，絕不會忘記別人的恩惠。妳救過牠們，牠們一輩子都記得。」疾沖替她接下去。

摘星輕輕點了點頭，隨即問道：「怎麼有這閒工夫到這兒來？晉王此刻應該正需要你的協助。」

疾沖一臉蠻不在乎，「有我大哥在就行了。我是坐不住的人，想妳了，就來看看妳。」

摘星一笑，「既要敘舊，就別站著了，來舍下喝杯茶水吧。」

🐾 🐾 🐾

那是一間簡陋的小木屋，炊煙裊裊，就位在女蘿湖旁，屋前還有一小藥草園子，一旁陽光充足處則曬著兩床棉被。

疾沖走進去，見屋內一張小桌上已擺好了兩副碗筷，還有一盤肉包子。

原以為還有旁人，卻見她進屋後便忙著張羅著燒水，再無人出來打招呼，疾沖心下了然，也不欲說破。

熱茶端上，只是以曬乾的薄荷葉兒上熱水，薄荷清香撲鼻，疾沖喝了口潤潤喉，瞄了那盤肉包，隨口問道：「妳自己包的？何時變得這麼賢慧了？」說完便不客氣地抓起一個肉包塞入嘴裡，瞬間表情微妙。

他慢慢一口一口將那肉包吃下肚，接著連灌了兩杯薄荷茶。

摘星倒是不以為意，老實道：「沒想到你會來，我的廚藝一直沒怎麼精進。」

反正，那人從來不介意她的廚藝如何。

又或者是因為，即使桌上一直備著兩副碗筷，然她總是獨自用膳，食不知味。

她伸手取過茶壺，替疾沖添茶水，他忽道：「這次來找妳，也是想告訴妳一件事。」

摘星手一抖，茶水濺出大半。

「你找到她了嗎？」她難掩激動。

疾沖看著她，緩緩搖了搖頭。

她心中燃起的希望再度熄滅，頹然垂下了目光。

兩人默默無語，直至疾沖再度打破沉默：「還記得兩年前那一夜嗎？」

她怎可能忘記？

兩年前洛陽一役，親眼目睹他死在自己懷裡後，她悲痛欲絕，陪著他的冰冷遺體整整三天三夜不捨下葬，之後傷重的遙姬忽然現身，要將他屍身帶走。

當時疾沖第一個跳出來反對，遙姬卻冷冷道：「馬摘星，他生前最後一個月，我讓他做回妳的狼仔，如今他已死，我來向你討回他的屍身，並不為過吧？」

疾沖原本以為摘星絕不會讓遙姬就這麼帶走他，可出乎意料的是，摘星居然同意了。

「我就想不透了，第一，妳怎捨得讓遙姬帶走他？第二，我記得妳提過，既入夜煞，生死同命。可遙姬沒有尋短，而是前來討回他的屍身，妳不覺得有些古怪嗎？」疾沖問。

摘星下意識摸了摸自己的小指，道：「果然還是瞞不過你。」

疾沖眼尖，發現她的小指上纏著一圈紅線。

「我沒那麼笨，況且從妳方才反應，想必妳也曾試圖找過她，卻一無所獲，是嗎？」他問。

摘星難掩落寞地點了點頭。

「當時遙姬是否私底下和妳說了什麼？」疾沖問。

摘星搖搖頭，「沒有，她什麼都沒說。但一如你心中所想，遙姬特地前來要求帶走他，其中確是有古怪，當時我便猜想，也許她有辦法能救他，只是無甚把握，不欲先把話說死。」

朱友文當時獸毒侵心加上傷重，確實心脈已停，已無生命跡象，但遙姬多次在他生命垂危之際出手相助，她體內蛇毒血更是獸毒解方，或許她早已設下能護他性命的機關，但這一切，也不過是摘星自己的臆測。

遙姬臨走前，她不是沒想過要問清楚，但遙姬堅決不答。

她推測遙姬應是擔憂他過往殺人過多，仇家無數，若真救活了他，又讓人得知他的下落，只會惹來日後無謂追殺。

對世人而言，曾經的大梁戰神，過去的渤王朱友文，嗜殺成性，暴虐兇殘，他的死去才是最好的結局。

而當時晉軍氣勢正盛，晉王欲大舉揮軍，摘星身為馬家軍統帥，為了守在朱友文身邊，怠忽職守整整三日，馬家軍已人心浮動；再者情勢混亂，遙姬與他若繼續留在這裡，只怕安危堪慮，那一刻，她只能相信遙姬，相信遙姬是最了解他的人，相信遙姬必會用盡全力救活他，哪怕希望是如此渺茫。

直至她得知消息，朱梁朱友貞自願退位，將政權交還於晉，她明白至此天下大勢已歸晉王，便立即動身，前去尋找遙姬蹤影，遙姬卻音訊全無，彷彿從這個世界上消失了。她甚至去了黑潭，同樣空手而歸。

她始終不願放棄希望，卻也知如此毫無頭緒盲目尋找，只是徒費力氣。

最後，她只能回到狼狩山，守著過去的回憶度日，相信終有一天，她的狼仔若醒過來了，必定會再次回到這裡。

「妳就如此相信，他一定會回來嗎？」疾沖問。

摘星篤定點頭，目光落在自己綁著紅線的小指上。

是的，她就是這麼死心眼，不管是八年、十八年、二十八年……直到她閉上雙眼再也醒不過來的那一天，她都是他的妻。

她都會等他回來。

等他回到狼狩山，回到她身邊。

哪怕，哪怕只是入夢也好。

疾沖嘆了口氣，「就是有妳這麼死心眼的。不過，我也挺掛念那傢伙究竟是生是死，這大半年來我離開晉國，行走江湖，嘗試打探遙姬的消息——」

摘星心急打斷他：「你方才不是說——」

疾沖道：「沒錯，我是沒找到遙姬的下落，但最近倒是聽江湖上的友人提起件有趣的事。」

「你果然有好消息帶給我？」摘星眼神殷切。

「是不是好消息，就要靠妳評斷了。」疾沖故意賣個關子，「那名友人說，去年寒冬，箕山曾有樵夫見到一名男子領著兩隻體型巨大的野狼偶爾出沒。」

「箕山？」摘星心念電轉，回想過往種種。

須臾，她霍然起身，問：「那人是不是只在箕山終年積雪之處出沒？」

疾沖聳聳肩，「這我就不清楚了，怎麼，妳想到什麼線索了？」

「箕山高處終年積雪，泊襄之戰後，我曾與他……」她略微羞澀地瞅了疾沖一眼，兩人皆憶起當時她從箕山回到太原後，眾人懷疑她是否與朱友文暗地有了私情，貞節不保，而疾沖為了保住她皇女尊嚴，當眾求娶，還她公道。

當時，她以為眼前這人就是自己未來將共度一輩子的夫君，誰知後來諸多轉折，疾沖最終選擇放手，還她自由。

忍不住想說些什麼道歉，疾沖卻會意地搖了搖頭，「不打緊，繼續說下去。」

摘星點點頭，道：「在箕山，我第一次見到他獸毒發作的模樣，如烈焰焚身，痛苦不堪，神智全失，但冰火相剋，也許寒冰能暫時壓制他體內獸毒……」

也許遙姬真用了什麼法子讓他只是暫時假死，之後將他喚醒，為確保他體內獸毒不會再次發作奪去性命，而將他安置在雪山之巔。

但遙姬為何不告訴她？

遙姬真救活了他嗎？

還是這一切不過是她的過度猜想罷了？

但……無論如何，她都想親自走一趟箕山！

「我……我想去箕山一趟！」

哪怕只有一絲線索，她也不願放棄。

「好，我陪妳去。」疾沖跟著起身。

摘星對他露出感激神情，道：「疾沖，謝謝你。瞧我，只顧著自己，都沒問你這些年過得如何？」

疾沖正想回答，屋外忽傳來一聲雕鳴，他神情一變，急道：「咱們最好立即出發！」

摘星見他模樣著急，擔憂問道：「莫不是有人追了過來？」

「別問別問，咱們快走！」疾沖幾乎是將她推出門。

屋外，金雕盤旋，急聲催促，山腰處彷彿已能聽到馬蹄聲，且有人在喊著：「疾沖！你還想跑到哪裡去……」

那呼喚的聲音有些氣急敗壞，聽著好生熟悉。

疾沖一面急著跳上馬，一面解釋：「馬摘星，老實告訴妳，我是逃婚來著！她甚至跑到我父王面前，說非我不嫁！父王沒有逼我，大哥卻說為了安撫契丹王，不讓亂世再起，只差沒把我綁起來扔到她面前！我還是靠史恩和婢女們私下幫忙才翻牆逃出來的，我可是說什麼都不會再回去了！」說完仍心有餘悸。

「你若不喜歡寶娜，早日把話說清楚才是。」摘星不以為然。「你若不敢說，我替你說。」

疾沖被逼急了，忙道：「我沒說我不喜歡她！只是本大爺自由慣了，不想被她綁住！總之妳先幫個忙，等下就說我沒來過！為了回報妳，我先去箕山探個路，妳等我的消息！」說完也不等她回答，調轉馬頭便往另一頭急馳而去。

金雕振翅高飛，卻沒有跟在他身後，而是往反方向，朝著山腰飛去。

摘星扭頭看向另一頭越追越近的輕盈身影，不禁失笑。

表面上是派金雕監視寶娜好躲開她，暗地裡也是怕她半途出了什麼意外吧？

這對冤家。

🐾 🐾 🐾

箕山。

「……有狼！狼追來了！」

幾名在高處積雪冒險尋蔘的採蔘人驚慌奔走，只因不知從哪兒竄出一隻體型碩大的巨狼，相貌兇惡，狀似隨時要撲上來將他們生吞活剝。

那巨狼追了他們一陣子後，聽見一聲哨音，立即停下，然後轉頭而去。

幾名採蔘人正要鬆口氣，忽聞山區傳來轟然巨響，抬頭望去，只見方才他們所在之處竟發生了雪崩，若是晚得幾刻，此時他們已然被活埋在雪堆裡。

他們面面相覷，想起剛剛那隻巨狼，這一切到底是巧合，還是那巨狼真救了他們一命？

箕山之巔，地勢險峻，終年積雪不化，向來無人能及，此刻卻有一身影站在不足方寸之地，俯瞰甫發生的一切。

寒峭狂風吹得那人單薄衣衫獵獵，胸口一狼牙狀黑玉石鏈亦隨之微微起伏。

巨狼朝那人踏雪飛奔而去，仰頭發出一聲長嘯。

國家圖書館出版品預行編目 (CIP) 資料

狼殿下 / 陳玉珊編劇團隊原著 ; 湛藍小說改編 . -- 初版 . -- 臺北市 : 水靈文創 , 2020.04
冊 ; 公分 . -- (Fansapps ; 105-106)
ISBN 978-986-95357-6-2(上冊 : 平裝). --
ISBN 978-986-94267-8-7(下冊 : 平裝). --
ISBN 978-986-98117-0-5(全套 : 平裝)

863.57 108012394

FANSAPPS 106

下冊

小說版權所有 京騰娛樂事業有限公司
原著 陳玉珊編劇團隊
作著 陳玉珊、吳志偉、黃紀柔、陳健豪、孟芝、陳芃雯
小說改編 湛藍（Di Fer）
策劃 陳瑞萍
封面設計 林俊佑

總編輯 陳嵩壽
編排設計 林晁綺
行銷 張毓芳
出版社 水靈文創有限公司
郵撥 台灣企銀 松南分行 (050) 11012059088
地址 11444 台北市內湖區內湖路一段 387 巷 3 弄 2 號 1 樓
網址 www.fansapps.com.tw
電話 02-27996466
傳真 02-27976366

總經銷 聯合發行
電話 02-29178022
初版 2020 年 04 月
ISBN 978-986-94267-8-7
定價 新臺幣 480 元